KALTBAD

Dieses Buch ist ein Roman. Handlungen und Personen sind frei erfunden. Ähnlichkeiten mit lebenden oder toten Personen sind nicht gewollt und rein zufällig. Im Anhang findet sich ein Glossar.

SILVIA GÖTSCHI

KALTBAD

Kriminalroman

emons:

Bibliografische Information der Deutschen Nationalbibliothek
Die Deutsche Nationalbibliothek verzeichnet diese Publikation in der Deutschen Nationalbibliografie; detaillierte bibliografische Daten sind im Internet über http://dnb.d-nb.de abrufbar.

FSC
www.fsc.org
MIX
Papier | Fördert gute Waldnutzung
FSC® C083411

Umschlagmotiv: mauritius images/Jan Geerk
Umschlaggestaltung: Nina Schäfer, nach einem Konzept von Leonardo Magrelli und Nina Schäfer
Umsetzung: Tobias Doetsch
Gestaltung Innenteil: DÜDE Satz und Grafik, Odenthal
Druck und Bindung: CPI – Clausen & Bosse, Leck
Printed in Germany 2022
ISBN 978-3-7408-1263-8
Originalausgabe

Raunächte

Denn nur dann kann man Wotans wildes Heer
am Himmel entlang rauschen hören,
nur dann schleichen sich die alten überlieferten Bilder
in die moderne Zeit.

Unbekannt

Sie fiel. Tiefer und tiefer. Der Luftzug streifte ihre Haut, heiss und tödlich. Ein Sturz ins Ungewisse. Schwerelos.

Plötzlich schlug sie auf. Nicht heftig. Etwas federte den Aufprall ab. Zwei starke Hände packten sie.

«Lebt sie?»

«Sie atmet.» Jemand griff an ihren Hals. «Der Puls ist da, wenn auch schwach. Kannst du sie übernehmen?»

Ihr Körper wurde weitergereicht. Es war, als sähe sie auf diesen hinunter, aus der Perspektive eines Vogels. Wie sie dort lag, in den Armen eines Mannes, den sie nicht kannte, bloss spürte. Sie getraute sich nicht, hinzusehen. Die Welt vor ihren Augen liess das Unglaubliche erahnen. Das schreckliche Geräusch berstender Glasscheiben, das Brechen von Holz, dieses permanente laute Grollen und Brodeln – diese Schreie.

Das hier musste die Hölle sein.

«Bring sie in Sicherheit.»

Man wickelte sie in eine kratzige Decke. Sie liess es geschehen, wehrte sich nicht, war erstarrt vor Angst.

Hektische Schritte, Rufe, das Rauschen eines Wasserfalls. Es passte nicht zusammen.

Später schlug sie die Augen auf. Man hatte sie in eine warme Stube gebracht und auf einen Stuhl gesetzt. Alles fremd. Auf dem Tisch stand eine henkellose Tasse.

«Wer ist sie?»

«Sie hat ihren Namen nicht genannt. Hat bislang nicht gesprochen, steht wahrscheinlich unter Schock. Das arme Mädchen.»

«Trink, Kleine. Der heisse Kakao wird dir guttun und dich aufwärmen.»

Die Frau hatte eine angenehme Stimme, liebevoll, fast zärtlich. Doch der Ausdruck ihres Gesichts verriet etwas anderes. Da war Furcht. Panik. Pures Entsetzen.

«Wie heisst du?»

An der Wand neben dem Vitrinenschrank tickte eine Uhr. Der grosse Zeiger stand auf der Zwei, der kleine auf knapp nach der Vier. War Nachmittag oder war es Nacht? Und hätte sie dann um die Zeit nicht im Bett liegen müssen?

Die Welt stand Kopf. Oder sie war untergegangen.

«Camilla.» Sie erinnerte sich. Sie hiess Camilla. Ihr richtiger Name sei Camille, hatte Baba gesagt. Der Pfarrer habe bei der Taufe das «e» mit dem «a» verwechselt und so ins Taufbüchlein eingetragen.

«Camilla. Ist sie die Tochter von Christophe Fournier?» Der Mann sah die Frau an. Er roch nach Rauch.

«Kennst du ihn?»

«Er war nicht dabei.»

«Und die Mutter?»

«Ich glaube, sie suchen noch nach ihr.»

«Camilla Fournier. Sie ist sieben Jahre alt. Steht so im Buch, welches Karl rübergebracht hat. Er meinte, wie wichtig es sei, das Buch in Sicherheit zu wissen. Camilla Fournier. Ja, das muss sie sein.»

Camilla verstand den Sinn der Worte nicht. Alles fühlte sich wie ein Traum an. Was geschehen war, schien wie ausradiert. Die Bilder verschwammen vor ihren Augen. Camilla griff nach der Tasse. Hitze strömte durch ihre Handflächen und liess sie kribbeln. Der Kakao schmeckte süss.

«Wir sollten sie ins Hotel nebenan bringen, dorthin, wo die anderen sind. Es wird sie ein wenig ablenken.»

Der Kakao, den Grossmutter jeweils kochte, war immer bitter. Und bei Mami gab es «Forsanose». Sie sagte, das sei gut für Kinder im Wachstum.

Mami! Wo hatte sie sie zuletzt gesehen? Die Erinnerung an sie war weg. Camilla vermochte kaum, sich ihr Gesicht vorzustellen.

«Möchtest du Kekse?»

Sie schüttelte den Kopf und umklammerte die Tasse. Sie gab ihr Halt. Die henkellose Tasse, das Porzellan mit den blauen Blumen darauf. Enziane. Es waren Enziane.

«Möglicherweise ist sie traumatisiert.»

«Das wird ein Arzt entscheiden. Ist er schon eingetroffen?»

«Nein, aber die Krankenschwester ist da, hat sich, soweit ich weiss, retten können. Welch ein Drama. Sie ist selbst schwer angeschlagen. Sie befindet sich im Hotel nebenan, hat Karl mir mitgeteilt.»

«Ich kann nicht aus dem Fenster schauen.»

«Gut, hast du die Läden geschlossen. Man wird uns vertreiben. Unser Haus steht an einer ungünstigen Stelle. Irgendwann müssen wir hier raus.»

«Hörst du das auch?»

«Lieber Gott, beschütze uns.»

EINS

«Die neugeborene Sonne steigt aus dem Schoss der Mutter Erde. Heute feiern wir die Mutternacht.» Die Worte verloren sich im Nirgendwo. Eleonores Worte. «Vor diesen Tagen versank die Natur in ihren innersten Kern und hat jetzt die Kraft für ihre Wiedergeburt.»

«Halleluja!» Emma stupste ihre Schwägerin in die Seite. «Jedes Jahr dasselbe.»

«Grosses Kino, wie immer», erwiderte Graziella und folgte unaufgeregt dem Ritual, das ihre Schwiegermutter vollführte. «Sie ist und bleibt eine Hexe.»

Eleonore stand vor dem Altar, ihre Begleiterinnen bildeten eine Phalanx. Gemeinsam hatten sie den Altar vom Schnee befreit und hergerichtet, mit den Steinen, die seit Jahren hier aufgeschichtet lagen, ein kleiner Berg aus losen Brocken, welche Moos und Wurzeln zusammenhielten. Der Altar war mit magischen Utensilien geschmückt. Der dreibeinige Kessel befand sich auf der feuerfesten Unterlage. Er müsse aus Eisen sein, hatte ihre Schwiegermutter gesagt, nur so könne man eine optimale Räucherung gewährleisten. Sie hatten den Boden des Kessels mit leicht brennbaren Sägespänen, Heu und Papierschnipseln gefüllt, mit allem, was durch die Hitze zu motten begann. Unter dem Kessel brannten die Holzscheite. Der Rauch stieg und löste sich in der Dunkelheit auf. Und daneben stand, wie jedes Jahr, die Urne von Eleonores verstorbenem Schwiegervater – Hubertus Maibach, einst berühmtester Richter in Schwyz.

«Das Dunkel fürchte ich nicht, denn dem Dunkel folgt das Licht. Die Nacht ängstigt mich nicht, denn der Nacht folgt der Tag.» Eleonore hob ihre Arme gegen den Himmel, hielt ihre Hände wie Schalen, als wollte sie damit etwas auffangen. «Das Böse siegt nicht über mich, denn dem Bösen folgt das Gute. Die Kälte lässt mich nicht erfrieren, denn der Kälte folgt die Wärme.»

«Von dem merke ich nichts.» Graziella hielt die Hände vor den

Mund und hauchte hinein. Es hatte den ganzen Tag geschneit. Jetzt war es wieder wolkenlos. Entsprechend tief waren die Temperaturen gesunken. Weder die Mohair-Unterwäsche noch die daunengefütterte Windjacke verhinderte die Kälte auf ihrem Körper. Ihre Füsse schmerzten und fühlten sich wie Eiszapfen an.

Emma gebot ihr, still zu sein.

«Die Leere bricht mich nicht, denn der Leere folgt die Fülle», beendete Eleonore das erste Ritual. Dann schraubte sie den Deckel der Urne auf, eine Spezialanfertigung, die sie beim Schlosser hatte machen lassen. Sie entnahm mit einem Löffel etwas von der Asche und streute diese in den Kessel. Graue Dämpfe entwichen.

«Sie hat eine morbide Seite», sagte Graziella, während sie Eleonore belustigt beobachtete. Zugegeben, die alte Lady sah mit ihren achtundsechzig Jahren jugendlich frisch aus, was weniger auf die viel beschworenen Kräutertees, als auf die regelmässigen Besuche bei ihrer Kosmetikerin zurückzuführen war. Wie jede Wintersonnenwende trug sie einen purpurfarbenen Mantel mit Kapuze, was ihr ein verwegenes Aussehen gab und an eine Figur aus dem Mittelalter erinnerte.

«Der Kreislauf des Jahres beginnt von vorn.» Eleonore erhob ihre Stimme zu einem Singsang. Die Nacht verschluckte die Laute. «Das Licht triumphiert über die Dunkelheit. In dieser Nacht nehmen die Hexen von allem Abschied, was im Dunkeln verborgen bleibt, und heissen das Licht willkommen. Es geht wieder aufwärts, meine Lieben.»

«Ich fühle mich nicht als Hexe, du etwa?» Graziella boxte ihrer Schwägerin kichernd in die Seite.

Emma erwiderte ihren Blick. «Na ja, wir sehen nicht gerade danach aus. Aber Eleonore meint bestimmt sich selbst.» Sie flüsterte: «Die spinnt nicht nur ein bisschen.»

Aus dem Kessel zischte es. Rauch stieg auf. Ein intensiver Geruch nach Weihrauch übertünchte das Odeur nach Kräutern. Eleonore gebot den vier Frauen, ihre Plätze einzunehmen. Graziella verschränkte die Arme, zog ihre Beine eng an ihren Körper. Sie sah sich um. Sie sassen jetzt auf einem Fell in einem Kreis um das Feuer, abgesteckt mit vier Fackeln, welche mit einem Bogen aus Teelichtern verbunden waren. In der Mitte befand sich der Kessel. Eleonore kniete davor. Graziella, Emma, Alexa und Malika bildeten zusammen die vier Elemente. Graziellas Element der Erde war im Norden des Kreises platziert. Neben ihr lagen ein Pentagramm aus Metall und ein Teller mit frischer Erde, die Eleonore am Morgen ausgebuddelt hatte. Sie überliess nichts dem Zufall.

«Was sehe ich da?» Eleonore beugte sich über den Kessel und griff in den Kräuterqualm. Ihre Finger bewegten sich, als würde sie den Rauch zerreiben. «Die Form der Rauschwaden hat sich verändert. Trotz des Lichts ist uns der Tod nah.»

«Sie steigert ihre Theatralik», flüsterte Graziella sich selbst zu.

Alexa, die östlich des Kessels sass, war umgeben von Vogelfedern. Wusste der Kuckuck, wo Eleonore die alle herhatte. Die Flammen des Feuers liessen Alexas verängstigtes Gesicht glühen. Sie war heuer zum ersten Mal dabei und wunderte sich wohl über die seltsamen Riten ihrer Gastgeberin.

«Der Tod breitet seinen schwarzen Mantel über uns aus. Das Licht soll stärker sein. *Das Licht soll stärker sein.*» Eleonore richtete sich von ihrer kauernden Haltung auf. Der Umhang geriet gefährlich nahe an das Feuer und raschelte, als würde sie Papier zerknüllen.

Graziella sah ihre Schwiegermutter bereits in Flammen stehen, eine brennende Säule in diesem schwarzen Wald. Sie blickte hinauf, wo sich ganz schwach die schneebedeckten Tannenspitzen beugten. Es war windstill.

«Das Licht muss alles überwinden, selbst den Tod.» Wenn Eleonore in Trance fiel, drehte sie ihre Pupillen nach oben, ihr Augenweiss lehrte einen das Fürchten. Im flackernden Licht des Feuers wirkte sie gespenstisch. Wie eine Tote, die dem Grab entstieg.

So heftig hat sie noch nie reagiert. Graziella sah zu Emmas Platz, der gegen Süden lag, neben ihr ein Messer. Nach Eleonores Meinung war es ein zeremonielles Messer. Das fehlte wohl in der Küche.

Graziella hoffte, das Messer würde nicht in falsche Hände geraten. Geheuer war ihr nicht. Eleonore wurde älter. Wer so etwas Fragwürdiges durchführte, verfügte über dunkle Energien.

«Der Tod steht vor der Tür. Wir wollen ihn vertreiben. Ich brauche mehr Johanniskraut und Wacholder. Malika, reichen Sie es mir.»

***

Wenn es nach Valérie gegangen wäre, hätte sie keinen Tannenbaum aufgestellt. Das war Verschwendung. Zanetti hatte sie überredet, wie jedes Jahr, seit sie zusammen den Heiligabend feierten. Heute Morgen war er mit einer Zweieinhalb-Meter-Fichte nach Hause gekommen und war jetzt dabei, sie in den Ständer zu stellen. «Steht sie gerade?»

«Etwas nach rechts.» Valérie hatte kein gutes Augenmass. Sie konzentrierte sich auf die Baumspitze, ob sie parallel zur Kante des Buffets dahinter verlief.

«Besser so?»

«Nein, ich glaube, die ganze Tanne ist schräg. Muss wohl am Stamm liegen. Du kannst sie drehen und wenden, wie du willst, sie steht nicht gerade.»

«Bei dem Preis müsste sie aber schnurgerade sein.» Zanetti erwehrte sich der unteren Äste. «Hältst du mal den Stamm fest? Es ist besser, *ich* schaue.»

«Du hättest das Netz dranlassen sollen, bevor der Baum fixiert ist. Warte, ich helfe dir.» Valérie streckte den Arm aus und griff nach dem rauen Stamm. Mensch, war das kompliziert. Die Nadeln piksten. «Wie lange muss ich so verharren?»

«Wir haben's gleich.» Zanetti entfernte sich ein paar Schritte vom Baum. «Kannst du ihn um fünfundvierzig Grad nach links drehen?»

Valérie drehte.

«Links ist dort, wo der Daumen rechts ist.»

«Ist das dein Ernst?» Valérie musste lächeln. So pingelig erlebte sie Zanetti selten. Es mochte an seinen Ferien liegen, die er seit vorgestern Montag einzog. Die kleinen Dinge zu Hause bekamen auch für ihn plötzlich einen enormen Stellenwert. Bereits am Vortag hatte er gesaugt, was er ansonsten Valérie oder der Reinigungsfrau überliess. Valérie sah ihn lange an.

«Was?» Süss, wie er sich dabei ertappt fühlte. Er krauste seine Stirn. «Ist etwas nicht in Ordnung?» Er kam wieder näher.

«Doch, doch.»

Er bückte sich, zurrte den Stamm in der Vorrichtung fest, prüfte, ob er sich nicht mehr bewegen liess, und stiess erleichtert den Atem aus. «So, und nun lasse ich dich die Kugeln dranhängen.»

«War das schon alles?» Valérie gähnte. «Zudem würde ich jetzt lieber zu Bett gehen.»

«Den Weihnachtsbaum schmücken ist wie Meditation. Hast du doch selbst gesagt.» Zanetti legte seine Arme von hinten um ihren Körper. «Ich werde mich um das Menü kümmern und morgen einkaufen gehen.»

«Dazu ist es noch zu früh. Morgen ist erst der 22. Dezember. Und so, wie ich dich kenne, möchtest du frische Zutaten.»

«Nun ja, planen kann man ja.»

Valérie wand sich aus seiner Umarmung. Zanetti war ein wunderbarer Koch. Es schien ihm in die Wiege gelegt worden zu sein. Seiner Mutter hatte ein Grotto in Morcote gehört. Sie hatte selbst gekocht und die Gäste bewirtet, während sein Vater als Direktor einer Investmentbank in Lugano gearbeitet hatte. Über seine pensionierten Eltern verlor Zanetti selten Worte. Aber wenn es ums Kochen ging, erwähnte er gern das Talent seiner Mutter.

«Ich werde die Kiste mit den Weihnachtskugeln aus dem Keller holen.» Er sah auf seine Armbanduhr. «Für heute haben wir unsere Arbeit getan. Aber wir sollten endlich reden.»

«Worüber?» Valérie gab sich naiv. Dabei lag es auf der Hand. Keine Woche war es her, als der Täter, der Valéries TT manipuliert hatte, endlich gefasst werden konnte. Louis hatte im Herbst vor einem Jahr den Fall übernommen. Das Ganze war nur schleppend vorangegangen. Für Valérie hatte es an Bedeutung verloren. Ihren Audi TT hatte sie flicken lassen. Ein halbes Vermögen hatte die

Reparatur gekostet. Immerhin hatte sie sich keinen neuen Wagen anschaffen müssen. Sie hoffte, zwei, drei weitere Jahre mit ihrem Cabriolet fahren zu können.

Dieser Tage stand ein Immobilienmakler vor Gericht. Valérie wusste bislang nur eines über ihn: Er war ein guter Freund ihres Ex-Mannes. Willy Lehmann, den Valérie aus ihren Gedanken längst gestrichen hatte.

***

Leonardo Lauper wusste nicht, ob er sich amüsieren wollte. Seit seiner Ankunft auf Rigi Scheidegg befand er sich unter einem permanenten Druck. Heuer war er zum ersten Mal in das feudale Berghaus der Anwaltsfamilie Maibach eingeladen worden. Er und seine Frau Alexa, die jetzt irgendwo im Wald mit Eleonore Maibach die erste Nacht der zwölf Raunächte zelebrierte. So jedenfalls hatte er es verstanden. Solche Rituale waren nicht sein Ding. Seine Welt war eine andere. Seit sechs Jahren arbeitete er in der Anwaltskanzlei von Justus Maibach und beriet natürliche und juristische Personen in Bezug auf nationales und internationales Steuerrecht sowie im Bereich Sozialversicherungs- und Vorsorgerecht.

Mit Ausnahme der Ferien, die er jeweils auf den Malediven verbrachte, dachte er stets an seinen Beruf und wie er in kurzer Zeit sein Vermögen verdoppeln konnte. Das war ihm in Aussicht gestellt worden, als er den Job bei Justus Maibach bekommen hatte. Es war ihm wichtig, einen guten Eindruck zu hinterlassen und zu beweisen, dass er die Arbeit nicht scheute.

Doch manchmal brauchte er Erholung. Abschalten und an nichts denken. Ferien am Strand, unter Palmen, mit nackten Füssen über den Sand waten, im badewannenwarmen Wasser schwimmen. Die Umstände hatten eine weite Reise mit dem Flugzeug nicht erlaubt. Alexa war im dritten Monat schwanger. Eine heikle Zeit, nachdem eine Fehlgeburt vor zwei Jahren sie in eine tiefe Depression gestürzt hatte. Da war ihm Justus Maibachs Einladung gerade gelegen gekommen. Lauper hatte Alexa, die wenig von Justus Maibach hielt, überzeugen können. Ein paar Tage auf der Rigi, Erholung im Schnee, feiern und gut essen. Dass Justus Maibach von ihm eine Gegenleistung erwartete, würde er ihm früh genug mitteilen.

«Und du, Leonardo, was hältst du davon?»

Lauper wurde brüsk aus seinen Gedanken gerissen. «Sorry, ich war nicht bei der Sache. Worum geht's, Justus?»

«Ob wir weiterjassen.» Es entstand eine Pause. «Oder denkst du gerade an den Vertrag wegen der Fusionen unserer zwei Giganten? Darüber sollten wir sowieso zeitnah reden. Ich brauche deine langjährige Erfahrung in der Steuer- und Rechtsberatung von multinationalen Unternehmen. Zudem sollten wir mehr Akquise betreiben.» Seine Stimme wurde leiser. «Oder sind deine Gedanken bei der kleinen Asiatin?» Justus Maibach zwinkerte ihm mit dem linken Auge zu, eine seltsame Angewohnheit von ihm. Selbst vor Gericht zwinkerte er, was ihm stets ein wenig von seiner Ernsthaftigkeit nahm. Er war ein attraktiver Mann, blitzgescheit und den sinnlichen Genüssen zugetan, ein wahrer Hedonist. Den Erfolg sah man ihm an. Eins fünfundachtzig gross, schlank und muskulös. Ein Dreitagebart liess ihn sehr cool wirken. Dagegen waren seine Augen sanft, braun und geheimnisvoll. Selbst Lauper, der seinen Kollegen zu kennen glaubte, rätselte über den Menschen, dem alles zuzufliegen schien. Eine eigene Anwaltskanzlei inmitten von Zürich, verheiratet mit der schönen Graziella. Mit ihr hatte er zwei Kinder im Teenageralter. Er nannte eine Villa am Zürichsee sein Eigen, fuhr einen Bugatti Chiron und leistete sich viermal Ferien im Jahr.

Auch Lauper hatte sich dieses Ziel gesetzt. Und das wusste Maibach. Er hatte ihn deswegen in der Hand. Obwohl Lauper die Problematik sah, immer mehr in den Einflussbereich seines Kollegen zu rutschen, wollte er es sich nicht eingestehen. Alexas entsprechende Bemerkungen liess er aussen vor. Sie würde es ihm verdanken, wenn sie in fünf, sechs Jahren einen ähnlich hohen Lebensstandard erreicht hatten wie sein grosses Vorbild.

«Bringen Sie uns noch eine Runde.» Linus Maibach, Justus'

Vater, rief der Wirtin zu. «Nochmals dasselbe.» Er konzentrierte sich wieder auf die Jasskarten. «Bin ich dran mit Austeilen?»

Lauper intervenierte. Er hatte bereits zu viel von dem «Schümli Pflümli» getrunken. Zudem lag ihm der Schlagrahm auf. «Echte Nidel», hatte die Wirtin gesagt. «Doppelrahm von gesunden Schwyzer Kühen.» Lauper winkte ab. «Ich glaube, für mich reicht es.»

Justus Maibach schob seinen Arm in Laupers Richtung. «Entspann dich. Jetzt hast du Ferien. Ich kenne dich nicht von dieser zurückhaltenden Seite.» Sein Grinsen ging Lauper unter die Haut. Maibach wirkte so, als müsste er sich anstrengen, nicht herablassend mit ihm zu sprechen. «Du hast schon Härteres getrunken. Erinnerst du dich?» Er nahm die Jasskarten auf und fächerte sie mit dem Bild nach unten auseinander.

Und ob er sich erinnerte. Lauper wollte sich seine gute Laune nicht verderben lassen. Im Moment stand viel auf dem Spiel. Maibach hatte ihn als Partner vorgesehen, ihm aber noch ein paar Steine in den Weg gelegt. Schweigen war das Beste, obwohl ihm gerade vieles auf der Zunge lag, was er gern losgeworden wäre. Aber er war Gast hier und nicht der Einzige am Tisch. Ihm gegenüber sass Basil, Justus Maibachs jüngerer Bruder, der sich bereits den dritten Schokoladenstängel einverleibte. Er war in die Fussstapfen seines Vaters getreten und führte in dritter Generation die Anwaltskanzlei «Maibach & Söhne» in Schwyz.

Lauper begutachtete seine Karten und ärgerte sich über sie. Schon wieder fielen ihm die schwachen zu. Mit diesen würde er nichts zum Gewinnen beitragen.

Die Wirtin brachte eine weitere Runde Kaffee mit Pflaumenlikör und Schlagsahne und wies darauf hin, das Gasthaus schliessen zu müssen. Mit Ausnahme zweier Frauen an einem runden Tischchen waren alle anderen Gäste bereits gegangen.

«Wer will noch etwas?», fragte Linus Maibach. «Einen letzten Absacker vielleicht, bevor es mit dem Schlitten Richtung Berghaus geht?»

Lauper verneinte. Basil Maibach schloss sich ihm an. Nur Justus Maibach hatte das Bedürfnis nach einem doppelten Whisky.

«Ihr seid Weicheier.» Er wandte sich an seinen Bruder, ohne Lauper aus den Augen zu lassen. «Obenabe.» Dann legte er die erste Karte. Ein Schellen-Ass.

***

Allmählich verzog sich der Rauch. In der Schale blieb die Asche zurück. Das Feuer hatte den letzten Papierschnipsel und die Holzspäne zum Verschwinden gebracht, was an und für sich ein Wunder war. Auch die Fackeln an den vier Ecken der Elemente waren am Erlöschen.

«Morgen werden wir uns dem Druidenstern widmen.» Eleonore schüttelte sich Staub von ihrem Umhang. «Hoffen wir, die Göttin Morrigan ist uns gutgesinnt.»

«Okay, hätten wir das auch überstanden.» Graziella stöhnte, als sie sich erhob. Ihre Beine schmerzten ob der immer gleichen Haltung. Sie knipste die mitgebrachte Taschenlampe an und suchte in deren Lichtkegel den Weg, der sie von diesem gespenstischen Platz wegführte. Sie machte den Spuk bloss ihrer Schwiegermutter zuliebe und zur Belustigung mit. Sie hielt nichts von Ritualen. Aber sie hatte sich köstlich an Alexa amüsiert. Ihr musste dieser Humbug echt eingefahren sein.

«Können wir endlich losgehen?» Malika, sichtlich durchfroren, hängte sich bei Alexa ein.

«Ja, dann vorwärts.» Eleonore übernahm die Taschenlampe und gab das Tempo vor.

Der Weg führte an tief verschneiten Tannen vorbei. Wie stumme Riesen standen sie am Wegesrand, mit hängenden Ästen, vom schweren Schnee bedeckt. Unter den Füssen knirschten Eiskristalle. Die Luft war frisch.

Emma wartete auf Graziella, die das Schlusslicht machte. «So viel freie Zeit für diese absurden Dinge möchte ich auch mal zur Verfügung haben.»

«Hast du die nicht?» Graziella hatte sich schon oft gefragt, wie Emma ihre Zeit totschlug. Sie und Basil hatten keine Kinder. Emma führte lediglich den Haushalt, was Basils Wunsch gewesen war. Emma hatte sich beklagt, weil er sie nicht auswärts arbeiten liess. Alte, patriarchalische Schule, eine Vorgabe des Schwiegervaters, der viel Wert auf Tradition legte. Ihr ging es besser. Zwar hatte auch Justus ihr abgeraten zu arbeiten. Er verdiene gut genug, um ihr und den Kindern ein feudales Leben zu bieten. Damit hatte sich Graziella allerdings nicht zufriedengegeben und Kunstmalen zu ihrem Hobby gemacht. Wenn die Kinder in der Schule weilten, tauchte sie ab in ihr Kelleratelier und lebte ihre Leidenschaft aus. Vor einem Jahr hatte sie ihre erste Ausstellung in einer Galerie in Zürich gehabt und sich Hals über Kopf in den Galeristen verliebt. Ihr kleines Geheimnis.

«Ach, das Haus bürdet mir genug Arbeit auf», sagte Emma.

«Du putzt, dekorierst und kochst, bis dein Göttergatte nach Hause kommt? Präsentierst du dich ihm dann im Negligé?»

«Unsere Ehe ist intakt, im Gegensatz zu deiner.»

Graziella spürte den subtilen Seitenhieb ihrer Schwägerin. «Du schläfst also noch mit ihm? Nach zwölf Ehejahren?»

«Warum nicht?» Emma griff nach ihrem Arm. «Und du?»

«Ich bin froh, wenn er mich in Ruhe lässt.»

«Hast du einen Geliebten?»

«Was du nicht alles wissen willst.» Graziella gab ihr einen Stups.

«Komm, sag schon. Du bist in den besten Jahren, bist attraktiv und charmant ... eine Augenweide.»

«Schmeichlerin.»

«Stimmt doch, oder?» Emma erwartete offenbar eine Bestätigung oder zumindest ein «Gleichfalls».

Graziella machte ihr den Gefallen nicht. «Ich bin bereits neununddreissig.»

«Oh, mein Gott, wie alt. Habe ich ganz vergessen.» Emma ging wieder voraus.

Sie erreichten den Waldrand, wo ein kleiner Pfad in den Weg zum Berghaus einmündete. Das Haus war beleuchtet mit zighundert Niedervoltlämpchen, die die Konturen von der Dunkelheit abzeichneten. Drei mit Lichterketten geschmückte Tannen standen vor der Treppe, die zum Eingang führte. Auch vor der Tür hatte Eleonore nicht mit weihnachtlichen Dekorationen gegeizt. Jedes Jahr von Neuem verausgabte sie sich, um ihr Berghaus auf Rigi Scheidegg und die nahe Umgebung in eine Zauberlandschaft zu verwandeln. Sie scheute weder Kosten noch Zeit und kam jeweils vor dem ersten Adventssonntag auf den Berg. Sie mache es wegen ihrer Enkelkinder, sagte sie, wenn man sie auf diesen Aufwand ansprach.

Doch Mario und Leonie waren ihren Kinderschuhen längst entwachsen. Im Moment forderten sie Graziella als nervtötende Teenager, die über Grossmutters Steckenpferd bloss lachten und alles andere im Kopf hatten als kitschige Weihnachtsbeleuchtungen. Ihre Welt waren das neuste Handy, Social-Media-Plattformen wie Instagram und Snapchat und jede Menge Freunde, mit denen sie ihre Begeisterung teilten. Graziella hatte die Übersicht längst verloren, und Justus kümmerte es nicht. Sie hatten das grosse Glück, dass ihre begabten Kinder in der Privatschule zu den Besten zählten. Graziella fragte sich oft, wie lange es dauern würde, bis es kippte. Von den Freunden ihrer Kinder hatte sie keine Ahnung.

Nur im Dachgeschoss brannte Licht. Entweder waren die Männer vom abendlichen Ausflug auf die Scheidegg noch nicht zurück oder bereits im Bett. Graziella vermutete Ersteres. Wenn Justus dabei war, wurde es immer spät. Basil, der jeweils den Übermut seines Bruders zu bremsen versuchte, hatte nicht viel zu sagen. Und der Schwiegervater machte, was Justus für gut hielt. Graziella kannte Leonardo Lauper nicht gut. Vor zwei Tagen waren er und seine Frau Alexa hier angekommen. Sie hatte sich gewundert. Anscheinend war das eine abgesprochene Sache zwischen Linus und Justus.

Nun, das Haus bot genug Platz für alle. Mit sechs Schlafzimmern, verteilt auf die oberen beiden Stockwerke, einem geräumigen Wohnzimmer und einer grossen Küche hatte sich das Berghaus längst als Partyhaus etabliert. Im Keller gab es ein Massenlager für zehn Leute. Wer das Haus unter dem Jahr belegen wollte, kam nicht um Eleonore herum. Sie sagte, wer, wann, wie lange hier wohnen und ihren exquisiten Hausrat benutzen durfte. Eleonore, die Übermutter, unter deren Fuchtel die Familie und deren Freunde standen, gab unbestritten den Ton an. Sie über die Feiertage auszuhalten, war verkraftbar.

Eleonore schloss die Tür auf. Weder Winterstiefel noch Moonboots waren beim Eingang zu sehen. Auch die Schlitten fehlten, die jeweils in Reih und Glied an der linken Fassade lehnten. Die Frauen betraten das Haus. Das Wohnzimmer lag im Dunkeln. Graziella vernahm vom obersten Stock ihre Tochter und die brüchige Stimme ihres Sohnes. Wenigstens waren sie bei ihrer Abwesenheit im Haus geblieben.

Eleonore hatte die Küche betreten und stiess einen Laut des Erstaunens aus. «Ach, wie nett, die Kinder haben aufgeräumt.»

Von dieser Seite kannte Graziella sie nicht. Mario und Leonie wichen solcher Arbeit grundsätzlich aus. Ob ein Anliegen dahintersteckte? Oder die Erwartungshaltung für ein wertvolles Geschenk? Ohne Gegenleistung taten sie nie etwas freiwillig. Graziella entledigte sich der Daunenjacke und der Stiefel und ging nach oben.

Die Kinder lagen in trauter Zweisamkeit in Marios Bett und kicherten. Eine Seltenheit. In der Regel schlugen sie sich die Köpfe ein mit verbalen Angriffen. Etwas führten sie im Schilde.

«Hallo, ihr zwei.»

«Ihr seid schon da?» Leonie rappelte sich auf. Ihr kleines Mädchen, das im letzten Halbjahr weibliche Züge angenommen hatte. Dünn war sie noch immer. Das lag daran, dass sie mit der körperlichen Veränderung nicht umzugehen vermochte. Diäten waren bereits ein Thema, dem Graziella nicht gewachsen war. «Wie spät ist es denn?»

«Nach Mitternacht. Habt ihr etwas von Papa gehört?»

«Nö.» Mario sprang auf die Beine. Er war im Gegensatz zu seiner Schwester sehr von sich überzeugt.

«Von Opa?»

«Nö.»

«Die sind doch gemeinsam weg», sagte Leonie.

«Okay, geht schlafen, damit ihr morgen fit seid. Ihr wollt doch zum Skifahren, nicht wahr?» Graziella drückte zuerst ihrem Sohn, dann ihrer Tochter einen Kuss auf die Wange.

«Mami, du riechst scheusslich.» Leonie verzog ihren herzförmigen Mund. «Was ist das? Hat Oma wieder einmal die Toten beschworen?» Sie schnitt eine Grimasse. «Mir kann sie nichts vormachen. Das, was heute Morgen noch in der Küche stand, war doch die Urne des Urgrossvaters … Hubertus der Grosse.»

«Klar, er wurde kremiert», insistierte Mario. «Ob sich tatsächlich die Asche des Verstorbenen darin befindet, wissen die Götter. Seien wir ehrlich, niemand kann das kontrollieren. Wie schwer ist so eine Urne? Drei bis dreieinhalb Liter, also rund zwei Kilo, macht allein die Asche aus. Mehr als drei oder vier Kilo insgesamt ist Urgrossvaters Behältnis sicher nicht.»

«Schluss jetzt. Morgen ist ein neuer Tag, und ihr habt genug Zeit, um darüber zu diskutieren.» Graziella ging zur Tür. Immer abends, wenn sie schlafen mussten, waren ihre Kinder in Topform, wogegen man sie am Morgen mit einem Bagger nicht aus dem Bett bekam.

«Fürchtest du dich vor der Wahrheit?» Warum musste Mario sie immer so provozieren? «Hat eine verbrannte Leiche tatsächlich in einem so kleinen Gefäss Platz? Mitsamt den Kleidern und so? Wir werden veralbert.»

«Mario, bitte. Vielleicht sprichst du mal mit einem Priester darüber.» Graziella wünschte Gute Nacht und zog die Tür hinter sich ins Schloss. So abwegig war die Frage nicht.

8. Februar 1961, fünfzehn Minuten vor drei, nachmittags

Die Vitznau-Rigi-Bahn hielt mit einem Ruck an, bevor sie wenige Zentimeter wieder talwärts fuhr und dann ganz stoppte. Ein leises Zittern ging durch den Waggon. Er ächzte in sämtlichen Fugen, durch die es unangenehm zog.

«Mami, Baba, schaut!» Camillas Gesicht klebte an der kalten Fensterscheibe, an deren Rand sich Eissterne gebildet hatten. Wenn sie daraufhauchte, verformten sie sich, und es entstanden sonderbare Fabelwesen. «Werden wir in diesem Hotel unsere Ferien verbringen?» Sie wies mit ihrem rechten Zeigefinger nach draussen und hoffte, Mami sähe es auch.

«Ja, Liebling.» Baba griff nach dem grossen Koffer und den Skiern mit den Stöcken neben der Holzbank. «Wir sollten aussteigen, sonst fährt die Bahn mit uns weiter. Das wollen wir doch nicht, oder?» Er wandte sich liebevoll an Mami. «Ich überlasse dir die Tasche. Kommst du zurecht damit?»

«Geh du nur voraus. Ich kümmere mich um die Kleine.» Mami nahm ihre Hand. Camilla zog sie ungeduldig zum Ausgang. «Nicht so schnell. Wenn du den Tritt verfehlst, landest du kopfvoran im Schnee.»

«So viel Schnee.» Camilla jauchzte vor Freude. Sie wandte sich zu ihrer Mutter um. «Glaubst du, hier bekommt man Schlitten?» Ein heftiger Wind trieb aufgewirbelten Schnee über den Bahnsteig.

«Natürlich kann man Schlitten bekommen. Wir werden in einem Luxushotel wohnen, wo fast keine Wünsche offenbleiben.» Sie flüsterte geheimnisvoll: «Manchmal werden sie dir sogar von den Lippen abgelesen.»

Camilla riss sich von ihrer Mutter los. Und rannte. Babas mahnende Stimme ignorierte sie. Sie hüpfte neben der Station auf den Weg, der schnurgerade zum Hotel Rigi Kaltbad führte. Das, was vor ihr lag, erschien ihr wie ein Märchen. Das Schloss aus dem Buch «Schneewittchen» konnte nicht schöner sein. Ein so grosses Haus auf einem Berg hatte sie nie zuvor in ihrem Leben gesehen. Und wie es erstrahlte, wie eingezuckert. Auf dem Dach des Mitteltraktes wehte eine Schweizerfahne. Mami und Baba hatten nicht zu viel versprochen. «Wir werden eine Woche lang wie die Könige leben», hatte Mami geschwärmt. Ihr Wunschtraum seit Ewigkeiten. Baba hatte ihren Traum erfüllt, zu ihrem zehnten Hochzeitstag. Von Eis und Schnee überpuderte Bäume säumten einen weitläufigen Platz. Weiter vorn führte eine Treppe abwärts auf ein Feld, auf dem sich viele Menschen tummelten. Ihre fröhlichen Rufe waren bis hier oben zu hören.

«Bist du komisch angezogen.» Plötzlich war diese Stimme neben ihr.

Camilla verlangsamte ihre Schritte und sah sich um. Der Junge, er mochte zwei Jahre älter sein als sie, grinste sie frech an. Er hatte noch nicht alle zweiten Zähne. Die zwei langen Schaufeln neben den Lücken auf der oberen Zahnreihe sahen seltsam aus. Camilla musste an Grossdädis Kaninchen denken und konnte sich ein Kichern nicht verkneifen. Sie warf einen Blick an sich hinunter. Es war Anfang Februar und klirrend kalt. Sie hatte über das Wollkleid den Mantel anziehen müssen. Darunter gestrickte Strumpfhosen und an ihren Füssen trug sie warme, mit Ziegenfell gefütterte Stiefel. Die Kappe mochte sie nicht. Sie hasste Mützen mit Pompons.

Der Junge dagegen bluffte mit seiner Skijacke und den edlen Hosen, die man neuerlich im Winter trug. Er musste etwas ganz Besonderes sein.

«Wie heisst du?»

«Camilla. Und du?»

«Camilla? Was ist denn das für ein eigenartiger Name? Camilla klingt wie Kamillentee.» Der Junge rannte zurück in Richtung Station. «Ich hasse Kamillentee», rief er und torkelte wie blöde zu einem Paar, welches augenscheinlich seine Eltern waren. Die Frau fiel auf in ihrem Pelzmantel mit passender Mütze und Muff. Und mit der schwarzen Sonnenbrille, die wie ein verkohlter Schmetterling auf ihrer Nase sass.

Camilla blieb stehen. Sie wartete. Baba hatte alle Hände voll zu tun mit dem schweren Koffer und den sperrigen Skiern. Ein Mann in Uniform kam mit einem Gepäckschlitten daher. Er musste ein Bediensteter des Hotels sein. «Haben Sie im Grandhotel gebucht?», hörte Camilla ihn fragen.

«Ja, haben wir. Christophe Fournier ist mein Name. Für uns ist ein grosses Zimmer reserviert.»

«Dann kommen Sie.» Der Mann wuchtete den Koffer, die Skier und Mamis Reisetasche auf den Schlitten. «Gehen Sie voraus. Ich werde Ihnen das Gepäck aufs Zimmer bringen und die Bretter in unserem Skikeller deponieren. Und bitte schön, den Weg geradeaus bis zum Pavillon. Dort können Sie den Aufzug nehmen. Dann rechts über die grosse Terrasse. Der Eingang ist beschriftet. In der Zwischenzeit dürfen Sie sich am Empfang anmelden. Haben Sie die Reservation und einen Ausweis dabei?»

«Die braunen Identitätskarten.» Baba strich sich mit den Handschuhen über die Stirn, als hätte ihn das Schleppen der Bagage ins Schwitzen gebracht.

«Das ist aber ein netter Mensch.» Mami war ausser Atem. «Habt ihr gesehen? Es gibt sogar eine Eisbahn unterhalb des Hotels.»

«Darf ich da auch drauf?» Camilla wunderte sich über die Bettflaschen, die die Männer über das Eis stiessen.

«Das ist nicht so einfach wie auf den ersten Blick.» Mamis Mund umspielte ein Lächeln. Sie sah glücklich aus in ihrer Pelzmütze und fast wie eine Diva. Baba hatte sie ihr zu Weihnachten geschenkt, sogar einen dazu passenden Nerz. Damit sie nicht aus dem Rahmen falle, hatte er gescherzt. Hier würden vor allem die Schönen und Reichen residieren. «Man muss sich Schlittschuhe anziehen. Die Kufen sind schmal und messerscharf. Ein schwieriges Unterfangen, um auf dem glitschigen Eis die Balance zu halten.»

«Die Männer tragen aber keine Schlittschuhe.» Camilla hatte genau hingesehen.

«Die spielen Curling», sagte Baba. «Dazu braucht man keine Schlittschuhe.»

Gemeinsam erreichten sie den einladenden Hoteleingang. Die

Dimensionen dahinter erinnerten an die Interieurs in Palästen aus früheren Zeiten. Mami hatte Bilder aus Zeitschriften ausgeschnitten, sie in ein Album geklebt und gesagt, sie würde sich gern mal in diesem Luxus baden. Camilla riss die Augen auf, während sie ihren Fuss zögernd auf den Klinkerboden setzte. In der grossen Halle kam sie sich klein vor. Der Lüster über ihr jagte ihr einen Schauer über den Rücken. Wenn der bloss hielt. Im Saal nebenan sass ein Pianist an einem Flügel und liess seine Finger elegant über die Tasten schweifen. Wie wunderbar der spielen konnte. Männer und Frauen bewegten sich langsam durch die Säle, als wäre die Zeit nicht wirklich vorhanden.

«Camilla!» Mami zitierte sie zum Empfang, der in einer verschnörkelten Holzverschalung beinahe verschwand. Ein Bouquet von Stechpalmen zierte den Platz neben der Kasse. Camilla versuchte, die Buchstaben auf dem Schild zu entziffern: «NCR». Von ihr aus gesehen links war ein Drehhebel angebracht. Ob die Kasse einen Motor hatte?

Hinter einem langen Tresen stand ein in einen schwarzen Anzug gekleideter Mann. Camilla musste ob seines Schnurrbarts schmunzeln. Schmal und gerade war er und an den beiden Enden in eine Locke gezwirbelt.

«Na, wen haben wir denn da?» Der Mann lächelte sie freundlich an. «Eine junge Dame aus …», er sah auf das Reservationsbuch, «Luzern. Kenne ich. Vor zwei Jahren habe ich dort im Hotel Palace gearbeitet.» Er sandte Mami und Baba einen raschen Blick zu. «Eine wunderbare Stadt. Wie heisst du denn?»

«Camilla.» Sie musste auf den Zehenspitzen stehen. Es interessierte sie brennend, was sich hinter dem Tresen verbarg, was vielleicht nicht für die Augen kleiner Mädchen bestimmt war. Ja, in so einem vornehmen Hotel würde sie später einmal arbeiten wollen.

Der Mann wandte sich an Baba. «Für Sie ist ein grosses Zimmer reserviert. Mit einem Doppel- und einem Einzelbett, wie bestellt. Es liegt im ersten Stock im Westflügel und verfügt über eine kleine Terrasse, von der aus Sie zum Pilatus und bis zu den Berner Alpen sehen können. Es gibt zwei Sonnenliegen mit Wolldecken. Ich mache Sie zudem darauf aufmerksam, dass morgen Abend die grosse Fasnacht-Gala am Schmutzigen Donnerstag stattfindet. Falls wir für Sie für das Dinner reservieren dürfen, teilen Sie es uns bitte bis am Morgen um zehn Uhr mit. Bis Ihr Gepäck oben ist, dürfen Sie sich in den Salon setzen. Dort wird Ihnen ein Willkommensgetränk serviert. Ich hoffe, Sie mögen unseren Hauswein. Und für dich, junge Dame, gibt es ein Glas Himbeersirup.»

Mami und Baba setzten sich auf eines der pompösen Sofas, aus denen der Duft vergangener Jahrzehnte strömte. Hier roch es wie bei Grossmama. Camilla blieb stehen. Als ihr das Glas mit Sirup serviert wurde, trank sie es schnell aus. Sie liess ihren Blick durch die Hotelhalle schweifen. Der Junge mit den Hasenzähnen war angekommen. Ob er mit Camilla spielen würde? Er alberte vor dem Tresen herum, derweil seine Eltern ein angeregtes Gespräch mit dem Mann mit Schnurrbart führten. Kein nettes, wie es den Anschein machte. Die Frau im Pelzmantel redete auf ihren Mann ein. Dieser teilte dem Schnurrbart unschöne Wörter aus. Sie hatte die Brille abgenommen. Ihre Augen waren geschminkt.

Camilla näherte sich beiläufig dem Empfang. Ach, wie war das spannend. Und all die Leute hier. Eine Person nobler als die andere. Die Damen in schicken Etuikleidern und Handschuhen bis zu den Ellenbogen. Die Männer trugen Flanellhosen und Jacken aus Twill. Das wusste sie von Mami. Sie war Näherin und kannte sich aus mit Stoffen.

«Wir haben *unser* Zimmer bestellt», hörte Camilla den Mann vor dem Tresen schimpfen. «Hier, diese Reservationsbestätigung bekamen wir mit der Post zugeschickt. Es steht schwarz auf weiss ... Überbucht? Wie kann das in einem Luxushotel wie diesem passieren?»

«Sie haben recht. Aber Ihr Zimmer wurde soeben vergeben. Wir hatten Sie ja bereits um elf erwartet. Da lässt sich jetzt nichts mehr ändern.»

«Ich will den Hoteldirektor sprechen.»

«Selbstverständlich. Er wird Ihnen dasselbe sagen.»

«Ich bin hier Stammgast. Einmal im Jahr fahre ich mit meiner

Familie nach Kaltbad. Als ich das erste Mal hier war, steckten Sie noch in den Kinderschuhen ... oder hinter dem Mond. Ich kenne die Geschichte des Hotels wie niemand sonst. Haben Sie gewusst, dass um 1700 das erste Gasthaus auf Rigi Kaltbad gebaut wurde? Also sehen Sie sich vor. Was ich hier an Geld liegen lasse ... Sie haben die Wahl: Entweder bekomme ich mein Zimmer, oder ich werde veranlassen, über das Hotel im ‹Vaterland›, im ‹Tagblatt› oder in der ‹LNN› zu schreiben. Nichts Erfreuliches. Ich habe Beziehungen. Es ist nicht zu glauben, wie man uns behandelt.»

Durch eine Tür hinter dem Empfang trat ein Mann in Anzug und Krawatte. Das musste der Hoteldirektor sein, von dem Baba erzählt hatte. Ein korpulenter Mittfünfziger mit Glatze.

«Endlich, Herr Kupferschmid. Sie kennen mich. Ihr Concierge sagte mir, dass mein Zimmer vergeben sei. Ich hatte all die Jahre dasselbe Zimmer. Jetzt ist es weg wegen Überbuchung. Tun Sie etwas!»

«Kamillentee, Kamillentee.» Der Junge zwickte sie am Arm.

Camilla drehte sich rasch um. «Wie heisst du?» Er sah aus wie Fritz in ihrer Klasse. Sollte sie ihn Fritz nennen? Vielleicht hatte er einen Namen, der ihm nicht gefiel, und schämte sich dafür.

«Sag ich nicht.» Der Junge streckte die Zunge raus.

Camilla blieb nur ein Kopfschütteln. Na ja, die Jungen in diesem Alter waren manchmal grosse Kindsköpfe. Sie kehrte zu ihren Eltern zurück, deren Gesichter hinter vollbauchigen Weingläsern verschwunden waren.

«Da bist du ja.» Mami stellte ihr Glas auf den Salontisch. «Wo warst du?»

«Lass sie doch, Liebling, du kennst doch unsere Tochter. Sie ist neugierig. Das hier ist wie eine Wundertüte für sie.»

Camilla setzte sich auf Babas Schoss und schmiegte sich an ihn. «Wann können wir denn in unser Zimmer gehen?» Sie mochte es kaum erwarten.

ZWEI

Graziella stiess den Fensterladen auf und verharrte eine Weile unter dem Fensterrahmen. Sie liess ihren Blick auf den verschneiten Hang unter ihr schweifen bis zum Gasthaus «Burggeist», dessen Dach unter einer weissen Haube steckte, genauso wie die Dächer der angrenzenden Chalets. Wie mit Diamanten übersäte Pilze glitzerten sie in der aufgehenden Sonne. Über dem Vierwaldstättersee dagegen lag zäher Nebel. Welch ein Anblick. Bald würde sie am richtigen Meer liegen. Unter knatternden Palmen im westlichen Indischen Ozean. Justus hatte ihr zwei Wochen Ferien auf den Seychellen in Aussicht gestellt. Allein. Dass sie es nicht sein würde, dafür hatte sie früh genug gesorgt.

Mal abgesehen von der Schwiegermutter, die ihr einstweilen auf die Nerven ging, kam Graziella gern hierher. Die Stille hier oben war sommers wie winters ein Segen, liess den Alltagsfrust vergessen und regte ihre Phantasie an. Zu Hause würde sie wieder malen und die Eindrücke verarbeiten können. Den inneren Bildern Platz bieten, auch wenn sie zuweilen etwas abstrakt daherkamen. Aktuell arbeitete sie in der weissen Phase, leicht und beschwingt, in Aquarell wie in Acryl. Schnee und helle Sandstrände waren ihre Lieblingsmotive.

Sie wandte sich um. Sie mochte das heimelige Schlafzimmer, welches im krassen Gegensatz zu ihrer Luxusvilla an der Goldküste stand. Die naturbelassenen Steinwände mit den Holzelementen vermittelten Geborgenheit und Wärme. All das, was sie in ihrem Leben an der Seite ihres Mannes vermisst hatte. Das Doppelbett mit den rot-weiss karierten Kissen und Duvets war behaglich. Auf der Kommode befand sich eine Waschschüssel mit Krug und erinnerte an eine Ära, in der sie manchmal gern gelebt hätte. Früher musste alles weniger hektisch gewesen sein als heute.

Die linke Hälfte des Betts war unbenutzt, wie so oft in letzter Zeit. Gut möglich, dass Justus im Keller geschlafen hatte. Ihr war es recht. Die Ausrede, er habe zu viel getrunken und seine Frau nicht stören wollen, würde man ihm abnehmen. Ansonsten hatten sie sich das Versprechen gegeben, vor Justus' Eltern und vor den Kindern den schönen Schein zu wahren. Seit achtzehn Jahren «glücklich» verheiratet. Dass ihre Ehe seit Langem zerrüttet war, ging niemanden etwas an. Justus war selten zu Hause, und wenn doch, hatte sich Graziella angewöhnt, ihm auszuweichen. Im grossen Haus in Erlenbach konnten sie sich aus dem Weg gehen. Manchmal liess es sich wie Bruder und Schwester gut leben. Der Zweck heiligte die Mittel, auch in diesem Fall.

Nach einer ausgiebigen Dusche ging sie einen Stock tiefer. Am gedeckten Tisch sassen bereits Eleonore und Linus. Eleonore hatte sich wieder alle Mühe gegeben, das Frühstück aufwendig zu arrangieren. Es fehlte an nichts. Sogar frisch gepressten Orangensaft hatte sie hingestellt. Brot und Butterzopf hatte sie selbst gebacken, und die Erdbeerkonfitüre stammte aus der letzten Ernte aus ihrem Garten, den sie mit Hingabe pflegte. Eine Glasschale mit Pralinen für ihren Sohn stand ebenfalls bereit. Basil mochte Schokolade über alles, nahm deswegen jedoch nicht zu. Graziella war ganz neidisch. Kerzen und mit roten Kugeln geschmückte Äste rundeten das Ganze ab und verströmten eine anheimelnde Atmosphäre.

Mittlerweile waren auch Emma, Malika und Alexa heruntergekommen, alle im Trainingsanzug, als hätten sie sich untereinander abgesprochen. Sie setzten sich mit einem Gruss in die Runde. Graziella liess einen Latte macchiato aus der Kaffeemaschine, fragte nicht, ob jemand auch wolle. Der Morgen war noch nie ihre Zeit gewesen. Sie hatte sogar Mühe, das Badezimmer zu finden.

«Schlafen die Männer noch?» Malika warf den Frauen einen fragenden Blick zu, wollte sich wohl wichtigmachen. Malika, die hier nichts zu sagen hatte. Ein achtundzwanzigjähriges Püppchen mit platinblonden Haaren und ebenso hellem Gesicht.

«Basil ist noch oben.» Emma griff nach dem Brotkorb und schnappte sich ein Stück Zopf.

«Leonardo schläft wie ein Bär.» Alexa bediente sich von dem Orangensaft.

«Weisst du denn, wie ein Bär schläft?» Malika gluckste.

Was für eine alberne Bemerkung. Graziella bedachte sie mit einem vernichtenden Blick und hoffte, dieses Frauenzimmer würde sich in Zukunft zurückhalten. Sie hasste Malika. Sie war alles, was Graziella längst verloren hatte: jung, knackig und lässig. Und sie spielte Cello. Ein Glück, hatte sie das Instrument nicht mit auf den Berg genommen.

Malika war Justus' Sekretärin und hier, ausser von ihrem Chef, nicht erwünscht. Sie passte nicht in die Familie, war allein gekommen. Dabei lebte sie mit ihrem Freund zusammen. Aber Justus hatte darauf bestanden. Selbst in den Ferien konnte er nicht abschalten und war mit einem Bein immer in der Kanzlei. Malika tippte die von ihm diktierten Briefe auf den Laptop, als hätte diese Arbeit nicht bis nach den Festtagen warten können. Justus musste allen zeigen, wie *very busy* er war. Malika war die Einzige gewesen, die Eleonores Einladung zur ersten der zwölf Raunächte zuerst nicht hatte Folge leisten wollen. Sie suchte, das war sich Graziella seit letzter Weihnacht sicher, Justus' Nähe. Aber es war ihr egal. Sie lebte ihr Leben, Justus seines.

«Warst du gestern noch einmal weg?» Emma sah sie mit zusammengekniffenen Augen an, als sich Graziella neben sie an den Tisch setzte.

«Wie kommst du darauf?» Graziella streute Zucker über den Milchschaum.

«Ach, ich war auf der Toilette und habe dich am Ende der Treppe gesehen. Das warst doch du?»

«Du musst dich getäuscht haben.» Sie löffelte den Schaum, der einen klebrigen Rückstand auf ihren Lippen hinterliess.

«Hat hier sonst noch jemand lange schwarze Haare?»

«Ist dir die Thomasnacht eingefahren?», konterte Graziella. Sie verstand nicht, warum ihre Schwägerin so etwas behaupten konnte. «Ich war das nicht.» Lange Erklärungen waren ihr zuwider. In der Nacht war sie auf gewesen, weil sie wie üblich nicht hatte schlafen können. In der Meinung, Justus schliefe neben ihr, hatte sie das Zimmer verlassen. Sie hatte ihrem Liebsten eine

SMS geschickt und darauf gewartet, bis er ihr zurückschrieb. Das ging niemanden etwas an, zuletzt Emma. Familie in Ehren, es gab jedoch klare Grenzen.

Alle Augen waren auf sie gerichtet. Graziella erhob sich, den Macchiato liess sie stehen. «Ich gehe mal schauen, ob Justus im Massenlager schläft.» Frauen in der Überzahl ertrug sie nicht, ausser sie sassen um einen brodelnden Kessel und huldigten einer Hexe.

«Dort ist er nicht», warf Linus kauend ein. «Ich war vorher im Keller, um etwas aus der Vorratskammer zu holen. Die Tür stand offen, und ich vergewisserte mich, ob Mario und Leonie gewütet hatten.»

«Warum hätten sie dort wüten sollen?» Graziella verstand die Bemerkung ihres Schwiegervaters nicht. «Ist mir etwas entgangen?»

«Ach, du kennst sie doch», sagte Eleonore, die ihren Mann offensichtlich in Schutz nahm. «Wenn es ihnen langweilig ist, spielen sie Räuber und Poli. Ich habe sie auch schon im Massenlager erwischt, als sie über die Betten hüpften. Mit den Schuhen», schob sie nach.

«Okay.» Graziella hob abwehrend die Hände. Das fehlte noch, ihre Kinder als ungezogene Bälger hinzustellen. «Wenn Justus nicht im Keller geschlafen hat, wo hat er sich dann hingelegt? Bei mir war er auf jeden Fall nicht.» Sie sah zu Malika, die beschämt den Kopf senkte. «Etwa bei dir?»

«Was soll das!», rief Malika.

«Ich frage mich die ganze Zeit, warum Justus dich mit dabeihaben wollte.»

«Es war seine Idee. Wir müssen arbeiten. Ich bin seine Sekretärin.»

«Genau, die, wenn sie nur ein bisschen Verstand hätte, nicht einfach bei uns hereingeplatzt wäre. Weihnachten ist noch immer eine Familienangelegenheit.» Dass ausgerechnet Emma Stellung bezog, hätte Graziella nicht erwartet.

«Was ist mit Alexa und Leonardo?», keifte Malika. «Gehören *die* zur Familie?»

«Ich verbitte mir diesen Ton», sagte Eleonore aufgebracht. «Was fällt Ihnen ein?»

«Entschuldigung.» Malika senkte abermals den Blick. «Suchen wir Justus.»

«Wecken wir unsere Männer, dann erfahren wir, wo er ist.» Emma war bereits aufgestanden.

Graziella sah ihr nach, wie sie die Treppe hoch in den ersten Stock ging, die zierliche, zerbrechliche Frau, die versuchte, es immer allen recht zu machen. Die Stimmung war dahin. Malika verliess den Tisch, und Eleonore räumte das Geschirr ab. Nur Linus blieb sitzen.

Graziella hätte gern seine Gedanken gelesen. Linus, der von seinem einstigen Glanz verloren hatte, seit Justus ihm den Rang ablief. Linus hätte seinen ältesten Sohn gern als Nachfolger für seine Kanzlei gesehen. Doch Justus hatte gänzlich andere Pläne gehabt und seine Ziele hochgesteckt, die er mit Hartnäckigkeit und Arroganz erreichte. Damit fiel er nicht aus dem familiären Rahmen.

Wenig später kehrte Emma mit Basil und Leonardo zurück. «Niemand hat eine Ahnung, wo Justus steckt», sagte sie.

«Seid ihr gestern nicht gemeinsam von eurem Ausflug zurückgekehrt?» Graziella fröstelte plötzlich. «Basil?»

Dieser wand sich. «Ehrlich gesagt, bin ich nach meiner Ankunft sofort zu Bett gegangen.»

«Leonardo?»

«Ich auch. Ich bin es nicht gewohnt, so viel Alkohol zu trinken.»

Emma wandte sich an ihren Schwiegervater. «Linus?»

«Ich war als Erster unten.»

«Sagt bloss nicht, ihr habt nicht aufeinander gewartet.» Emma warf Graziella einen flehenden Blick zu. «Wir müssen ihn suchen.»

«Warum?», fragte Graziella. «Er hat immer tausend Ideen. Vielleicht ist ihm etwas in den Sinn gekommen, was er erledigen sollte, und da er ein ungeduldiger Mensch ist, wird er losgezogen sein. Wetten, dass er am Mittag wieder auftaucht?»

«Wir sollten trotzdem eine Vermisstmeldung machen», schlug Basil vor.

***

Im Flur schrillte die Glocke. Valérie drehte sich um, strampelte das Duvet von sich und streckte ihren Arm nach Zanetti aus.

Er war schon wach. «Es hat geläutet.» Er machte keine Anstalten, sich zu erheben.

«Zeit zum Aufstehen.» Valérie gähnte.

«Erwartest du jemanden?»

«Nein.»

«Vielleicht ist es Colin.»

«Er wird erst übermorgen eintreffen.» Sie schwang ihre Beine über den Bettrand und sah auf den Wecker auf der Kommode. «Fast zehn. Wir haben verschlafen.»

«*Du* hast verschlafen.» Zanetti zog sie zurück auf die Matratze, als sie im Begriff war, das Bett zu verlassen. «Wir haben Ferien. Du brauchst dich nicht zu beeilen.» Er suchte ihren Mund mit seinem.

Valérie wand sich aus der Umarmung. «Vielleicht ist es der Pöstler. Ich gehe mal schauen.» Sie zog ihren Frotteemantel an. Ein Geschenk von Zanetti zu Weihnachten vor einem Jahr, zusammen mit einem Gutschein für ein Wellnesswochenende. Was er ihr wohl dieses Jahr zu schenken gedachte?

Sie ging über die Treppe nach unten, als die Türglocke zum zweiten Mal anschlug. Valérie blieb stehen. Der Pöstler konnte es unmöglich sein. Dieser drückte die Klingel zweimal hintereinander, das war wie ein ungeschriebenes Gesetz. Valérie drehte den Schlüssel und öffnete die Tür.

Im ersten Moment glaubte sie, von einem Trugbild genarrt zu werden. Als sie realisierte, wer vor ihr stand, war es zu spät. Er war mit einem Fuss bereits im Entrée.

Sichtbar älter mit ergrauten Haaren. Sein hochmütiges Lächeln war geblieben. Der listige Blick, sein Geruch.

Willy Lehmann – ihr Ex!

Es war, als würde ein Schatten über sie fallen. Valérie spürte, wie ihr die Haare an den Armen zu Berge standen und ein kalter Schauer über ihren Rücken lief.

«Wir müssen reden.» Lehmann drängte an ihr vorbei, von sich überzeugt wie früher.

«Würdest du bitte nach draussen gehen? Ich mag mich nicht erinnern, dich eingeladen zu haben.» Zu wenig vehement, gestand sie sich ein. Sie fühlte sich angegriffen und war nicht fähig, sich entsprechend zur Wehr zu setzen. «Das ist Hausfriedensbruch.»

Sechs Jahre war es her, seit Valérie ihren Ex-Mann zum letzten Mal gesehen hatte. Vor Gericht war es gewesen, als es um das Sorgerecht für Colin ging. Valérie erinnerte sich an die Gratwanderung, wie sie geschwankt hatte zwischen Loslassen und Festhalten und wie sich der Richter, dank ihres kompetenten Anwalts, für sie entschieden hatte. Colins Meinung hatte ebenso gewichtet, die aus unerfindlichen Gründen auf Valéries Seite gekippt war. Später hatte sie erfahren, dass Willy Lehmann wegen Hinterziehung und Veruntreuung von Firmengeldern eine Anklage am Hals hatte, später eine Verurteilung, die ihn möglicherweise hinter Gitter brachte. Valérie hatte diese Geschichte nicht verfolgt. Für sie war ihr einstiger Ehemann gestorben, lange bevor sie von ihm geschieden war. Colin sprach nie über ihn, und sie fragte nicht nach ihm, obwohl sie davon ausging, ihr Sohn könnte über seinen Vater im Bilde sein.

Ein heftiges Zittern lief durch ihren Körper. Sie kam nicht umhin, Lehmann zurückzuziehen und ihn vor die Tür zu stossen. Diese Berührung fühlte sich nicht gut an. «Lass dich hier nie mehr blicken.»

«Sonst was?» Lehmann wich einen Schritt zurück. Er setzte ein diabolisches Grinsen auf. «Uns verbindet etwas.»

«Ich wüsste nicht, was.» Valérie trat gegen ihren Willen ins Freie und zog die Tür hinter sich zu. Draussen war es kalt, aber das war nicht von Belang. Schlimmstenfalls würde sie sich eine Erkältung holen. Zanetti musste nichts von dem hier mitbekommen. Es reichte, wenn sie sich allein mit ihrer Vergangenheit auseinandersetzte, die mit aller Härte zurückgekehrt war. Demütigungen, Missbrauch, Schläge, Lügen. Die Liste war lang.

«Colin ist unser gemeinsamer Sohn.»

Das Beste, was ihr aus der Verbindung mit Lehmann widerfahren war. Das Einzige. «Was willst du?» Sie merkte zu spät, mit dieser Frage die Tore in ihr Inneres zu öffnen und zugleich den Zugang zur Hölle.

«Gerechtigkeit.»

«Das sagt der Richtige.» Vermaledeit! Jedes weitere Wort katapultierte sie in Lehmanns Fänge. Wie früher, als sie sich von ihm hatte manipulieren und beherrschen lassen.

«Ich war im Knast, und du weisst, warum.»

Valérie schwante Schreckliches. «Seit wann bist du draussen?» Sie hätte diese Frage nicht stellen sollen. Jetzt war es zu spät. Sie signalisierte damit, sich auf ein Gespräch mit ihm einlassen zu wollen.

«Seit September vor einem Jahr. Soll ich beschreiben, wie es ist, wenn jeder Schritt von dir kontrolliert wird? Die Zeiten vorgegeben sind, in denen du arbeitest, isst und in einem Hof Auslauf hast, als wärst du eine miese Kreatur? Dann dieses Schuften in der Wäscherei, echt entwürdigend. Dazu kein Sex, nichts.» Er griff sich an den Schritt. «Dafür ein Klo, bei dem dir jeder zusehen kann.»

Du *bist* eine miese Kreatur. Lehmann widerte sie an.

«Punkt acht Uhr schliessen sie dich wieder in die Zelle ein und drehen den Schlüssel um. Dieses Geräusch ist mir geblieben. Dieses verdammte Geräusch.»

«Du hättest es dir anders überlegen müssen, bevor du renitent wurdest.»

«Jede Nacht habe ich von dir geträumt.» Er machte eine Kunstpause. «Ich will bloss Gerechtigkeit. Der Aufenthalt hinter schwedischen Gardinen war nicht umsonst, das schwöre ich dir.»

«Hast du mich deswegen in den Tod schicken wollen?» Valérie entsann sich ihres Unfalls mit dem TT und der Verbindung des Immobilienmaklers zu Lehmann. Plötzlich ging die Rechnung auf, und sie konnte eins und eins zusammenzählen. «Oder war das eine Warnung gewesen?»

«Ich sehe, du kapierst schnell.»

«Das Verfahren läuft.»
«Nicht gegen mich.»
«Aber gegen deinen Freund. Und bald auch gegen dich, sollte es zwischen dir und ihm einen Zusammenhang geben.» Valérie bluffte.

Lehmann rieb sich lachend die Hände. «Ich krieg dich, du Luder. Diesmal gehe ich brutaler gegen dich vor.» Er drehte sich um, ging die Strasse entlang, ohne zurückzublicken.

Aus dem Leben. Nicht aus dem Sinn.

Die fünf Minuten seines Auftritts hatten gereicht, Valérie in ein Gefühlschaos zu stürzen. Sie klammerte sich an den Türrahmen, um sich an etwas festzuhalten, bevor sie die Klinke drückte und das Haus betrat. Sie schlotterte, auch der Kälte wegen. Waren die Geister der Vergangenheit zurück? Unwiderruflich und gnadenlos?

Nein! Sie stampfte entschlossen auf den Boden. Die Situation war eine andere. Vor sechs Jahren war sie die verletzliche Frau gewesen, die einem Windhauch nicht hatte trotzen können, wenn es um ihre gescheiterte Ehe ging. Der Kampf um das Sorgerecht für ihren Sohn, der Umzug von Zürich nach Schwyz, der Polizeialltag mit neuen Kollegen und der verzwickte Fall in der Herrengasse hatten sie oft an den Rand eines Zusammenbruchs geführt. Zwischenzeitlich war sie gereift, nahm heute vieles gelassener, was ihr Privatleben betraf.

«Valérie?» Zanetti stand plötzlich im Flur. «Ist etwas passiert?»

Dass Lehmanns Auftritt sie heftig durcheinandergebracht hatte, wollte sie sich nicht anmerken lassen. «Nein, nicht der Rede wert.» Sie ahnte, Zanetti könnte sich mit dieser Antwort nicht zufriedengeben.

Es standen offensichtlich Fragen im Raum. Er reichte ihr das Handy. «Tomaso Cavadini will dich sprechen. Entschuldige, dass ich den Anruf entgegengenommen habe. Aber ich sah seinen Namen auf dem Display, und du warst nicht da.»

Ihre Nervosität entging ihm gewiss nicht. Sie vermied den Augenkontakt und nahm ihr iPhone entgegen. «Tomaso. Was verschafft mir die Ehre?» Es sollte unbekümmert klingen.

Cavadini arbeitete in der Abteilung Fahndung. Fünfundvierzig, Typ Südländer, mit einem italienischen Akzent, den er nie ganz verloren hatte. Ursprünglich kam er aus dem Puschlav. Die Ausbildung hatte er in Zürich gemacht. Er hatte den Posten in Biberbrugg zur gleichen Zeit übernommen wie Valérie bei Leib und Leben. Cavadini war im Gegensatz zu ihr in der Hierarchie aufgestiegen. Anfangs hatten sie oft über die Arbeitsgepflogenheiten der Schwyzer Polizei diskutiert. Beide hatten Mühe bekundet, sich anzupassen. Man begegnete sich in der Kaffeepause, am alljährlichen Weihnachtsessen, das in diesem Jahr in Einsiedeln stattgefunden hatte, oder im Sommer zum verlängerten Bike-Wochenende.

«Sorry, wenn ich störe.» Cavadini zögerte.

Valérie wandte sich von Zanetti ab, ging in die Küche. «Dich schickt der Himmel», flüsterte sie. «Gib mir das Gefühl, dass ich nicht übergeschnappt bin.»

Cavadini liess ein schnelles Lachen vernehmen. Als Valérie nichts erwiderte, wurde er ernst. «Wo drückt der Schuh?»

«Willy war hier.»

«*Der* Willy? Dein Ex?» Cavadini kannte den Namen. «Was wollte er?»

«Sich bemerkbar machen. Aber es kam so unerwartet. Hast du gewusst, dass er im Knast war?»

«Nein, wusste ich nicht.» Cavadini liess ein paar Sekunden verstreichen, in denen er schwieg.

Valérie wedelte das Thema in Gedanken weg. Es gehörte nicht hierher. Sie ertappte sich dabei, wie sie ihren inneren Zerwürfnissen eine Sprache geben wollte. Geteiltes Leid war halbes Leid. Aber dazu war Cavadini der Falsche. «Vielleicht sagst du mir, weshalb du mich anrufst.»

Es entstand eine Pause. «Ich dachte, es interessiert dich. Heute gelangte eine Vermisstmeldung an die Fahndung. Sie könnte heikel sein.»

Nichts war so problematisch wie Lehmanns Auftritt. «Inwiefern?»

«Seit letzter Nacht wird auf Rigi Scheidegg der Staranwalt

Dr. Justus Maibach vermisst. Er ist der ältere Sohn von Dr. Linus Maibach, dessen Vater lange Zeit Richter in Schwyz war. Die prestigeträchtige Familie hat immer wieder von sich reden lassen. Regelmässig füllten sie die Zeitungen wegen irgendwelcher Eskapaden.»

«Das muss vor unserer Zeit gewesen sein.» Valérie ging zur Kaffeemaschine. «Wie lange sind wir bei der Schwyzer Kantonspolizei? Ach, egal.»

«Du erinnerst dich vielleicht an die Ärztin Svetlana Wille.» Cavadini nahm den Gesprächsfaden wieder auf. «Ihr Fall ging damals bis vors Kantonsgericht.»

«Tut mir leid, ich habe derzeit ein Blackout.» Valérie versuchte, sich den Namen und die damit verbundenen Umstände in Erinnerung zu rufen. «Meinst du den Familiennachzug?» Sie wählte ein kolumbianisches Aroma und füllte den Kolben mit Kaffeepulver. Der Fall lag Jahre zurück.

«Genau. Justus Maibach soll sie sexuell genötigt haben, weil sie mit der Bezahlung der Anwaltskosten in Verzug war. Ging damals durch die Regenbogenpresse. Es galt die Unschuldsvermutung. Maibach wurde vom Verdacht entbunden.»

«Okay, ich erinnere mich nur vage, im Gegensatz zu dir. Und dieser Maibach wird nun vermisst.» Valérie warf einen Blick durchs Küchenfenster. Den Gipfel des Pilatus gegenüber sah man nicht. «Es ist keine vierundzwanzig Stunden her.» Einmal mehr wurde ihr bewusst, wie sensibel berühmte Leute reagierten, wenn ein Ereignis wie dieses eintraf. Wer sich zu den bekannten Persönlichkeiten zählte und obendrein ein Vermögen anhäufte, war möglicherweise einem permanenten Druck unterworfen. Er war Zielscheibe des öffentlichen Interesses, Grund für Missgunst und somit angreifbar. «Der wird bestimmt wieder auftauchen.»

«Mit dieser Vorgeschichte? Zudem hat er bestimmt ein paar Leichen im Keller.»

«Man darf nicht immer schwarzmalen.» Valérie war zuwider, sich zwei Tage vor Heiligabend mit einer Vermisstmeldung zu befassen, auch wenn es um eine bekannte Schwyzer Familie ging. Es konnte nicht sein, dass man ihr immer alles aufbürdete.

Zudem hatte sie Ferien und klar zu verstehen gegeben, sie wolle in dieser Zeit nicht gestört werden.

«Ich möchte damit sagen … ich fahre heute mal auf die Scheidegg.»

«Für Befragungen? Und deswegen rufst du mich an? Dann muss es dir sehr langweilig sein, wenn du freiwillig hochfährst.»

«Es ist gerade nicht viel los, und meine Kollegen sitzen sich die Ärsche in den Stuhl. Ich werde erste Abklärungen machen. Ich nehme die Luftseilbahn ab Kräbel und treffe mich mit dem Bruder des Vermissten im Gasthaus ‹Scheidegg›. Die Familie hält sich in ihrem Ferienhaus auf.»

«Die macht dort Ferien?» Valérie sah erneut aus dem Fenster, sie fokussierte ihren Blick auf die Umgebung ihres Mietshauses. Sie versank im Schatten. Schnee lag keiner, und für Eiskristalle an den Bäumen war es zu warm. Kurz kam die Idee auf, mit Cavadini zu tauschen. «Wenn du einen Rat von mir willst, ich kann dir nicht helfen. Dieser Anwalt ist volljährig.» Es sollte belustigt klingen. «Es ist ihm freigestellt, einfach zu verschwinden. Ansonsten wende dich an Caminada.»

«Es war *seine* Idee.»

«Ich ging davon aus, er sei im Bündnerland.»

«Er ist seit heute Morgen zurück. Seiner miesen Laune nach zu urteilen, muss er mit seiner Frau mächtigen Zoff haben.»

«Hat er etwas erwähnt?» Die Geschichte um seine Frau hatte bereits die Runde und auch vor anderen Abteilungen auf dem Sicherheitsstützpunkt nicht haltgemacht.

«Nein.»

Menga, Caminadas Frau, hatte in letzter Zeit regelmässig für Furore gesorgt. Sie hatte sich bislang nicht in der Innerschweiz einleben können. Caminada hatte sich oft darüber beklagt, wie sie hier leide und es ihn fast wahnsinnig mache. Sie sei depressiv geworden und wolle zurück ins Bündnerland. Valérie ging mit der Kaffeetasse ins Wohnzimmer. Der ungeschmückte Tannenbaum verströmte einen würzigen Geruch nach Nadeln und Harz. Trotz ihres Widerstrebens freute sie sich, dass Zanetti seine Idee umgesetzt hatte. Vielleicht würde er auch die Kugeln und die

Lichterketten anbringen. «Gut, halte mich auf dem Laufenden … Ich werde mir die Unterlagen über den Fall Wille, sofern sie digital erfasst sind, ansehen.» Es konnte nichts schaden, sich damit von Lehmann abzulenken. Dass sie eigentlich Ferien hatte, vergass sie. Cavadini hatte bereits aufgelegt.

***

Chäsereseppis Noldi hatte sich noch nie von der Rigi entfernt. Das jedenfalls behauptete er, wenn man ihn danach fragte. Auf Kaltbad geboren und aufgewachsen, zählte er sich zu den eingefleischten «Rigianern», die den Berg in- und auswendig kannten. Er war im Haus am Oberen Firstweg zur Schule gegangen, wo ein einziger Lehrer sechs Klassen unterrichtete. Später hatte er den Hof seines Onkels unterhalb von Rigi Kulm übernommen und mit den Jahren eine Gastwirtschaft für Touristen aufgebaut. Schlafen im Stroh und warme Kuhmilch zum Frühstück. Sein Alpkäse war über die Kantonsgrenze hinaus bekannt.

Er hatte sein Haus verlassen, als es noch dunkel war. Die längste Nacht des Jahres hatte sich mit jener Schwere über den Berg ausgebreitet, die Noldi melancholisch stimmte. Genau vor drei Jahren hatte er seine Frau verloren. Es fühlte sich an, als wäre es gestern gewesen. Der Jahrestag ihres Todes brachte ihn stets von Neuem zum Weinen. Dann wanderte er hinunter bis nach Rigi Klösterli und kehrte in die Kapelle «Maria zum Schnee» ein, um zu beten und eine Kerze für seine verstorbene Eva anzuzünden. Später schlug er den Weg bis zur Scheideggstrasse ein und folgte dieser bis Unterstetten zur historischen Zugbrücke, über die längst keine Bahn mehr fuhr, und dem Dossen, durch den ein Tunnel führte. Im Winter, wenn der Schnee zentimeterhoch und ungepflügt vor ihm lag, brauchte Noldi länger als im Sommer. Mit den Jahren war er stets langsamer unterwegs gewesen, nahm seit Neustem Wanderstöcke mit, die er früher belächelt hatte.

Die Sonne war im Begriff, über die Gipfel der Nidwaldner Alpen aufzugehen, kalt und blass sah sie aus, als Noldi die ersten Häuser der Rigi Scheidegg erreichte. Die Spuren links und rechts des Weges zeugten von Hasen und Rehen, eine einzige Spur war von einem Menschen, der mit den Langlaufskiern früh in Richtung Kaltbad unterwegs gewesen sein musste. Der Verlauf wies eindeutig nach Nordwest. Noldi bog von der Strasse ab und gelangte in den kleinen Wald, in dem er eine Futterstelle für das Wild aufgestellt hatte. Sie lag wenige Meter von einer Kultstätte entfernt, die den seltsamen Frauen gehörte, die hier die Raunächte und andere saisonale Rituale zelebrierten. Wie es aussah, hatten sie in der vergangenen Nacht ihren Hexentanz aufgeführt. Asche und angesengte Holzscheite waren genauso frisch wie die Fussabdrücke rund um den Platz. Noldi besah sie sich näher und erkannte fünf verschiedene. Er regte sich darüber auf, weil die Frauen sich von dem Heu bedient hatten, das für die Tiere vorgesehen war. In regelmässiger Anordnung lagen verkohlte Fackeln und ausgebrannte Teelichter. Noldi musste sich zusammenreissen, um sie nicht einzusammeln, und hoffte, die Weiber würden es von sich aus tun, wenn sie das nächste Mal ihren Edelmist durchführten. Er vergewisserte sich, dass die Futterstelle über genügend Heu und Tannennadeln verfügte, und ging dann zügig weiter bis zum Wegkreuz Scheidegg und «Burggeist».

Noldi schlug die Strasse Richtung Scheidegg ein. Manchmal versank er in Gedanken an die gute alte Zeit, in der eine Panoramabahn von Kaltbad aus bis hierher gefahren war. Noldi hatte die Hochblüte der alpinen Eisenbahn nicht erlebt. Sie hatte 1875 begonnen und mit dem Ersten Weltkrieg geendet. Er kannte sie lediglich aus den Erzählungen seines Urgrossvaters selig. Aber er vermochte sich gut vorzustellen, wie einst die reichen Leute aus dem Tal Ferien auf der Rigi verbracht und die Bahn benutzt hatten. Noch zeugten verschiedene Requisiten aus dieser Zeit. Ein Bahnwagen, der heute als Ferienhäuschen diente, morsche Holzbalken, auf denen die Schienen gelegen hatten, oder die alte Hütte am Ende des einstigen Gleises, die früher ein Teil des Bahnhofs gewesen war. Hierhin war die noble Gesellschaft gepilgert, hinauf zum 1840 eröffneten Kurhaus «Rigi Scheideck». Weit vor der Inbetriebnahme der Bahnen waren die Gäste, die es sich leisten konnten, in Sänften von der «Rigi Trägergesellschaft» auf den Berg gelangt. Die Menschen mussten bereits früher gespürt haben, welche Energien von dem Berg ausgingen. Noldi lächelte vor sich hin. Die Rigi war kein Berg im eigentlichen Sinn. Sie war eine Moräne, die der Reussgletscher in Eiszeiten aufgeschüttet hatte, und ziemlich instabil. Sie war die Nahtstelle zwischen dem Mittelland und den Alpen, ein Konglomerat eines klastischen Sedimentgesteins.

Die Menschen waren aus ihren Häusern gekommen. Sie bevölkerten den Platz vor dem Berggasthaus. Einige waren mit ihren Skiern unterwegs, mit Schlitten und Schneeschuhen. Über die Weihnachtstage war hier der Teufel los. Noldi kehrte um, obwohl er sich gern im Gästehaus aufgewärmt hätte. Er mied grosse Menschenansammlungen, war lieber allein oder mit Freunden. Heute war die Scheidegg ganz in den Händen der Touristen. Er würde später zurückkommen, wenn die Fremden verschwunden waren.

Noldi ging die Strasse entlang bis zur Stelle, an der ein Pfad links in den Wald abzweigte. Im Winter kam hier wohl kaum jemand durch. Der Fussweg fiel steil ab, führte weiter unten zum Weg Richtung «Burggeist» und zu den Ferienhäusern am Hang.

Der Pfad war mit Eis bedeckt. Der Wind hatte den Schnee verweht und ein Rutschfeld daraus gemacht. Noldi stützte sich auf die Wanderstöcke, war froh um jeden Halt. Trotzdem war es nicht zu vermeiden, dass er das Gleichgewicht verlor. Er landete auf dem Gesäss und glitt in einem Höllentempo talwärts. Er liess die Stöcke los und hielt schützend die Hände vors Gesicht.

Ich werde mir gleich sämtliche Knochen brechen, dachte er, als er wenig später von etwas abrupt gestoppt wurde.

Verdattert nahm er die Hände vom Gesicht, richtete sich auf und öffnete die Augen. Der Mensch unter ihm sah aus wie schockgefrostet.

DREI

Endlich frische Luft. Tomaso Cavadini hatte eingepfercht zwischen Familien die Bergstation Rigi Scheidegg erreicht und war froh, der Luftseilbahn entkommen zu sein. Er liess die wintersportfreudigen Menschen an sich vorbeigehen, während er einen Blick in Richtung Schwyzer Talkessel warf, der im Nebel lag. Einzig die Mythen erhoben sich wie gigantische Schneemützen aus dem aufgewühlten Meer. Weiter hinten, gestochen scharf, die Gipfel oberhalb Oberiberg: der Schwarz Stock, der Wannenstock, der Piet. Cavadini kannte nicht alle mit Namen.

Er stapfte durch den Schnee, der hier gefühlte dreissig Zentimeter hoch lag. Das Berggasthaus erreichte er nach wenigen Metern. Rundherum wimmelte es von Gästen, auch bei der «Arche» hatten sie sich einen Platz gesucht, um die Dreihundertsechzig-Grad-Aussicht zu geniessen. Zwei wagemutige Piloten starteten mit ihren Paraglidern zum Flug nach Goldau, trotz des Nebels.

Cavadini betrat das Gasthaus und hauchte sich die Hände warm. Das Restaurant sah verwinkelt aus. Tische und Stühle waren ob der vielen Leute kaum zu erkennen. Skijacken, Handschuhe, Mützen und Helme lagen herum, ein wildes Durcheinander an Kleidungsstücken. Der Raum war überhitzt. Cavadini versuchte, unter den vielen Leuten den Mann auszumachen, mit dem er telefoniert hatte. Das Gesicht von Basil Maibach hatte er nicht in Erinnerung.

Er wandte sich an die Wirtin. «Ich bin hier mit Herrn Maibach verabredet. Kann es sein, dass Sie ihn kennen?»

Die Frau mit Zopf und Brille deutete auf die eine Ecke des Lokals. «Natürlich. Er sitzt dort hinten, zusammen mit seinem Clan.» Ein Lächeln breitete sich auf ihrem runden Gesicht aus. «Die Maibachs sind unsere Stammgäste. Sie geniessen hier einen besonderen Status.»

Cavadini bedankte sich und drängte sich durch die Menschen, die mit Tabletts voller Getränke und Süssigkeiten zu ihren Sitzplätzen steuerten. Das Geräusch klackender Skischuhe erfüllte den Raum, Kindergeschrei, das Bellen eines Hundes.

Den Tisch an der Wand besetzten drei Männer und fünf Frauen. Cavadini stellte sich mit seinem Namen vor. «Mit wem habe ich telefoniert?» Er sah in die Runde, fühlte sich wie gescannt. Sein Blick blieb bei der Ältesten der Frauen hängen. Von ihr ging eine eigentümliche Energie aus. Diese Augen, etwas zwischen Eiseskälte und Gutmütigkeit.

«Sie haben mit *mir* telefoniert, Basil Maibach.» Die Verwandtschaft mit der Frau konnte er nicht verleugnen. Sie musste seine Mutter sein. «Bitte setzen Sie sich.»

«Wir sind hier wie auf Nadeln», sagte der Mann neben der älteren Frau. Dr. Maibach sei sein Name. «Ich bin der Vater des Vermissten.» Er wies zu seiner Linken. «Das sind Justus' Compagnon Leonardo Lauper und meine beiden Schwiegertöchter Graziella und Emma.» Die drei anderen Frauen am Tisch vergass er zu erwähnen.

Cavadini entnahm seiner Umhängetasche das Tablet und schickte sich an, die ersten Notizen zu machen. «Seit wann genau vermissen Sie Ihren Sohn?» Er sah nur Maibach senior an, der die Wortführung übernommen hatte.

«Dass er nicht da war, fiel uns erst heute Morgen auf. Wir vier Männer waren gestern im Berggasthaus, während die Frauen ihren eigenen Spielereien nachgingen.»

«Spielereien?» Cavadini sah die Frauen an, während er wegen der Bemerkung seiner Phantasie freien Lauf liess.

«Ach, das ist nicht relevant», kam Maibach senior ihnen zuvor.

«Gingen Sie gemeinsam zurück? Ich nehme an, in Ihr aktuelles Domizil.»

«Richtig, der Familie Maibach gehört ein Anwesen oberhalb des Gasthauses ‹Burggeist›. Wir kehrten nach Mitternacht zurück.»

«Gemeinsam?»

«Mehr oder weniger.»

«Das heisst?»

«Wir waren mit unseren Schlitten unterwegs.»

«Sie fuhren also hintereinander her.»

«Ich führte die Gruppe an, war aber froh, möglichst schnell beim Haus zu sein. Es war eine Schweinekälte.»

«Haben Sie sich vergewissert, dass jeder wohlbehalten ankam?»

Maibach senior liess zum ersten Mal ein paar Sekunden verstreichen, in denen er nichts sagte. Er hatte den Kopf gesenkt, starrte auf das Schnapsglas vor ihm, als würde er dort eine Antwort finden. Cavadini fand Zeit, ihn sich näher anzusehen. Der alte Herr trug einen gepflegten Schnurrbart, seine Haare waren trotz der verloren gegangenen Pracht noch immer dunkel. Wahrscheinlich gefärbt, und das vor nicht allzu langer Zeit. Ein Schatten breitete sich unterhalb der hohen Stirn aus.

«Wir waren alle froh, ins warme Haus zu gelangen», sagte Basil Maibach. Lauper neben ihm bestätigte es. «Dann gingen wir zu Bett. Es war schon spät.»

«Waren Ihre Frauen zu diesem Zeitpunkt zu Hause?» Cavadini orderte eine heisse Schokolade, nachdem die Wirtin zwei Portionen Pommes frites zum Nachbartisch gebracht hatte.

Die Männer bestellten bei dieser Gelegenheit einvernehmlich eine weitere Runde Kirsch.

«Ja, sie waren bereits da.» Basil Maibach sandte seinem Vater einen zerknirschten Blick zu. «Also, meine Frau Emma war im Bett. Ich gehe davon aus, die anderen Frauen befanden sich auch im Haus.»

«Wir waren alle vor euch im Haus», stellte Graziella Maibach klar. Sie schenkte Cavadini ein Lächeln, das seiner Meinung nach etwas zu lange dauerte. Sie war unbestritten die attraktivste Frau am Tisch.

«Gab es Streit in letzter Zeit?»

«Streit?» Graziella Maibach schüttelte energisch den Kopf. «Nein, wie auch? Wir sind eine harmonische Familie. Zudem ist Weihnachten. Da streitet man nicht.»

Gerade in dieser Zeit wurde viel gestritten. Cavadini erinnerte sich an mehrere Einsätze seiner Kollegen bei Leib und Leben. Über die Weihnachtstage lagen mancherorts die Nerven blank, und Emotionen kamen hoch. Schwelende Konflikte entwickelten sich zu einem Flächenbrand. Weihnachten war kein Garant für Frieden.

«In welchem Verhältnis stehen Sie zueinander?» Cavadini wies auf die Frauen, die bis anhin geschwiegen hatten.

«Alexa ist meine Frau», sagte Lauper und deutete auf die zierliche Brünette.

«Ich heisse Malika Galambos und bin Justus Maibachs persönliche Sekretärin.» Die Frau, die auf sich aufmerksam machte, konnte kaum dreissig sein.

«Und sie passt eindeutig in Justus' Beuteschema.»

«Graziella, wie kannst du bloss so reden?» Die alte Frau Maibach massregelte ihre Schwiegertochter vor aller Augen. «Das gehört nicht hierher. Zudem vergöttert dich Justus. Er gibt dir alles.»

Das war wohl ein nicht geplanter Gefühlsausbruch. Cavadini wartete ab. Er schüttete Kakaopulver in die heisse Milch, welche die Wirtin gebracht hatte, und rührte sie um. «Wohin könnte Justus Maibach denn gegangen sein?» Vielleicht war ihm einfach alles zu bunt geworden, und er hatte sich heimlich davongemacht. Cavadini hätte ihn verstanden. In dieser Familie glomm etwas, das er nicht zu benennen vermochte. Zwar hatte man unverzüglich nach Justus Maibachs Verschwinden die Polizei angerufen, doch schien dies eine vorsorgliche Massnahme gewesen zu sein. Vielleicht hatten sie nicht mit dem schnellen Reagieren der Ordnungshüter gerechnet. Cavadini fühlte sich plötzlich fehl am Platz. Wie hatte er bloss so erpicht darauf sein können, auf den Berg zu fahren? Und warum hatte Caminada ihn fast aufgefordert, den Job zu übernehmen? Hätte er bloss den Mund gehalten. Hier lag kein Verbrechen vor. Ein Mann war verschwunden. Das kam täglich mehrfach vor. «Gut möglich, dass Ihr Sohn», Cavadini sah Maibach senior an, «in der Zwischenzeit zu Hause angekommen ist.»

«Wir wohnen in Schwyz», sagte die alte Frau Maibach. «Dort ist er nicht, obwohl er einen Schlüssel zur Villa hat. Ich hatte, bevor Sie hier ankamen, ein Gespräch mit meiner Reinigungsfrau. Sie sieht während unserer Abwesenheit nach dem Rechten.»

«In Erlenbach ist er auch nicht», sagte Graziella Maibach im Ton der Überzeugung. «Ich habe mich bei unseren Nachbarn erkundigt.»

«Haben Sie versucht, Ihren Mann auf dem Handy zu erreichen?»

«Selbstverständlich.» Graziella Maibach gab sich gereizt. «Das ist wohl das Erste, was man tut, nicht wahr?»

Cavadini überging die Bemerkung geflissentlich. «Gibt es sonst noch einen Ort, wo er hätte hingehen können? Zu einem Freund, einer Freundin?»

«Unser Sohn hat keine Freundin.» Die alte Frau Maibach hatte offenbar nur dies verstanden.

Cavadini sah Malika Galambos an. Bildete er es sich bloss ein, oder verdrehte sie die Augen? Er wurde durch das Klingeln seines Smartphones abgelenkt. Er entschuldigte sich, griff in die Jackeninnentasche und holte das Handy heraus. Er sah auf das Display. Christen vom Einsatzdienst. Wie kam er dazu, ihn anzurufen? Wollte er ihm frohe Weihnachten wünschen? Cavadini erhob sich und nahm den Anruf entgegen. Hoffentlich hatte er keine Meldung, die ihn nach Biberbrugg zurückbeorderte. «Daniel?» Cavadini schritt Richtung Ausgang.

«Hey … ich habe gesehen, du bist auf Rigi Scheidegg.»

«Stimmt, ist auf dem Plan eingetragen und für alle Internen transparent.»

«In deiner Nähe wurde ein Toter gefunden.»

Cavadini sah zurück zum Tisch. War es der Vermisste? «Und warum benachrichtigst du ausgerechnet mich? Das ist Sache von Valérie Lehmann und Co.»

«Louis Camenzind ist auf Caminadas Geheiss unterwegs. Valérie hat Ferien.»

«Weiss ich. Geht er von einem Gewaltverbrechen aus?»

«Ein Arzt sei auf dem Weg zur Scheidegg», wich Christen aus. «Du weisst, wie es läuft.»

«Wer hat ihn gefunden?»

«Ein … warte mal, Bürgler Chäsereseppis Noldi, was immer das heisst.»

Cavadini musste lachen, trotz seiner angeschlagenen Laune. «Arnold Bürgler, der Sohn des Josef Bürgler. Solltest du als eingefleischter Schwyzer wissen. Und soviel ich weiss, ist das ‹Chäserenholz› der Teil einer Alp auf der Rigi.»

«Ich kenne mich nur mit Flurnamen aus.» Christen räusperte sich vernehmlich ins Telefon.

«‹Chäserenholz› *ist* ein Flurname. Und wo finde ich ihn? Ich halte mich zurzeit im Berggasthaus ‹Scheidegg› auf.»

«Ich kann dich orten. Bürgler ist beim Toten, rund zweihundertsechzig Meter Luftlinie von deinem Standort aus. Folge der Strasse bis zur Bergstation der Luftseilbahn, gehe weiter bis zur dritten Kurve und dann ungefähr fünfzig Meter bis zum Pfad, der links abzweigt. Du kannst ihn nicht verfehlen. Fast gegenüber steht eine Tannengruppe, von der eine Treppe nach oben wegführt.»

«Verdammt, es ist nicht meine Aufgabe.» Cavadini verabschiedete sich und drückte Christen weg. Er ging zurück zu seinem Stuhl, blieb aber stehen. «Tut mir leid. Ich muss die weitere Befragung verschieben. Ich wurde soeben zu einem Einsatz gerufen. Ach, und dass ich es nicht vergesse. Hat jemand von Ihnen ein aktuelles Foto des Vermissten? Ich werde mich darum kümmern.»

«Ich habe eines.» Malika Galambos fingerte an ihrem Smartphone herum.

«Ach, sieh einer an.» Graziella Maibach liess ein Zischen von den Lippen.

«Das Foto auf der Website», insistierte Malika Galambos, «hat er neu eingestellt.»

«Somit wären die haltlosen Verdächtigungen vom Tisch.» Die alte Frau Maibach klopfte so heftig auf die Tischplatte, dass die Gläser darauf klirrten.

***

«Möchtest du darüber sprechen?»

«Worüber?» Valérie hängte die letzten zwei weissen Glaskugeln an den Weihnachtsbaum. Zanetti hatte bloss die Kartons aus dem Keller geholt. Das Schmücken hatte er ihr überlassen. Sie war um jede Ablenkung froh.

«Seit dem Besuch heute Morgen scheint dich etwas zu bedrücken. Wer war es?»

Wenn sie es aufschob, verschlimmerte es die ganze Sache. Vor Zanetti wollte sie keine Geheimnisse haben. Obwohl sie manchmal glaubte, er habe welche vor ihr. Es war seine Art, sich geheimnisumwittert zu geben. Sie hatte es akzeptiert. Er war ein Mann, der sein Herz nicht auf der Zunge trug, aber in jeder Hinsicht zärtlich zu ihr war. Bei jedem anderen Mann hätte Valérie dies mit einer gewissen Skepsis verbunden. Allzu viel Zuvorkommenheit, kaum ein lautes Wort ihr gegenüber schlossen seine dunkle Seite nicht aus. Möglicherweise kaschierte Zanetti mit seiner immerwährenden Nettigkeit seine eigenen Unzulänglichkeiten.

«Und?» Er nahm seine typische Erwartungshaltung ein. Er kreuzte die Arme vor seiner Brust und wippte mit dem linken Fuss.

Valérie wischte die konfusen Gedanken weg und fuhr mit dem Aufhängen fort. «Versprich mir, dass du nicht aufbraust.»

«Ich weiss nicht, was du mit dieser Aussage bezwecken willst.»

Darin lag ein Unterton. Valérie wusste, wie ihre eigenen Befindlichkeiten sie zu dieser Vermutung veranlassten und wenn sie sich nicht zusammennahm, die angespannte Situation aus dem Ruder laufen könnte. «Entschuldige.» Sie setzte den Deckel auf den leeren Karton, entfernte sich vom Weihnachtsbaum und begutachtete ihn. Die elektrischen Lämpchen und Kugeln harmonierten. Colin würde sich freuen. Er freute sich immer über einen geschmückten Tannenbaum. Und natürlich über die Geschenke, für die sich Valérie in diesem Jahr besonders grosse Mühe gegeben hatte. «Dr. Justus Maibach wird vermisst. Möglicherweise kennst du ihn.» Ob Zanetti ihr diese Augenwischerei abnahm?

«Seit wann teilt man dir das unter der Haustür mit?» Seine

Stimme blieb ruhig, geradezu provozierend sanft. «Cavadini hatte dich telefonisch gesucht.»

Valérie ging in die Küche. Sie drehte dort den Wasserhahn auf und liess lange siedend heisses Wasser über ihre Hände laufen, bis sie rot waren. «Willy Lehmann war hier.» Der Schmerz übertünchte den Ärger.

«Er war hier? Vor unserem Haus?» Der Klang von Zanettis Stimme hatte eine höhere Oktave angenommen und erklärte, wie ihn Lehmanns Eindringen in ihre Privatsphäre traf.

«Er war es, der an der Haustür geläutet hat.» Valérie vermied zu sagen, wie sich ihr Ex-Mann ins Entrée gedrängt hatte. Sie sah Zanetti an, wie sehr er um Beherrschung rang.

Er blieb ruhig, schwieg sogar eine Weile.

«Schade, dass du seinen Namen noch immer trägst», sagte er wenig später.

«Der einzige Grund dafür ist Colin.» Valérie versuchte ein Lächeln, froh darüber, änderte Zanetti das Thema. Sie hätte ihn anlügen müssen. «Valérie Bender ... wie würde es klingen, falls ich meinen ledigen Namen wieder annehmen sollte?»

«Valérie Zanetti wäre eine schöne Alternative.» Er kam näher und legte seine Arme um sie. «Aber dies bedingte, dass du mich heiratest.» Zanetti wollte sie beruhigen, weil er spüren musste, wie aufgewühlt ihr Inneres war. Willy Lehmann! Warum musste er ausgerechnet vor Weihnachten bei ihr auftauchen? Seine Präsenz war wie Gift. Sie hatte sich wie eine Nadel mit einer zerstörenden Essenz in ihr Herz gestossen. Die dunklen Seiten ihres Lebensbuches hatten sich von selbst wieder aufgeschlagen. Valérie wurde gezwungen, die Bilder zu betrachten, Bilder, die sie in den letzten Jahren verdrängt hatte. Nicht einmal der Polizeipsychologe Henry Vischer hatte es geschafft, mit ihr die Vergangenheit aufzuarbeiten. Sie war noch da, existierte in ihrem Unterbewusstsein. Zusammen mit einer latenten Angst.

Die angesägte Aufhängevorrichtung an ihrem TT, der Unfall, der schlimmer hätte ausgehen können, all das war nicht wirklich vergessen. Valérie hatte die Verantwortung für ihre damalige Kollegin Oliwia Maria Wozniak getragen.

Sie gebot sich zur Raison. Sie musste die Gedanken daran vernichten, sich nicht vorzustellen, so etwas könnte jemals wieder passieren – damit hatte Valérie bis anhin gut umgehen können. Alles, was zurücklag, vermochte sie nicht zu ändern. Der Moment zählte. Aber sie hätte die Zukunft auf den Erfahrungen aufbauen und daraus lernen können. Es blieb beim Vorsatz.

Nach der Scheidung war es ihr stets besser gegangen. Ruhe und Gelassenheit waren eingekehrt, von den schwierigen Kriminalfällen einmal abgesehen. Ihr Privatleben hatte sich eingerenkt, was sie vor allem Zanetti verdankte. Er hatte ihr gezeigt, dass es eine andere Art von Männern gab als die, die Lehmann repräsentierte. Sie war mit Zanetti zusammengezogen. Das allein basierte auf einem tiefen Vertrauen. Den ultimativen Schritt, ihn zu heiraten, wollte Valérie dennoch nicht vollziehen. Den einen Fuss in der Fluchtposition zu halten, konnte nicht schaden, sollte es auf die Dauer schiefgehen. Denn noch immer gab es einen Restzweifel. Ihre Berufe forderten sie. Oft drängten sich fast zwangsläufig Themen aus dem Polizeialltag auf, die nicht ins Schlafzimmer gehörten, und es gelang selten, sie vor der Tür stehen zu lassen. Oft redeten sie bis spät in die Nacht über ihre Arbeit und waren am Morgen ob der heftigen Diskussionen wie zerschlagen.

«Du sagst ja nichts.» Zanetti liess sie los. «War wohl keine gute Idee … das mit dem Heiraten.» Er tippte ihr mit dem Finger an die Stirn. «Existiert da drin etwas, das vorher bereinigt werden müsste?»

Valérie wandte sich von ihm ab. «Zu viel. Aber es hat nichts mit dir zu tun, Emilio.» Sie entsann sich den Anfängen ihrer Beziehung, wie Zanetti sich um seine krebskranke Ex-Frau gekümmert hatte. Nachdem sie verstorben war, war sie nie mehr ein Thema gewesen. Also sollte auch Willy Lehmann keines sein. Valérie musste das Problem allein lösen.

Das iPhone summte auf der Kommode. Valérie kam aus der Dusche, wo sie versucht hatte, die Konfrontation mit Lehmann abzuwaschen. Es war, als hätte er sie überall berührt. Der Ekel wollte nicht verschwinden. Sie trocknete sich ab, schlang das

Frotteetuch um ihren Körper, während sie auf das Display sah. Es war Louis.

Valérie meldete sich. «Ich habe Ferien.»

«Man hat den Anwalt Justus Maibach gefunden, unterhalb Rigi Scheidegg. Tomaso sagte mir, er habe mit dir bereits Kontakt aufgenommen.»

«Ja, hat er. Nur ist mir schleierhaft, weshalb die Personenfahndung an mich gelangt ist.»

Louis ging nicht darauf ein. «Es sieht nach einem Unfall aus. Er muss letzte Nacht mit seinem Schlitten vom Weg abgekommen und in einen Baum gefahren sein.»

«Und dies zwei Tage vor Heiligabend.» Valérie spürte einen harten Stich in ihrer Brust. «Das ist traurig. Weiss es die Familie schon?»

«Sie ist hier am Unfallort. Maibach senior macht sich schwere Vorwürfe, weil er nicht auf seinen Sohn gewartet hat.»

«Wie, nicht gewartet hat?»

«In der letzten Nacht sind sie vom Berggasthaus hintereinander mit dem Schlitten zu ihrem Haus runtergefahren. Aber jeder für sich.»

«Ist die Todesursache bekannt?»

«Ein Arzt ist jetzt hier. Er meint, er sei erfroren. Es gibt keine Anzeichen einer schweren Verletzung. Er hat zum Glück einen Helm getragen. Aber der nützte ihm nichts mehr.» Louis räusperte sich, als hätte er seinen Versprecher bemerkt.

«Erfroren», sinnierte Valérie. «Es gibt keinen schöneren Tod.» Sie schüttelte den Kopf. «War es niemandem aufgefallen, dass er fehlt?»

«Genau die gleiche Frage habe ich mir auch gestellt. Jeder der Beteiligten war froh, möglichst schnell nach Hause und ins Bett zu kommen. Anscheinend wurde viel Alkohol konsumiert. Die Fortsetzung fand jedenfalls heute statt. Die Männer tranken bereits vor dem Mittag Schnäpse.»

«Im betrunkenen Zustand merkt man wahrscheinlich nicht, wie man erfriert.»

«Hast du Erfahrung darin?» Louis klang belustigt.

«Wahrscheinlich ist nicht sicher. Oder habe ich mich falsch ausgedrückt?»

«Sorry, ich wollte dir nicht zu nahe treten. Willy Lehmann, ich weiss ... muss dich arg geschüttelt haben.»

Valérie vermutete, Cavadini könnte ihm das brühwarm erzählt haben. «Ich wollte, ich könnte mich auch mal so betrinken, um alles Unerfreuliche auszublenden.»

«Du hast ja plötzlich ganz menschliche Züge an dir. Und ich dachte immer, nichts bringe dich aus der Fassung.»

«Du kennst mich lange genug, auch meine negativen Seiten.» Seine immer gleichen Sprüche gingen ihr auf den Keks.

«War das eine Liebeserklärung?»

«Hat man beim Toten ein Handy gefunden?» Valérie verabscheute solche Fragen.

«Ja, habe ich, auch sein Portemonnaie.»

«Dann sieh mal nach, wen er zuletzt angerufen hat.»

«Den PIN-Code kenne ich nicht.»

«Dann muss das Gerät in die Kriminaltechnik.» Valérie liess das Badetuch fallen und sah sich ihren Körper im Spiegel an. Sie konnte sich noch immer sehen lassen, auch ohne Kleider. Die regelmässigen sportlichen Aktivitäten im Fitnesscenter oder auf dem Fahrrad zeigten nach wie vor Wirkung. In den letzten Jahren hatte sie an Gewicht zugenommen, was sie dem schwindenden Östrogen zuschrieb. Es stand ihr gut. Ihr Gesicht dagegen war nicht unbedingt schön. Zanetti meinte zwar, sie habe eine sexy Ausstrahlung. Noch immer verunstaltete eine Narbe die linke Wange zwischen Augen- und Mundwinkel. Gerade jetzt störte sie Valérie. Lehmann hatte sie ihr zugefügt. Ein Grund mehr, sie sich endlich wegoperieren zu lassen. Andererseits trug sie ihren Makel wie ein Mahnmal, damit jeder sah, wozu Männer fähig waren.

«Bist du noch dran?», fragte Louis, ungeduldig wie immer.

«Ich frage mich gerade, was du mit der Liebeserklärung gemeint hast.»

«Okay, vergiss es.» Louis liess ein weiteres Räuspern vernehmen. «Was soll ich tun?»

«Keine Fremdeinwirkung. Kein Fall für Leib und Leben. Aber das wird Caminada entscheiden. Ich hoffe, du wirst trotzdem ein paar entspannte Weihnachtstage mit deiner Carla geniessen können. Ruf mich nur an, wenn es wirklich brennt.»

«Trotzdem willst du, dass ich Maibachs Smartphone zu den Asservaten bringe?»

«Eine vorsorgliche Massnahme.»

«Alles klar. Grüsse Emilio von mir.» Es klickte in der Leitung.

Valérie starrte auf das schwarze Display. Hatte sie Louis soeben verärgert?

***

«Das ist der kalte Hauch des Todes.» Emma stand mit ihrer Schwägerin oberhalb des Pfades, wo man Justus aus dem Schnee geborgen hatte. Sie hatte den Arm unter deren geschoben. Erstaunlich, wie gefasst Graziella wirkte. «Spürst du es?»

«Was meinst du?»

«Es ist kälter geworden.» Sie wies nach unten auf die Unfallstelle.

«Ist dir aufgrund Eleonores Hokuspokus dein Verstand abhandengekommen?» Graziella wand sich aus der Umklammerung. «Ich habe soeben meinen Mann verloren und du … du …» Sie verbarg ihr Gesicht in den Händen und schluchzte auf.

«Entschuldige, ich hatte ein seltsames Gefühl. Es ist …» Emma fand keine Worte, um Graziella zu trösten. Es war alles viel zu frisch. Sie beschränkte sich darauf, einfach stehen zu bleiben und abzuwarten. Vor ein paar Minuten hatte ein Hubschrauber Eleonore Maibach abgeholt und nach Schwyz ins Spital geflogen. Linus begleitete sie. Er hatte nicht viel gesagt. Er war mit der Ohnmacht seiner Frau zu beschäftigt gewesen. Aber ihn musste das Gewissen plagen.

Basil befand sich beim Arzt, der den Tod festgestellt hatte. Zwei Männer in gelben Westen hievten den Toten auf eine Trage. Leonardo und Alexa standen wie erstarrt am Ende des Pfades, dort, wo Malika sich die Seele aus dem Leib weinte. Dann war da noch der Polizist, dessen Name Emma vergessen hatte. Er unterhielt sich mit einem anderen Mann, der später dazugekommen war.

Auf der Scheideggstrasse versammelten sich die Zaungäste hinter Absperrbändern. Ein dramatisches Bild an diesem von Sonne verwöhnten Tag. Ein Hohn, fand Emma. Sie selbst wusste nicht, ob sie über den Verlust traurig sein sollte. Sie hatte Justus nie gemocht. Er hatte seinen jüngeren Bruder immer in den Schatten gestellt. Nichts, was Basil tat, war in seinen Augen recht gewesen. Darunter hatte auch Emma gelitten. Manchmal hatte Justus Mandanten an Basil abgegeben, deren Fälle für die Protzkanzlei in Zürich zu nichtssagend und bloss vergeudete Zeit waren. Justus hatte stets die grossen Fische an der Angel. Er hatte seinen Preis festgelegt. Darunter verhandelte er nicht.

Ihre Aversion gegen ihn hatte auch andere Gründe. Justus war ihr stets zu nahe gekommen. Jede Gelegenheit hatte er ausgenutzt, um sie zu betatschen.

Emma war überfordert. «Wir müssen es deinen Kindern sagen.» Sie versuchte, Graziella wieder an sich zu ziehen. «Dann sehen wir weiter. Einer von uns muss einen kühlen Kopf bewahren.» Basil war es nicht. Er war völlig durch den Wind. Emma hörte ihn mit dem Arzt streiten. Es sah aus, als liesse er seine Ohnmacht an ihm aus. Emma hatte nie verstanden, weshalb Linus Justus vergötterte. Als Emma Basil kennengelernt hatte, war er stark und sportlich gewesen. Er hatte darauf hingearbeitet, einmal die Kanzlei seines Vaters zu übernehmen, nachdem Justus seinen eigenen Kopf durchgesetzt hatte. Der Gedanke hatte auch Emma gefallen. Im Verlaufe der Jahre hatte sich Justus jedoch immer mehr in ihr Leben gedrängt, und Basil hatte an Kraft verloren. Linus zuliebe hatte er sich nicht gewehrt. Justus war der Sonnyboy der Familie gewesen, erfolgsverwöhnt und attraktiv.

Nun lag er dort auf der Bahre. Erfroren in Eis und Schnee. War zurückgekehrt zum Ursprung, würde bald schon vergehen und zerfallen, egal, was er zeit seines Lebens dargestellt haben mochte.

Ein Gedanke an Eleonore. Sie musste seinen Tod vorausgesehen haben.

«Komm, gehen wir zurück.» Graziella zog Emma über den Pfad nach oben auf die Strasse. «Du hast recht. Wir sollten es Mario und Leonie sagen.»

8. Februar 1961, halb vier, nachmittags

Camilla langweilte sich. Mami und Baba tranken bereits das zweite Glas Wein, nachdem der Schnauzbart vom Empfang ihnen mitgeteilt hatte, es könnte bis zum Zimmerbezug länger dauern. Die Zimmermädchen seien mit der Reinigung in Verzug.

«Gehe ruhig in den Saal», sagte Baba. «Von dort aus siehst du bis zum Bürgenstock.

«Aber bitte bleibe in Sichtweite von uns.» Mami war eine ängstliche Frau. Das Temperament und die Neugier hatte Camilla von ihrem Vater. Auf ihn hörte sie. Er war ihr Beschützer. Wenn sie Probleme hatte, Baba löste sie oder suchte das Gespräch. Trotz seiner Arbeit bei der PTT nahm er sich Zeit für sie. Ihre Fragen liess er nie unbeantwortet stehen.

«Vielleicht darf ich schlitteln gehen.» Camilla hatte die tief verschneiten Hänge oberhalb des Hotels gesehen. Man konnte mit der Vitznau-Rigi-Bahn bis zur Staffelhöhe fahren und vom Hotel Edelweiss Richtung Känzeli bis zur Grathöchi gehen. «Auch Skifahren wäre grossartig.» Eine Woche würde sicher reichen, um sich mit den Holzbrettern vertraut zu machen. Baba war ein guter Skifahrer und hatte versprochen, ihr das Gleiten und den Stemmbogen beizubringen. Auch das Hochgehen. Aber Camilla war nicht so erpicht darauf. Baba nannte die Technik «Tänneln», weil die daraus entstandenen Spuren im Schnee eine auf dem Kopf stehende Tanne erahnen liessen. Das Problem, wie sie zu den Skiern kam, blieb. Zu Hause im Keller standen zwei Holzlatten, die Baba erst noch mit einer hellblauen Farbe angemalt hatte. Die Skier stammten von Camillas Onkel und waren so alt, dass die Farbe bei der kleinsten Berührung absplitterte. Baba hätte sich wahrscheinlich geschämt, sie damit auf den Edelweisshang zu lassen.

Camilla ging hinüber zu den grossen Fenstern des vornehmen Saals, in dem Hotelgäste den Nachmittagstee schlürften und dazu hausgemachten Apfelkuchen assen.

«Sali du.»

Camilla brauchte sich nicht umzudrehen. Sie kannte die Stimme. «Herr Unbekannt. Bist du nicht auf den Skiern?»

«Ich gehe morgen. Mein Vater hat den besten Skilehrer gebucht. In einer Woche werde ich wie Roger Staub fahren können. Er ist Schweizer Meister im Riesenslalom. Vor einem Jahr wurde er Olympiasieger. Und du?»

Camilla zuckte nur die Schultern. Dieser Angeber. Sie selbst konnte nicht damit prahlen.

«Willst du mal den Hotelkeller sehen?»

«Den Hotelkeller? Was ist daran so spannend?»

«Komm, ich zeige ihn dir. Meine Skier sind dort eingelagert.»

Camilla zögerte. «Darfst du denn dort runter?»

«Sicher. Meine Familie kommt jedes Jahr hierher. Mein Vater ist Aktionär.»

«Aha.» Camilla hatte keine Ahnung, was ein Aktionär war. Aber es klang nach etwas Wichtigem. «Und deshalb darfst du in den Keller gehen?»

«Klar. Ich zeige dir auch, wo die Heizung liegt.»

Der Junge, dessen Namen sie nicht kannte, rannte voraus in Richtung Aufzug. Camilla vergewisserte sich, dass ihre Eltern ihr keine Aufmerksamkeit schenkten. Aber sie hatten offenbar Kuchen bekommen und waren daran, ihn genüsslich zu verspeisen.

Der Lift war ein Ungetüm und ganz in den Händen eines Aufsehers. Hinter einem braunen Gitter, das man von aussen und innen verriegeln konnte, befand sich eine Art Schrank, in den man trat. Camilla sah nach oben. Die Kabine hing an zwei Seilen und war zwischen vier Schienen eingeklemmt. Eine beachtliche Konstruktion.

«Das ist Beni», sagte der Junge. «Er ist der Liftboy.» Er wandte sich an den Mann, der in einem bordeauxroten Jackett und einer gleichfarbigen Mütze den Aufzug verliess. Hinter ihm tauchte eine Frau auf. Ein opulenter Parfümgeruch begleitete sie. Der Junge drängte sich an ihr vorbei. «Kannst du uns in den Keller fahren, Beni? Du kennst mich ja. Und meine Eltern, die hier Stammgäste sind.»

Camilla verschluckte sich, bekam einen Hustenanfall.

«Komm, Kamillentee.»

Camilla betrat den Aufzug mit gemischten Gefühlen.

Der Liftboy schloss die Gittertür. «Ich dürfte euch nicht runterlassen. Ohne Aufsicht von Erwachsenen geht das nicht.»

«Es wäre nicht das erste Mal. Zudem begleitest du uns.»

«Mache bloss keinen Blödsinn. Ich kenne dich, Bürschchen.» Er drückte einen Knopf auf der Messingleiste. «Mahagoni», sagte er, als er Camillas Blick auf das Holz einfing.

«Wir werden wohlbehalten zurückkommen», versicherte der Junge, «sofern du uns abholst.»

Ein leichter Ruck brachte die Kabine in Bewegung. Sie fuhren abwärts. Mit jedem Meter ächzte und stöhnte der Aufzug mehr. Camilla bekam weiche Knie.

«Wir fahren in die Hölle.» Der Junge drückte sich mit erhobener Brust an die Wand. «Warst du schon einmal in der Hölle?»

«Ich möchte wieder nach oben gehen», jammerte Camilla. Sie hatte Angst. Der Junge lehrte sie das Fürchten, und es schien ihm Spass zu machen.

Der Liftboy verdrehte bloss die Augen. Offensichtlich getraute er sich nicht, dem Jungen zu widersprechen. Dessen Vater musste ein ganz Grosser sein.

«Hosenscheisser.» Die Zähne des Jungen überragten seine Unterlippen. «Typisch Mädchen. Ich habe den Teufel schon einmal gesehen. Er wohnt unter dem Boden des Hotels, dort, wo das Fegefeuer ist.» Er tänzelte vor ihr herum. Der Lift geriet ins Schlingern.

«Bitte, bitte, ich will da nicht hin. Mein Baba weiss nicht, wo ich bin, und Mami macht sich bestimmt Sorgen. Ich möchte zu meinen Eltern.»

Der Aufzug hielt mit einem Seufzen an. Der Liftboy öffnete die Tür. Dann griff er an den Hebel des Gitters und schob es unter Anstrengung zur Seite. Ein blechernes Geräusch entstand.

Vor ihnen lag ein langer breiter Korridor, mit dumpfen Lichtquellen schwach erhellt. Staubige Glühbirnen hingen von der Decke. Mief breitete sich aus, etwas zwischen Feuer und Kohle.

Ein stampfendes Geräusch drang aus dem Schlund, in den riesige Rohre mündeten.

Der Junge zog Camilla mit sich. Trotz der feuchtwarmen Luft fröstelte es sie. «Komm, ich zeige dir, womit das Hotel beheizt wird.»

«Ich hole euch in zehn Minuten ab.»

Camilla sah dem Liftboy nach, wie er in der Kabine verschwand. Sie folgte dem Jungen auf dessen Fersen. Dieser öffnete eine schwere Tür zu seiner Rechten. Ein graubrauner Nebel schwappte in ihre Richtung. Tief im Innern glühte es rot.

«Das ist der Vorhof zur Hölle», sagte der Junge und stiess Camilla vor sich her in den stickigen Rachen des Hotels.

VIER

Sie hatte sich verspätet. Schuld waren die letzten Anrufe an ihren Freund, die ins Leere gelaufen waren. Andrea hatte ihn nicht erreicht und machte sich Sorgen. Er hatte ihr versprochen, sie mindestens einmal am Tag zu benachrichtigen, obwohl die Situation es kaum zuliess. Die Weihnachtstage gehörten ganz seiner Familie. Das war seit Jahren so. Andrea musste sich dem fügen.

Seit zwei Tagen war Funkstille. Auf ihre Nachrichten reagierte er nicht. Das passte nicht zu ihm.

Obwohl er verheiratet war, hatte sich Andrea auf eine Beziehung mit ihm eingelassen. Vor zehn Jahren hatten sie zueinandergefunden, zu einer Zeit, in der sie ihre kleine Firma gründete. Er hatte sie darin unterstützt, auch finanziell. Heute gehörte ihr ein Kosmetikstudio in Schwyz, und sie war daran, ihre eigene Marke zu lancieren, worauf sie stolz war. Es war immer ihr Traum gewesen, einmal selbstständig zu sein und ihren Namen zu verewigen. Ganz im Sinne ihres Freundes, der Frauen aus seinem Bekanntenkreis zu ihr schickte und Werbung für sie machte. Auch seine Frau war mittlerweile eine gern gesehene Kundin, die nicht selten ein halbes Vermögen bei ihr liegen liess. Diese wusste selbstverständlich nichts über Andreas Beziehung zu ihrem Mann. Für Andrea hatte dies einen besonderen Reiz, und sie fühlte sich der Frau übermächtig, wenn sie auf dem Schragen lag und sie an ihr Hand anlegte.

Kälte und Dunkelheit hatten das Dorf im Griff. Der Sternenhimmel spannte sich wie ein mit Lichtpunkten besticktes Tuch über Schwyz. Obwohl es bereits ein Viertel vor acht war, brach der Tag nur zaghaft an. Am östlichen Horizont zeichnete sich vage ein Silberstreifen ab. Er wurde von einer aufkommenden Nebelbank verschlungen. Der Gehweg zum Salon an der Bahnhofstrasse war mit Schneeresten bedeckt. Eiseskälte drang auf Andreas Haut. Heute war der letzte Tag vor Weihnachten, an dem sie arbeiten musste. Dann würde sie bis zum dritten Januar schliessen. Sie wusste nicht, was sie mit der freien Zeit anstellen würde. Länger schlafen, schlemmen, mit den Eltern Weihnachten feiern und später ihren Salon reinigen. Ein paar Auffrischungen standen an, dann eine Verabredung mit einer Werbeagentur, welche für den Auftritt ihrer Produkte verantwortlich war. Andrea würde auch diese Tage überstehen.

Vier Kundinnen hatten sich für eine kosmetische Behandlung bei ihr angemeldet. Die erste wollte bereits um acht Uhr bei ihr sein. Für die Vorbereitungen wurde die Zeit knapp. Andrea beeilte sich. Ihr Zuhause lag auf der anderen Seite des Ortes in Richtung Brunnen, wo sie erst kürzlich eine neue Wohnung bezogen hatte. Für sie und ihren Freund. Manchmal nahm sie den Bus bis zum Postplatz und ging dann zu Fuss weiter. Frische Luft tat ihr gerade jetzt gut.

Die grellen Scheinwerfer eines entgegenfahrenden Wagens zwangen Andrea, auf dem Gehsteig stehen zu bleiben. Das Auto näherte sich ihr in einem Höllentempo. Ein Rowdy, von denen es hier einige gab. Wenn die Strassen leer waren, fanden sich ihresgleichen zum Wettrennen. Meistens nachts. Dann fuhren sie nebeneinanderher, bremsten sich aus, gaben wieder Vollgas.

Der Wagen raste auf sie zu. Andrea zögerte zuerst und machte dann instinktiv einen Schritt Richtung Mauer, die die Strasse säumte. Vielleicht hätte sie auf der gegenüberliegenden Seite eher ausweichen können. Die Gedanken schossen im Zeitraffer durch ihren Kopf.

Der Aufprall folgte wenig später. Ein dumpfer Knall begleitete ihn. Andrea hörte ihn, nahm ihn wahr, während sie auf den Boden geschleudert wurde. Sie schlug hart auf, spürte etwas Schweres und wie es ihr den Körper zerfetzte.

Tausend Bilder rasten durch ihre Gedanken. Ein Aneinanderreihen von Eindrücken, die ihr das Leben geboten hatte, abstrakt nur und schwindend, bis die Dunkelheit sie überkam.

***

«Unfall mit Fahrerflucht.» Zanetti drückte den Anrufer weg und wandte sich an Valérie. «Es ist eingetroffen, was ich befürchtet habe. Man braucht mich. Meine Vertretung ist krank.»

«Schlimm?» Warum mussten Unfälle immer an Tagen wie diesen passieren? Allein die Vorstellung, ein geliebter Mensch könnte wegen eines Unfalls an Heiligabend nicht im trauten Familienkreis sitzen, liess Valérie schaudern. In letzter Zeit ertappte sie sich oft dabei, wie melancholisch sie war.

«Es gibt eine Schwerverletzte.»

«Schlimm?»

«Sie wurde in das Unispital Zürich geflogen. Gemäss Ausweis heisst sie Andrea Borkowski. Ihr gehört ein Kosmetikstudio in Schwyz. Sie wurde in der Nähe ihres Geschäfts angefahren. Ich nehme an, auf dem Weg zur Arbeit. Es ist alles, was ich weiss ... ja, und der Unfallverursacher ist, *ohne* anzuhalten, weitergefahren.»

«Dann gibt es Zeugen?»

«Einen Zeugen. Hoffen wir, er hat genug gesehen. Ohne Zeugen lässt sich ein solches Verbrechen kaum aufklären. Das weisst du.»

«Verbrechen? Ihr geht vom Worst Case aus? War Glatteis die Ursache?»

«Du hast Ferien, mein Darling.» Zanetti warf ihr ein zärtliches Lächeln zu.

«Das hindert mich an nichts.» Valérie räumte zwei Taschen mit Lebensmitteln aus. Vor zehn Minuten waren sie vom Einkaufen zurückgekommen. Zanetti hatte darauf gedrängt, vor dem grossen Ansturm zum Coop zu fahren.

«Louis ist bereits benachrichtigt, der Kriminaltechnische Dienst vor Ort. Sie sichern die Unfallstelle. Die Bahnhofstrasse ist für den Normalverkehr bis auf Weiteres gesperrt.»

«Was wird aus unseren Weihnachtstagen?» Valérie räumte Gemüse und Fleisch in den Kühlschrank. Sie hatten für ihr Dafürhalten zu viel eingekauft. Der Vorrat würde für eine ganze Woche reichen. «Allein macht es mir keinen Spass. Soll ich zu Hause Däumchen drehen und auf dich warten?»

«Morgen kommt doch Colin.»

«Ich werde ihn anrufen und ihm mitteilen, dass wir die Feier auf unbestimmte Zeit verschieben. Ohne dich ist alles halb so schön.»

Zanetti fühlte sich offensichtlich geschmeichelt. Wieder schenkte er ihr ein Lächeln, ein ehrliches, unbekümmertes, obwohl es in seinem Innern sicher anders aussah. «Ich werde morgen hoffentlich nicht bis in alle Nacht arbeiten.»

«Solange wir in Küssnacht bleiben, sind wir abrufbar. Wir hätten weggehen sollen.»

«Das ist eine hypothetische Feststellung.» Zanetti runzelte die Stirn.

Valérie überging sie und räumte die Eier in den Halter. «Ich werde auch arbeiten.» Sie brachte die Weinflaschen in den Keller.

Zanetti kam hinter ihr her. «Bist du sauer, weil ich einen Einsatz habe?»

«Du hättest Nein sagen können. Aber lass gut sein. Wir wissen ja, wie es ist. Caminada hat sicher nichts dagegen, wenn ich Louis unterstütze. Er wird ihm die Leitung des Falls übertragen haben.»

«Louis wäre vielleicht froh, könnte er ihn allein leiten.»

«Ich werde ihm nicht im Weg stehen.» Valérie schaffte Platz für die drei Rotweinflaschen. Zanetti hatte den Brunello di Montalcino eingekauft. Im oberen Preissegment. Für das Dinner am Heiligabend hatte er beim Metzger einen Truthahn abgeholt. Diesen hatte Valérie vorsorglich ins Gefrierfach gelegt. Sie selbst traute sich nicht zu, den Vogel zu braten und anzurichten, geschweige denn, ihn mit den richtigen Zutaten zu füllen, dazu auf Tessiner Art, wie Zanetti erklärt hatte, ein Rezept seiner Mutter.

«Dann können wir zusammen nach Schwyz fahren.» Er ging über die Treppe nach oben. «Ich werde mich schnell umziehen. Bist du in fünf Minuten bereit?»

«Ich beeile mich.» Valérie ging ebenfalls hoch, suchte ihr iPhone und wählte Caminadas Nummer. Ihr Bauchgefühl sagte ihr, sie sollte sich bei ihm melden. Der Verstand riet ihr davon ab.

Caminada nahm das Gespräch nach dem achten Klingelton entgegen. Das war unüblich, und Valérie wollte schon aufgeben. «Hey, Valérie. Wie geht's dir?» Endlich.

«Danke, ich habe bereits den Ferienkoller.» Caminada verstand ihre Scherze, aber nach Lachen war ihm heute offenbar nicht zumute. «Und du?» Sie ging nicht davon aus, dass der Kripochef aus seinem Privatleben plauderte, und liess die Frage um die Befindlichkeiten seiner Frau unausgesprochen. Für Caminada bedeutete die Arbeit genauso eine Flucht wie für Valérie, nur waren die Beweggründe unterschiedlicher Natur.

«Den Umständen entsprechend gut. Auf jeden Fall besser als zu Hause. Aber lassen wir das.» Er liess einen schweren Seufzer vernehmen. «Oder vielleicht zu einem späteren Zeitpunkt», ergänzte er. «Es ist im Moment etwas schwierig.»

«Ich habe gehört, was passiert ist. Ein Unfall mit Fahrerflucht.» Valérie klemmte das Handy zwischen Ohr und Kinn, setzte sich auf den Hocker in der Garderobe und zog die Winterstiefel an.

«Louis leitet die Ermittlung, soweit es unsere Abteilung betrifft.»

«Ich weiss.»

«Warum rufst du mich an?»

«Ich dachte, vielleicht könnt ihr mich gebrauchen.»

«Ich sehe im Moment keinen Bedarf. Geniesse deine freien Tage. Du hast sie dir verdient.»

«Was mir ehrlich gesagt schwerfällt. Emilio ist im Einsatz. Ich habe keine Ahnung, wie lange er weg sein wird. Was soll ich hier? Ich vermisse unsere Gespräche, die Arbeit ...» Valérie graute es, allein zu sein. Obwohl sie sich bemühte, Weihnachten nicht allzu sehr an sich heranzulassen, konnte sie sich einen einsamen Heiligabend nicht vorstellen. Sie wollte zumindest mit ihren Arbeitskollegen anstossen. Vielleicht würde sie Colin keine Abfuhr erteilen, obwohl sie sich sicher war, wie gelegen ihm diese käme. Er hatte gewiss andere Pläne, wollte mit Freunden abhängen. Oder mit einer neuen Freundin? Was wusste sie denn? Valérie fühlte sich in einer Luftleere. Kein Halt weit und breit. Und irgendwo lauerte Willy Lehmann. Sie musste unter die Leute gehen. Jetzt. «Louis ist ziemlich unter Druck.» Sie versuchte erneut, Caminada von ihrem Einsatz zu überzeugen. «Du kennst es aus der Vergangenheit, dass dann die meisten Fehler geschehen.»

Caminada seufzte wieder. «Seine Freundin Carla ist in Schwyz. Sie muss Ohren wie Antennen haben. Ich befürchte, Louis hat ihr alles erzählt. So schnell kann keine Reporterin sein.»

«Für Louis lege ich die Hand ins Feuer.»

«Du nimmst ihn immer in Schutz.»

«Carla ist eine gewiefte Journalistin. Sie hört das Gras wachsen. Aber das wächst nicht auf Louis' Mist. – Wo soll ich hin?» Valérie griff nach dem Mantel.

«Zum Opfer ins Unispital.»

Zanetti wedelte mit dem Schlüssel vor ihrem Gesicht herum. Zeit zum Fahren. Sie schüttelte den Kopf in Richtung Zanetti und sagte zu Caminada: «Okay. Wir treffen uns später auf dem Sicherheitsstützpunkt in Biberbrugg.»

«Ich werde im Büro sein.» Caminada verabschiedete sich, nicht unfreundlich, aber auch nicht sonderlich erfreut.

***

Louis musste dreimal um das weisse Zelt herumgehen, bevor er den Zeugen verborgen hinter einer Zierföhre fand. Mittlerweile war der Tag angebrochen. Doch Schwyz lag im Schatten. Es drückte die Kälte regelrecht in den Talkessel. Der Nebel kroch wie ein Ungeheuer heran.

Der schlanke Mann mit dem hellen Gesicht, der dort an die Mauer lehnte, hatte etwas von Humphrey Bogart, strahlte eine Mischung aus Melancholie und schwerer Bedrücktheit aus. Der Unfall musste ihn komplett aus der Bahn geworfen haben. Er schlotterte, entnahm seiner Manteltasche eine Zigarette und zündete sie mit zitternden Händen an. Den schwarzen Hut hatte er über die Stirn geschoben.

Louis stellte sich vor und zückte seinen Ausweis. «Fühlen Sie sich in der Lage, mir ein paar Fragen zu beantworten?»

«Ich müsste längst im Geschäft sein. Aber bitte, wenn es anders nicht geht. Zudem hat man mir mitgeteilt, Sie würden kommen.»

Caminada war nach Biberbrugg zurückgefahren, um die nötigen Schritte in die Wege zu leiten. Und Zanetti war noch nicht hier. Der KTD war daran, Spuren zu sichern. Auf dem Asphalt schimmerte eine rote Lache. Blut. Nicht in reichlichem Masse, jedoch genug, um sich das Drama vorzustellen, das sich hier abgespielt hatte.

Mit klammen Fingern holte Louis sein Tablet hervor und fragte nach dem Namen. Der Mann nannte ihn, auch seine Wohnadresse.

«Wo befanden Sie sich, als das Auto auf die Passantin losfuhr?»

«Genau. Auf sie losgefahren ist es. Die Strasse war leer. Es gab keinen Grund, auf das Trottoir auszuweichen. Der Verdacht drängt sich auf, dass es da wer auf die Frau abgesehen hatte.»

«Sie glauben also, der Wagen sei absichtlich auf die Frau zugefahren?»

«Was ich glaube, ist nicht wichtig. Es ist eine Tatsache. Die Frau war das Ziel, eindeutig.»

«Mögen Sie sich an den Wagen erinnern?»

«Es war dunkel. Ich habe nicht darauf geachtet. Möglicherweise war das Auto schwarz. Ich selbst bin mit den öffentlichen Verkehrsmitteln unterwegs. Ich setze mich nicht in Geschosse. Hat man wieder einmal gesehen. Autos sind Waffen.»

Louis enthielt sich einer Erwiderung. «Wie ist es mit dem Kennzeichen? Konnten Sie dieses erkennen?»

«Eine Schwyzer Nummer.»

«Die Ziffern?»

«Keine Ahnung.»

«War es ein kleiner oder eher ein grosser Wagen?»

«Mittel.»

Louis unterdrückte ein lautes Stöhnen. Die Antworten waren knapp, was er dem Schock zuschrieb, oder der Zeuge wusste es nicht besser.

«Ah, ich erinnere mich, der Wagen war plötzlich da. Ich hatte ihn nicht gehört. Und meine Ohren sind intakt, das muss hier gesagt sein.»

Ein Elektroauto, überlegte Louis. «Was haben Sie getan, als der Wagen weg war?»

«Es ging schnell. Ich eilte der Frau zu Hilfe. Sie sah scheusslich aus. Nicht das, was man auf nüchternen Magen erwartet. Ich fühlte ihren Puls, checkte, ob sie ansprechbar war. Aber sie war bewusstlos.» Er blies Zigarettenrauch aus. «Ich rief die 144 an und versuchte, die Frau in die Seitenlage zu bringen.» Er warf die Kippe auf den Boden und zerdrückte sie mit dem Schuh. Instinktiv wischte er sich die Hände am Mantel ab. «Da war überall Blut ... Wird sie überleben?»

«Das hoffe ich», wich Louis aus. Er hatte die Frau gesehen. Ihr Arm war bestimmt mehrmals gebrochen und der Kopf schwer verletzt. Die Sanitäter hatten sie mit grösster Sorgfalt auf die Trage gehoben. «Ist Ihnen sonst noch etwas aufgefallen? Konnten Sie zum Beispiel den Fahrer hinter der Scheibe ausmachen?»

«Nein.»

«Hat der Unfallverursacher angehalten?»

«Nein, mit Sicherheit nicht. Aber das habe ich bereits Ihren Kollegen erzählt, die vor Ihnen da waren. Wie schon gesagt, fuhr der Verrückte auf die Frau zu. Wäre die Mauer nicht gewesen, hätte er sie *über*fahren. Bevor er selbst in die Mauer krachte, riss er im letzten Moment das Lenkrad herum und donnerte bergwärts Richtung Zentrum.»

Louis händigte ihm seine Visitenkarte aus. «Falls Ihnen im Zusammenhang mit dem Unfall weitere Dinge einfallen sollten, rufen Sie mich unverzüglich an, sonst ist es Behinderung der Justiz.»

«Ich habe alles gesagt, was ich weiss.»

Louis wandte sich vom Zeugen ab. Er besah sich die Unfallstelle, derweil die Leute vom KTD das Zelt zusammenräumten. Die mit geölter weisser Kreide nachgezeichnete Wagenspur verlief schräg über die rechte Fahrbahn. Das Auto war bereits fünfzig Meter vor dem Aufprall auf die andere Seite gelangt. Fragte sich, ob der Automobilist einen Schwächeanfall erlitten und aufgrund des Schocks nicht angehalten hatte. Louis betrachtete dies als wahrscheinlich. Die meisten Automobilisten, die Fahrerflucht begingen, meldeten sich in der Regel innerhalb von vierundzwanzig Stunden von selbst bei der Polizei. Oder sie nahmen mit ihrem Arzt Kontakt auf, der dann Meldung erstattete. Trotzdem zweifelte Louis plötzlich an dieser Möglichkeit. Der Zeuge hatte ihm einen integren Eindruck hinterlassen. Vielleicht musste Louis tatsächlich von einem Verbrechen ausgehen.

Zanetti war am Unfallort eingetroffen. Er besprach die Situation mit Schuler, dem Leiter der Kriminaltechnik. Louis ging auf ihn zu. «Tut mir leid, dass du auf die Ferien verzichten musst.» Er klopfte ihm kameradschaftlich auf die Schulter. Zanetti hatte Louis kürzlich das Du angeboten.

«Mir tut's auch leid.» Zanetti rieb sich die Hände. «Wie weit bist du?»

«Ich habe den bislang einzigen Zeugen befragt. Er ist sich sicher, dass der Automobilist vorsätzlich auf die Frau zugefahren ist.»

«Dann wäre es Mord.» Zanetti holte ein Couvert aus seiner Mantelinnentasche. «Ich war vorhin beim Richter. Er hat mir bereits den Beschluss sowohl für eine Durchsuchung des Kosmetiksalons als auch für die Wohnung des Opfers ausgestellt.»

«Mord?» Louis spürte einen Stich in der Brust.

«Andrea Borkowski ist vor einer halben Stunde an ihren schweren Verletzungen gestorben.»

Louis räusperte sich. «Wissen es die Angehörigen?»

«Sie sind im Unispital.» Zanetti zog die Augenbrauen hoch. «Man wird sie noch heute befragen müssen.»

«Schon klar. Ich überlege mir gerade, wer nicht in den Ferien ist und wen ich allenfalls herbeiziehen könnte.»

«Valérie.»

«Ich dachte ...» Louis war es nicht recht. Aber er sah ein, dass viel Arbeit auf ihn zukam, und mit fremdem Personal wollte er diese nicht bewältigen. Valérie, Fabia und er waren optimal aufeinander abgestimmt. «Hat sie sich dazu geäussert?»

«Es war ihre Idee.»

«Sie ist unermüdlich.» Louis griff nach dem Schlüssel, den er Andrea Borkowski abgenommen hatte, bevor der Rettungswagen sie wegbrachte. «Bietest du sie auf?»

«Sie ist bereits in Zürich. Soviel ich weiss, hat Caminada sie hingeschickt.»

«Dann war das eine abgemachte Sache.» Wieder einmal hatte man ihn übergangen. Louis schluckte den Ärger hinunter. «Ich schau mich dann mal um.» Nach mehr Konversation mit dem Staatsanwalt war ihm nicht zumute. Er und Valérie spielten in einer höheren Liga. Ob bewusst oder nicht, vor allem Zanetti liess es Louis allzu oft spüren.

Dieser folgte Schuler zu dessen Camion. Louis machte sich auf den Weg zum Kosmetiksalon. Seine eh schon schlechte Laune war nun ganz am Boden.

***

Herr und Frau Borkowski warteten in einem leeren Patientenzimmer, wo ein Arzt sie hingeführt hatte. Als ihre Tochter starb, waren sie bei ihr gewesen. Sie hatten sich verabschiedet, ging Valérie durch den Kopf, als eine Pflegerin sie ins Zimmer begleitete. Ein Abschied, der genauso abrupt gewesen sein musste wie die Hiobsbotschaft über den Unfall. Im Zimmer lag eine Tristesse, die durch ein Wimmern verstärkt wurde. Sie hatte dem Raum die Farbe genommen, die hellgelben Wände versanken im Nichts. Valérie versuchte, den Gedanken daran zu verdrängen. Sei ruhig und überlegt, schalt sie sich. Sie hatte vielen Familien erzählen müssen, wie ihre Lieben gestorben waren. Trotzdem schlüpfte sie gerade jetzt in die Rolle der Eltern, die dort auf den Stühlen am Fenster sassen und schwiegen. Es gab keine Worte im Augenblick des Schmerzes.

Die Frau war von schmächtiger Gestalt und wirkte eingefallen und kraftlos. Ihr Gesicht war rot und aufgedunsen, die Wangen waren nass ob der Tränen. Sie weinte leise und herzzerreissend. Ihr Alter war schwer zu schätzen, vielleicht um die sechzig. Sie trug ihre grau melierten Haare halblang, ein dunkelblaues Twinset und Jeans. Ihr Mann war etwa im gleichen Alter, wesentlich agiler als sie. Bestimmt war er sportlich, was seine Armmuskulatur bewies, die sich unter einem Feinstrickpullover abzeichnete. Die rot-grün gerahmte Korrekturbrille passte nicht in sein faltiges Gesicht.

Valérie durfte nicht zögern. Sie musste Fragen stellen, alles erfahren, was Minuten, Stunden, Tage zuvor gewesen war, ob es Verdachtsmomente gab, verdächtige Personen. Je schneller sie zu Antworten kam, desto besser gestaltete sich die Möglichkeit, den Täter zu stellen. Sie ging behutsam vor, nannte ihren Namen, dass sie von der Polizei Schwyz sei und wie leid es ihr tue, was geschehen war.

Alles prallte ab, fand kein Gehör. Frau Borkowski sah kurz auf. Valérie kam sich wie ein Fremdkörper vor, eine unerwünschte Figur in einer unbeschreiblichen Tragödie. Sie hätte das Drehbuch gern geändert.

«Ich weiss, wie Ihnen zumute ist.»

«Wie können Sie das wissen?» Borkowski machte eine abwehrende Bewegung, bevor er wieder in Lethargie versank. Um seinen dünnen Mund legte sich ein verbitterter Zug, als müsste er einen Gefühlsausbruch zurückhalten.

«Nichts kann Ihren Schmerz lindern.» Valérie zog ihren Notizblock hervor. «Ich fühle mit Ihnen. Sie brauchen Zeit ... und trotzdem muss ich Ihnen ein paar Fragen zu Ihrer Tochter stellen.»

Frau Borkowski schnäuzte in ein Taschentuch. «Haben Sie den Täter gefasst?»

Täter. Für die Eltern der Verstorbenen gab es nur diese Möglichkeit. Offenbar vermochten sie nicht, sich vorzustellen, dem Automobilisten könnte ein gesundheitliches Problem zum Verhängnis geworden sein. «Wir wissen bislang noch nicht viel über ihn.»

«Das heisst, ihr wisst gar nichts.» Borkowski richtete sich auf. Seine Haltung signalisierte Angriff. «Wäre es nicht Ihre Aufgabe, anstatt hier zu sitzen und sich an unserem Leid zu ergötzen, diesen Mörder dingfest zu machen?»

«Ich kann nachvollziehen, welche Wut Sie beherrscht. Versprechen kann ich nichts. Aber die Polizei wird alle Möglichkeiten ausschöpfen, um den Fahrer des Unfallwagens zu fassen. Es ist daher wichtig, dass Sie mir etwas über Ihre Tochter ... über Andrea erzählen. Wann haben Sie sie zuletzt gesehen?»

«Das war gestern Mittag.» Frau Borkowski schluchzte. «Unter der Woche kommt sie immer zum Essen.»

«Ist Ihnen etwas an ihr aufgefallen? War sie anders als üblich?»

«Sie war traurig. Das war sie erst seit ein paar Tagen. Sonst ist sie eine humorvolle junge Frau, der nichts zu viel … sie ist … war fleissig und hilfsbereit.»

«Hat sie gesagt, warum sie traurig war?»

«Sie wollte nicht herausrücken damit. Aber ich glaube, wegen ihres Freundes.»

«Hat er sie verlassen?»

«Nein, nein. Aber er ist verheiratet, eine schwierige Situation. Über die Festtage lässt er sie stets allein.»

Valérie brachte erste Notizen an. Diese Aussage schien ihr wichtig.

«Ich habe immer gesagt, das kann nicht gut gehen.» Borkowski erhob sich. Er schritt zur Tür und zurück. Er wiederholte dies ein paarmal. Wie ein Tiger in Gefangenschaft. Währenddessen knabberte er an einem seiner Fingernägel, als projizierte er das ganze Leid in diese Macke.

Valérie machte es nervös. Sie konzentrierte sich auf Frau Borkowski. «Hat sich Andrea über etwas geäussert, das Ihnen seltsam vorgekommen ist?» Valérie lag auf der Zunge, über Andrea Borkowskis Vorhaben an Weihnachten zu fragen. Doch das Wort «Weihnachten» wollte sie nicht in den Mund nehmen. Sie vermutete, es könnte bei den Betroffenen noch mehr Schmerz hervorrufen.

«Sie sagte, dass sie heute, an ihrem letzten Arbeitstag vor den Ferien, vier Kundinnen habe. Sie wollte erst morgen Abend zu uns kommen.» Frau Borkowski schniefte. «Wann können wir sie bestatten?»

«Sie ist jetzt bei der Staatsanwaltschaft beziehungsweise in der Rechtsmedizin.» Valérie strich mit der Hand über Frau Borkowskis Schultern.

Borkowski blieb erstarrt stehen. «Das dürfen Sie nicht. Ich will nicht, dass mein Kind verstümmelt wird.»

«Der Richter hat dies entschieden. Somit können wir ausschliessen, dass andere Faktoren als der Unfall zu ihrem Tod geführt haben.» Valérie befürchtete, mit dieser Aussage zu weit gegangen zu sein.

«Welche anderen Faktoren?» Borkowski horchte auf. «Sie wurde überfahren. Das ist doch offensichtlich.»

«Wir werden Sie benachrichtigen, sobald Sie Ihre Tochter beisetzen können.» Valérie berührte Borkowskis Arm, um ihrer vorangegangenen Bemerkung die Spitze zu nehmen. Sie drehte sich zu Frau Borkowski um. «Wie heisst der Freund Ihrer Tochter?»

«Werden Sie ihn informieren?» Borkowski setzte sich wieder. «Ich glaube, das ist keine gute Idee. Es reicht, wenn er es nach Weihnachten erfährt.» Er holte sein Portemonnaie hervor, öffnete es und griff darin nach einem Foto. «Das ist Andrea mit ihrem Freund. Wir kennen ihn leider nur von diesem Bild.»

Valérie war sich nicht sicher, doch glaubte sie, dieses Gesicht schon einmal gesehen zu haben.

«Nach Weihnachten reicht», wiederholte Borkowski.

«Er hat ein Recht darauf, es zu erfahren», insistierte Frau Borkowski, deutlich gefasster. «Sie waren seit über zehn Jahren ein Paar.»

«Also lebt Andreas Freund von seiner Familie getrennt», mutmasste Valérie.

«Nein, nein, er führt ein Doppelleben.» Borkowski schnaubte vor sich hin. «Er ist einer dieser reichen Kerle, die sich alles erlauben.»

Was die Frage aufwarf, weshalb er das Foto dieses «Kerls» im Geldsack hatte.

«Bernhard, wie redest du?», sagte Frau Borkowski bestimmt. «Andrea hat ihn geliebt.» Ihre Stimme verschwand, bis nur noch ein Flüstern zu hören war. «Der Mann bedeutete ihr alles.»

Zwei Frauen, die sich einen Mann teilten, eine bigamische Beziehung – das war ein Pulverfass. Neid, Rache und vielleicht gewisse Besitzansprüche hätten Grund genug für einen Mord sein können. Doch Valérie wollte sich nicht darauf behaften. Noch war nicht klar, ob der Unfall mit Absicht herbeigeführt worden oder die Folge physischer oder psychischer Komplikationen gewesen war. «Ich bitte Sie, mir den Namen und Adresse des Freundes mitzuteilen.» Valérie sah nur Frau Borkowski an.

Sie liess sich Zeit, wog ab, ob ihr Mann dafür oder dagegen war, wenn sie den Namen verriet. Ein erneuter Weinkrampf überwältigte sie, als dachte sie, dass nicht nur sie als Eltern, sondern auch der Freund einen geliebten Menschen verloren hatte. «Dr. Justus Maibach.»

Als Valérie die Tür zum Sitzungszimmer aufstiess, strömte ihr der Geruch von Weihnachtsguetslis entgegen. Sie brauchte sich nicht zu fragen, wer diese nach Biberbrugg gebracht hatte. Es gab nur eine Person in ihrem Team, welche die ganze Klaviatur der Backkunst beherrschte: Fabia.

Diese stand neben dem Flipchart und diskutierte mit Louis. Sie trug Jeans und einen Sweater mit der Aufschrift «Ich bin das Glühweinhorn». Ein beschwipstes Einhorn mit einem Weinglas war auf dem Rücken zu sehen. Valérie hoffte, Fabia würde dieses kindliche Sujet unter der Jacke verbergen, wenn sie im Einsatz war. Sie ging ausholenden Schrittes auf die beiden zu, nicht ohne vorher einen Blick auf den Tisch zu werfen, auf dessen Mitte es aus einer übergrossen Schale mit Biskuits duftete, die mit Glasuren und Zuckerkugeln hübsch dekoriert waren. «Wie schön, hast du an uns gedacht. Danke für dein Mitbringsel.»

Fabia wandte sich um. «Das ist es doch, was Weihnachten ausmacht. Hey, Valérie. Ich ging davon aus, dass du die Ferien einziehst.» Sie strich sich ihre Haare, welche eine ordentliche Länge erreicht hatten, nach hinten und verknotete sie mit den Fingern.

«Hat dir Louis nichts gesagt?» Valérie sah ihren Kollegen an, der ihr den Rücken zugewandt hatte. «Ich habe sie verschoben. Und du? Du bist wohl nicht zufällig hier.»

«Ehrlich gesagt, fiel mir zu Hause die Decke auf den Kopf. Die Mädchen sind so was von laut und streiten sich. Ich halte es manchmal fast nicht aus und bewundere Michael, mit welcher Gelassenheit er vorgeht, um Olivia und Charlotte zu bändigen.

Früher war er dauernd überfordert, wenn die Kleinen schrien. Seit er zu Hause arbeitet, ist er wie ein umgekehrter Handschuh.» Sie schmunzelte. «Er ist der geborene Hausmann und ein liebevoller Vater.» Sie liess die Haare los. Diese fielen wieder auf die Schultern. «Ja, und meine Mutter nervt. Sie ist seit gestern bei uns zu Besuch. Ich hoffe, ich werde im Alter nicht so pingelig wie sie. Dauernd hat sie etwas zu motzen.»

«Wie geht denn dein Mann mit ihr um?» Valérie betrachtete die Notizen auf dem Flipchart. Ein Foto von Andrea Borkowski war angebracht, das mit einem danebenstehenden Fragezeichen verbunden war. Viel war nicht beisammen. Aber das würde sich im Verlaufe der Ermittlungen schnell ändern.

«Ach, die sind ein Herz und eine Seele, unverständlich, aber wahr.» Fabia beugte sich über den Tisch und griff nach einem Mailänderli. «Ab heute bin ich wieder im Einsatz. So wie es aussieht, könnt ihr mich gebrauchen.» Sie schob das Mailänderli in den Mund. «Caminada weiss es», sagte sie kauend. «Ich glaube, er ist nicht unglücklich darüber. Er lässt sich übrigens entschuldigen.»

«Gut.» Valérie warf einen Blick in die Runde. Insgesamt hatten sich zehn Leute eingefunden. Auch Zanetti, der als Letzter erschienen war. Sie überliess das Wort Louis. Bislang hatte sie keine Order von oben erhalten, die Leitung zu übernehmen. Sie setzte sich neben Zanetti, schenkte sich Kaffee aus der Thermosflasche ein und stibitzte ein Anisplätzchen.

Louis sah müde aus. Das Neon über ihm liess sein Gesicht fahl wirken. «Die ersten Resultate aus dem Unispital sind eingetroffen. Andrea Borkowski ist an den Folgen einer Hirnblutung gestorben.»

Valérie verschaffte sich Gehör. «Was genau war die Ursache?»

«Der Aufprall auf den Beton war heftig, das Schädel-Hirn-Trauma irreparabel. Sie hat viel Blut verloren. Ihr linker Arm wies einen offenen doppelten Bruch auf, ihre Hand war völlig zerquetscht und von der Karosserie halb abgerissen worden. Der Unfallwagen muss Blutspuren aufweisen, wahrscheinlich eine Beule an der vorderen linken Seite oder eine zerborstene Lampe. Die Glassplitter, die gefunden wurden, werden nun untersucht.

Leider haben wir weder Kenntnis über die Ziffern auf dem Nummernschild noch die Automarke. Wir wissen lediglich, dass der Wagen im Kanton Schwyz zugelassen ist. Die Einholung von Informationen bei den Schwyzer Autovermietungen und Autoverkäufern ist raus.» Louis setzte einen Moment aus. «Ach ja, dass ich es nicht vergesse. Der Zeuge behauptet, den Wagen nicht gehört zu haben. Wir müssen von einem batteriebetriebenen Auto ausgehen.»

«Dann können wir die Suche schon mal einschränken.» Valérie machte Notizen.

Louis nickte ihr zu. «Ich war heute Morgen kurz im Kosmetiksalon. Die Liste von Andrea Borkowskis Kundschaft werde ich gleich verteilen. Es ist wichtig, sämtliche Kundinnen ausfindig zu machen und sie zu befragen.»

Valérie wurde klar, dass sie sich mit ihrem Wissen einbringen musste. «Das können wir vielleicht kurzfristig umgehen.»

Louis sah sie desorientiert an. «Ist mir etwas entgangen?»

«Ich hatte ein Gespräch mit den Eltern von Andrea Borkowski. Sie sagten, Justus Maibach sei ihr Freund gewesen. Von seinem Tod wussten sie jedoch noch nichts.»

«Dann wären wir wieder bei den Zufällen», insistierte Fabia.

«Daran glaube ich nicht.» Valérie bat weiter um Aufmerksamkeit und erhob sich. «Entweder gab jemand von der Familie Andrea Borkowski die Schuld an Maibachs Tod, oder wir haben es bei Maibach ebenfalls mit einem Mord zu tun.»

«Nichts weist darauf hin», sagte Louis. «Soll er nach deiner Meinung in den Baum gefahren *worden* sein? Der Anwalt war betrunken. Deshalb ist er vom Weg abgekommen. Gemäss Stieffel soll er zwei Komma acht Promille Alkohol im Blut gehabt haben, und das mehr als zwölf Stunden nach seinem Auffinden.»

«Moment.» Valérie intervenierte. «Wie kommt es, dass Maibach in der Rechtsmedizin gelandet ist? Gab es einen Beschluss?»

«Das habe *ich* veranlasst.» Zanetti meldete sich zu Wort. «Der Richter hat dem zugestimmt.»

«Warum?» Es gab keinen Anlass dazu.

«Justus Maibach war kein Unbekannter.»

«Du kennst ihn also?»

«Ich hatte schon zu tun mit ihm. Ist lange her. Ich kenne vor allem seine Verbindungen zur Anwaltskammer. Sollte vonseiten der Polizei etwas versäumt werden, dürfte es schwierig sein, unseren Kopf aus der Schlinge zu ziehen. Die Massnahmen geschahen rein prophylaktisch. Der Tod von Andrea Borkowski und die Tatsache, dass sie den Verunfallten mehr als gut gekannt hat, beweisen, richtig gehandelt zu haben.»

Valérie hatte dem nichts entgegenzusetzen. Eine Weile war es still im Raum.

Louis räusperte sich. «Bevor wir Andrea Borkowskis Kundschaft unter die Lupe nehmen, widmen wir uns der Familie Maibach. Kein leichtes Unterfangen. Sie trauert um ihren grossen Verlust. Und wie ich sie einschätze, wird sie sich nicht kooperativ zeigen. Aber ich kann mich täuschen.»

«Überlasse mir die Familie.» Louis' Bemerkung verstand Valérie nicht.

«Diesen Vorschlag wollte ich dir soeben unterbreiten. Ich gehe davon aus, die Maibachs haben das Ferienhaus auf der Rigi Scheidegg verlassen. Der Wohnort der Eltern befindet sich in Schwyz wie auch das Domizil des Bruders Basil Maibach und dessen Frau Emma. Justus Maibachs Frau wohnt mit ihren Kindern in Erlenbach. Allenfalls müssen wir mit unseren Kollegen in Zürich Kontakt aufnehmen. Dann wären da noch der Anwaltskollege Leonardo Lauper mit seiner Frau Alexa sowie Maibachs Sekretärin Malika Galambos. Deren Adressen habe ich notiert.» Louis verwies auf seinen Rapport vom Vortag und wandte sich an Fabia. «Darf ich dir diese Aufgabe übertragen?»

«Welche Aufgabe?» Fabia war abgelenkt. Sie pulte etwas aus ihren Zahnzwischenräumen.

«Du nimmst Kontakt zur Zürcher Kantonspolizei auf.»

«Vielleicht kommen Laupers und Frau Galambos freiwillig zu uns», warf Valérie ein. «Falls nicht, können wir noch immer um Amtshilfe anfragen.»

«Okay, machen wir es auf die schnelle Tour. *Du* hast das Wort.» Louis kniff den Mund zusammen.

Valérie konnte der Versuchung fast nicht widerstehen, ihn auf diese Bemerkung anzusprechen. Er hätte ihr einfach recht geben können. Sie musste trotzdem lächeln. Louis' Eifer machte es so herrlich einfach, sich nicht andauernd unter Druck fühlen zu müssen. Valérie durfte, wenn es nach Caminada ging, die Planung und Koordination ihrem Kollegen überlassen. Ob Louis diese Verantwortung bewältigen konnte, würde sich bald zeigen. Immerhin funktionierte die Beziehung mit seiner Freundin Carla wieder besser. Seit Oktober vor gut einem Jahr sei es zumindest nicht mehr zu heftigen Auseinandersetzungen zwischen ihnen gekommen, wie Louis neulich hatte durchblicken lassen. Die Harmonie zwischen dem Paar wirkte sich auch im Polizeialltag aus, Louis war weniger impulsiv.

«Zurzeit werden Überwachungskameras im Bereich des Unfallorts an der Bahnhofstrasse in Schwyz ausfindig gemacht. Und als Letztes: Der Mann, der Maibach gefunden hat, wird gegen Abend hier eintreffen. Arnold Bürgler.» Louis hatte in der Zwischenzeit einen weiteren Namen auf den Flipchart geschrieben, nicht sicher, ob es sich hierbei um einen Fall oder zwei Fälle handelte. Er zog eine Trennungslinie zwischen den Namen «Justus Maibach» und «Andrea Borkowski». Louis verteilte daraufhin die Aufgaben und wünschte gutes Gelingen. Er hatte sich Valéries Vorschlag zunutze gemacht und Fabia zum Telefondienst verknurrt, was diese dazu veranlasste, das Weihnachtsgebäck aus Louis' Reichweite zu entfernen.

FÜNF

Schlichtes Design, klare Linien, Flachdach. Nicht das, was Valérie unter einer Villa verstand. Sie passte definitiv nicht in dieses Quartier in Schwyz, in dem sich vornehmlich Häuser im klassizistischen Stil präsentierten. Sie verströmte etwas Avantgardistisches, einen Hauch klassischer Moderne. Für Valéries Dafürhalten war sie zu kalt und zu unpersönlich. Je näher sie dem Gebäude kam, umso älter erschien es ihr. Über die Frontfassade zog sich ein Riss, der vom Glaseingang bis zur Dachkante reichte. Bauhaus. Ein Baustil, der im frühen 20. Jahrhundert aufgekommen war und dessen Formsprache sich bis heute durchsetzte. Dieser Riss. Er hatte etwas in sich, was den Perfektionismus einer angesehenen Familie in Frage stellte.

Im selben Haus befanden sich die Büros der Anwaltskanzlei «Maibach & Söhne». Eine Zeile Fenster im Erdgeschoss war mit Gittern versehen. Einbruchsicher.

Sie drückte die Klingel. Der Türsummer ertönte. Man hatte Valérie erwartet.

Sie betrat ein Entrée, von welchem rechtsseitig eine breite Treppe nach oben führte. Auf ihr lag ein Läufer, mit dünnen messingenen Stangen an den Stufen befestigt, was nicht zum Baustil passte. Auf der linken Seite befanden sich die Büros, die verwaist wirkten. Als sich auf dem obersten Treppenabsatz eine Figur abzeichnete, ging Valérie nach oben. Die Frau hatte die Arme in die Seite gestemmt. Es sah nicht danach aus, als sei ihr die Polizei willkommen. Das war eine Abwehrhaltung.

«Ich bin Eleonore Maibach.» Eine resolute Stimme, laut und einnehmend, als müsste sie damit etwas übertünchen.

Die Trauer, dachte Valérie. Die Trauer, welche hier nicht wirklich angekommen war.

Eleonore Maibach war die Frau, die in diesem Haus das Sagen hatte. Louis hatte Valérie vor ihr gewarnt. Der Tod ihres Sohnes schien sie nicht sonderlich zurückhaltender gemacht zu haben.

Im Gegenteil. Ihr Auftritt glich dem einer Kampfgöttin, die es gewohnt war, das Schwert auch über Fremde zu schwingen.

Valérie liess sich nicht beeindrucken. Hinter dieser Inszenierung konnte sich alles Mögliche verbergen. Vielleicht war sie Ausdruck einer anderen Art von Trauer. Es machte den Anschein, als liesse sie nichts an sich heran. Andererseits war sie wegen einer Ohnmacht im Spital gewesen. Ob es ihr wieder gut ging?

«Frau Lehmann, richtig?»

Valérie war oben angekommen und wurde wider Erwarten mit einem kräftigen Händeschütteln begrüsst.

«Kommen Sie.» Eleonore Maibach ging voraus.

Valérie fand Zeit, sie von hinten zu betrachten. Eine schicke Frau mit hochgesteckten Haaren. Ein dunkles Kleid, das ihr über die Knie reichte. Flache Lackschuhe. Selbst in dieser Situation hatte sie sich herausgeputzt.

Das Wohnzimmer wirkte im Gegensatz zum Entrée eng. Vielleicht machten es die vielen Möbel aus, die kaum eine Ecke frei liessen. Ein schweres Buffet mit Spiegel dominierte den Raum. Gegenüber standen ein wuchtiges Sofa und zwei Ohrensessel. Es gab einen einzigen freien Sitzplatz, auf den sich Eleonore Maibach stöhnend fallen liess. Die Familie hatte sich hier versammelt, jedes Mitglied war in dunkles Grau gekleidet. Auf dem mit Mosaik verzierten Salontisch standen fünf Gläser und zwei Whiskyflaschen. Alle leer. Valérie knipste das Bild mit ihrem geistigen Auge ab. Offenbar hatte man versucht, den Schmerz im kollektiven Besäufnis zu ertränken. Sie blieb infolge Platzmangels stehen. Niemand machte Anstalten, für sie einen Stuhl zu holen. Ihr war es recht.

«Das ist Frau Lehmann von der Kantonspolizei Schwyz.» Der Mann auf einem der Ohrensessel neigte sich etwas nach vorn. «Wir haben miteinander telefoniert. Sie hat Fragen an uns.»

«Sie haben mein aufrichtiges Beileid.» Valérie sah jeden der Anwesenden der Reihe nach an und versuchte abzuschätzen, ob ihre Anwesenheit erwünscht war. «Es tut mir leid, wenn ich Sie mit meinen Fragen behelligen muss.» Sie fand es nicht heraus. Die Gesichter wirkten wie in Stein gemeisselt.

«Wir hoffen, dass Sie uns nicht allzu lange aufhalten», sagte der Mann zwischen den beiden jungen Frauen. Justus Maibachs Bruder, schätzte Valérie. Er knibbelte an seinen Fingernägeln, schien nervös und unkonzentriert. Die Frau zu seiner Linken dagegen war die Ruhe selbst.

Sie stellte sich als die Witwe vor. «Graziella Maibach», sagte sie, was von keiner Mimik unterstrichen wurde. «Ich kann es noch immer nicht fassen.»

Valérie wusste aus Louis' Rapport, dass Justus Maibach einen Sohn und eine Tochter hatte. «Wo sind Ihre Kinder?»

«Ich habe sie zu meinen Eltern nach Luzern gebracht. Sie sind in einem schwierigen Alter. Ich bin ihnen zurzeit keine grosse Hilfe. Der Tod ihres Vaters hat sie durcheinandergebracht, vor allem Leonie, die so an ihm hing.»

Die andere junge Frau räusperte sich, was sich wie eine Bemerkung anhörte, als wäre sie mit der Aussage der Schwägerin nicht einverstanden. Im Gegensatz zu Graziella Maibach war sie von zerbrechlicher Gestalt. Fast ein wenig unterernährt sah sie aus. Die Reinkarnation von Lesley Lawson, Twiggy, die Stilikone der 1960er-Jahre. Ihr Haar war hellbraun und auf Kinnlänge geschnitten, dünn und ausgefranst. Ihr Gesicht hatte die Farbe von hellem Porzellan. Sie war ungeschminkt. Das anthrazitfarbene Kostüm liess sie alt aussehen.

«Warum sind Sie überhaupt hier?» Basil Maibach fixierte Valérie mit einem glasigen Blick.

Valérie nahm ihren Notizblock zur Hand. «Es geht in erster Linie um einen Unfall, der sich heute Morgen unweit von Ihrem Haus zugetragen hat.»

«Wir haben davon gehört», sagte Maibach senior. «Es kam in den Nachrichten.»

Valérie versuchte, sich die richtigen Sätze zurechtzulegen und nur so viel zu sagen, was sie in ihren Ermittlungen nicht beeinträchtigte. «Ich muss Sie das jetzt fragen …», sie wandte sich an die Witwe. «Hatte Ihr Mann eine aussereheliche Beziehung?» Valérie versuchte es auf die direkte Art, mit dem Risiko, damit anzuecken.

«Das ist eine infame Unterstellung.» Anstelle von Graziella reagierte Eleonore Maibach ungehalten. «Unser Sohn ist … war ein gewissenhafter Mann. Er hat für seine Familie gelebt.» Sie schniefte in ein Stofftaschentuch.

Valérie räumte ihr Zeit ein, sich einzurenken. «Sagt Ihnen der Name Andrea Borkowski etwas?»

«Andrea Borkowski … klar, sie ist meine Kosmetikerin.» Graziella Maibach drehte sich zu ihrer Schwiegermutter um. «Du kennst sie doch auch.»

«Was ist mit ihr?», fragte Eleonore Maibach.

«Sie wurde heute Morgen auf der Bahnhofstrasse von einem Auto angefahren», sagte Maibach senior wie aus der Kanone geschossen.»

Wusste der Kuckuck, woher er diese Information hatte. Für Valérie ein Grund, sich nicht mehr zurückzuhalten. «Sie hat es nicht überlebt.»

«Gott gütiger, das ist ja furchtbar.» Graziella Maibach hielt geschockt die Hände vor den Mund. Andrea Borkowskis Tod schien sie mehr zu treffen als der Tod ihres Mannes.

Valérie drosselte ihren Zynismus. Warum spürte sie in diesem Haus keine echte Trauer? Einzig Maibach senior strich sich immer wieder verstohlen Tränen aus dem Gesicht. Seine Frau hingegen übte sich im Zurückhalten ihrer Gefühle, wenn sie denn welche hatte.

«Ich glaube, Sie sollten jetzt gehen.» Maibach senior sah sie bittend an.

«Ich würde gern mit Ihnen sprechen.» Valérie wandte sich an Graziella Maibach. «Wenn möglich, allein.»

Die Witwe erhob sich. Augenscheinlich war sie froh, dem weichen Sofa zu entkommen. Sie brauchte zwei Anläufe, bis sie auf den Beinen stand.

«Können wir nach draussen gehen?»

«Wir haben keine Geheimnisse voreinander», intervenierte Eleonore Maibach und griff an die Seite ihres Gemahls. «Sag etwas, Linus. Die Dame von der Polizei will uns in etwas verstricken. Justus hatte keine Freundin.»

Valérie folgte Graziella Maibach, die den Raum verlassen hatte und nun in den langen schmalen Korridor einbog. Die Türen auf beiden Seiten zeugten von einer Vielzahl an Zimmern. Am Ende des Korridors befand sich ein Fenster. Der Blick nach draussen fiel auf ein kleines Bassin.

«Warum glauben Sie, dass mein Mann eine Affäre mit meiner Kosmetikerin hatte?»

«Die Eltern der Verstorbenen haben den Namen erwähnt. Sie haben mir sogar ein Foto gezeigt, auf dem eindeutig Ihr Mann zusammen mit Andrea Borkowski zu sehen ist.» Valérie holte das Bild hervor. «Das ist doch Ihr Mann.»

Graziella Maibach senkte die Lider. «Ist das der Grund, weshalb Sie unsere Trauer stören?» Sie riss die Augen wieder auf. «Ich lasse nichts auf Andrea kommen. Wir kennen einander seit mehr als zehn Jahren. Sie hatte etwas Schönes aufgebaut, einen Kosmetiksalon der Extraklasse. Ich scheute es nicht, von Erlenbach nach Schwyz zu fahren. Sie ist … war einfach die Beste. Sie hat nun ihre eigene Marke lanciert, die ‹Andrea-Beauty-Line›. Auch meine Schwiegermutter ist begeistert.»

«Ihr Mann hat ein Doppelleben geführt», beharrte Valérie. «Es ist nicht möglich, dass er dies über Jahre hat geheim halten können.»

«Was weiss ich, wo überall er seine Gespielinnen hatte. Wir lebten eine freie Ehe.»

Das waren auf einmal andere Töne. Musste Valérie Graziella Maibach zu den Verdächtigen zählen?

«Dass er mit seiner Sekretärin eine Affäre hatte, kann ich mir allerdings besser vorstellen. Aber doch nicht mit Andrea. Ich fände es geschmacklos von ihr, wenn ich einerseits ihre gute Kundin bin und andererseits hängt sie sich an meinen Mann. Hören Sie, sollte es trotzdem stimmen, bitte ich Sie, dies unter keinen Umständen meinen Schwiegereltern zu erzählen. Das wäre für sie wie ein Weltuntergang.»

«Ich werde es versuchen, versprechen kann ich nichts.» Valérie zweifelte an der Glaubwürdigkeit von Graziella Maibachs Aussage. Sie musste davon gewusst haben. Die Geliebte über zehn

Jahre vor seiner Frau zu verstecken, war fast nicht möglich. Welch ein Stress für den Betroffenen. Andererseits war Justus Maibach vielleicht ein guter Schauspieler gewesen. Einer der Beteiligten hatte gewiss gelitten. Fragte sich, wer. «Sorry, wenn ich das frage: Wer ausser Ihnen profitiert vom Tod Ihres Mannes?»

«Ich bekomme alles, die Kinder erhalten den Pflichtteil. Das wurde bei unserer Eheschliessung geregelt, mit der Voraussetzung, dass wir zusammenbleiben, was immer geschehen würde. Die Maibachs legen grossen Wert auf Tradition. Scheidungen hatte es nie zuvor gegeben. Das wird auch in Zukunft nicht passieren.»

Nun war Justus Maibach tot. Seiner Witwe stand nichts mehr im Weg. Sie würde aus dem Vollen schöpfen können. Vielleicht existierte ein Testament, in dem Maibach seine Freundin begünstigt hatte. Graziella Maibach hatte davon erfahren und deshalb getötet. «Wo waren Sie heute Morgen zwischen halb acht und acht Uhr?»

«Hier, bei den Schwiegereltern.»

«Kann das jemand bezeugen?»

«Alle, die im Wohnzimmer sitzen.»

Valérie bohrte nicht weiter. «Wo kann ich die Sekretärin Ihres Mannes erreichen?»

«Ich gebe Ihnen die Telefonnummer. Ihr Name ist Malika Galambos. Sie war bis gestern mit uns im Ferienhaus auf Rigi Scheidegg. Ach, damit ich es nicht vergesse … meine Schwiegereltern haben vor, heute Abend wieder auf den Berg zu fahren. Ich werde wahrscheinlich auch mitgehen. Hier unten im Nebel hält man es nicht aus. Zudem werden wir meinen Mann erst nach den Feiertagen bestatten.» Graziella Maibach schluchzte heftig auf. «Was für ein Drama.»

Valérie legte die Hand auf ihre. «Das könnte sich verzögern. Aufgrund der Verbindungen zwischen Ihrem Mann und Andrea Borkowski ist es wahrscheinlich, dass sein Leichnam in die Rechtsmedizin kommt.» Sie erwähnte nicht, dass der Tote bereits dorthin gebracht worden war. «Aber das entscheidet der Richter.»

«Er hatte keine Beziehung zu Andrea. Glauben Sie mir.»

Valérie liess es unkommentiert. Sie nahm sich vor, die Familie Maibach zu einem späteren Zeitpunkt noch einmal zu befragen. «Noch eine letzte Sache: Wer war im Ferienhaus zu Besuch, als der Unfall mit Ihrem Mann geschah?»

«Nebst Malika und unserer Familie ... also der Maibachs, Leonardo Lauper mit seiner Frau Alexa. Soviel ich weiss, wollte Justus ihn zum Partner machen.» Graziella Maibach drehte sich zum Fenster um. «Jetzt würde ich gern allein sein.»

Er ging auf die siebzig zu, trug Skihosen, einen wetterfesten Parka und gefütterte Stiefel, dessen Schaft bis zu den Knien reichte. Keiner aus der Stadt, ging Valérie durch den Kopf, als sie den Mann im Vernehmungszimmer traf. Sie stellte zwei Becher Kaffee auf den Tisch. Der Mann hatte die Arme verschränkt und schaute ihr mit zusammengekniffenen Augen entgegen. Sonne und Wind hatten seine Haut gegerbt.

«Arnold Bürgler?» Valérie streckte die Hand zum Gruss aus. «Danke, dass Sie unserer Einladung so schnell gefolgt sind.»

«Noldi.» Bürgler brummte etwas vor sich hin.

«Schnell» war ein dehnbarer Begriff. Es hatte die Überzeugungsarbeit zweier Streifenpolizisten gebraucht, um Bürgler von der Rigi zu holen. Er habe sich wie ein Berserker aufgeführt, hatte Valérie erfahren. Sie würde den Zeugen mit Samthandschuhen anfassen müssen, wollte sie zu einer fundierten Aussage kommen. Sie bat ihn, sich zu setzen, und bot ihm einen der Kaffeebecher an. Er nahm ihn dankend an.

«Haben Sie eine Ahnung, wann ich das letzte Mal im Tal war?» Bürgler schob den Stuhl zur Seite und setzte sich auf dessen Rand. «Vor dreieinhalb Jahren war es. Da wollte meine Frau Eva unbedingt im Mythen-Center einkaufen gehen. Sechs Monate später war sie tot. Gestorben in der Nacht vom 21. auf den 22. Dezember. Sie ist einfach eingeschlafen, das heisst, am Morgen nicht erwacht. Für sie hätte es nicht schöner enden können.» Er schluckte schwer. «Für mich war es die Hölle. Ich konnte nicht zur Beerdigung gehen. Man brachte mir die Asche auf die Rigi, wo ich sie am 31. Dezember unterhalb der Alp Chäserenholz verstreute.»

«Das tut mir leid.» Valérie installierte das Aufnahmegerät.

«Das sagt man immer, auch wenn man keinen Bezug hat.» Bürgler griff nach dem Kaffeebecher. «Ausgerechnet am Todestag meiner Eva passiert mir das mit dem Anwalt, als hätte sie mir von dort oben», er sah andächtig zur Decke, «ein Zeichen gegeben.» Er rutschte endlich in eine bequemere Sitzposition. «Ich gelte jetzt als Zeuge, hat man mir mitgeteilt.»

«Das ist korrekt.» Valérie wollte keine Zeit verlieren und sprach die obligate Ansage aufs Band. Zanetti war bereits nach Hause gefahren, um das Weihnachtsessen vorzubereiten. Auf morgen Samstag waren weitere Befragungen anberaumt. Zanetti wünschte, den Heiligabend vorzuverschieben. Damit hatte Valérie nicht gerechnet. Mit dem Truthahn wurde es bestimmt nichts, denn dieser lag im Gefrierschrank und würde so rasch nicht auftauen. «Schildern Sie mir, wie Sie den Toten gefunden haben.»

«Ich war ausgerutscht … wie ein kleiner Junge. Herrgott Sakrament, wenn man alt ist, benimmt man sich wieder wie ein Kind. Dabei war ich zeitlebens zu Fuss unterwegs, mit festem Tritt. Aber man wird steif in den Gelenken, und mit der Reaktion ist es auch weit her. Ich bin jetzt siebzig, aber manchmal fühle ich mich wie hundert.»

So ausführlich wollte Valérie es nicht wissen.

«Ich landete auf der Leiche … also, der war da bereits mausetot. Da nützten auch keine Wiederbelebungsversuche …»

«Haben Sie ihn denn beatmet?»

«Nein, der war runtergekühlt. Das müssen Sie mir glauben. Alles war erstarrt an dem. Wie eine Schaufensterpuppe. Ich versuchte dann, auf die Beine zu kommen. Dabei fielen mir die Spuren auf.»

«Welche Spuren?»

«Also, erstens waren da die Spuren des Schlittens. Der Bedauerliche war vom Weg abgekommen, oder er wollte die Abkürzung nehmen. Aber die ist gefährlich, besonders im Winter, wenn die Temperaturen unter null Grad sind. Der Pfad ist dann arschglatt.»

«Sie haben noch andere Spuren entdeckt?»

«Ja, das war sonderbar. Am Tag zuvor hatte es geschneit. Der Schnee war frisch. Wenn jemand über den Pfad geschritten wäre, so hätten sich die Spuren unterhalb des Toten fortsetzen sollen. Taten sie aber nicht. Sie hörten beim Schlitten auf, zumindest auf den ersten Blick.»

«Könnte es nicht sein, dass der Verunfallte versucht hatte, aufzustehen?» Valérie spürte, wie sie sich auf die Kenntnisse des Berglers verliess. Sie klammerte sich an seine Ausführungen.

«Davon ging ich zuerst aus. Es waren aber nicht seine Schuhtritte. Die Abdrücke waren kleiner, schmaler, glichen eher Turnschuhen. Jemand musste dort gewesen sein und ist dann wieder nach oben gegangen.»

Vermaledeit! Sie hätten den KTD aufbieten sollen. Jetzt war es zu spät. Im Nachhinein würde es nichts bringen, weil der Pfad von Schaulustigen zertrampelt war. Nicht zuletzt von den Sanitätern, die den Leichnam geborgen hatten, oder vom Arzt. Louis hätte professioneller vorgehen müssen, auch er hatte es verbockt. Valérie würde sich ganz auf Bürglers Aussage verlassen müssen. Wer hätte gedacht, dass möglicherweise jemand nachgeholfen oder den Umstand ausgenutzt hatte, weil Maibach sich aufgrund seines Betrunkenseins nicht wehren konnte. Alles in allem war der Entscheid des Richters nicht falsch gewesen, den Toten dem Gerichtsmediziner zu überlassen. Valérie musste unbedingt mit Stieffel sprechen. Vielleicht hatte er etwas entdeckt, was bis anhin nicht zur Sprache gekommen war. Ein Hinweis auf Fremdeinwirkung. Dieser würde jedoch, wenn überhaupt, frühestens bei der Autopsie zum Vorschein kommen.

«Sie haben von den Spuren nicht zufällig ein Foto mit Ihrem Smartphone gemacht?»

«Ich bin weder im Besitz eines Smartphones noch eines Fotoapparats.» Bürgler griff sich an die Stirn. «Ist alles hier drin. Ich habe zwei Augen und ein Gehirn und die Fähigkeit, Erinnerungen zu speichern.»

Nicht zu glauben. Dieser Bürgler war ein Exot, ein Naturmensch von der Sorte, wie es sie kaum mehr gab. Er hatte die Gabe, Spuren zu lesen. Er würde sich bestimmt nie verlaufen.

Valérie war trotz ihrer Enttäuschung zufrieden. Sie hatte ein erstes Indiz, dass Justus Maibach möglicherweise nicht allein gewesen war, als er starb. Es musste jemand bei ihm gewesen sein, der sich zu der Zeit auf Rigi Scheidegg befand. Sie mussten die Befragungen auf die Anwohner ausdehnen.

***

«‹Die Phantasie ist die Schöpferkraft des denkenden Bewusstseins und dient als kreatives Element für Empathie, Künste und jegliche Art der Problemlösung. Der Geist des Menschen wird in der Psychologie als denkendes Bewusstsein bezeichnet und ist die Summe aller inneren Vorgänge.›» Graziella klappte den Laptop zu. «Das behauptet Google.»

«Und was schliesst du daraus?» Emma sass neben ihr, eingehüllt in einen Flauschbademantel, nachdem sie, zusammen mit Graziella, von Eleonores Kultstätte zurückgekehrt war.

«Ich versuche gerade, den Irrsinn unserer Schwiegermutter zu verstehen.»

«Vielleicht schaust du mal unter ‹Geistige Umnachtung› nach.»

«Ist das ein Euphemismus für Wahnsinn?» Graziella konnte ein Kichern nicht unterdrücken. «Das trifft den Nagel auf den Kopf. Eleonore ist verrückt. Je älter sie wird, umso mehr kommt es zum Vorschein.» Graziella öffnete den Deckel des Laptops wieder und gab die Wörter in der Suchmaschine ein. «Voilà. ‹Häufig äussert sich Wahnsinn durch einen Kontrollverlust über die Empfindungen, sodass Gefühle ungehemmt gezeigt und ausgelebt werden. Das Verhalten bewegt sich ausserhalb der Vernunft, die Folgen des eigenen Tuns für sich und andere werden nicht mehr erwogen.› Da haben wir es. Es ist mir völlig schleierhaft, weshalb Eleonore so darauf besteht, diese Rituale durchzuführen. Sie stellt sie sogar über die Trauer des Verlusts ihres Sohnes.»

«Du trauerst ja auch nicht unbedingt.»

Graziella hatte sich dazu gezwungen, in sich zu horchen. Die ganze letzte Nacht hatte sie wach gelegen. Ihr Inneres war wie erstarrt. Es wollte sich keine Trauer einstellen, nicht auf Knopfdruck. Es reichte, ein paar Krokodilstränen herauszudrücken, damit man ihr die trauernde Witwe abnahm. Das Leben an der Seite ihres Mannes war eine Tortur gewesen, seit er sie wegen ihrer Gewichtszunahme nach Leonies Geburt nicht mehr berührte. Seine Bemerkungen hatten sich wie Speerspitzen angefühlt. Von da an war sie sicher gewesen, dass er sie mit anderen Frauen betrog. Es wäre Grund genug gewesen, ihm den Laufpass zu geben. Zu viel hatte jedoch auf dem Spiel gestanden. Er hätte ihr die Kinder weggenommen und ihr keinen Cent mehr als nötig gelassen. Dieser blöde Vertrag. Er hatte sie in ihrer Konsequenz gehemmt. Nein, sie würde die Maibachs nicht unbescholten aus der Sache herausgehen lassen. Über die Jahre hatten sich in Graziella gegen alles, was nach Maibach klang, negative Gefühle angestaut. Nicht selten hatte sie sich ausgemalt, wie es wäre, ihrem Göttergatten Gift unter das Essen zu mischen. Täglich eine minimale Menge Rattengift. Von dem gab es genug im Keller ihres Schwiegervaters. Justus hätte es kaum bemerkt, wäre jedoch täglich ein wenig kränker geworden.

Nun war ihr die Natur zu Hilfe gekommen. Eiskalte Temperaturen und ein Baum, der zufällig dort gestanden hatte, wo Justus' Schlittenfahrt ihn kreuzte.

Nein, Graziella trauerte nicht. Kein Maibach hatte es verdient, dass man um ihn weinte. Selbst Justus' Mutter, eine geborene Imfeld, hatte Mühe damit. Sie vermochte nicht, um ihren Sohn zu klagen. Lieber kniete sie im Wald vor der Feuerschale und beschwor Morrigan, die Göttin der keltischen Mythologie, oder die Asche eines längst Verstorbenen.

Nach dem Besuch von Valérie Lehmann war die Familie in ihr Ferienhaus zurückgekehrt. Eleonore, Linus, Basil, Emma und Graziella. Die Kinder würden bis auf Weiteres bei ihren Grosseltern in Luzern bleiben. Graziella hoffte, Mario und Leonie vom Einflussbereich der Maibachs fernzuhalten. Es würde genug

Unerfreuliches auf sie zukommen, wenn sie den Wunsch, wegzuziehen, endlich umsetzte. Im Vertrag stand nicht, dass ihr nach dem Tod des Ehepartners etwas im Weg stehen würde. Die Zeit arbeitete für sie. Die Kinder waren aus dem Gröbsten raus. Sie waren alt genug, um zu entscheiden, wo sie ihre Zukunft sahen. Bei den alten Maibachs oder bei ihrer Mutter, die noch nicht einmal vierzig war und sicher ein paar schöne Jahre noch vor sich hatte. Der Gedanke an ihren Lover erregte sie. Sie würden sich bald nicht mehr verstecken müssen.

Im Flur ging die Tür auf. Linus und Basil kamen zurück. Sie hatten den Unglücksort unterhalb Scheidegg inspiziert. Graziella hoffte inständig, dass sie nichts gefunden hatten, was jemanden belasten könnte.

8. Februar 1961, fünf Minuten nach vier, nachmittags

Rot glühte der Rachen. Das Ungeheuer fletschte seine Zähne. Ein unermüdliches Brummen drang aus dem Schlund. Und es roch fürchterlich nach etwas Undefinierbarem.

Camilla hielt sich an dem Jungen fest, der dauernd grinste. Warum hatte er keine Angst?

Der Mann vor dem Ofen war in Schwarz gekleidet, ein Lakai des Teufels. Er schaufelte Kohle in das brennende Loch.

«Er ist zuständig für die Heizung», sagte der Junge, nicht ohne Stolz in seiner Stimme. «Nebenan ist tonnenweise Kohle gelagert. Würde er nicht heizen, wären die Hotelzimmer eiskalt, und man hätte kein warmes Wasser.»

Der Heizer legte eine Pause ein. Camilla hatte sich bereits gewundert, mit welcher Vehemenz er seine Arbeit verrichtete. Und nein, er war kein Teufel, bloss schmutzig und verrusst. Über sein Gesicht zog sich eine breite schwarze Spur und vermischte sich mit dem Schweiss, der ihm über die Stirn rann. Das Augenweiss stach hervor. Camilla gruselte es. Der Mann glich der Figur auf der Sparkasse, die Mami in der Küche aufgestellt hatte. Immer wenn sie eine Münze in den Schlitz warf, nickte diese mit dem Kopf. Baba sagte, das Geld würden sie für die armen Kinder in Afrika sammeln.

«Ich bin Jakob.» Der Heizer griff nach einer Bierflasche, die er neben eine Bank gestellt hatte. Mit einer schnellen Bewegung öffnete er den Verschluss. «Wenn ihr wollt, erkläre ich euch, wie die Heizung funktioniert.»

«Das ist vergeudete Zeit», sagte der Junge. «Mädchen verstehen eh nichts von solchen Sachen. Die spielen lieber mit Puppen.»

Camilla hatte die Angst ein wenig überwunden. Jakob war nicht so böse, wie er aussah. «Wir haben zu Hause auch eine Heizung», sagte sie. «In jedem Zimmer gibt es einen Radiator. Mami hängt im Winter jeweils einen Luftbefeuchter dran, ein schmaler Kasten mit Vlies bestückt.»

«Ja, das ist dieselbe Vorrichtung, nur viel, viel kleiner. Schau …» Jakob wies auf eine Zeichnung an der Wand. «Das ist eine Niederdruckdampfheizung, entwickelt auf den Vorstufen einer Dampfmaschine, die bereits Mitte des 18. Jahrhunderts erfunden wurde.» Jakob zeigte auf das Rechteck in der unteren Mitte der Skizze. «Das ist der Niederdruckdampfkessel. Er liegt am tiefsten Punkt der Anlage. Hier wird mittels Kohle und Feuer Wasser auf hundert Grad erhitzt. Der Dampf strömt im Überdruck in die Röhren respektive in die Dampfleitung. Er verdrängt die Luft im Rohrsystem und erhitzt den Radiator …»

«Das versteht sie doch nicht.» Der Junge lachte. Er zog Camilla mit sich. «Komm, ich zeige dir meine Skier.»

Frecher Bengel. Was bildete er sich bloss ein?

«Im Heizkörper kühlt der Dampf ab und kondensiert», warf Jakob nach, der in seinem Element war. Ein Profi, der Meister des Untergrunds. Ohne ihn würden die Leute im Hotel frieren. «Das Wasser fliesst über eine Rücklaufleitung in einen Behälter … Der Kreislauf beginnt von vorn …» Er resignierte. «Viel Spass, Kinder.»

Sie verliessen die Heizungshalle. Der dunkle Korridor vor ihnen brachte die schrecklichen Schatten zurück. Und die vielen unheimlichen Geräusche, die Camilla nicht zuordnen konnte. Es war kälter geworden. Von irgendwoher zog es unangenehm.

«Kennst du dich gut aus, hier unten?» Ihr war es nicht geheuer. «Hier kann man sich verlaufen.»

«Angsthase.» Der Griff des Jungen wurde stärker.

«Zeigst du mir jetzt deine Skier?» Erneute Panik erfasste sie. Reden, hatte sie einmal gelernt. Reden, damit das Gegenüber die Angst nicht spürte, damit die eigene Angst an Boden verlor.

«Du bist so was von ungeduldig.» Der Junge öffnete eine Tür und schlüpfte in den dahinterliegenden Raum. «Komm. Ich zeige dir den Putzraum. Da drin sind alte Matratzen. Willst du auf ihnen herumhüpfen?»

«Nein, das darf man nicht.»

Der Junge kippte einen Schalter. Ein milchiges Licht breitete sich in Kegelform aus, vermochte nicht, in die hintersten Winkel zu dringen. Es erreichte lediglich einen Stapel Matratzen, die nicht gerade ordentlich aufeinandergeschichtet waren.

«Ich will zurück.»

«Jetzt hab dich nicht so.» Der Junge kletterte geschickt auf den Matratzenstapel. Er machte das sicher nicht zum ersten Mal. «Komm, das ist lustig.» Er hopste auf und ab, krümmte sich vor Lachen und kreischte vor Vergnügen.

Camilla überwand ihre Scheu. Hier unten war niemand ausser dem Heizer. Aber dieser war mit seiner Arbeit beschäftigt. Warum nicht ein wenig Spass haben und dem vorwitzigen Jungen beweisen, dass sie sich auch getraute? Camilla zog sich an den vorstehenden Rändern der Matratzen hoch. Sie schob ihre Füsse in die Zwischenräume, damit sie Halt bekam. Ihre kleinen Hände vermochten kaum, sich an dem Stoff zu halten. Dieser stank fürchterlich. Die Matratzen waren wohl alt und unbrauchbar, lagen hier, bis sie ganz verrotteten. Irgendwann würde man sie wegbringen oder in ein Tobel werfen.

Während sie hinaufkraxelte, machte der Junge einen Sprung nach unten und landete unsanft auf dem Boden. Er stiess einen spitzen Schrei aus, hielt sich das Bein. Benommen rappelte er sich auf. Und schämte sich, offenbar so, dass er wütend wurde.

Camilla war oben angelangt. Sie sah über den Rand nach unten, sah den Jungen in kauernder Stellung. «Hast du dir wehgetan?»

Keine Antwort. Er erhob sich, hinkte zur Tür. Er löschte das Licht, und als er draussen im Korridor war, schlug er die Tür zu.

Camilla hörte, wie er einen Schlüssel umdrehte. Sie war gefangen. Oben auf dem Berg von miefenden Matratzen. Und sie hatte keine Ahnung, wie sie im Dunkeln wieder runterkam. Ein grober Kloss machte sich in ihrer Kehle bemerkbar. Nein, sie wollte nicht weinen. Sie musste tapfer sein.

Mami und Baba würden sie suchen. An dieser Hoffnung hielt sie sich fest.

SECHS

Er griff in etwas Zartes, Federleichtes. Es fühlte sich wie Seide an. Louis schlug die Augen auf.

Über ihm schwebte ein Engel, und im Hintergrund sang Bobby Helms: «*Jingle bell, jingle bell, jingle bell rock.*» Morgen war es, am ersten Weihnachtstag.

Mit Ausnahme zweier Flügel auf dem Rücken trug Carla nichts. «Das Christkind ist da», säuselte sie. «Es wird dir ganz viele Geschenke bringen und dir einen Tag lang jeden Wunsch erfüllen. Wenn du willst, können wir gleich loslegen.»

Louis richtete sich auf und sah auf den Wecker. Klar, er war wieder spät dran. Er hatte sich um halb neun auf dem Sicherheitsstützpunkt in Biberbrugg mit Caminada verabredet, jetzt war es fünf nach acht. Er zog Carla auf sich, befühlte ihren Körper, liess nichts aus. «Seit wann hat das Christkind Flügel?»

Carla drückte sich an ihn und bewegte sich langsam an seiner empfindlichsten Stelle. Louis' Gesicht verschwand hinter einer Flut von Haaren. «*Jingle bells swing and jingle bells ring.*»

«Liebes, ich sollte mich auf den Weg machen.»

«Fünf Minuten, komm ... ein Weihnachts-Quickie.» Sie setzte sich auf ihn. «*Snowin' and blowin' up bushels of fun.*»

«Wir sparen es auf heute Abend auf, versprochen. Da haben du und ich mehr davon.»

Natürlich war sie enttäuscht. Sie rollte sich vom Bett und drehte den Rücken gegen ihn. Louis sah auf weisse Federn. Wo hatte Carla bloss diese Dekoration her? Der Weihnachtsengel bekam eine neue Bedeutung. Louis zwang sich, an etwas Unerfreuliches zu denken. «Sag mal, stammt der Bericht zu Maibach und Borkowski mit dem Titel ‹Geht es um Mord?› aus deiner Feder?»

«Warum fragst du, wenn du es weisst? Du hast sicher das Kürzel gelesen. Ich habe sogar die meisten Klicks geschafft.»

«Deshalb war also die Nachricht online ganz vorn.»

«Und? Hast du sie gelesen?» Carla lauerte gespannt auf seine Antwort.

«Ja.»

«Warum greifst du mich nicht an, wie du das immer machst, wenn die Medien schneller sind als die Polizei?»

«Ich bemängle einzig, den Text nicht mit mir besprochen zu haben, bevor er erschien.» Louis hatte kein Bedürfnis zu streiten. Es gelang ihm nicht, ihren Übermut zu bändigen.

«Es musste schnell gehen. Ich habe meinen Vorteil genutzt. Ich kenne … kannte Andrea.»

Louis ging ins Badezimmer und stellte sich dort kurz unter die Dusche. Für mehr als für eine Katzenwäsche reichte die Zeit nicht. «Wie kommt es, dass du sie kennst?» Es sollte belanglos klingen. Carla hatte in den Jahren, in denen sie als Journalistin arbeitete, eine Menge Leute kennengelernt, auch im Kanton Schwyz. Heute war sie gut vernetzt, woraus sie ihre Vorteile schöpfte, um zum Beispiel schnell an Informationen zu gelangen.

Carla reichte ihm das Frotteetuch. «Ich war in ihrem Kosmetiksalon. Ab und zu lasse ich mir die Finger- und Fussnägel machen. Andrea war jeweils redselig. Ich kenne ihre Geschichte. Seit zehn Jahren war sie mit Justus Maibach liiert. Jetzt stirbt sie kurz nach seinem Unfall. Ich musste meine Spekulationen der Leserschaft mitteilen respektive mein Wissen, verstehst du?» Carla wischte sich verstohlen eine Träne aus dem Gesicht.

«Ich kann dich als Zeugin vorladen.»

Carla tat so, als hätte sie es nicht gehört. «Ihr Tod schockiert mich. Ich war zwar nicht eng mit ihr befreundet, trotzdem … Wieder einmal trifft es eine junge Frau, die sich in einen Älteren verliebt hat.»

«So wie du, wolltest du sagen?»

«Du bist *nicht* verheiratet.» Carla riss ihm das Frotteetuch vom Körper. «Und Vermögen hast du auch keines.» Sie schniefte theatralisch. «Im Übrigen finde ich, du hast noch immer einen Knackarsch, auch in deinem Alter.»

«Sie hat dir also brühwarm von ihrem Freund erzählt?» Louis

zog sich Hemd und Hose an, Carlas Bemerkung ignorierte er. Er ging auf die vierzig zu, war noch gut in Schuss.

«Du weisst, im Zuhören bin ich eine Weltmeisterin. Ich vergesse nie etwas. Er hat ihr den Salon finanziert und beim Lancieren ihres Labels geholfen.»

«Der Kerl musste in der Kohle schwimmen.» Louis schlüpfte in Socken und Schuhe und warf sich die Winterjacke über. «Wir sehen uns am Abend. Weisst du schon, was du kochst?»

«Ich muss auch noch weg. Aber ja, ich werde mir etwas einfallen lassen.»

Es war zwanzig Minuten vor neun, als Louis auf den Parkplatz fuhr. Verflixt und zugenäht: Er musste sich eine Ausrede zurechtlegen. Als Ermittlungsleiter konnte er sich keine Verspätung leisten.

Man hatte nicht auf ihn gewartet. Als er den Sitzungsraum betrat, hatte Valérie das Wort bereits ergriffen. Sie stand vor dem Gemeinschaftstisch und teilte Kopien aus, informierte darüber, was sie am Tag zuvor aufgegleist hatte. Im Gegensatz zu Louis hatte sie sich für diesen Morgen vorbereitet. Sie tat, was sie nicht lassen konnte. Louis sah seine Felle davonschwimmen. Er grüsste kurz in die Runde und setzte sich an einen freien Platz. Dieser befand sich neben Caminada. «Frohe Weihnachten», sagte er und versuchte, möglichst locker zu sein.

«Du hast da was.» Caminada griff an seinen Hemdkragen. «Schwanenflaum?»

Louis spürte, wie er rot wurde.

«Ist das der Grund, weshalb du zu spät kommst?» Caminada schüttelte die Federchen von seinen Fingern. Das Lachen konnte er nicht unterdrücken.

Louis überlegte, ob er mitlachen durfte. Angesichts der Situation wohl keine gute Idee. Aber dann brach es auch aus ihm heraus. Einen Moment lang hatten die beiden Männer die volle Aufmerksamkeit aller Anwesenden.

Louis fing Valéries Blick ein. «Ich habe kurzerhand die Leitung der Ermittlungen übernommen», sagte sie so, dass sie keine Widerrede duldete. Sie blieb ernst.

Louis liess den Satz nachwirken. «Ich gehe davon aus, es ist wegen der Verspätung.»

«Nein.» Valérie hob ihre Augenbrauen. Die Frau hatte ein Charisma, das ihn erschaudern liess. «Der Verdacht drängt sich auf, dass deine Freundin Carla in die ganze Sache involviert ist. Du bist vorläufig vom Fall Maibach/Borkowski entbunden.» Valérie hielt inne, sandte zuerst einen flehenden Blick zu Zanetti und winkte dann Louis zu sich. «Reden wir draussen unter vier Augen.»

Louis folgte ihr vor die Tür. «Was soll das?», fragte er, kaum war die Tür ins Schloss gefallen. Er vergewisserte sich, sich allein im Flur aufzuhalten. Das diesige Licht des Vormittags trug nichts zu einer besseren Laune bei.

Valérie hob abwehrend die Hände. «Tut mir leid. Du weisst, wie das läuft.»

Louis blieb ein Kloss im Hals stecken. Carla war eine Verdächtige in einem Mordfall, wenn man davon ausging, der Unfall sei vorsätzlich gewesen. Wie, zum Teufel, hatte man das innerhalb so kurzer Zeit herausgefunden, falls es stimmte? Louis überlegte. Carla hatte frisch von der Leber weg über die verunfallte Andrea Borkowski gesprochen. Sie war ihm halb nackt, nur in einen Polyestermantel gehüllt, mit abmontierten Flügeln, in die Tiefgarage gefolgt. Sie hatte ihm über die Beziehung zwischen Andrea Borkowski und dem Anwalt erzählt, als hätte sie ihn gut gekannt. Was verschwieg sie ihm? Ihm kamen plötzlich Zweifel. Er dachte, Carla gut zu kennen. Doch dies bekam auf einmal einen Riss. «Was werft ihr Carla vor?»

«Im Kosmetiksalon von Andrea Borkowski wurde belastendes Beweismaterial sichergestellt.»

«Klärst du mich auf?» Louis verlor allmählich die Geduld. Alles, was am Morgen vielversprechend begonnen hatte, drohte mit Valéries Bemerkung zu zersplittern. Die Aussicht auf ein weihnachtliches Dinner am Abend, ein Bad im Kerzenschein, eine Massage, ein zärtliches Liebesspiel. Während der ganzen Fahrt hierher hatte Louis an nichts anderes gedacht. Die Vorfreude war mit einem Schlag weg.

Valérie faltete einen Brief vor ihm auseinander. «Dieses Schreiben fanden wir im Korpus der Toten. Muss dir wohl entgangen sein.»

«Du denkst jetzt aber nicht, ich hätte es absichtlich übersehen.» Louis vergewisserte sich. Kein Zweifel, das war Carlas Schrift. Er las die Zeilen. Kein netter Brief, eher eine Drohung. Andrea Borkowski solle die Finger von Justus Maibach lassen, stand da schwarz auf weiss. Der Mann sei verheiratet und habe zwei Kinder. Sie würde eine Familie zerstören, wenn sie so weitermache. Es sah danach aus, als hätte Carla den Moralapostel gespielt. Wie war sie dazu gekommen? Sie, die als Freigeist galt, mit einer modernen Lebenseinstellung. Sie war beharrlich, ausser Zweifel, griff auch mal Themen auf, bei denen sie in die Tiefe ging. Sie provozierte, das war ihr legitimes Recht. Aber dass sie jemanden bedrohte, das war neu.

Louis verstand die Welt nicht mehr. Hatte Caminada nicht gesagt, Carla sei eine der Ersten am Unfallort gewesen? Liess sich der Grund darin erklären, weil sie mit dem Unfall etwas zu tun hatte? Carla besass einen Fiat Cinquecento. Dieser gehörte zu den Kleinwagen. Seine Farbe war schwarz und hatte ein Schwyzer Kennzeichen, wurde aber mit Benzin angetrieben.

«Kollegen von uns sind unterwegs nach Rickenbach», sagte Valérie. «Ab sofort ist dir das Telefonieren mit deiner Freundin untersagt.»

«Du lässt Carla verhaften?» Louis war kurz davor, die Nerven zu verlieren.

«Noch haben wir keinen Haftbefehl gegen sie. Sie gilt als Zeugin. Aber du bist befangen, und ich will nicht, dass es zwischen dir und Carla einen Wortwechsel gibt, solange sie nicht befragt wurde.»

Mannomann. Da war wer wütend.

Die angespannte Situation warf Louis auf die grundlegendsten Fragen zurück. Hatte er etwas übersehen? Es ging ihm nicht in den Kopf. Warum hätte Carla ihm die Geschichte von Andrea Borkowski erzählen sollen, wenn sie persönlich etwas damit zu tun hatte? «Bin ich jetzt vom Dienst suspendiert?»

«Halte dich in diesem Fall zurück. Ich glaube, du hast mit deiner Pendenz genug zu tun.»

Nicht, dass er es vergessen hätte. Louis und Zanetti hatten eine weitere Vernehmung mit dem Immobilienmakler bis nach Weihnachten verschoben. Der Mann sass in Untersuchungshaft. Die Beweislage hatte gereicht, um ihn einzubuchten. Nicht zwingende Fälle, bei denen der Richter zu entscheiden hatte, wurden über die Feiertage jedoch nicht behandelt. Der Gerichtstermin war verschoben worden. «Es geht um deinen Ex-Mann, richtig?»

«Es geht um einen hängigen Fall, in den Lehmann möglicherweise verstrickt ist. Finde heraus, wo er sich die letzten Jahre aufgehalten hat. Falls er im Knast war, will ich wissen, wann er entlassen worden ist. Ich selbst kann es nicht tun ...»

«... weil du befangen bist», fiel Louis ihr ins Wort. Sie befand sich in einer ähnlichen Situation wie er. Der Unterschied lag darin, damit Mühe zu haben, Carla als Verdächtige in einem Mordfall zu sehen. Wenn er bloss mit ihr hätte sprechen können. Nun würde Valérie es tun. Zwischen den Frauen herrschte immer mal wieder eine ambivalente Stimmung. Louis hatte bislang nicht herausgefunden, woran es lag, dass Valérie einerseits und Carla andererseits einander zeitweise nicht ausstehen konnten. Beide beteuerten oft, wie sie die jeweils andere achteten und bereit seien, im Rahmen ihrer Möglichkeiten zu helfen. Aber mehr war da nicht als vielleicht eine gewisse Stutenbissigkeit. Wenn sich Carla über Valérie mokierte, lächelte Louis darüber, aber bei Valérie verstand er es nicht. Ob Eifersucht im Spiel war, vermochte er nicht nachzuvollziehen.

«Ich werde von meinem Ex bedroht.» Valérie lehnte sich an die Wand und winkelte das linke Knie an. «Emilio darf es nicht erfahren. Aber Lehmann hat mich heute Morgen angerufen und mir unschöne Sachen an den Kopf geworfen.»

«Weiss es dein Sohn?»

«Ich möchte ihn keinesfalls mit reinziehen.»

«Er ist volljährig.»

«Trotzdem finde ich es keine gute Idee.»

«Ich muss dir nicht sagen, dass ich ihn vorladen kann, wenn es um seinen Vater geht.»

«Wenn es zu umgehen ist, wäre ich dir dankbar. Er hat genug mitgemacht als Kind.»

Louis erinnerte sich, als Valérie vor sechseinhalb Jahren den Job bei der Schwyzer Polizei angetreten hatte. Sie war mit einem beachtlichen Rucksack von Zürich in die Innerschweiz gezogen. Louis hatte sie als bärbeissige Frau kennengelernt, die nicht verheimlichte, wie ihr die Männer zuwider waren. Sie hatte es auch an ihren neuen Kollegen ausgelassen. Im Nachhinein war alles nachvollziehbar gewesen, und als Zanetti in ihr Leben trat, zeigte sie plötzlich eine andere, weibliche Seite von sich. Nun stand sie vor ihm mit diesem Gesichtsausdruck, den er von früher kannte. Es war, als hätte sich ein Schatten auf sie gelegt, dem sie nicht entrinnen konnte. Sie tat ihm leid. Louis hätte sie gern in die Arme genommen. Doch er musste damit rechnen, die Tür könnte aufgehen. Er wollte verhindern, sie in trauter Zweisamkeit zu sehen. Drinnen musste man auf sie warten. «Wir müssen zurück zu den anderen.» Louis öffnete die Tür. «Bist du bereit?»

«Wenn du mir versprichst, mit Lehmann vorwärtszumachen.»

«Das kann ich nicht allein entscheiden.»

«Das ist mir egal. Hauptsache, Emilio hat es nicht von mir.» Sie klopfte Louis auf die Schulter. «Gehen wir wieder rein?» Sie wies auf die Tür.

Louis kam sich wie ein geprügelter Hund vor. Er ging mit hängendem Kopf zu seinem Platz. Die neugierigen Blicke seiner Kollegen ignorierte er.

Valérie heftete Carlas Brief an die Pinnwand. «Wir sollten uns nicht bloss auf dieses Schreiben versteifen.»

Wie nett. Wenigstens verbiss sie sich nicht an Carla. Aber dieser Brief war Beweis genug, das wusste auch Louis.

«Wir müssen uns Graziella Maibach näher ansehen. Obwohl sie ein Alibi hat, möchte ich alles über sie erfahren. Sie kann den ‹Unfall› auch delegiert haben. Ihre ‹freie› Ehe ist mir zu wenig

Argument, mit dem Tod von Justus Maibach und Andrea Borkowski nichts zu tun zu haben.»

***

Für Valérie hatte der Tag schlecht begonnen. Ihr Ex hatte sie bereits um halb acht belästigt. Nur gut, dass Zanetti während des Anrufs im Badezimmer gewesen war. Aus dem Telefonat war Valérie nicht schlauer geworden. Lehmann hatte betont, der Bumerang würde zurückkommen. Er wiederholte, er sei nicht umsonst im Gefängnis gewesen. Nichts Konkretes allerdings, was die Situation gefährlicher machte. Er war unberechenbar.

Kleine spitze Nadelstiche. Lehmann hatte es schon früher verstanden, Dinge anzutönen, die Valérie eigenmächtig hatte zu Ende denken müssen. Eine Bemerkung hier, ein unvollständiger Satz da. Auf den Punkt war er nie gekommen. Später dann die Behauptung, er habe es ihr ja erklärt. Als hätte seine Untreue einer Erklärung bedurft. Lehmann hatte immer gelogen. Lügen hatten seinen Lebensweg gepflastert. Viele seiner Freunde waren darauf hereingefallen. Bis zuletzt hatten sie ihm den Rücken gestärkt – gegen seine eigene Frau. Wenn sie sich gewehrt hatte, schlug er zu.

Valérie fuhr nach Goldau. Sie hatte den Weg entlang des Lauerzersees gewählt. So manche düsteren Erinnerungen kamen auf, an die junge Frau am Ufer der Insel Schwanau, die Tragödie um ihr Kind und wohin die Lösung des Falls letztendlich geführt hatte. Valérie war vor jeder neuen Aufgabe voller Zweifel gewesen. Oft hatte sie sich gefragt, ob sie dem Job als Polizistin bei Leib und Leben auf die Dauer gewachsen sei. Manchmal fühlte sie sich ausgebrannt. Schlaflose Nächte, endlose Vernehmungen und falsche Fährten hatten sie auf Trab gehalten. Manches Mal war sie als einsame Wölfin unterwegs gewesen, was sie damit begründete, freier denken und reflektieren zu müssen.

Auch heute hatte sie darauf bestanden, allein auf Rigi Scheidegg zu fahren. Sie musste nicht nur die Familie Maibach noch einmal befragen, sondern mit sich selbst ins Reine kommen. Und vor allem wollte sie die Wirtin des Berggasthauses sprechen.

Am späten Vormittag war die Zahnradbahn voller Touristen. Trotz des ersten Weihnachtstages hatte offenbar jeder der hier Anwesenden das Bedürfnis, dem Nebel zu entkommen, der seit Tagen den Schwyzer Talkessel fest im Griff hielt. Einzig am gestrigen Morgen hatten sich die Wolken kurz gelichtet. Ein kleines Zeitfenster, in dem sich der Himmel sternenübersät präsentiert hatte.

Valérie fand Platz in der Führerkabine. Ihr Ausweis hatte ihr Carte blanche gegeben. Der Bahnführer war wortkarg, was Valérie gelegen kam. Ausser einem «Grüezi» hatte er nichts gesagt. Sie lehnte mit dem Rücken an die Glasscheibe, die die Kabine von dem Rest des Wagens trennte, und liess ihren Blick über die graue Landschaft schweifen. Die Häuser von Goldau, die Bäume, die Wiesen – alles versank in Düsternis. Die grossen Gesteinsbrocken, die der Bergsturz vor gut zweihundert Jahren vom Rossberg mitgeführt hatte, wirkten bedrohlich. Mit jedem Höhenmeter wurde der Nebel dichter und undurchdringlicher.

Bei der Station Kräbel stieg Valérie aus und ging zur Talstation der Luftseilbahn. Die Leute standen Schlange. Inzwischen war es früher Nachmittag geworden. Valérie wunderte sich, wo diese Menschen alle herkamen. Sie hätten doch zu Hause in der warmen Stube sein sollen, um sich auf den Heiligabend vorzubereiten. Heiligabend. Valérie hatte Zanetti das Versprechen geben müssen, allerspätestens um acht Uhr zurück zu sein, weil sie den Heiligabend doch nicht vorgeschoben hatten und auch nicht auf später verschieben wollten. Colin hatte sie eine SMS geschickt und ihn dazu eingeladen, nicht sicher, ob sie pünktlich zu Hause sein würde. Fast hätte sie die Frage getippt, ob er etwas von seinem Vater gehört habe.

Willy Lehmann war kein Thema, nicht zwischen Colin und ihr. Trotzdem würde sie ihn darauf ansprechen müssen, oder aber sie verliess sich ganz auf Louis.

Valérie zückte auch hier ihren Ausweis, was ihr die Warterei verkürzte. Auf halbem Weg lichtete sich der Nebel. Die verschneiten Tannen glitzerten im Sonnenlicht. Dann war da nur noch der blaue Himmel. Valérie drückte sich eine Träne weg.

Dieses Naturschauspiel faszinierte sie jedes Mal von Neuem. Hier oben war die Welt eine andere. Oberhalb des Nebelmeeres schienen sich die Probleme aufzulösen. Auch Lehmann versank, blieb unten, in der grauen Suppe. Vielleicht sollte sie nicht mehr über ihn nachdenken.

Nach wenigen Minuten Fahrzeit glitt die Seilbahn in die Bergstation. Valérie stieg aus und machte sich auf den Weg zum Berggasthaus «Scheidegg». Mit dem herrschenden Tohuwabohu hatte sie rechnen müssen. Die Wirtin hatte sich an einen Tisch an der hinteren Wand zurückgezogen und ass dort zu Mittag. Valérie grüsste und bat, sich setzen zu dürfen.

«Sie haben mir ja gesagt, dass Sie vorbeikommen. Bitte sehr, nehmen Sie Platz. Etwas zu trinken?»

Valérie verneinte. «Frau Villiger, ich möchte Sie nicht lange stören. Sie wissen, weshalb ich hier bin.»

«Natürlich, ich habe mich eh gewundert, weshalb man mich noch nicht befragt hat. Nennen Sie mich Betty. Auf der Rigi duzt man sich. Das gilt ab tausend Höhenmetern.»

Valérie wollte keine Spielverderberin sein. Betty war eine unkomplizierte Frau mit langen hellbraunen Haaren, die sie zu einem Zopf geflochten hatte. In ihren Augen widerspiegelte sich die Farbe der Nagelfluh. «Man sagt, die Familie Maibach habe zu deinen Stammgästen gehört.»

«Ich hoffe, das wird sie auch in Zukunft.» Betty legte Messer und Gabel nieder, verschränkte die Arme und stützte sie auf dem Tisch ab. «Wenn sie in ihrem Haus oberhalb ‹Burggeist› in den Ferien sind, besuchen uns vor allem die Männer jeden Abend. In diesem Gebiet gibt es wenige Möglichkeiten, unbeschwert zu jassen. Hier und im Gasthaus ‹Burggeist›. Aber soviel ich weiss, kommen die Maibachs lieber zu uns, weil sie spätabends nicht hochgehen, sondern runterfahren wollen. Für mich sind sie gern gesehene Gäste. Sie lassen immer schön was liegen.»

«Erinnern Sie … erinnerst du dich an den Abend des 21. Dezembers?» Valérie holte Schreibblock und Stift hervor.

«Natürlich. Sie waren zu viert. Maibach senior mit seinen beiden Söhnen Justus und Basil sowie ein junger Typ, der zum ersten Mal mit dabei war. Ich glaube, er war ein Geschäftsfreund von Justus. Scheuer Kerl. Er war, was das Trinken anbelangt, zurückhaltend.»

«Wann gingen die Männer weg?»

«Es war natürlich weit nach Mitternacht.»

«Gingen sie gemeinsam weg?»

«Natürlich. Sie gingen immer zusammen weg.»

«Ist etwas Ungewöhnliches vorgefallen? Hat es Streit zwischen den Männern gegeben?»

«Nicht, dass ich wüsste. Sie amüsierten sich über ihre Frauen, die im Wald die Geister beschworen. Es war eine lustige Runde, wie ich es von den vorhergehenden Abenden gewohnt war. Je mehr sie tranken, umso fröhlicher waren sie.»

«Kein Streit?» Valérie schrieb «Geister». Eine kleine Notiz, an die sie sich erinnern würde, in welchem Zusammenhang sie stand. «Was hat es mit den Frauen auf sich? Weisst du Näheres?»

«Eleonore Maibach schwört auf die Raunächte. Jedes Jahr zwischen dem 21. Dezember und dem 2. Januar zelebriert sie ihre Rituale im Wäldchen oberhalb ‹Burggeist›. Sie ist davon überzeugt, diese würden sich positiv auf das bevorstehende Jahr auswirken. Ich durfte einmal einer solchen Zeremonie beiwohnen. Vor drei Jahren war es. Echt schräg. Sie hatte die Urne ihres verstorbenen Schwiegervaters dabei und streute von dessen Asche in einen Kessel. Sie war felsenfest davon überzeugt, sein Gesicht im entweichenden Rauch zu erkennen. Na ja, Eleonore gilt als Hexe ... sagt man zumindest. Im Sommer sammelt sie Bergkräuter und verarbeitet sie zu Tee und Salben.»

Valérie nickte. Eine Hexe, die Dior trug. Es war ihr nicht möglich, die gepflegte Erscheinung mit einem Hokuspokus in Verbindung zu bringen. Ob sie zu ihrem verstorbenen Sohn bereits Kontakt aufgenommen hatte?

«Du lachst?» Betty sah sie verwundert an.

Valérie winkte ab. Sie erinnerte sich nicht, gelacht zu haben. Aber sie konnte unmöglich ihre absurden Gedanken verlautbaren. «War sonst noch jemand im Gasthaus, als die Männer sich verabschiedeten?»

«Natürlich. Leni.»

«Leni?»

«Helen Hirschi, sozusagen eine Nachbarin von uns. Sie und eine Bekannte von ihr gingen kurz nach den Maibachs weg.»

«Hast du die genaue Adresse von Helen Hirschi?»

«Natürlich.»

Als der Koch zu ihnen trat, war es Zeit zu gehen. Valérie bedankte sich. «Sollte dir etwas zum Abend einfallen, bitte ich dich, mich anzurufen.» Sie reichte Betty ihre Visitenkarte.

Valérie folgte der Schneealp, dem Weg, der weiter unten Richtung Dossen in die Scheideggstrasse mündete. Auf halbem Weg zum Berghaus der Maibachs zeugten Flatterbänder der Polizei vom Unfall vor zwei Tagen. Zu Beginn des Pfades wies eine Tafel darauf hin, diesen Abschnitt wegen Rutschgefahr zu meiden. Valérie blieb stehen, begutachtete kurz das Gelände und überlegte sich, wie man hier in den Tod fahren konnte. Hatte jemand nachgeholfen? Der Schlittelweg führte hier definitiv nicht durch. Trotz des Hinweisschilds bog Valérie in den Pfad ab. Ein Leitkegel markierte die Stelle, wo Justus Maibach in den Baum geknallt war. Valérie kauerte nieder und sah sich die vielen Spuren an. Die der Kufen waren schwach zu erkennen. Sie endeten beim Baum. Von den Schuhabdrücken gab es einige. Der Unfallort war zertreten.

Valérie ging weiter, zwischen einer Gruppe von Tannen durch und erreichte eine kleine Fläche, wo sich früher der Endbahnhof der Zugstrecke von Kaltbad nach Scheidegg befunden hatte. Eine Art Baracke war wohl der letzte Teil eines Gebäudes, das einst den Charme der Belle Époque ausgestrahlt hatte.

Maibachs Haus lag prominent am Hang, umgeben von drei Fichten, an denen Lichterketten hingen. Valérie ging über eine Treppe nach oben zum Eingang. Drei Schlitten lehnten an der Mauer aus groben Steinblöcken. Valérie betätigte die Klingel, schaute sich ein wenig um. Unterhalb des Hauses befand sich das Gasthaus «Burggeist» am Rand des Nebelmeers, wie hingeworfen, nebst anderen kleinen Chalets. Eine einsame Idylle, auf ihre Art schön. Ein Skilift führte hinauf zum Gasthaus «Scheidegg». Slalomstangen waren ausgesteckt, doch niemand fuhr um die Tore.

Jemand öffnete die Tür. Valérie erkannte Linus Maibach wieder.

Er wischte sich verstohlen eine Träne weg. «Frau Lehmann, gut, sind Sie da.» Maibach senior liess sie nicht zu Wort kommen. «Wir würden gern die Beerdigung vorbereiten. Nun hat man uns wissen lassen, der Leichnam meines Sohnes bleibe auf unbestimmte Zeit in der Rechtsmedizin. Warum geht es nicht vorwärts? Kommen Sie rein und stören Sie sich nicht an der Unordnung. Meine Frau ist durch den Wind. Ich kenne sie nicht wieder. Aber das ist kein Wunder. Wir haben unseren Sohn verloren. Gibt es Schrecklicheres, als ein Kind herzugeben? Ich glaube nicht, dass Gott es gewollt hat. Da müssen andere Mächte im Spiel gewesen sein. Stellen Sie sich vor, Eleonore hat Justus' Tod vorausgesehen.»

Ja, im aufsteigenden Rauch, ahnte Valérie und klopfte den Schnee von den Stiefeln. Über diese nächtlichen Rituale wollte Valérie mit ihr sprechen. Sie wurde in eine heimelige Stube geführt, wo ein Kachelofen die linke Hälfte bis zur Mitte einnahm. Gegenüber stand ein Tisch mit vier Lehnstühlen, und den Abschluss bildete eine Art Sitzlandschaft, die Platz für mindestens ein Dutzend Personen bot. Hinter einem Durchgang befand sich die Küche. Ein geschmückter Tannenbaum sah aus, als wäre er in die Ecke gedrängt worden. Ringsherum lagen Geschenke in schillerndem Papier.

Eleonore Maibach sass auf einem der flauschigen beigen Sessel und hatte die Füsse hochgelagert. Valérie reichte ihr die Hand zum Gruss.

Eleonore Maibach streckte sich, schien in der Gestalt zu wachsen, nahm die Füsse vom Salontisch und war wieder ganz die Alte, wie Valérie sie kennengelernt hatte. «Frau Lehmann, was führt Sie schon wieder zu uns?»

«Es gibt Ungereimtheiten und offene Fragen.»

«Aber das liegt doch nicht an uns, diese zu beantworten.»

Eleonore Maibach winkte ihren Mann an ihre Seite. «Linus, sag auch etwas.»

«Es ist etwas sonderbar, wie die Polizei mit uns umgeht», sagte Maibach wider seine vorhergehende Bemerkung. «Justus ist verunfallt. Nun tauchen Verbindungen auf zu der jungen Frau, die gestern in Schwyz gestorben ist. Solche Zufälle gibt es, ausser Zweifel. Justus hatte jedoch mit dieser Frau nichts zu schaffen.»

«Leider doch, tut mir leid.» Valérie blieb stehen, obwohl Eleonore Maibach ihr angeboten hatte, sich zu setzen. «Wir haben Bankunterlagen im Geschäft von Andrea Borkowski gefunden, die beweisen, dass Ihr Sohn sie finanziell unterstützt hat.»

«Er hat sicher wieder einmal jemandem aus der Misere geholfen. Justus war bekannt dafür, Stiftungen zu unterstützen. Wahrscheinlich hat diese ... wie hiess sie? ...»

«Andrea Borkowski.»

«Diese Frau Borkowski muss davon profitiert haben.»

«Andrea Borkowski ging vor rund zehn Jahren eine Liaison mit Ihrem Sohn ein.»

«Nein, das ist nicht möglich.» Eleonore Maibach hob drohend den Zeigefinger.

«Es gibt da noch etwas, das ich Ihnen mitteilen muss.» Valérie wusste nicht, ob sie damit herausrücken durfte. Ihre eigene seelische Not liess sie alles vergessen, was mit Feingefühl zu tun hatte.

Maibach kam ihr zuvor. «Was wäre das?»

«Wir können es auch auf später verschieben», sagte Valérie vorsichtig.

«Wenn Sie schon daran sind, in unseren Wunden zu stochern», entgegnete Maibach, «... dann, dann reden Sie.»

«Ihr Sohn muss auch mit Malika Galambos eine Beziehung eingegangen sein.» Das hatte Graziella so angetönt.

«Sie, Sie ...» Eleonore Maibach erhob sich abrupt. «Sie wollen unsere Familie diskreditieren. Justus hatte keine Geliebte, auch nicht zwei ...»

«Doch, hatte er.»

Valérie hatte Graziella Maibach nicht eintreten sehen. Sie stand plötzlich da, wild entschlossen, ihren Schwiegereltern Paroli zu bieten.

«Ich habe mir von Justus einiges gefallen lassen. Nur dem Frieden zuliebe und mit Rücksicht auf euch habe ich es unterlassen, dies an die grosse Glocke zu hängen.»

«Graziella, ist dir bewusst, was du sagst?» Maibach griff sich an den Kopf. «Du verunglimpfst deinen Mann.»

«Und du ziehst uns in den Schmutz.» Eleonore Maibach sah ihre Schwiegertochter forsch an. «Schäme dich!»

Graziella Maibach wandte sich entschuldigend an Valérie. «Sie sollten jetzt besser gehen.»

Valérie dachte nicht daran. Sie hielt erneut Eleonore Maibach im Visier. «Was hat es mit diesen Raunächten auf sich?» Sie ahnte, dass sie von dem heiklen Thema ablenken musste. Wenn sie es nicht tat, würden sich die Maibachs verschliessen.

«Sie haben Tradition», sagte Eleonore Maibach, wieder gefasst. «Nur wir Frauen gehen hin. Mit dem Ritual stärken wir unsere Seele, damit wir nicht ständig den negativen Einflüssen unserer Männer ausgeliefert sind. Trotz des Heiligabends werde ich auch heute Nacht meine Göttinnen anbeten.»

Valérie erwartete eine Reaktion vonseiten der anwesenden Männer. Aber da kam nichts.

«Sie hat ihre eigenen Methoden», warf Graziella Maibach ein. «Jeder Tag hat zudem eine Bedeutung für den Monat im Kalenderjahr.»

Valérie sah der Frau an, dass sie es nicht ernst meinte und mit ihrer Bemerkung ihre Schwiegermutter provozierte. «Erklären Sie es mir?»

Eleonore Maibach warf Graziella einen vernichtenden Blick zu. «Die Thomasnacht steht für den Januar. Es war kalt an diesem Tag, und es hatte am Morgen geschneit. Der Januar wird uns eine Menge Schnee bescheren. Der 22. Dezember war mit dem Tod behaftet, trotz des schönen Wetters. Der Februar wird demnach ein Leidensmonat werden. Der blaue Himmel wird dem nicht entgegenwirken. So auch der März. Es wird viele Tote geben. Heute Nacht wird sich zeigen, wie der Monat April sein wird.»

Valérie machte sich ein paar Notizen. Vielleicht musste sie jemanden zurate ziehen, der die Rituale der Raunächte verstand. Es dünkte sie, Eleonore Maibach lebte ihre eigenen Glaubensvorstellungen. Und noch immer schwebte die Frage im Raum, warum die Frau nicht trauerte.

***

Fabia hatte Michael versprochen, am frühen Nachmittag zu Hause zu sein. Ausgerechnet Valérie hatte ihr einen Strich durch die Rechnung gemacht. Carla war am Vormittag unauffindbar gewesen. Weder zu Hause noch auf der Zeitungsredaktion und niemand wusste, wo sie war. Valérie hatte Fabia damit beauftragt, am späten Nachmittag nach Rickenbach zu fahren. Blieb zu hoffen, Fabias Familie war nicht enttäuscht. Die Weihnachtstage waren allen heilig. Selbst schuld. Warum hatte sie ihren Kollegen bloss Hilfe angeboten? Es war zu spät, um sich zurückzuziehen. Eine Polizistin von der Streife war ein weiterer Grund, weshalb sie Valéries Order befolgen musste. Sie hatte eine Kollegin hinzuziehen müssen, damit sie eine potenziell Verdächtige nicht allein besuchte.

Rickenbach wirkte wie ausgestorben. Fast unheimlich fühlte es sich an. Um halb vier war es bereits düster. Die Strassenlampen gingen an. Wie Schemen tanzte der Nebel um das Licht, das schwache Kegel auf den Boden warf.

Fabia betrat das Mehrfamilienhaus und ging eine Treppe hoch. Auf dem Podest standen zwei Paar Schuhe. Fabia erkannte Louis' Sneakers, die er in der Freizeit trug. Sie drückte die Klingel.

Carla öffnete die Tür, sichtbar überrascht. «Du?» Sie sah an Fabia vorbei zu der anderen Polizistin. «Bringt ihr mir persönliche Weihnachtswünsche, oder was hat das zu bedeuten?»

«Dürfen wir reinkommen?» Fabia versuchte, ernst zu bleiben, was ihr beim Anblick von Louis' Freundin schwerfiel.

Carla sah aus, als wäre sie durch den Regen gewandert. Ihre Haare waren nass und verstrubbelt. «Ist etwas mit Louis?»

«Nein, ihm geht's gut.»

«Aber?» Carla liess nicht locker. «Muss ich mir Sorgen machen?»

Fabia kramte den richterlichen Beschluss aus der Tasche. Bloss keine Gefühle aufkommen lassen, schalt sie sich. Carla ist zwar Louis' Lebensgefährtin, aber sie ist und bleibt eine Verdächtige. Ersten Grades, schob sie in Gedanken nach. «Wir müssen dich leider mitnehmen. Es besteht der Verdacht, dass du mit dem Tod von Andrea Borkowski etwas zu tun hast.»

«Wie bitte?» Carla wich instinktiv zurück. «Eine Festnahme? Wie … wie kommst du darauf?»

«Keine Festnahme», korrigierte Carla. «Eine Vorladung. Solltest du jedoch nicht freiwillig mitkommen, hätte ich die Befugnis, dich festzunehmen.»

«Bist du von allen guten Geistern verlassen? Fabia! Du kennst mich. Ich kann keiner Fliege etwas zuleide tun.»

«Es ist besser, du schweigst.»

«Ich will Louis sprechen.» Carla rannte in die Küche. «Verflixt, wo habe ich mein Handy hingelegt?»

Fabia ging ihr nach. «Ich tue bloss meine Pflicht.» Fast wäre sie über zwei weisse Flügel gestolpert.

«Sag mal, bin ich im falschen Film?» Carla schleuderte die Haare an ihrem Gesicht vorbei.

«Carla bitte, mach es uns nicht schwer.»

«Ich dachte, du hast über die Feiertage frei.»

«Carla, bitte.» Fabia grollte innerlich. Was hatte Valérie ihr aufgebürdet? Fabia fühlte sich genauso befangen. Sie war mit Carla befreundet. Carla hatte ihre beiden Töchter mehr als einmal betreut, sie ging bei ihnen ein und aus. Sie hatten schon gemeinsam gefeiert. Fabia räusperte sich. «Der richterliche Beschluss mag dich schockieren. Vielleicht ist alles nicht so schlimm.» Das hätte sie unterlassen sollen. Keine Beeinflussung, war oberstes Gebot. Sie hatte klare Anweisungen. Sie warf der Polizistin an ihrer Seite einen Blick zu. Die junge Frau kniff die Augen zusammen, dachte wohl ihre Sache. «Es hilft nicht nur uns, wenn du den Widerstand aufgibst.»

Carla war im Begriff, Fabia aus der Wohnung zu stossen, hatte ihre Hände abwehrend gegen sie gerichtet. «Verschwinde! Ohne Louis werde ich nicht mitgehen.»

«Louis ist vom Fall abgezogen worden.»

«Weshalb?»

«Weil du seine Freundin bist.»

«Ich bin auch *deine* Freundin.» Carla ging rückwärts und liess sich auf einen Stuhl im Wohnzimmer fallen. «Heute ist Heiligabend. Von dir hätte ich zuallerletzt eine solche Aktion erwartet.»

«Verbrechen machen keinen Unterschied zwischen Weihnachten und gewöhnlichen Tagen.» Fabia hätte sich am liebsten auf die Zunge gebissen. Warum musste Carla so widerspenstig und kompliziert sein? «Bitte», startete sie einen letzten Versuch. «Es wird sich gewiss alles klären.»

***

Louis hatte sich in seinem Büro auf dem Sicherheitsstützpunkt verschanzt. Gedankenverloren sah er aus dem Fenster Richtung Bahnhof, wo ein Zug einfuhr. Wieder einmal war alles anders gekommen als geplant. Dass er die Leitung des jüngsten Falls an Valérie hatte abtreten müssen, schmerzte weniger als die Tatsache, Carla als Hauptverdächtige in einem mutmasslichen Mord zu sehen. Obwohl er davon ausging, es könnte ein eklatanter Fehler unterlaufen sein. Der von Carla verfasste Brief war zum falschen Zeitpunkt aufgetaucht und stand vielleicht in einem völlig anderen Kontext zur Realität. Blieb die Frage, ob sie diesen Justus Maibach tatsächlich gekannt hatte. Louis erinnerte sich, sich schon einmal in einer ähnlichen Situation befunden zu haben. Vor gut drei Jahren hatte man Carla verdächtigt, mit einem Mordopfer eine Liaison eingegangen zu sein, was sich später als Lüge einer vergeltungssüchtigen Frau herausgestellt hatte. Die Umstände wichen unwesentlich voneinander ab.

Louis fuhr den Computer hoch. Er war mit einer anderen Aufgabe betraut worden. Die Sache mit Carla musste er vorläufig ad acta legen.

Herbert Ramseyer, neunundfünfzig Jahre alt, unverheiratet. Immobilienmakler seit zwanzig Jahren. Quereinsteiger. War früher Lehrer gewesen. Vor zwei Jahren hatte er Konkurs anmelden müssen. Wurstelte sich seither mit Gelegenheitsjobs durchs Leben – ein gefundenes Fressen für einen wie Willy Lehmann. An diesem Faktum hielt sich Valérie fest. Ihr Ex hatte mit seinem Auftritt vor ihrem Haus und den angeblichen Anrufen offenbar Öl ins Feuer gegossen. Aber nicht nur Valérie, auch Louis wollte hier eine Verbindung sehen. Grund dafür waren Bilder in einer Illustrierten, die Ramseyer mit Lehmann zeigten. Sie hatten gemeinsam ein Poloturnier in Sankt Moritz besucht und nach einer Wette viel Geld kassiert. Dies war den sensationsgierigen Journalisten nicht entgangen, worauf die beiden gestandenen Herren vielleicht ungewollt ins Rampenlicht gerückt waren. Nach einer ausschweifenden Nacht im Carlton Hotel waren die Männer sogar bereit gewesen, Rede und Antwort zu stehen, was so manches Geheimnis zutage brachte, was besser im Verborgenen geblieben wäre. Das war im Januar vor vier Jahren gewesen. Aufgrund von Beweismaterial und Zeugenaussagen war Ramseyer vor einem Monat verhaftet worden. Die Verbindung zwischen ihm und Lehmann war durch eine Überweisung von mehreren tausend Franken im Oktober vor einem Jahr bestätigt worden. Louis befürchtete, Ramseyer könnte sich mit gelegentlichen Gaunereien über Wasser halten.

Seine Gedanken schweiften wieder ab. Carla. Wer war sie wirklich? Louis wurde nicht schlau aus ihr. Hatte ihn diese Frau schon wieder an der Nase herumgeführt, nachdem sie dies bei ihrem letzten Wiedereinzug in seine Wohnung geklärt hatten? Waren die zärtlichen Momente, die gemeinsamen Ausflüge und Interessen eine Farce gewesen? Louis ertappte sich erneut, wie er an Carla zweifelte. War ihr Verhältnis nicht tief genug? War es auf einer Oberflächlichkeit aufgebaut? Guter Sex allein machte noch lange keine Beziehung aus. Es brauchte mehr. Gegenseitiges Vertrauen. Und genau da scheiterten sie. Trotz ihrer Liebe zueinander gab es etwas Unausgesprochenes zwischen ihnen. Zumindest hatte Louis das Gefühl, Carla könnte ihm etwas verschweigen. Gerade bekam diese Tatsache durch die Vorladung neue Nahrung.

Louis starrte auf den Computerbildschirm. Er konnte sich nicht auf seine Aufgabe konzentrieren. Seine schweren Gedanken verwirrten ihn. Seine Finger tippten wie automatisiert auf der Tastatur, bis er plötzlich in Willy Lehmanns Visage sah. Immerhin erfuhr er, von wann bis wann er im Vollzug gesessen hatte. Zwei Jahre und drei Monate. Steuerhinterziehung, Veruntreuung von Geld aus der Firma Polarpol, wo er bis zuletzt als CEO tätig gewesen war, sowie eine Anzeige wegen Vergewaltigung hatten gereicht, um ihn vor dreieinhalb Jahren hinter Gitter zu bringen. Vergewaltigung. Es war das Einzige, was Louis wirklich ins Auge stach. Wer ihn damals hatte ins Messer laufen lassen, war nicht ersichtlich. Valérie etwa? Der Verdacht lag nahe. Wenn es so war, und Lehmann hatte seiner Frau sexuelle Gewalt angetan, wollte sich Louis davon distanzieren. Er war der Falsche für eine lückenlose Aufklärung.

***

Um halb fünf war Valérie zurück in Biberbrugg, verschwitzt und aufgewühlt. Sie hatte Hunger. Nun stand die Befragung mit Carla bevor. Fabia hatte sie angerufen, als sie unterwegs nach Goldau war, und geschildert, wie mühsam es gewesen sei. Valérie sah ein Problem auf sich zukommen. Dazu kam, dass sie sich längst hätte in die Aussagen von Andrea Borkowskis Kundinnen einlesen sollen. Es durfte nicht sein, sich nur auf Carla zu konzentrieren. Ihr Instinkt sagte ihr, dass Louis' Freundin unschuldig war. Aber hier zählten Fakten, und diese lagen nun mal auf dem Tisch.

Die Zeit reichte, um eine Handvoll Mailänderli zu essen. Valérie breitete die Akte «Carla Benizio» vor sich aus. Ein sonderbares Gefühl, ihren Namen im Zusammenhang mit einem Mord zu lesen. Der Brief, datiert auf den 11. November dieses Jahres, sowie die Gegebenheit, dass Carla Andrea Borkowski *und* Justus Maibach gekannt hatte, machten die Sache nicht einfacher. Und der Brief enthielt eine Drohung. Der Richter sah es genauso.

Carla sass aufrecht im Vernehmungszimmer zwei. Die gerichtliche Aufforderung für eine Befragung hatte an ihrer Haltung nichts verändert. Hier war eine junge Frau, die wusste, was sie wollte. Ihr Blick allerdings verhiess nichts Gutes. Wut und Enttäuschung widerspiegelten sich, und ihre Beherrschung befand sich auf dem dünnen Grat zwischen Nervenverlieren und Resignation. Valérie kannte das. Sie hatte in all den Jahren, in denen sie Gespräche und Vernehmungen durchführte, gelernt, in Gesichtern zu lesen.

«Du … du wirst mich also vernehmen.» Ein bitteres Lächeln umspielte Carlas Mund. «Jetzt kannst du mich endlich in die Pfanne hauen. Gratuliere.»

Valérie setzte sich ihr gegenüber und legte den Brief auf den Tisch. Sie konnte sich keinen Reim über Carlas gehässige Reaktion machen. Aber wahrscheinlich fühlte sie sich in die Enge getrieben. Schweigend nahm Valérie das Aufnahmegerät in Betrieb, wartete, atmete tief durch. Sie hatte diese Situation nicht gesucht. An Carla lag ihr viel, das wusste auch Caminada. Trotzdem hatte er darauf gepocht, dass sie die Befragung durchführte. Wenn es nach ihr gegangen wäre, hätte sie diese gern an Fabia delegiert. «Heute ist der 24. Dezember.» Valérie nannte das Jahr. «Sechzehn Uhr fünfzig. Erste Befragung im Fall Maibach und Borkowski mit der Zeugin Carla Benizio. Das Gespräch führt Oberleutnant Valérie Lehmann, das Protokoll Lea Banz.» Sie hatte vergessen, zu Hause die Geschenke unter den Weihnachtsbaum zu legen, dachte sie zerstreut.

«War das ein Versprecher? Zeugin?» Carla rückte mit dem Stuhl näher an den Tisch heran.

Valérie händigte ihr eine Kopie des Briefes aus. «Das Original liegt vor mir.» Sie deutete auf das Papier, ungeachtet dessen, sich tatsächlich versprochen zu haben. «Dieses Schreiben wurde im Kosmetiksalon der verstorbenen Andrea Borkowski sichergestellt. Der Brief belastet dich schwer, Carla.» Ob Zanetti schon an den Vorbereitungen war und weihnachtliche Stimmung aufkommen liess, während Valérie unkonzentriert einen Dialog mit der Freundin ihres Kollegen leitete?

Carla lachte auf. «Müsstest du mich nicht siezen? Der guten Ordnung wegen?»

Valérie ging nicht darauf ein. Sie kannte Carlas Hitzkopf und hatte mit ihren spitzen Bemerkungen rechnen müssen.

«Gut, wie du willst. Du bestimmst die Regeln. Dann mache ich das Spielchen mit.»

«Darf ich dich bitten, sachlich zu bleiben?»

Carla setzte sich in eine stramme Position. Sie hatte den Ernst der Lage noch nicht begriffen. «Yes, Frau Kommissarin.»

Valérie stiess nur innerlich Luft aus. «Ich gehe davon aus, Fabia Ulrich hat dich über deine Rechte aufgeklärt. Ich möchte sie hier nicht wiederholen.»

«Rechte?» Carla hob beide Hände. «Okay, ich brauche keinen Anwalt, wenn du das meinst. Ich habe nichts Falsches getan.»

Valérie nahm ein Couvert zur Hand. «Der Brief wurde am 11. November auf der Hauptpost in Schwyz gestempelt und Andrea Borkowski zugestellt. Er ist von Hand geschrieben und mit deiner Unterschrift versehen. Ist das richtig?»

«Was ist, wenn nicht?» Als Valérie nichts sagte, nickte sie, nicht wirklich überzeugt. «Ja, ich habe den Brief an Andrea Borkowski geschrieben, und es ist meine Unterschrift. Und nein, es ist keine Liebesbezeugung.» Carla kniff den Mund zusammen. «Uuups, habe ich zu viel gesagt?»

Valérie schluckte den Ärger hinunter. «Der Brief enthält eine eindeutige Drohung. Ich zitiere: ‹Lasse die Finger von Justus. Es könnte dir sonst leidtun.›»

Carla fuhr mit ihrer rechten Hand über den Papierbogen. «Ihr pickt zwei Sätze heraus, um mich abzuqualifizieren?»

Valérie ging nicht auf Carlas geschwollene Worte ein. «Was war der Grund für dieses Schreiben?»

«Ich bin Journalistin, schon vergessen? Manchmal muss man provozieren, um das Gegenüber kennenzulernen. Ich gebe zu, diese Masche auch bei Andrea angewandt zu haben.»

«Das sind persönliche Zeilen. Du hast dir sogar Mühe gegeben, den Brief von Hand zu schreiben, was die Absicht dahinter noch verstärkt.»

«Oh pardon, die Psychologin schimmert durch. Du wirst es nicht für möglich halten, aber ich schreibe täglich von Hand, mache mir Notizen, auch wenn ich mit dem Computer schneller bin. Ich habe dann Zeit, mir Gedanken zu machen.»

«Genau.» Valérie hoffte, ihre Bemerkung würde in Carlas Gehirn ankommen. Sie ritt sich in etwas hinein, was ihr nicht bewusst war.

«Unter uns gesagt», Carla deutete auf das Aufnahmegerät und bat, es auszuschalten. Als Valérie keine Anstalten machte, ihr den Wunsch zu erfüllen, bedeckte sie das Mikrofon mit der Hand und fuhr leise fort: «Ich habe Justus Maibach im Rahmen eines Interviews für die Zeitung Anfang November kennengelernt. Ich weiss, was für ein Filou er war.»

Valérie forderte sie auf, das Mikrofon nicht mehr zu berühren.

Carla zog die Hand weg. «Wir trafen uns in der Mything Bar in Schwyz.»

Was Valérie nicht nachvollziehen konnte. Ein Staranwalt würde sich nie auf ein Interview mit der Boulevardzeitung einlassen, schon gar nicht mit dem Namen Maibach, der sozusagen einem distinguierten Status quo verpflichtet war. Andererseits ging es ums Prestige, was wiederum von der Regenbogenpresse angetrieben wurde.

Carla relativierte ihre Bedenken. «Es ging um das Familienunternehmen ‹Maibach & Söhne›. Ich wollte in Erfahrung bringen, weshalb Justus die Kanzlei seines Vaters nicht hatte übernehmen wollen. Ein wenig Geschichte … Es ist das, was die Leute lesen.» Carla hob die Schultern. «Zu der Zeit war mir bekannt, dass Andrea mit ihm eine Beziehung lebte. Sie hat oft über ihn gesprochen, immer mit der Bitte um Verschwiegenheit. Was ich ihr nicht versprechen konnte. Ich gebe zu, Justus hat mir imponiert. Ein echter Gentleman. Ich hätte mich in ihn verlieben können.»

«Hat er dir Avancen gemacht? Du sagst, er sei ein Filou gewesen.»

Carla seufzte. «Ich hatte kurz etwas mit ihm.»

Valérie blieb einen Moment lang die Sprache weg. Ob Louis davon wusste? «Schilderst du bitte, wie es dazu gekommen ist?»

«Mit dem Risiko, dass ich mich verdächtig mache?» Carla lachte auf. «Ihr braucht einen Sündenbock, ist es das?»

Valérie sah sie nur an.

«Okay, ein Quickie in der Putzkammer der Kanzlei. Zufrieden?»

Musste wohl bequem gewesen sein, ging es Valérie durch den Kopf. «Du bedrohst Andrea Borkowski wegen ihrer Beziehung zu einem verheirateten Mann und verführst ihn zeitgleich?»

«Wie schnell ist so was geschehen. Anspannung bei der Arbeit, wegen seiner Frau, wegen meines Freundes ... das nennt man Stressabbau. Niemand weiss davon. Ist dir das noch nie passiert?»

«Existiert das Interview zwischen dir und Maibach noch?»

«Selbstverständlich.»

«Ich muss dich bitten, mir dieses auszuhändigen.»

«Steht in der Zeitung.»

«Du kannst mir nachher das Datum der Ausgabe mitteilen.» Valérie wartete eine Erwiderung nicht ab. Sie wollte vorwärtsmachen. Eine Befragung am Heiligabend war nicht gerade das Gelbe vom Ei. Nicht nur bei ihr selbst, auch bei Carla lagen die Nerven blank. «Wo warst du gestern Morgen zwischen halb acht und acht?»

«Gestern war Freitag. Ich war unterwegs. Ich ging um Viertel nach sieben aus dem Haus und fuhr direkt zur Redaktion.»

«Gibt es Zeugen?»

«Louis. Er war wach, als ich die Wohnung verliess.»

«Wann bist du in der Redaktion angekommen?»

«Um halb neun. Das kann Forster, mein Chef, bestätigen.»

«Das werde ich abklären.» Valérie öffnete an ihrem Laptop «search.ch» und tippte dort auf die Schweizer Karte. Sie suchte die Route zwischen Rickenbach und der Brandschenkestrasse in Zürich, wo sich die Zeitungsredaktion befand. «Die Distanz von deinem Wohn- bis zum Arbeitsort beträgt sechzig Kilometer, mit einer Fahrzeit von fünfzig Minuten, was in der Realität vierzig Minuten sind. Ich spreche aus eigener Erfahrung.»

«Kein Kunststück bei deiner Fahrweise», bemerkte Carla. «Zudem ist die Realität eine gute Stunde.»

«Dann bleiben immer noch fünfzehn Minuten übrig, wenn du die Wohnung um ein Viertel nach sieben verlässt.»

«Was willst du damit andeuten?»

«Du hättest genügend Zeit gehabt, auf der Bahnhofstrasse in Schwyz ein paar Runden zu drehen. Zudem hat man dich gesehen.»

Carla brauste auf. «Caminada, ja klar. Gut, vielleicht war es auch später, als ich in Zürich eintraf.»

«Eine Falschaussage kann geahndet werden», wies Valérie darauf hin.

«Ich habe niemanden angefahren.» Carla enervierte sich. «Ihr könnt gern meinen Fiat auf Spuren untersuchen. Ihr findet nichts. Aber …» Sie klopfte mit der Faust auf den Tisch. «Du solltest besser hinter die Kulisse der Familie Maibach schauen, anstatt mich hier festzunageln. Ich habe es zwar nicht veröffentlicht, weil ich mir zu wenig sicher war. Justus Maibach ist *nicht* Eleonores Sohn.»

8. Februar 1961, zehn Minuten vor vier, nachmittags

Sie musste vor Erschöpfung eingeschlafen sein. Ein Geräusch an der Tür liess sie aufschrecken. Vorsichtig schob sie sich über die Matratze. Sie fror, zitterte am ganzen Körper, sah hinunter in diesen Abgrund, der noch immer im Dunkeln lag. Schwarz und unheimlich wie die Hölle, von der der Junge gesprochen hatte. Unter dem Türrahmen schien es hell durch, ein Streifen der Hoffnung, des Lichts, und sie hörte Stimmen.

Camilla fürchtete sich dennoch davor, einen Laut von sich zu geben. Was, wenn vor der Tür das Böse lauerte?

Ein Schlüssel wurde umgedreht. Die Tür ging auf, und der Kegel einer Taschenlampe fiel in den Raum. Dahinter machte Camilla drei Personen aus. Sie waren schwer zu erkennen und mehr Schatten als Figuren.

«Camilla?»

«Mami!» Der Druck in ihr gab nach. Tränen kollerten über ihre Wangen, und sie begann hemmungslos zu weinen. «Mami, hier oben bin ich.»

Der Lichtkegel wanderte die Wand entlang, schweifte ab in ihre Richtung und traf sie mitten ins Gesicht. Später ging das Licht an.

«Camilla, was ist geschehen? Warum bist du hier?» Baba erschien am unteren Ende des Matratzenbergs. «Kannst du dich bewegen?»

«Ich friere.» Camilla schluchzte.

«Steht hier irgendwo eine Leiter?» Babas Stimme klang merkwürdig gereizt.

«Im Keller nebenan», sagte jemand. Es musste der Liftboy sein.

Camilla verachtete ihn von dem Augenblick an, als ihr bewusst wurde, er könnte mit dem Jungen unter einer Decke stecken.

Baba lehnte eine Holzleiter an die Matratzen. Er kletterte hoch und griff nach ihr. «Camilla, Liebes. Komm, ich bringe dich ins Zimmer. Wir können endlich ins Zimmer gehen, wenn auch nicht in das, welches wir reserviert haben.»

Camilla klammerte sich an ihrem Vater fest, liess sich hinuntertragen auf den Boden, wo Mami auf sie wartete und sie in Empfang nahm.

«Ich bin so froh, dich wohlbehalten wiederzuhaben. Ich habe mir solche Sorgen gemacht. Hast du dich verlaufen?» Sie sah verwundert nach oben. «Aber wie bist du dort hochgekommen?»

Camilla schämte sich ein wenig. Sie wollte nicht erzählen, wie der Junge sie hierhergelockt hatte, nicht zugeben, dass sie sich von ihm hatte überlisten lassen. Nur froh, wieder in Mamis und Babas Nähe zu sein, beruhigte sie sich. Camilla schmiegte sich schweigend an Mamis Körper. Den anklagenden Blick des Liftboys wollte sie nicht erwidern.

Sie fuhren hoch in die Hotelhalle. Viele der Gäste waren zurück vom Skifahren oder Schneewandern. Die Sitzplätze im Teesalon waren besetzt. Befrackte Kellner jonglierten Tabletts mit Getränken über die Köpfe der Leute hinweg. Der Geräuschpegel hatte zugenommen. Der Junge war verschwunden.

«Ich hoffe, du bist nicht allzu enttäuscht», sagte Baba. «Wir mussten unser Zimmer abgeben wegen eines Missverständnisses. Nun wohnen wir ganz oben unter dem Dach. Das Zimmer ist klein, bietet aber einen phantastischen Ausblick auf die Bergwelt.»

«Gibt es einen Balkon?» Camilla sah zuerst Baba, dann Mami an. Sie hatte sich darauf gefreut, ihren eigenen Schneemann auf der Terrasse zu bauen.

«Leider nein.» Mami stellte sie endlich auf den Boden.

«Aber warum nicht?» Camilla blieb beharrlich.

«Wir fahren jetzt nach oben. Es wird dir sicher gefallen.» Baba verlangte vom Liftboy, sie ins oberste Stockwerk zu begleiten.

Auf ihrer Etage öffnete Baba die Tür zum Zimmer und liess Camilla vorgehen.

«Das ist ja winzig.» Camilla suchte vergeblich nach einer Tür, die zumindest auf einen kleinen Balkon geführt hätte. Mit Ausnahme zweier Fenster gab es nichts, das ihr Herz erfreute. Die

Aussicht liess zu wünschen übrig. Aus ihrer Perspektive sah sie bloss zum Himmel. Im Raum standen drei Betten nebeneinander. Es gab einen Kasten, in den man die Kleider legen und aufhängen konnte. Er war mit einem Vorhang bedeckt. «Warum haben wir das grosse Zimmer mit Terrasse nicht bekommen?»

Baba druckste herum. Mami machte sich daran, den Koffer und die Tasche auszupacken.

«Tja, manchmal muss man sich arrangieren mit den Umständen», sagte Baba endlich. «Zum Dank, unser Zimmer abgegeben zu haben, bekommen wir heute ein feudales Nachtessen mit fünf Gängen. Und morgen sehen wir weiter.»

«Ich möchte aber eine Terrasse.» Camilla verstand die Welt nicht mehr. Wütend stampfte sie mit dem einen Fuss auf den Holzboden.

«Das können wir jetzt nicht ändern», sagte Baba, sichtlich erbost und mit rotem Kopf.

So hatte Camilla ihn noch nie erlebt.

«Erinnerst du dich an den Jungen mit den Nagezähnen?» Mami hängte eine Jacke an den Bügel. «Seine Eltern sind einflussreich. Leider hatten sie dasselbe Zimmer wie wir gebucht. Der Hotelleitung war ein Fehler unterlaufen.»

«Aber wir waren zuerst da.» Camilla verstand nicht, weshalb ihre Eltern immer klein beigaben. Bloss keinen Konflikt mit jemandem. Sie waren einfach zu lieb.

«Im Leben ist das nun mal so», relativierte Baba. «Leute mit viel Geld haben den Vorrang.» Er hatte sich wieder beruhigt. «Wir nehmen es, wie es ist, machen uns einen schönen Abend und geniessen unsere Ferien. Und morgen werden wir uns für das Fasnacht-Essen anmelden. Und ich werde schauen, ob wir für dich ein Kostüm bekommen. Und Skier. Einverstanden?»

SIEBEN

Weder der Sonntag noch Weihnachten hielten Res Stieffel davon ab, seiner Arbeit nachzugehen. Im Gegenteil: Er war froh, seiner Familie entfliehen zu können. Als Vater zweier Teenager und Ehemann einer unzufriedenen Frau hatte er längst seinen eigenen Weg gefunden, auch über die Feiertage. Er brauchte weder das obligate Fondue Chinoise noch lieblos gekaufte Geschenke oder seine nörgelnden Schwiegereltern, die nach zwanzig Jahren noch immer nicht begriffen, weshalb ihre Tochter ausgerechnet einen Gerichtsmediziner hatte heiraten müssen. Ein solider Handwerker wäre ihnen lieber gewesen, war noch heute ihre Ansicht.

Wenn Stieffel in den kühlen Katakomben der Rechtsmedizin an den Leichen herumschnipselte, war er ganz bei sich selbst, konnte reden, ohne unterbrochen zu werden. Die Toten hatten ihre eigene Sprache, offenbarten ihm, was sie zeitlebens getan oder unterlassen, ob sie gesund oder masslos gegessen hatten, womit sie in Konflikt geraten waren oder mit welchen Gegnern sie sich angelegt hatten.

Ein weiterer Lichtblick an diesem Tag war Valérie Lehmann. Stieffel hatte sie eingeladen, ihm und der Obduktion von Andrea Borkowskis Körper beizuwohnen. Nicht jedermann hatte Zutritt. Doch Valérie hatte er immer gern dabei. Die Frau bewies starke Nerven und scheute sich nicht, auch heiklen Bildern standzuhalten. Mittlerweile kannte sie seine Handgriffe.

Stieffel hatte sich den wasserabstossenden Mantel angezogen, Haare und Hände steril bedeckt. Die Instrumente für die Autopsie lagen bereit. Bis sein Kollege Dr. Fähnrich eintraf, blieb ein wenig Zeit, um den Gerichtsbeschluss noch einmal durchzulesen. Die Legalinspektion lag achtundvierzig Stunden zurück. Die innere Leichenschau stand heute an. Eine tödliche Schussverletzung aus dem Kanton Zürich hatte Priorität gehabt, deshalb die Verzögerung.

Valérie traf mit Dr. Fähnrich ein. Sie hatte sich einen sterilen

Anzug übergezogen. Sie wirkte ernst, so jedenfalls kannte er sie. Es brauchte viel, um ihr ein Lächeln zu entlocken. Oberleutnant Lehmann, der er vergeblich hofierte. Irgendwann, war sich Stieffel sicher, würde sie seinen Avancen erliegen. Alles, was es dazu brauchte, hatte er: Zeit und Geduld. Er hatte gelernt, ihr gegenüber mit Respekt aufzutreten. Sie gab sich in seiner Anwesenheit neutral und distanziert. Professionell.

«Hi, Res. Sorry wegen meiner Verspätung.»

«Dann können wir loslegen.» Stieffels Blick blieb auf Valérie ruhen. Die Frau gefiel ihm. Trotz ihrer Narbe hatte sie ein schönes Gesicht, und ihre tiefschwarzen Augen sprühten Feuer und Leidenschaft. Und er musste an den Tag denken, an dem man ihren TT aus einem Parkverbot beinahe abtransportiert hatte, wenn er nicht gewesen wäre. Wie sie sich fast panisch an ihn gerichtet hatte, mit der Bitte, ihr zu helfen und mit ihren Kollegen von der Verkehrspolizei zu reden. «Bist du bereit?» Er wartete ihre Bestätigung ab.

Sie nickte konzentriert.

«Wir werden den Schädel, die Brust- und die Bauchhöhle öffnen und die Organe freilegen.»

«Alles klar.» Valérie zeigte Fassung. Sie näherte sich dem Seziertisch, sah auf das Operationsfeld und nickte erneut.

«Ich öffne jetzt den Oberkörper mit einem Y-Schnitt.» Stieffel setzte das Skalpell unterhalb der linken Schulter der Toten an.

«Y-Schnitt?» Valérie bemühte sich um einen beiläufigen Tonfall. «Nicht T-Schnitt?»

«Oder T-Schnitt.» Stieffel lächelte. «Ich sehe, du bist aufmerksam. Der T-Schnitt ist im Gegensatz zum Y-Schnitt leicht bogenförmig, von Schulter zu Schulter. Ich verwende beide Methoden, ein bisschen Abwechslung kann nicht schaden.» Das scharfe Messer zog zuerst eine tiefe Furche von der linken Schulter schräg bis zum Brustbein. Der zweite Schnitt ging von der rechten Schulter bis zum Brustbein und der dritte von dort bis zum Schambein. Stieffel klaffte die Haut auseinander. «Die Säge, bitte.»

Dr. Fähnrich reichte sie ihm.

Stieffel entfernte das Brustbein und die Rippen. Er wusste,

wie markerschütternd das Geräusch für Aussenstehende war. «Geht's?»

Valérie nickte wiederholt, schwieg jedoch.

Tapferes Mädchen. Stieffel trennte Herz und Lunge heraus, entnahm Leber und Niere und legte sie in die bereitgestellten Schalen. Er würde sie im Anschluss detailgenau auf ihren Zustand und auf krankheitsbedingte Veränderungen untersuchen und Gewebeproben für die histologischen Untersuchungen extrahieren. Gegebenenfalls würde er von den Körperflüssigkeiten Proben entnehmen. Die Tote war angefahren worden und später wegen innerer Verletzungen im Bereich Schädel und Hirn sowie wegen massiven Blutverlusts gestorben. Der Richter hatte eine Leichenöffnung angeordnet, weil der Verdacht auf Mord bestand. Die zeitnahe Obduktion zur Beweissicherung war geboten. Der Staatsanwalt hatte diese sofort verfügt. «Nun der Uterus.»

«Sieht aus wie eine Birne», bemerkte Valérie. «Und ist stark vergrössert.»

«Gut beobachtet. Die Gebärmutter ist ein Organ, das mit vielen Muskeln umgeben ist. Sie liegt im kleinen Becken zwischen Mastdarm und Harnblase. Sie ist grösser als üblich. Wir sehen hier auch die Plazenta.» Stieffel deutete auf den faustgrossen Klumpen. «Was bedeutet das?»

Valérie räusperte sich hinter der Gesichtsmaske. «Das Opfer war schwanger.»

***

Louis war fassungslos. Carla hatte mit Justus Maibach eine Affäre gehabt. Das Allerschlimmste daran war, sie stritt es nicht einmal ab. Von dem Rapport, den Valérie vorgelegt hatte, war ihm nur eines im Bewusstsein geblieben: Carlas Untreue. Und das in einer Zeit, in der sie bereits von Heiraten und Kinderkriegen gesprochen hatten.

Was war nur in Carla gefahren, dass sie ihre Beziehung so aufs Spiel setzte? Louis sass zusammengesunken am Küchentisch. Der Brunch, den Carla aufgetischt hatte, konnte ihn nicht begeistern. Er liess Rührei und Speck stehen, für die er ansonsten kilometerweit gegangen wäre. Selbst den Prosecco hatte er nicht angerührt. Die Welt ging unter. Radikal, unaufhaltsam. Schlimm genug, wenn er sich den gut aussehenden, reichen Anwalt vor Augen führte und sich vorstellte, wie Carla mit ihm geschlafen hatte. Trotz Hunger blieb er stur.

«Einmal ist keinmal», hatte sie sich verteidigt und damit zugegeben, diesmal tatsächlich zu weit gegangen zu sein.

Louis war nicht bereit, diesen Schmerz zu verdrängen. Es tat in seinem Innersten weh, hatte er doch geglaubt, nach all den Tiefs, die sie in ihrer Beziehung durchgemacht hatten, wieder einen Lichtschimmer zu sehen. Nun war die Dunkelheit zurück. Carla wollte das Leben geniessen, auch mit anderen Männern. Wusste der Teufel, mit wie vielen Typen sie sich eingelassen hatte. Louis hatte es geahnt, wenn er es sich überlegte. Sie stritten weniger als früher, aber auch die Zärtlichkeiten hatten abgenommen. Die Engelsflügel waren reine Ablenkung gewesen. Und er war auf ihre Masche reingefallen.

«Magst du nicht essen?» Carla stand beim Durchgang zum Wohnzimmer, hatte ihre Arme verschränkt und sah ihn mit diesem Blick an, der ihm Unschuld vorgaukelte.

«Wir befanden uns vor nicht allzu langer Zeit in einer ähnlichen und trotzdem unterschiedlichen Lage.» Louis konnte seine Tränen nicht zurückhalten. Die Situation damals war eine komplett andere gewesen. Carla hatte sich, ohne sein Wissen, mehrmals in seinen Computer eingeloggt und war so auf geheime Informationen der Polizei gestossen. «Du hast darauf die Koffer gepackt und bist gegangen.»

«Und gleichentags zurückgekehrt.» Sie machte einen Schritt näher auf ihn zu. «Bitte lass uns wieder wie zwei vernünftige Menschen reden. Hätte Valérie nicht darauf bestanden, mich wegen dieses dummen Schreibens ins Verderben laufen zu lassen, wüsstest du nichts über den Ausrutscher mit Maibach. Manchmal muss ich Grenzen überschreiten, um an Auskünfte zu kommen.»

«Du hast dich kaufen lassen wie eine Prostituierte.» Louis

ahnte, wie verletzend er war. Aber es war ihm so was von egal. Wenn er Carla heute vor die Tür jagte, sollte es für immer sein. Sie zog ihn hinunter, kostete ihn unnötig Energie, die er anders besser einsetzen konnte. Lieber ein Ende mit Schrecken als ein Schrecken ohne Ende.

«Harte Worte. Ich habe es wahrscheinlich verdient. Aber wenn du mich rauswirfst, weiss ich nicht, wohin ich gehen soll. Es gibt niemanden, bei dem ich so schnell unterkommen kann.»

Sollte er Erbarmen zeigen? «Du wolltest zu deinen Eltern fahren.»

«Ich habe den Besuch abgesagt, weil ich arbeiten muss.»

«Es gibt Hotels, wo du übernachten kannst.» Eiskalt klang es, Louis war es sich bewusst. Aber genauso gefroren war sein Herz. «Ich fahre jetzt nach Biberbrugg, habe um halb zehn eine Sitzung. Wenn ich zurückkomme –»

«Ja, ja, bin ich weg.»

«Es ist besser so.» Der Kloss in seinem Hals vergrösserte sich. Verdammt, was hatte er falsch gemacht? Lag es an der Differenz ihrer Jahrgänge? Oder daran, manchmal wie ein Couch-Potato herumzuliegen, wenn er seine Freitage einzog? Carla war ein quirliges Wesen. Nichtstun gehörte nicht zu ihren Leidenschaften. Sie liebte das Abenteuer, das Theatralische, die Herausforderungen, die das Leben bot.

Nun war sie einen Schritt zu weit gegangen. Louis war nicht bereit, ihr auf die Schnelle zu verzeihen. Er würde sie leiden lassen, wie sie es verdient hatte, mit der Konsequenz, alles könnte unwiderruflich vorbei sein. Der Gedanke, er würde Silvester allein feiern müssen, schauderte ihn. Trotzdem, er würde unter keinen Umständen nachgeben.

***

Das Bild hatte sich in Valéries Gedanken eingebrannt. Der sechs Zentimeter lange Fötus hatte bereits die Gestalt eines kleinen Lebewesens, mit Armen und Beinen, wenn auch winzig in seiner Form. Etwa zwölfte Schwangerschaftswoche, hatte Stieffel gesagt. Er hatte den Fötus in eine Petrischale gelegt, nachdem er ihn vom Mutterkuchen getrennt hatte.

Das änderte vieles.

Wer hatte davon gewusst?

Graziella Maibach? Wenn ja, hätte sie wahrscheinlich alles unternommen, um ein aussereheliches Kind zu verhindern. Valérie musste unbedingt Einsicht ins Testament bekommen, sofern Justus Maibach eines erstellt hatte. Die Frage blieb, unter welchen Umständen Maibachs Witwe über Andrea Borkowskis Schwangerschaft hätte erfahren sollen. Nicht klar war, ob das Kind tatsächlich von Justus Maibach war. Dazu brauchte es einen DNA-Abgleich, und dieser war nur mit der Absegnung des Richters durchführbar. Valérie war sich nicht sicher, ob sich an den Ermittlungen viel ändern würde.

Malika Galambos, die zweite Geliebte? Hatte sie Kenntnis von Maibachs Beziehung zu Andrea? Wo war sie gewesen, als Andrea Borkowski starb?

Eleonore Maibach? Sie verfügte über besondere Fähigkeiten. Hatte sie herausgefunden, wer die Ehe ihres Sohnes, der gemäss Carla nicht ihr eigen Fleisch und Blut war, sabotierte? Ihre Bemerkung, es gäbe keine anderen Frauen, war vielleicht bloss Ablenkung. Von ihren eigenen Lügen? Doch Valérie scheiterte an der Vorstellung, die Seniorin könnte mit einem Auto Andrea Borkowski überfahren haben. Zudem hatte sie ein Alibi für diese Zeit. Allerdings hätte sie den Mord delegieren können. Konnte Eleonore Maibach deswegen nicht trauern, weil Justus nicht ihr leiblicher Sohn gewesen war? Valérie würde vehementer vorgehen müssen.

Ihr nächster Schritt würde die Befragung von Malika Galambos sein, und Helen Hirschi, die Frau, die in der längsten Nacht des Jahres das Berggasthaus «Scheidegg» fast zeitgleich mit den Maibachs verlassen hatte. Vielleicht hatten sie und ihre Kollegin etwas Verdächtiges gehört oder gesehen.

Blieb noch Dr. Svetlana Wille, die Ärztin, die am meisten Grund gehabt hätte, einem Mann wie Maibach zu schaden. Aber was hatte sie mit Andrea Borkowski zu tun gehabt? Über Maibachs

Leben konnte höchstens noch Leonardo Lauper Auskunft geben. In absehbarer Zeit wäre er Partner geworden. Valérie musste davon ausgehen, Lauper könnte Maibach gut gekannt haben.

Sie brachte ein paar Notizen am Flipchart an. In ein paar Minuten würde ihr Team erscheinen. Sie fürchtete sich vor der Begegnung mit Louis. Sie hatte mit Carlas Befragung ein Drama in Gang gebracht. Nachdem Carlas Fiat einer eingehenden kriminaltechnischen Inspektion unterzogen worden war, konnte er als Unfallwagen ausgeschlossen werden. Und der Drohbrief allein bewies nicht, dass Carla etwas mit dem Mord zu tun hatte.

Louis sah blass aus. Valérie brauchte nicht nach dem Grund zu fragen. Wahrscheinlich hatte er die ganze Nacht wach gelegen. Er wich ihr aus, setzte sich ans hintere Ende des Tisches und startete sein Tablet.

Valérie wartete, bis ihr Team komplett war. Ihre Gedanken schweiften ab zu dem gestrigen Abend, an dem sie später als beabsichtigt nach Hause gekommen war. Als hätte Zanetti es geahnt, hatte er die Weihnachtsfeier auf heute Abend verschoben. «Wir haben eine neue Ausgangslage, was den Tod von Justus Maibach und Andrea Borkowski betrifft. Die Frau war Ende des dritten Monats schwanger. Ich bin vorsichtig, aber es ist ein mögliches Motiv.»

«Hast du ihre Eltern dazu befragt?», meldete sich Fabia. «Haben sie Kenntnis davon?»

«Es ist nichts über dergleichen gesprochen worden. Sie hatten vielleicht keine Ahnung. Kann sein, dass ihre Tochter sie nicht unnötig in Aufruhr versetzen wollte. Ein uneheliches Kind mag für gewisse Leute noch immer ein Stein des Anstosses sein. Möglicherweise wollte sie damit warten, bis die drei ersten heiklen Schwangerschaftsmonate vorbei waren und sie auf der sicheren Seite war.» Valérie machte eine Sprechpause. «Ich erachte es als dringend notwendig, einen DNA-Abgleich zwischen dem verstorbenen Maibach und dem Fötus zu machen.»

«Was würde es ändern?» Wieder Fabia.

«Wir dürfen nichts auslassen.» Valérie liess ein paar Sekunden verstreichen. «Apropos Abgleich, es gibt auch bei der Familie

Maibach ein Ereignis, das wir uns näher ansehen müssen. Es könnte in unseren Überlegungen einiges auf den Kopf stellen. Ich denke aber, es wird schwierig sein.»

«Du sprichst in Rätseln.» Fabia suchte den Augenkontakt mit Valérie, dann mit Louis. «Was hat er hier zu suchen? Ich dachte, er sei raus aus dem Fall.»

«Wir können ausschliessen, dass Carla etwas mit Andrea Borkowskis Tod zu tun hat.»

«So plötzlich?»

Valérie fragte sich, warum Fabia so schroff reagierte.

Louis sah auf seine Unterlagen. Er schien nicht bei der Sache zu sein. Valérie wusste nicht, ob sie ihn auffordern sollte, am Gespräch teilzunehmen. Carla war unschuldig. Der KTD hatte die Strecke, die Carla am Freitagmorgen, am 23., gefahren war, anhand des Bordcomputers in ihrem Wagen genau prüfen können. Sie war am Unfallort gewesen, nachdem man Andrea Borkowski angefahren hatte. Die Redaktion hatte sie geschickt, um den Unfallort in Augenschein zu nehmen. Danach fuhr sie nach Zürich. Valérie bereute, dass sie sich von dem unglücklichen Schreiben hatte beeinflussen lassen. Vielleicht hätte sie den Absatz im Protokoll, in dem es um Carlas Affäre ging, auslassen sollen. Andererseits wurden die Bänder von den Befragungen nicht gelöscht. Sie gelangten ins Archiv, wurden beschriftet, nummeriert und mit anderen Beweismitteln schubladisiert.

«Es liegt der Verdacht vor, dass Justus Maibach *nicht* Eleonores Sohn war.»

«Von wem hast du das?» Louis schoss die Frage nach ihr. «Von Carla etwa?» Als hätte er es geahnt.

«Ja», sagte Valérie.

«Wollte sie damit ihre eigenen Fehler kaschieren?»

«Dieses Thema gehört nicht hierher.» Valérie seufzte innerlich. Louis war verletzt. Es gab ihm jedoch lange nicht das Recht, seine Privatsachen auf dem SSB auszubreiten. Hatte er denn kein Schamgefühl? Er musste verzweifelt sein.

Louis sank in den Stuhl. «Okay, sorry. Wie willst du vorgehen? Einen Bastard in der Familie zu haben, ist kein Verbrechen.»

Valérie schluckte leer. Da war wer sehr wütend. Sie sandte Zanetti einen hilflosen Blick zu. «Emilio, welche Chance haben wir, um an die Daten zu kommen?»

«Ich kann mit dem Richter sprechen. Andererseits wäre es möglich, dass wir auf der Gemeinde Einblick in die Geburtsurkunde der Söhne Maibachs erhalten. Ob man uns bereitwillig Auskunft gibt, sei dahingestellt. Du kannst es versuchen.»

«Ich würde gern auf der sicheren Seite sein. Sprich doch mit dem Richter.» Valérie schob nach: «Es eilt.» Sie wandte sich um und setzte den Schreibstift auf dem Flipchart an. «Ich resümiere: In der Nacht vom 21. auf den 22. Dezember verunfallt Justus Maibach, der erstgeborene Sohn von Linus Maibach, indem er mit dem Schlitten in einen Baumstamm fährt. Todesursache ist Erfrieren. Die leibliche Mutter ist möglicherweise unbekannt. Diese Annahme beruht auf Carla Benizios Aussage. Wir sollten dem auf jeden Fall nachgehen.»

«Vielleicht ist seine Mutter gestorben», unterbrach Fabia.

«Kann sein, ja.» Valérie notierte weiter. «Am Morgen des 23. Dezembers stirbt Justus Maibachs Geliebte Andrea Borkowski an den Folgen eines vorsätzlich herbeigeführten Unfalls. Die Witwe Graziella Maibach gibt zu, von einer oder mehreren Beziehungen ihres Mannes gewusst zu haben.» Valérie wandte sich an Fabia. «Kannst du die Befragung mit Helen Hirschi übernehmen? Ich widme mich Malika Galambos. Gut möglich, war sie auch eine Affäre von Justus Maibach.»

«Was ist mit den Kundinnen des Kosmetiksalons?», fragte Fabia.

«Alles der Reihe nach.»

«Nicht alle Frauen waren gut auf Andrea Borkowski zu sprechen gewesen. Einige unter ihnen behaupteten, Justus Maibach gekannt zu haben. Sie hätten ihn schon im Geschäft gesehen, wobei nicht ersichtlich gewesen sei, dass Maibach mit der Borkowski ein Verhältnis gepflegt hatte. Es scheint, als hätte das Paar seine Beziehung vor der Öffentlichkeit verheimlicht.»

«Zehn Jahre lang?» Valérie machte noch immer ein grosses Fragezeichen. «Das war stressig, wenn ihr mich fragt. Vor allem für den Anwalt. Gut, wir sollten Leonardo Lauper nicht vergessen, Maibachs Partner in spe. Was lief zwischen den beiden Männern? Die Wirtin vom Berggasthaus ‹Scheidegg› bezeichnete Lauper als scheu, einer, der seinem Kollegen an den Lippen hing. Fühlte er sich unter Druck gesetzt von ihm? Könnte er einen Grund gehabt haben, Maibach zu schaden? Und was wusste er über die Verbindung zu Andrea Borkowski?»

Caminada, der sich bislang im Hintergrund gehalten hatte, brachte sich ein. «Hast du dir überlegt, dass man es in erster Linie auf Andrea Borkowski abgesehen hatte und Maibach einfach tödlich verunfallt war?»

«Dagegen sprechen die Fussspuren am Unfallort, wie erwähnt. Der Zeuge Arnold Bürgler will beim Vorfinden des Toten Schuhabdrücke gesichtet haben, die nicht zu Maibachs Stiefeln passten. Leider ist uns hier ein Fehler unterlaufen. Wir hätten Schuler und sein Team hinzuziehen sollen.»

«Und wie steht es um den Bruder Basil Maibach?», fragte Fabia. «Bislang haben wir ihn vom Verdacht ausgeschlossen.»

«Das stimmt. Wegen der Fussabdrücke.»

«Du verlässt dich auf die Aussage eines Mannes, der glaubt, Spuren lesen zu können?»

«Nein.» Fabias Einwände waren berechtigt. «Wir werden Basil Maibach ebenso befragen wie Justus Maibachs Anwälte in seiner Kanzlei. Aber dazu brauchen wir mehr Personal.» Valérie vergewisserte sich, wie spät es war. Bald zehn. «Ich werde mir vorerst Malika Galambos vornehmen. *Alors, allons-y.*»

***

Fabia verabscheute den bissigen Wind, der ihr um die Ohren wehte, kaum hatte sie die Luftseilbahn auf Rigi Scheidegg verlassen. Warum Valérie ausgerechnet sie mit der Befragung von Helen Hirschi betraut hatte, konnte sie nicht nachvollziehen. Louis, der offenbar wieder in den Fall involviert war, kannte sich in der Gegend besser aus als sie. Trotz ihres Bürgerorts Muotathal und der Tatsache, eine waschechte Schwyzerin zu sein, war sie noch nie hier oben gewesen. Sie kannte die Luzerner Seite des Bergs sowie Rigi Kulm und den Sendeturm auf dem Gipfel, von wo aus man bis zum Säntis sah.

Valérie hatte ihr Helen Hirschis Adresse in die Hand gedrückt. Sie habe ein «Bed and Breakfast», zwei kleine Zimmer in ihrem Privathaus, die sie an Individualtouristen vermietete.

Das Chalet lag unweit des Gasthauses «Burggeist», unterhalb einer Tannengruppe, die rechts in ein Wäldchen überging. Fabia suchte den Eingang, fand ihn hinter einem Stapel roter Plastiksäcke und klingelte an der angebrachten Sonnerie.

Die Tür ging auf, und eine sportliche Frau mittleren Alters erschien unter dem Rahmen. «Sie sind sicher Frau Ulrich. Ich habe Sie erwartet.»

«Fabia Ulrich, das ist richtig. Guten Tag, Frau Hirschi. Entschuldigen Sie bitte die Störung am Weihnachtstag.»

«Treten Sie ein. Ich bin allein. Meine vier Gäste sind ausgeflogen. Sie befinden sich auf einer Wanderung nach Rigi Kaltbad, bevor der grosse Schnee kommt. Heute soll das Wetter ganz umschlagen.» Sie ging voraus in ein gemütliches Wohnzimmer, das Ess- und Aufenthaltsraum in einem war. In einem Cheminée glühten Holzscheite. «Frau Lehmann sagte mir, es gehe um die Nacht des 21. Dezembers. Ich hätte ihr die Fragen auch am Telefon beantworten können.»

«In der Regel kommt man zu uns nach Biberbrugg oder Schwyz. Aber Sie teilten uns mit, dass Sie wegen Ihrer Gäste verhindert seien.» Fabia setzte sich auf einen weichen Sessel, den ihr Frau Hirschi angeboten hatte. Sie sah durchs Fenster auf den weissen Hang mit Slalomstangen. «Es geht um eine Zeugenaussage. Sie haben sicher von dem Unfall gehört, der sich ereignet hat.»

«Justus Maibach. Ich kannte ihn vom Sehen.»

«Er, sein Vater, sein Bruder und ein Arbeitskollege von ihm waren am selben Abend im Berggasthaus wie Sie. Die Wirtin, Frau Villiger, will gesehen haben, wie Sie zusammen mit einer Bekannten das Gasthaus verlassen haben.»

«Eine Bekannte?» Helen Hirschi runzelte die Stirn. «Ich habe diese Frau zum ersten Mal auf Scheidegg angetroffen. Sie sagte, sie habe sich über die Feiertage hier oben niedergelassen, bei Verwandten oder so. Aber fragen Sie mich nicht, wo genau.»

«Haben *Sie* jemanden gesehen, als Sie das Gasthaus verliessen?»

«Die Maibachs. Aber ich sah sie nur von hinten. Sie waren mit den Schlitten da.»

«Fuhren sie zusammen weg?» Fabia kritzelte die Antworten auf ihren Schreibblock. Der Akku des Tablets hatte wegen der Kälte den Geist aufgegeben.

«So, wie ich es in Erinnerung habe. Ich glaube, Linus Maibach, also der Alte, fuhr voraus.»

«Wer machte das Schlusslicht?»

«Das kann ich Ihnen beim besten Willen nicht sagen. Ich verabschiedete mich von Frau Buholzer, die ging dann über die Schneealp. Sie sagte, sie habe dort ihre Langlaufskier deponiert. Ich machte einen Abstecher zur Station, weil ich zur Toilette wollte.»

«Hat Frau Buholzer einen Vornamen?»

«Den kenne ich nicht.»

«Ist es nicht üblich, sich auf der Rigi zu duzen?» Fabia wusste es von einem Freund, der im Hotel Rigi Kulm eine Saison lang gearbeitet hatte.

«Es gibt Leute, vor allem aus dem Flachland, die stören sich daran. Vielleicht ist es auch ein Generationenproblem. Die alten Leute sind manchmal kompliziert.»

Fabia lächelte. «Oder sie sind von der Polizei.»

Helen Hirschis Lachen hörte sich wie ein Quaken an.

«Können Sie mir die Frau beschreiben?»

«Das Alter schätzen ist nicht meine Stärke. Heute sehen Siebzigjährige wie sechzig aus, wohingegen ich Fünfzigjährige kenne, die bewegen sich wie Sechzigjährige. Sie hinterliess mir einen eher sportlichen Eindruck. Aber das lag sicher an ihrer schlanken Figur. Und wenn sie mit den Langlaufskiern unterwegs war …»

«Ist Ihnen sonst noch etwas aufgefallen?»

«Ja, ich erinnere mich. Sie trug eine Wollmütze, wollte sie partout nicht ausziehen, obwohl es im Gasthaus sehr warm war.»

«Haben Sie das Restaurant gemeinsam betreten? Oder wer war zuerst da?»

«Frau Buholzer sass schon am Tisch. Ich habe mich gewundert, weshalb sie dem Raum den Rücken zuwandte. Ich fragte, ob ich mich zu ihr setzen dürfe.»

«Worüber haben Sie gesprochen?»

«Über dieses und jenes ... hauptsächlich über die Wanderungen, welche man auf der Rigi vor allem im Sommer machen kann.»

«Aber Sie haben keine Ahnung, wohin Frau Buholzer ging, nachdem Sie sich voneinander verabschiedet hatten?»

«Nein, keinen blassen Schimmer.»

«Gibt es in der näheren Umgebung ein anderes ‹Bed and Breakfast›?»

«Hier bin ich die Einzige, die dieses Konzept betreibt. Vielleicht hält sie sich im Gasthaus ‹Burggeist› auf. Soviel ich weiss, gibt es dort aktuell über zwanzig Schlafplätze.»

«Frau Buholzer musste doch von irgendwoher gekommen sein, bevor Sie sich im Gasthaus kennenlernten.»

«Das nehme ich an. Ich habe nicht gefragt. Hier oben trifft man immer Leute, die man vorher noch nie gesehen hat und die man in Zukunft nicht mehr treffen wird.»

***

Malika Galambos war achtundzwanzig Jahre alt und wohnte als Untermieterin im Haus ihrer Eltern in Schwyz. Ihre Vorfahren stammten aus Ungarn. Sie selbst lebte in der dritten Generation in der Schweiz.

Damals, als sie in der Anwaltskanzlei «Maibach & Söhne» eine Anstellung gehabt hatte, war es für sie einfach gewesen, zu Fuss zur Arbeit zu gehen. Seit drei Jahren pendelte sie nun mit Zug und Bus zwischen Schwyz und Zürich. Sie hatte ihren Job gewechselt mit der Aussicht auf einen besseren Lohn.

Valérie Lehmann hatte sich bei ihr angemeldet. Nun stand sie vor ihr. Gross und schlank mit hellbraunen kinnlangen Haaren und diesem dunklen Blick. Die Frau hatte etwas an sich, das Malika schaudern liess. Sie vermochte nicht, sich zu erklären, was es war. Die Narbe vielleicht? Die Tatsache, diese fast zur Schau zu stellen? Malika genierte sich, Valérie Lehmann direkt anzusehen. «Kommen Sie rein», bat sie und ging voraus in ihre Zweizimmerwohnung. Sie hatte sogar aufgeräumt, was ihr nach Justus' Tod nicht leichtgefallen war. Überall waren seine Spuren gewesen. Ein zerwühltes Bett, die Zahnbürste im Badezimmer, Kleider von ihm. Malika hatte alles verstaut. Sogar das Bild, auf dem sie mit Justus eng umschlungen zu sehen war. Selfie mit seinem Smartphone, aufgenommen am Zürichsee. Was hatten sie gelacht. Vor einem halben Jahr war es gewesen, als er sie zum ersten Mal geküsst hatte. «Etwas zu trinken? Ich kann Ihnen Kaffee oder Mineral anbieten.»

«Gern Kaffee.» Valérie Lehmann liess sich auf dem ihr angebotenen Stuhl in der Küche nieder.

Malika hantierte an ihrer Kaffeemaschine, ein Geschenk von Justus. Er hatte ihr nebst modischen Accessoires immer zweckmässige Geschenke mitgebracht. Unter diese war auch eine Bohrmaschine gefallen, weil Malika geäussert hatte, ihr würde so etwas im Haushalt noch fehlen. Auf einen Ring hatte sie jedoch vergebens gewartet.

Malika liess Kaffee in die Tasse laufen, legte einen Löffel, Portionenrahm und einen Zuckerstick auf den Unterteller und servierte alles Frau Lehmann. «Sie sagten, ich gelte als Zeugin?» Sie schenkte sich ein Glas Hahnenwasser ein und setzte sich Valérie Lehmann gegenüber.

Diese hatte Notizblock und Stift hervorgenommen. «Ich werde Sie zu ein paar Punkten befragen», wich sie aus. «Seit wann kannten Sie Justus Maibach?»

«Seit gut drei Jahren.» Malika versuchte, möglichst alles vorwegzunehmen, um heikle Fragen zu umgehen. «Ich arbeitete damals als Sekretärin bei Basil Maibach und seinem Vater. Justus warb mich ab … wie man so schön sagt. Ich war nicht abgeneigt. In Zürich verdiene ich einen Drittel mehr als in Schwyz. Diese

Chance wollte ich mir nicht entgehen lassen. Zudem fand ich es an der Zeit, die Stelle zu wechseln. Bei ‹Maibach & Söhne› war ich mehr als zwei Jahre.»

«Und bei Justus Maibach drei.» Eine klare Bemerkung. Zweideutig, fand Malika.

«Hatten Sie eine Beziehung mit Maibach?»

Achtung, Vorsicht war geboten. «Ich arbeitete für ihn», wich Malika aus. Diese Lehmann hatte die Tendenz, etwas heraufzubeschwören, was so nicht stattgefunden hatte. Eine Beziehung hätte mehr bedurft als eines gelegentlichen Schäferstündchens. «Wir waren uns nahe. Das kommt daher, weil ich seine persönliche Sekretärin war.»

«So nahe, dass er Sie ins Ferienhaus der Familie Maibach einlud?»

«Wir beabsichtigten, über die Feiertage einige Besprechungen zu machen, bei denen auch Leonardo Lauper teilnehmen sollte. Justus wollte nicht auf die Ferien mit seinen Kindern verzichten, und zudem hatte er einen ungeduldigen Mandanten, dem er versprochen hatte, bis zum 27. Dezember einen Vergleich zu schreiben.»

«Wie heisst dieser Mandant?»

«Ehm ... das darf ich Ihnen nicht sagen.»

«Sie dürfen.»

Malika nannte nach langem Zögern Name und Adresse.

Valérie Lehmann schrieb beides auf. «Graziella Maibach behauptet, Sie hätten eine Affäre mit ihrem Mann gehabt.»

Malika zuckte zusammen. Unmöglich, dass Graziella davon wusste. Andererseits hatte sie letzthin seltsame Bemerkungen gemacht.

«Hatten Sie eine sexuelle Beziehung mit Ihrem Chef?»

Das klang herabwürdigend. «Wir mochten uns sehr.» Malika musste sich zusammenreissen, um nicht zu weinen. Sie schluckte ein paarmal, um sich zu beherrschen, spürte trotzdem, wie die Tränen aus ihren Augen drängten.

«Das beantwortet meine Frage nicht.» Knallhart und eiskalt. «Haben Sie mit Maibach geschlafen?»

Lügen brachte nichts. «Ja.»

Valérie Lehmann notierte wieder etwas auf dem Papier. «Haben Sie gewusst, dass Maibach nebst seiner Frau und Ihnen eine Beziehung zu einer anderen Frau lebte?»

Malika starrte auf das Wasserglas. Sie musste höllisch aufpassen, was sie sagte. «Eine andere Frau? Nein, davon weiss ich nichts.»

«Sie ist am Freitagmorgen von einem Auto angefahren und tödlich verletzt worden.»

Malika spürte einen dumpfen Schmerz in ihrer Brust. Sie hatte geahnt, nicht die einzige Muse in Justus' Leben gewesen zu sein. Wenn er auf Reisen war, gab es andere Affären. Er hatte die Finger nicht von den Frauen lassen können. Aber Malika hatte grosszügig darüber hinweggesehen. Sie hatte keinen Anspruch auf diesen Mann gehabt und trotz allem jede Minute, in der sie mit ihm zusammen gewesen war, genossen.

«Sie war schwanger.»

Malika schluckte leer. Davon hatte Justus ihr nichts erzählt. Plötzlich bekam seine Liebenswürdigkeit einen schalen Nachgeschmack. Hätte sie es vorher gewusst, sie hätte die Affäre sofort beendet. Hatte sie sich so in diesem Mann getäuscht?

«Wo waren Sie am Freitagmorgen zwischen sieben und acht Uhr?»

«Am Freitag?» Malika fröstelte. «Sie verhören mich? Ich dachte, ich sei eine Zeugin.»

«Ich befrage Sie. Was haben Sie zu diesem Zeitpunkt getan?»

«Ich war hier bei den Eltern, nachdem Leonardo und Alexa Lauper mich nach Schwyz gefahren hatten.»

«Wann war das?»

«Am Mittag, nachdem man Justus gefunden hatte. Ich war bis zu diesem Zeitpunkt oben im Gasthaus ‹Scheidegg›, wo dann Ihr Kollege zu uns kam.»

«Wann fiel auf, dass Maibach fehlte?»

«Am Morgen des 22. Dezembers. Er hatte nicht im Ferienhaus übernachtet. Justus' Frau glaubte, er habe es sich anders überlegt und sei spazieren gegangen.»

«Kam das öfter vor?»

«Was?»

«Dass Justus Maibach allein spazieren ging?»

«Er war zwischendurch auch gern allein, soweit ich mich erinnere ... Er war ein ungewöhnlicher Mensch.» Malika hielt instinktiv die Hände vors Gesicht. Sie hatte Justus geliebt, mit all seinen Fehlern. Wer ist schon perfekt? Manchmal war sie sein Blitzableiter gewesen, wenn er Zoff mit seiner Frau oder mit einem Mandanten hatte. Dann hatten sie ein Hotelzimmer gebucht, und sie hatte ihm seine Wunden geleckt.

«Wie hat seine Frau Graziella reagiert, als herauskam, dass Justus verschwunden war?»

«Gelassen. Aber Basil, Justus' Bruder, wollte sofort die Polizei einschalten.» Malika hatte genug von den Fragen. Sie hatte alles gesagt, was sie wusste und was sich auf ihre Person nicht negativ auswirken würde. «War's das?», fragte sie schroffer als beabsichtigt.

Valérie Lehmann erhob sich. Den Kaffee hatte sie nicht angerührt. «Danke für das Gespräch», betonte sie. «Und seien Sie umsichtig. Bislang wissen wir wenig darüber, warum Justus Maibach *und* seine Freundin sterben mussten. Ich will nicht schwarzmalen, aber es könnte sein, dass ...»

Malika horchte auf. «Ja?» Was hatte ihr Valérie Lehmann sagen wollen?

Diese ging zur Tür. Davor drehte sie sich noch einmal nach ihr um. «Ihre Eltern wohnen doch im selben Haus, nicht wahr?»

«Über mir.»

«Bleiben Sie in ihrer Nähe.»

Malika öffnete die Tür und verabschiedete sich von der Polizistin. «Ich habe keine Angst, wenn Sie das meinen. Aber ja, ich werde Ihren Vorschlag beherzigen.» Malika sah Valérie Lehmann nach, bis sie den Haupteingang erreicht hatte. Sie ging zurück in die Wohnung und setzte sich in ihrem Schlafzimmer aufs Bett. Die Tränen brachen aus ihr heraus. Der ganze Schmerz überwältigte sie. Die andere Frau. Warum hatte Justus nichts von ihr erzählt? Ein heftiges Gefühl der Eifersucht packte sie.

Später wusste sie nicht, wie lange sie dagesessen und geheult hatte. Als die Türglocke anschlug, mochten Sekunden oder mehrere Minuten verstrichen sein. Rasch wischte sie ihr Gesicht mit dem Ärmel trocken. Vielleicht war Valérie Lehmann zurückgekehrt, weil sie noch mehr Fragen hatte. Egal, sollte sie doch fragen. Malika würde alles sagen, damit die Polizei das Rätsel um die beiden Todesfälle lösen konnte.

Sie drehte den Schlüssel um, atmete einmal tief ein und aus und öffnete.

***

Der Himmel hatte sich von Westen her bedeckt, und als Valérie auf der Schlagstrasse Richtung Sattel fuhr, öffneten die Wolken ihre Schleusen und wirbelten riesige Schneeflocken durch die Luft. Die Sicht wurde von Minute zu Minute schlechter. In Rothenthurm waren die Strassen weiss, und die Automobilisten fuhren im Schritttempo.

Obwohl es sie geradezu reizte, entschied sich Valérie, nicht zu überholen. Sie wählte Louis' Nummer über die Freisprechanlage und wartete. Nur der automatische Anrufbeantworter stellte sich ein. Es lag auf der Hand, warum Louis schlecht auf sie zu sprechen war. Es war ihre Schuld, dass die Beziehung zwischen ihm und Carla so abrupt geendet hatte. Andererseits hatte sie in den letzten Jahren immer mal wieder geendet. Es war dem Naturell ihrer Charaktere geschuldet. Sie stritten und sie liebten sich. Trotzdem hätte Valérie etwas feinfühliger mit den Gegebenheiten umgehen sollen.

Wieder ein Gedanke an Lehmann. Er war da, quälte sie von Neuem. Sie durfte ihn nicht mehr in ihr Leben lassen. *«Oublions le sujet»*, hätte ihre Maman sie beratschlagt. Sie fehlte ihr so. Auf der Höhe der äusseren Altmatt verliess Valérie die Hauptstrasse und parkte neben dem historischen Bahnhof, der an ein Faller-Häuschen erinnerte. Sie stieg aus und ging zu den Gleisen. Sie hob den Kopf und liess Schnee auf ihr Gesicht rieseln. Sie musste einen Fall lösen und durfte sich nicht von Lehmanns Präsenz einnehmen lassen. Plötzlich glaubte sie, Parallelen zwischen Lehmann und Maibach zu erkennen. Beide hatten ihre Frauen nach Strich und Faden betrogen. Valérie hatte sich oft dabei ertappt, wie sie sich vorstellte, ihren Ex-Mann zu töten. Sie, die gewissenhafte Polizistin, hatte eine schwarze Seite an sich entdeckt. Später hatte sie damit umgehen und sich dank ihrer morbiden Gedanken besser in einen Täter versetzen können. Manchmal brauchte es nicht viel, um jemanden umzubringen. Wenn die Psyche am Anschlag war und die abtrünnigen Ideen überhandnahmen, schwelte das Böse. Es kam zur Glut, zum Feuer, zum Flächenbrand. Der Mord an Andrea Borkowski hatte mit der Beziehung zu Maibach zu tun. Aber erst ihr Tod hatte dazu geführt, auch Maibachs Ableben als nicht natürlich anzusehen. Jemand war bei ihm gewesen, hätte ihn vielleicht retten können. Er hatte es aber unterlassen. Weil er ihn als seinen Feind erkannt hatte?

Alles sah nach einem Beziehungsdelikt aus. Zu einseitig, gestand sich Valérie ein. Möglicherweise hatte es in Maibachs Leben einige Baustellen gegeben, die nun jemand aufräumte. Und wenn es keinen Zusammenhang zwischen den Toten gab? Valérie kehrte zum Auto zurück. Halb verfroren, mit nassem Gesicht und feuchten Haaren setzte sie sich hinter das Lenkrad. Im Moment war es unmöglich, einen klaren Verstand zu behalten. Zu viel drehte sich in ihrem Kopf herum. Die Ermittlung stagnierte. Valérie kam nicht vom Fleck.

Endlich klingelte das Telefon. Doch es war nicht Louis', sondern Zanettis Nummer. Valérie nahm den Anruf an. «Ich hoffe, du hast gute Nachrichten.»

«Wo bist du?»

«In der Nähe des Bahnhofs Altmatt.»

«Aufgrund einer Panne?»

«Bei dem Schneegestöber wäre es kein Wunder. Nein, ich musste bloss mal schnell den Kopf lüften. Bist du wegen der Angelegenheit der Familie schon weitergekommen?»

«Deswegen rufe ich an. Trotz der Feiertage und des Sonntags liess man mich einen Blick in die Geburtsurkunde der Söhne

Justus und Basil Maibach werfen … mit dem Gerichtsbeschluss. Es brauchte einiges, um den Richter davon zu überzeugen. Aber ich hatte noch etwas gut bei ihm.»

«Und?» Valérie strich sich die Haare nach hinten und betrachtete ihr Gesicht im Rückspiegel. Zanetti hätte sich bei ihrem Anblick erschreckt. «Ist es so, wie Carla vermutet hat?»

«Nein!»

«Nein?»

«Justus war Eleonore Maibachs Sohn. Sie ist seine leibliche Mutter. Aber jetzt halte dich fest …»

Es klickte in der Leitung. Zanettis Stimme war weg.

8. Februar 1961, halb sieben, abends

Sie hatten sich schön zurechtgemacht. Camilla durfte das rosa Kleid tragen, das Mami genäht hatte. Dazu weisse Strumpfhosen und Lackschuhe mit Schlaufe. Sie verliessen das Zimmer und traten auf den Korridor. Dort kam ihnen ein Mann in schwarzem Anzug entgegen. Es war der Klavierspieler, den Camilla am Nachmittag in der Hotelhalle gesehen hatte. Ein richtiger Pianist, ein wahrer Künstler, der die Melodien wie aus dem Ärmel schüttelte. Und wie freundlich er war. Er grüsste Camilla, die neugierig vor ihren Eltern in Richtung Aufzug schritt.

«Dich habe ich heute schon einmal gesehen», sagte der Mann. «Unsere Zimmer liegen auf der gleichen Etage.» Er wandte sich an Baba. «Wie kommt es, dass Sie unter dem Dach wohnen? Bitte verzeihen Sie mir meine indiskrete Frage: Gehören Sie auch zum Unterhaltungsprogramm des Hotels?»

Baba lachte belustigt auf. «Unterhaltungsprogramm ... so könnte man es auch nennen. Nein, das Hotel ist überbucht. Darum müssen wir mit dem kleinen Zimmer vorliebnehmen. Wenn es weiter nichts ist. Morgen werden wir bestimmt umziehen können.»

Camilla sah ihren Vater an. Vor ein paar Minuten hatte es anders geklungen. Baba war verärgert gewesen, zumal sie ihm wegen des Zimmers eine Szene gemacht hatte. Mami hatte sie in den Arm genommen und getröstet. Erst die Aussicht auf das rosa Kleid hatte sie beruhigt.

«Das ist bedauerlich.» Der Pianist versuchte, aufmunternde Worte zu sagen. «Sie dürfen sich ein Musikstück auswählen, das ich dann für Sie spielen werde.»

«Oh ja, den Radetzky Marsch.» Camilla hüpfte herum. «Tadadamm, tadadamm, tadadammtammtamm ...»

«Werde ich mir merken.» Der Pianist ging über die Treppe, derweil der Liftboy mit Camillas Eltern und ihr nach unten fuhr.

«Ein wahrlich lieber Mensch, dieser Musiker.» Mami war um

Komplimente nicht verlegen. «Und wie anständig er ist. Hat er auch einen Namen?» Sie wandte sich an den Liftboy.

«Er ist der bekannte Ferruccio Grimaldi, der schon an der Wiener Staatsoper gespielt hat.»

«Oh, dann haben wir es mit der Prominenz zu tun», bemerkte Baba.

Die Hotelhalle war Treffpunkt auch für auswärtige Gäste. Scharenweise strömten sie durch den Eingang. Sie entledigten sich ihrer Wintermäntel. Bedienstete trugen die Kleider zur Garderobe. Die Gäste liessen sich vom Servicepersonal zu den Tischen führen. Alles wirkte königlich. Camilla merkte, wie Baba und Mami sich mit der Eleganz hier etwas schwertaten. Mami hatte sich besonders Mühe gegeben. Sie trug ihr edelstes Kleid, das schmale schwarze mit der Federboa um den Hals. Eine weisse Perlenkette baumelte in drei Strängen bis zur Taille. Sie hatte ihr Haar hochgesteckt und Lippenstift aufgetragen.

Ihr Tisch stand am Fenster. Weiss eingedeckt mit roten Seidenschleifen. Filigranes Porzellan mit feinen Goldrändern, Silberbesteck und eine Kristallvase voller Rosen standen darauf. Camilla befingerte die Blütenblätter. «Die fühlen sich aber komisch an.»

«Die sind nicht echt», belehrte Mami sie. «Im Winter wachsen keine Rosen.»

Die Stühle trugen Hussen, und draussen hatte sich die Nacht über die Berge gelegt. Die letzten Konturen verschwanden, liessen einer einnehmenden Dunkelheit Platz. Manchmal schimmerte der Schnee, von einer Lampe beschienen. Der abnehmende Halbmond war von hier aus nicht zu sehen. Dafür spiegelte sich das Interieur auf den Scheiben.

Ein livrierter Kellner brachte einen Korb voller duftender Brotstücke, ein anderer fragte nach Getränken und dem Wein. Dezentes Gelächter beherrschte den Speisesaal.

Für Camilla war es unmöglich, ruhig zu sitzen. Baba hatte ihr nahegelegt, sie müsse sich anständig benehmen und die Augen auf den Tisch richten. Es fiel ihr schwer. Als der Junge am Nebentisch auftauchte, konnte sie sich nicht mehr zurückhalten. Dieses geschniegelte Bürschchen hatte sie im Putzraum eingesperrt und sie ihrem Schicksal überlassen.

«Was zappelst du denn herum?» Baba war ihre Unruhe nicht entgangen.

«Die Familie am Nebentisch … der Junge mit dem seltsamen Anzug hat mich im Keller allein gelassen.»

«Du warst mit *diesem* Jungen unten?»

«Kennst du ihn?» Camilla warf immer wieder verstohlene Blicke zum Nachbartisch. Die Mutter des Jungen brillierte in einem schwarzen Taftkleid.

«Es ist die Familie», flüsterte Mami, «deretwegen wir im Dachzimmer gelandet sind.»

«Weisst du, wie sie heisst?» Camilla erfuhr vielleicht den Namen des Jungen.

«Der Hoteldirektor wollte den Namen nicht nennen.»

«Reiche Pinsel», empörte sich Baba. «Meinen, etwas Besseres zu sein. Bei der Brief- und Paketausgabe habe ich andauernd mit solchen Leuten zu tun. Die scheren sich einen Dreck um das einfache Volk.»

«Vielleicht hätten wir es uns überlegen sollen, bevor wir im Grandhotel gebucht haben. Das Hotel Bellevue nebenan hatte freie Zimmer», sagte Mami.

«Das ist jetzt kein Thema. Ich wollte dir eine Freude machen. Morgen wird alles anders.» Baba widmete sich der Karte mit dem Menü. «Diese Auswahl. Kohlsalat mit Speckstreifen als Vorspeise, eine Gemüsebouillon mit Backerbsen. Zweite Vorspeise: gedämpfte Nudeln mit Tomatencoulis, danach ein Zitronensorbet mit Minzblättern und zum Hauptgang Kaninchenbraten mit Kartoffelstock und Gemüsepalette.»

«Was gibt es zum Dessert?» Camilla mochte Gemüse nicht.

«Ein Caramelköpfli mit Doppelrahm.»

Ferruccio Grimaldi hatte mit dem Spielen begonnen. Sein erstes Stück: der Radetzky-Marsch. Camilla wäre am liebsten aufgestanden und hätte dem blasierten Jungen am Nachbartisch gesagt, Ferruccio sei ihr Freund. Ihre Eltern waren abgelenkt, während ein Kellner die Getränkebestellung aufnahm. Baba hatte

Mühe, sich zu entscheiden. Camilla rutschte vom Stuhl. Sie verliess den Platz und hätte beinahe die Husse mit sich gerissen. Sie streifte wie zufällig, jedoch mit Absicht den rechten Arm des Jungen und tanzte zwischen den Tischen Richtung Flügel, wo Ferruccio mit solch einer Hingabe auf die Tasten drückte, dass es selbst den reichen Pinseln nicht entgehen konnte. Camilla sah zurück. Der Junge machte Stielaugen. Und noch ehe ihn seine Eltern davon abhalten konnten, kam er humpelnd auf sie zu.

«Sali du, Kamillentee.»

Camilla stellte sich neben den Flügel. «Das ist Ferruccio, mein Freund.»

«Ha, mein Vater spielt besser. Und Mutti kann Querflöte.»

«Soll sie doch Querflöte, du Komischer …» Camilla hasste diesen Jungen. Er und seine Eltern hatten ihr das schöne Zimmer weggenommen. «Du hast nicht einmal den Mut, mir deinen Namen zu verraten.»

Der Junge druckste herum. «Was bekomme ich dafür?»

Eine Ohrfeige. Camilla wartete vergebens auf den Namen.

Baba holte sie zurück zum Tisch. «Ich darf doch sehr bitten. Du bleibst jetzt sitzen, bis wir mit dem Essen fertig sind. Was sind das für Manieren?»

Camilla setzte sich wieder. Auf der Tischmitte neben der Kristallvase lag eine Karte, die ihr bislang nicht aufgefallen war. Sie griff danach. «Was ist das?»

Baba hatte sich wieder beruhigt. «Eine Einladung zum Glücksspiel in der ‹Höll›.»

ACHT

Valérie schüttete den Rest des Automatenkaffees in den Blumentopf im Sitzungszimmer. Dort würde das Gebräu den besseren Zweck erfüllen und der Pflanze vielleicht zu dichterem Wuchs verhelfen. Der Etagenkaffee war ungeniessbar, und trotzdem holte sie sich immer wieder welchen, wenn sie nicht in der Nähe ihres Büros war.

Louis betrat betont lässig den Raum. Kein Wort von Carla. Keine Geste des Unmuts Valérie gegenüber. Seine Laune schien auf einem Allzeithoch zu sein. Ob sich bei ihm alles wieder eingerenkt hatte? Valérie unterliess es, danach zu fragen.

«Leonardo Lauper ist jetzt da. Allein. Er ist sein eigener Anwalt. Ich habe ihn ins Vernehmungszimmer drei geführt.»

«Er ist bloss ein weiterer Zeuge. Hast du ihn noch nicht befragt?»

«Ich dachte, ich werde dir assistieren. Ich gehe rein und bereite alles vor. Das defekte Aufnahmegerät wurde ersetzt.»

«Es war kaputt? Ist mir nicht aufgefallen. Danke.» Valérie schenkte Louis ein Lächeln. «Alles gut bei dir?»

«Gott gibt mir die Gelassenheit, Dinge hinzunehmen, die ich nicht ändern kann …»

«Ich kenne dich nicht von der religiösen Seite.» Valérie musste schmunzeln. «Den Mut, Dinge zu ändern, die ich ändern kann, und die Weisheit, das eine vom anderen zu unterscheiden», ergänzte sie. «Ein von Reinhold Niebuhr verfasstes Gebet. Er war ein US-amerikanischer Theologe.» Sie lächelte. «Du kannst den Mund wieder schliessen.» Zu spät merkte sie, wie arrogant das herüberkam. «Entschuldige, das war eine blöde Bemerkung.»

«Wir sind alle unter Druck.» Louis klang besorgt. «Ich verzeihe es dir. Auch die Tatsache, dass du Carla ins Messer hast laufen lassen. Ich glaube, mir sind endlich die Augen aufgegangen. Lange Zeit meinte ich, wie sehr wir uns ergänzen. Aber dem ist nicht so. Je länger ich darüber nachdenke, umso mehr komme ich zu dem Schluss, die Trennung könnte die beste Lösung sein. Carla ist ein Wildfang, zu jung für mich, zu ungestüm. Ich brauche manchmal einfach meine Ruhe.»

Seltsam, dies aus Louis' Mund zu hören. Er galt im Team als Mann mit einem enormen Tatendrang. Hatte ihm Carla den Spiegel vorgesetzt? Vielleicht mochte es an seinem Alter liegen. Die Jahre hatten den Draufgänger gezähmt. Er war einundvierzig, hatte den Platz im Leben gefunden. Er brauchte keine junge Frau, die ihm das Ego polierte. Andererseits hätte es wirklich Liebe sein können.

Die Tür wurde aufgerissen. Caminada stürmte in den Sitzungsraum. Künstlich aufgeregt, fand Valérie. Ihm musste es schlecht gehen. Ihn darauf anzusprechen, fand sie keine gute Idee. «Gut, treffe ich euch an», sagte er ausser Atem.

Auch einen guten Morgen. Valérie lag es auf der Zunge. Es musste etwas vorgefallen sein, das ihren Chef völlig aus der Bahn geworfen hatte. Sie hoffte, es war nichts mit seiner Frau passiert.

Er steckte sein Smartphone in die Jackentasche. «Ich bekam die Meldung, es sei eine Tote vor einem Einfamilienhaus gefunden worden. Es handle sich um einen aussergewöhnlichen Todesfall. Wir müssen von einem Gewaltverbrechen ausgehen. Schuler ist mit seinem Team bereits in Schwyz. Ich habe Dr. Stieffel aufgeboten. Zanetti sollte auch auf dem Weg sein. Hat er dir nichts gesagt?» Caminada musterte Valérie mit Argusaugen.

«Ich ging heute früh weg.» Zanetti hatte noch geschlafen, als Valérie das Haus verliess. Gestern war es spät geworden. Nachdem sich Colin per SMS abgemeldet hatte, hatten sie den Abend mit einem köstlichen Dinner ausklingen lassen und Geschenke ausgepackt. Valérie hatte sich über ein Seidennachthemd gefreut und Zanetti über ein schickes Hemd mit Krawatte. Später hatten sie ein gemeinsames Bad mit Kerzenschein und Champagner zelebriert und sich endlich wieder einmal, fast sorglos, in den Armen gelegen. Was Zanetti auf der Einwohnerkontrolle herausgefunden hatte, war kein Thema mehr gewesen.

Valérie wandte sich an Louis. «Wir müssen die Befragung mit Lauper verschieben. Oder willst du sie übernehmen?» Und an Caminada: «Fährst du jetzt nach Schwyz.»

«Zusammen mit dir.» Er verzog keine Miene. «Was ist bloss los in unserem Kanton?»

In der zweiten Nachthälfte hatte es aufgehört zu schneien. Die Temperaturen lagen um den Nullpunkt. Glatteis verhinderte einen flüssigen Verkehr. Überall wurde gepflügt und gesalzen. Die Leute des Strassen-Inspektorats standen mit ihren Lkws im Dauereinsatz. Wie ein Konvoi an diesem diesigen Morgen. Die Leuchtspur der Scheinwerfer versickerte im Nebel. Es herrschte eine gespenstische Atmosphäre.

Valérie fuhr über die Altmattstrasse Richtung Rothenthurm. Neben ihr sass Caminada, vollkommen in sich gekehrt. Sie setzte dem Schweigen ein Ende. «Wie geht's dir?»

«Mir ging es nie besser.»

«Ehrlich?»

«Klar doch.»

«Ärger?»

«Nicht mehr als üblich.»

Valérie beschloss, nicht weiter nach seinem Befinden zu fragen und seinen Sarkasmus zu ignorieren. «Was wissen wir?»

«Ich habe kaum Anhaltspunkte.»

«Kennt man den Namen?»

«Ich habe nur die Adresse.»

«Die wäre?» Warum musste sie ihm die Würmer aus der Nase ziehen?

«Reichsgasse.» Er nannte die Nummer.

«In der Reichsgasse, sagst du? Da war ich gestern. Bei Familie Galambos.» Valéries Herz pochte bis zum Hals.

«Galambos, möglich … Ja, eine junge Frau.»

Über die Schlagstrasse profitierte Valérie vom Vierradantrieb ihres TTs. Kurzerhand montierte sie das Blaulicht auf der Spezialanfertigung am Cabriodach und fror sich dabei fast die linke Hand ab. Sie überholte.

Caminada hielt sich an der Sonnenblende fest. «Bist du von allen guten Geistern verlassen?»

Valérie schmunzelte vor sich hin. Wenigstens trug ihr Fahrstil etwas dazu bei, Caminada aus der Reserviertheit zu locken. «Keine Angst. Ich habe vor drei Monaten neue Winterreifen gekauft. Beste Bodenhaftung.» Sie sah in Caminadas Richtung. Er sah blass aus. «Ihr mögt zwar im Bündnerland mehr Schnee haben als wir, aber mit den harten Wintern komme ich gut zurecht.»

In den Kurven wurde es heikel. Valérie lenkte ihren Wagen über die schneebedeckte Strasse, bremste ab, gab wieder Vollgas. Den Unfall mit Oliwia Maria Wozniak blendete sie aus. Sie hatte gelernt, Dinge zu vergessen, die sich nicht ändern liessen. Vielleicht hätte sie auch die Ermittlungen wegen der Sabotage an ihrem Wagen abhaken sollen. Ob dies Lehmann von ihr ferngehalten hätte, bezweifelte sie allerdings.

«Ich will nicht im Strassengraben landen», beschwerte sich Caminada.

Valérie warf ihm erneut einen Blick zu. «Darf ich dich mal was fragen?»

«Nur zu.» Schnell und kurz. Caminada verzog keine Miene.

«Bist du wegen unseres Falls so von der Rolle?»

«Ich bin nicht von der Rolle.» Er zögerte, legte sich augenscheinlich eine passende Antwort zurecht. «Also, nicht wegen des Falls.»

«Möchtest du darüber reden?»

Caminada liess sich Zeit. «Mir ist da etwas zu Ohren gekommen.»

«Was?» War das Ablenkung?

«Louis arbeitet an einem Fall, der mit dir zu tun hat.»

Valérie schwieg. Sie hatte damit rechnen müssen, dass von Louis' Nachforschungen früher oder später auch Caminada erfahren würde. Jeder, der bei der Schwyzer Kriminalpolizei arbeitete, konnte sich auf eine transparente Arbeitsweise verlassen. Es gab Gesetze, an die man sich hielt, und Regeln. Sollte herauskommen, dass Louis nach seinem Gutdünken handelte, würde auch Valérie es zu spüren bekommen. Schlimmstenfalls würde sie suspendiert, und es würde ein internes Verfahren gegen Louis und sie geben.

«Er sollte sich auf den aktuellen Fall konzentrieren», sagte Caminada bloss, «nur auf diesen Fall. Oder ich muss ihn beurlauben.»

«Es ist nicht das Thema, worüber ich mit dir sprechen wollte.» Valérie musste sich beherrschen.

Caminada schluckte ein paarmal leer. «Worüber sonst?»

«Fischbacher, dein Vorgänger, hatte ein Burn-out und musste seinen Dienst quittieren. Bei ihm hatte es genauso begonnen wie bei dir. Unkonzentriertheit, Abwesenheit … Gian Luca, ich mache mir Sorgen um dich. Dass du unbegründet Tomaso Cavadini vom Fahndungsdienst auf Rigi Scheidegg geschickt hattest, gab mir schon zu denken.»

«Unbegründet?» Caminada räusperte sich.

Valérie schwieg. Sie konzentrierte sich auf die rutschige Fahrbahn.

«Menga will sich scheiden lassen.» Caminada wandte sein Gesicht ab. «Als wir heirateten, wusste sie, was auf uns zukommt, kannte auch die Situation, ich könnte versetzt werden. Sie wohnt jetzt wieder bei ihren Eltern, obwohl sie früher nicht gut auf sie zu sprechen war. Sie ist eine Heimwehbündnerin, kann sich schlecht in einer neuen Umgebung anpassen. Als wir nach Schwyz zogen, wurde sie depressiv. In Chur hatte sie ihre Hobbys, war im Frauenturnverein, machte aktiv bei verschiedenen Handarbeitsgruppen mit. Sie strickte, häkelte und töpferte. Sie hat einen sturen Bündnerkopf», schob er nach langem Überlegen nach.

«Du meinst, es gibt nichts mehr zu kitten?» Valérie tat Caminada leid. Sein Privatleben stand im Vordergrund. Wenn eine Ehe scheiterte, veränderte es einen Menschen. Plötzlich bekam die Unkonzentriertheit ihres Chefs eine tiefere Bedeutung.

«Sie hat mir ein Ultimatum gestellt. Entweder kehre ich in den Kanton Graubünden zurück, oder ich sähe sie nie wieder.»

Es sah danach aus, als befände sich Caminadas Frau auf einem

Egotrip. «Ich würde es bedauern, wenn du gehst.» Sie war auf der Höhe des Strassenamts angekommen und fuhr mit erhöhter Geschwindigkeit in die Herrengasse, vorbei an einem Gemisch aus kalten Betonklötzen, Holzhäusern und klassizistischen Bauten.

Caminada wies auf die Frontscheibe. «Dort vorn musst du links abzweigen.»

«Ich weiss. Ich war gestern schon da.»

Eine Baustelle vor dem Haus verhinderte die Zufahrt zum Parkplatz. Ein kleiner Bagger stand verwaist neben einer Grube. Erdhaufen, von Schneeresten überzuckert, beeinträchtigten den Blick zum hellgelben Haus mit dem Mansardendach.

Valérie parkte neben dem Camion des KTD und einer Pergola, die im Sommer bestimmt romantisch war. Sie wirkte vernachlässigt. Welke Blätter hingen vom Dach, ein Gestrüpp verdorrter Stauden. Hie und da eine Traube, wie die letzte Erinnerung an eine schönere Zeit.

Valérie verliess den Wagen und machte sich auf den Weg zum Eingang. Absperrbänder sirrten im Wind. Vor mehr als zwölf Stunden hatte sie hier gestanden, als sie die Tür hinter sich ins Schloss fallen hörte. Sie hatte sich überlegt, umzukehren und Malika Galambos zu bitten, sie möge ihren Rat ernsthaft befolgen. Der Verstand hatte über ihr Bauchgefühl gesiegt.

Nun lag die Frau vor ihr, halb im Entrée und halb auf dem äusseren Vorplatz, während Schuler mit aller Sorgfalt die Spuren sicherte. Ein Zelt verdeckte die direkte Sicht auf den Leichnam.

Valérie ging auf den Eingang zu. Im ockergelb gestrichenen Flur stand Fabia, sichtbar blass und nervös. «Du wurdest aufgeboten?»

«Schrecklich, das alles.» Fabia reichte ihr die Hand zum Gruss. «Ich war die Erste hier. Daniel Christen gelangte direkt an mich, bevor er Caminada informiert hat.»

«Warum das?»

«Er hatte Caminada nicht auf Anhieb erreicht.»

Valérie schüttelte den Kopf. Es passte alles zusammen. Der

Grund für Caminadas Problem war nun bekannt. Aber da musste er selbst durch. Valérie konnte es ihm nicht abnehmen. Sie sah zu ihm hinüber. Er sprach mit einem Streifenpolizisten. «Wer hat sie gefunden?» Sie wies über ihre Schulter zum Zelt.

«Ihre Mutter, als sie nach ihr sehen wollte. Es muss ihr arg zugesetzt haben.»

«Hast du etwas anderes erwartet?»

«Sie steht unter ärztlicher Aufsicht. Ihr Mann ist bei ihr, oben in der Wohnung. Vielleicht sollten wir ihnen etwas Zeit lassen.»

Valérie drehte sich zu Schuler um. «Guten Morgen, Franz. Gibt's schon Anhaltspunkte?»

Er sah sie mit zusammengekniffenen Augen an, als versuchte er, sich gegen das blendende Licht der Halogenleuchten zu schützen. «Sie wurde erschlagen. Das Corpus Delicti konnte bereits sichergestellt werden. Die Tatwaffe ist ein Eisenrohr. Es kommt jetzt ins Labor, wo es auf DNA geprüft wird. Wahrscheinlich lag es auf der Baustelle griffbereit. Ich schliesse daraus, die Tat könnte im Affekt geschehen sein. Der Kopf der Toten sieht nicht schön aus. Aber das ist Sache des Gerichtsmediziners. Ich sammle hier bloss Beweismaterial.» Er klang gereizt und anders als sonst.

«Ein Eisenrohr aus einer Baugrube ... Da wird es von genetischen Fingerabdrücken wimmeln.» Und Vergleiche existierten bislang nicht.

Valérie machte sich Vorwürfe. Hätte sie Malika Galambos unter Polizeischutz stellen sollen, nachdem sie über die Verbindung zu Justus Maibach erfahren hatte?

Res Stieffel traf mit seinem Assistenten ein. Seinen Wagen hatte er zwischen den Camion und Valéries TT gepfercht. Der Platzmangel erschwerte sein Aussteigen. Valérie beobachtete ihn. Seine Agilität fiel ihr erst jetzt richtig auf. Stieffel wedelte mit der Hand durch die Luft, setzte kurz ein entwaffnendes Lächeln auf, als er Valérie erblickte. Er brachte etwas Humor mit an diesem schwarzen Tag. Es gelang ihm oftmals nicht, ernst zu sein. Aber vielleicht ertrug er seinen Job nur deshalb. «Valérie, zum Glück gibt es Arbeit für mich, sonst sähe ich dich kaum.»

Valérie wollte nichts darauf erwidern. Stieffel bemühte sich, selbst nach Jahren des Misserfolgs, noch immer um sie. Nur gelang es ihm nicht. Sollte er seine Illusionen haben, solange er sie nicht belästigte. Stieffel war Stieffel. Was sich zwischen ihnen abspielte, beruhte auf einer platonischen Hassliebe. Im weitesten Sinne.

Schuler räumte sein Feld und liess Stieffel den Vorrang.

«Hat ein Arzt den Tod der Frau festgestellt?»

«Der Hausarzt», antwortete Schuler. «Er ist gleichzeitig Amtsarzt.»

Stieffel liess Valérie nicht aus den Augen. «Ein Leichenbeschauer, das erleichtert einiges. Ist er noch da?»

«Er ist oben bei den Eltern der Toten.»

Valérie getraute sich endlich, einen Blick auf die Frau zu werfen. Es war ein Schock. Erst noch hatte sie mit ihr gesprochen. Sie war nicht die anonyme Person, zu der Valérie Abstand halten konnte. Sie hatte an ihrem Leben teilgenommen, wenn auch nur für kurze Zeit. Jetzt lag sie da, mit achtundzwanzig Jahren aus dem jungen Leben gerissen, das vielversprechend begonnen hatte. Sie hatte die Kaufmännische Berufsschule absolviert, bevor sie sich in einer Versicherungsagentur beworben hatte. Später war sie als Sekretärin in die Anwaltskanzlei «Maibach & Söhne» gekommen. Eine Art Senkrechtstarterin, die das Ziel hatte, stets weiterzukommen, auch wenn der Preis hoch war – die Affäre mit Justus Maibach. Schuler hatte nicht übertrieben. Der Schädel war zerschlagen. Über der Stirn klafften mehrere Löcher. Der Blick darauf war fast nicht auszuhalten. Malika Galambos musste dem Täter ins Gesicht gesehen haben. Hatte das Opfer ihn gekannt? Das Blut war bereits geronnen, die Blutlache um den Leichnam herum zwischen den Fugen der Steinplatten versickert. Es entstand ein groteskes Bild, wie ein grauenvolles Kunstwerk.

Stieffel ging vorsichtig mit der Untersuchung vor. Er prüfte den Tonus, verschob die Extremitäten, begutachtete die Fingerkuppen. Er drehte den Kopf, soweit es ihm gelang, ihn zu bewegen, besah sich die beiden Gesichtshälften und hob die Augenlider. «Der Rigor Mortis ist nicht vollständig gelöst.»

Stieffel winkte Valérie zu sich. «Was sagt mein Oberleutnant dazu?»

Das «mein» überging Valérie geflissentlich. «Die Proteinisolation hat zur Erstarrung der Muskeln geführt, bedingt durch den Ausfall des Stoffwechsels.»

«Und wo beginnt die Totenstarre?»

«Für gewöhnlich im Bereich des Unterkiefers. Sie erstreckt sich über Hals- und Nackenmuskulatur, bis am Ende Hände und Füsse erreicht sind.» Valérie wollte sich keine Blösse geben. Vielleicht hatte Stieffel darauf gehofft, sie mit seinem Fachchinesisch zu belehren. Wieder einmal. «Wann ist der Todeszeitpunkt?»

«Die volle Leichenstarre ist sechs bis acht Stunden nach dem Tod erreicht. Sie löst sich jedoch erst nach vierundzwanzig bis achtundvierzig Stunden vollständig wieder auf.»

«Was schliesst du daraus?»

«Mit Berücksichtigung der Temperaturen würde ich sagen, zwischen sechs Uhr gestern Abend und Mitternacht.»

«Innerhalb von sechs Stunden? Geht es präziser?»

«Wenn ich alle Berechnungen abgeschlossen habe. Ich brauche die genaue Lufttemperatur, die Schwankungen der Celsius-Grade während der Nacht und des Morgens, die rektale Temperatur der Toten … Bis dahin musst du dich gedulden.»

Andrea Borkowski und nun Malika Galambos. Zwei Frauen, die mit Justus Maibach eine Beziehung gepflegt hatten. War am Ende auch Carla in Gefahr?

Hatte letztendlich Graziella Maibach mit den Morden zu tun? Waren ihre Alibis erfunden? Oder, was wahrscheinlicher war, gab es mehrere Täter? Valérie ging ins Haus zurück, wo Fabia auf sie wartete. Sie wollten Malika Galambos' Eltern zusammen befragen. «Warst du gestern beim Besuch bei Frau Hirschi erfolgreich?»

«Sie hat nichts bemerkt. Sie war mit einer Frau Buholzer im Berggasthaus, will sie aber nicht näher kennen. Die Frau sei nach ihrer Verabschiedung über die Schneealp gegangen, wohin genau, ist nicht bekannt, aber sie sei mit Langlaufskiern unterwegs gewesen. Die Suche nach ihr blieb umsonst. Niemand im

Gasthaus ‹Burggeist› will sich nach meiner Beschreibung an sie erinnern. Ich meine, eine exakte Beschreibung habe ich nicht. Helen Hirschi sprach von einer schlanken Frau zwischen fünfzig und siebzig, die eine Wollmütze trug. Eine Schweizerin mit unbekannter Mundart. Zu wenig für eine Personenfahndung.»

«Wir sollten einen Zeugenaufruf machen. Vielleicht war sie die Einzige, die etwas Verdächtiges oder jemanden gesehen hat.»

«Ja, die Nächte sind kalt und lang. Da verkriecht man sich lieber im Haus», bemerkte Fabia.

«Du hast recht. Sprechen wir mit Herrn und Frau Galambos.» Valérie ging die schmale Treppe hoch.

***

Leonardo Lauper wartete geduldig im Vernehmungszimmer drei. Louis reichte ihm über den Tisch einen Coffee to go, den er beim Bahnhof geholt hatte. Die Brühe auf dem SSB war eine Zumutung und Valéries Büro verriegelt. Sie besass ihre eigene Kaffeemaschine mit verschiedenen Aromen.

Louis schwang sich auf den Stuhl und drückte die Ein-Taste des Aufnahmegeräts, bevor er die Ansage sprach und begann. «In welchem Verhältnis standen Sie zu Justus Maibach?»

Lauper reckte sich in die Höhe. Er trug einen Norwegerpullover und ein Schaffell-Gilet darüber, augenscheinlich sein Freizeittenue. «In einem engen Arbeitsverhältnis. Er hatte mir eine Partnerschaft in Aussicht gestellt.»

«In absehbarer Zeit?»

«Das Datum war nicht definiert.»

«Das heisst, er hätte es sich noch überlegen können, Sie zum Partner zu machen. Gab es andere Anwärter?»

«Davon weiss ich nichts.» Lauper rutschte hin und her, als behagten ihm die Fragen nicht.

«Was können Sie mir über das Verhältnis zwischen Justus Maibach und seiner Frau sagen?»

«Sie führten eine harmonische Ehe.»

«War das Ihre Beobachtung?»

Lauper schwieg.

«Harmonisch, sagten Sie. Nach aussen kann es harmonisch wirken, wenn man sich darum bemüht, die Zerwürfnisse nicht zu zeigen.» Louis war sich bewusst, sein Gegenüber mit dieser Frage herauszufordern. Manchmal musste man den Leuten auf die Sprünge helfen.

«Sie haben recht. Ich gehe davon aus, dass nicht alles Gold war, was glänzte. Darüber geäussert hatte sich Justus nie.»

«Was wissen Sie über die Beziehung zwischen Maibach und Andrea Borkowski?»

Lauper schluckte leer. Die Antwort kam nicht gleich. Er tat überrascht. «Wer?»

«Andrea Borkowski. Sie war Maibachs Freundin, seit zehn Jahren. Hat er nie über sie gesprochen?» Louis besah sich die Unterlagen vor ihm. «Sie und Maibach hatten öfter zusammen die Sauna besucht. Hitze löst Verspannungen. Hat es Maibach die Zunge gelöst? Hat er Sie eingeweiht in seine kleinen Geheimnisse? Sie kommen nicht darum herum, die Wahrheit zu sagen, Herr Lauper. Es geht um Mord, wahrscheinlich um einen Doppelmord.» Louis seufzte innerlich. Gestern Abend hatte er in der Mything Bar ein Mädchen kennengelernt. Kurzerhand hatte er eine Flasche Schampus über den Tresen gekauft und Carole oder Caroline, so genau wusste er ihren Namen nicht mehr, zu sich nach Hause eingeladen. Ein wenig Seelenbalsam für sein angeschlagenes Ego. Die Aussicht auf weitere spontane Treffen hatte ihm behagt, obwohl Carole-Caroline nicht unbedingt sein Typ gewesen war. Zu aufgekratzt, mit diesem Girlie-Gekicher. Jetzt kam er sich schäbig vor. Mit dieser Aktion hatte er bewiesen, dass es ihm bloss um das eine ging. Dem war jedoch nicht so.

«Doppelmord?» Lauper fiel der Unterkiefer herunter.

«Malika Galambos, mit der Sie zusammen die Weihnachtstage auf Rigi Scheidegg verbringen wollten, ist gestern vor ihrem Elternhaus in Schwyz einem Verbrechen zum Opfer gefallen. Ich würde es Ihnen nicht erzählen, wenn sie für Sie eine Fremde gewesen wäre.»

Lauper war sichtbar geschockt. Er räusperte sich ein paarmal, wischte Schweissperlen von seiner Stirn. «Das … das kann nicht sein. Sie war eine so fröhliche Frau. Maibach hat sie als Sekretärin sehr geschätzt. Gewissenhaft, schnell, kompetent.» In einem Satz gesagt, was besser in ein Bewerbungsschreiben gepasst hätte.

«Was war los im Ferienhaus der Familie Maibach? Gab es Spannungen untereinander?»

Lauper hob die Schultern und kniff den Mund zusammen.

«Bitte beantworten Sie meine Fragen. Was wissen Sie?»

«Ich möchte der Familie ungern schaden.»

Ein erster Ansatz. Louis richtete sich auf. «Wie meinen Sie das?»

«Ich hatte nie Probleme mit Justus.»

«Andere schon? Wer zum Beispiel?»

«Meine Frau Alexa hielt nicht viel von ihm.»

«Und trotzdem ging sie mit Ihnen mit auf die Rigi?»

«Ich glaube, sie hat ihre Meinung geändert.»

«Sie glauben es?» Louis notierte den Namen Alexa Lauper. Wahrscheinlich würde er nicht darum herumkommen, auch sie eingehender zu befragen. «Kommen Ihnen Mandanten in den Sinn, die mit Maibach Zoff hatten?»

Lauper schloss die Augen, als könnte er sich besser erinnern. «Nicht, dass ich wüsste.»

«Fällt Ihnen sonst etwas dazu ein?»

«Tut mir leid, ich bin Ihnen keine grosse Hilfe.»

***

Wirkte das Haus von aussen wie ein Relikt aus den vierziger Jahren, überraschte das Interieur mit modernen Elementen. Ein krasser Gegensatz auch zu den zwei Personen, die nebeneinander auf einem schwarzen Sofa sassen. Ein Designertisch, der Glasschrank mit extravagantem Geschirr, ein taubengrauer Teppich, die futuristische Lampe – Valérie scannte die Möbel in Sekundenschnelle.

Herr und Frau Galambos erweckten einen exotischen Eindruck. Sie und er im gleichen Alter mit derselben Kurzhaarfrisur, an der jedwedes Flair für Ästhetik verloren ging. Beide trugen einen Hausanzug, dunkelblau mit Emblem auf der Brust. Ein Paar, in dem sich die eine Person der andern angepasst hatte, wie ein Zeichen des unverrückbaren Zusammengehörens. Die Menschen hier existierten nicht mehr als Individuen. Derselbe trübe Blick, die nach unten gezogenen Mundwinkel, die gefalteten Hände auf dem Schoss. Der Verlust ihrer Tochter hatte sie selbst im Sprechen gelähmt.

Der Arzt war anwesend und im Begriff, seinen Koffer zu schliessen. Valérie stellte Fabia und sich vor und fragte, ob sie mit den Eltern der Toten sprechen könnten.

«Ich habe ihnen etwas zur Beruhigung gegeben. Ich kann Ihnen aber nicht garantieren, ob sie fähig sind, Ihre Fragen zu beantworten.»

«Malika hat sich immer so aufgeregt.» Frau Galambos sah Valérie mit glasigem Blick an.

«Das gehört doch jetzt nicht hierher.» Herr Galambos rückte ein paar Zentimeter von seiner Frau weg.

«Seit Mitte September ist vor unserem Haus diese Baustelle», fuhr Frau Galambos monoton fort. «Bereits zweimal hat man ein Loch gegraben und einmal wieder zugeschüttet. Zuerst legte man neue Röhren für das Abwasser, nachher folgten die Leitungen für so Fasern …»

«Glasfasern», korrigierte Herr Galambos. «Das ist nicht relevant.»

«Für nichts und wieder nichts. Wir haben kein Internet.»

«Unser Nachbar hat welches.»

Valérie nahm Platz gegenüber dem Ehepaar. Vielleicht gelang es ihr, auf Malika zu sprechen zu kommen. Weg von der Baugrube und den merkwürdigen Äusserungen, die wohl dazu dienten, vom Thema abzulenken. Verdrängen um jeden Preis. «Wann kam Malika von der Rigi zurück?»

Herr Galambos zuckte zusammen, als hätten ihn Valéries Worte wie ein Geschoss getroffen. «Am Abend des 22. Dezembers.» Er versuchte offensichtlich, die Beherrschung zu wahren, wogegen seine Frau einen Schreikrampf bekam. Sie bedeckte ihr Gesicht mit den Händen und stiess einen gutturalen Laut aus.

Valérie sah Fabia an, die diskret die Achseln hob. «Kein guter Zeitpunkt», flüsterte sie.

«Sie kam zu uns und teilte uns mit, Dr. Maibach, bei dem sie arbeitet, sei verstorben.» Herr Galambos strich seiner Frau mit der Hand über den Rücken. «Sie war sehr aufgebracht.»

«Was genau hat sie gesagt?» Valérie holte ihren Notizblock aus der Tasche.

«Was meinen Sie?»

«Hat sie von Unfall oder Mord gesprochen?»

«Warum Mord?» Herr Galambos überlegte. «Sie hat von einer Tragödie gesprochen. Musste unsere Tochter deswegen sterben?» Er wandte sich an seine Frau. «Mir waren diese Maibachs noch nie geheuer.»

«Kennen Sie die Familie näher?» Verschwiegen die Galambos etwas?

«Man hört halt so einiges.»

«Was zum Beispiel?»

Herr Galambos winkte ab. «Vergessen Sie es.»

Vorläufig liess es Valérie dabei bewenden. «Ging Ihre Tochter anderentags weg? Oder blieb sie bei Ihnen?»

Herr Galambos musste sich offensichtlich sammeln. «Sie blieb bei uns. Wir schmückten gemeinsam den Weihnachtsbaum, wie wir das früher immer getan hatten … also, bis Malika zu diesen Anwälten kam. Das hat ihr Leben verändert, auch ihr Wesen. Die Arbeit bedeutete ihr alles. Sie wollte weiterkommen, hatte sich für eine Fachausbildung angemeldet. Diese wollte sie im Frühling beginnen.»

«Was war das für eine Ausbildung?»

«Daran erinnere ich mich nicht. Etwas mit Kommunikation. Sie hatte sich immer dafür interessiert.»

«Sie sagten, Malika verliess ihre Wohnung nicht mehr, nachdem sie am Donnerstagabend zurückgekehrt war.»

«Mit Sicherheit nicht allein. Wir gingen gemeinsam einkaufen.

Oder Malika war bei uns. Sie brauchte eine moralische Stütze.» Jetzt verlor auch Herr Galambos die Kontrolle über seine Gefühle, sackte in sich zusammen und vergrub sein Gesicht in seinen klobigen Händen.

Valérie liess ihm Zeit, um sich wieder zu fassen. «Hatte Ihre Tochter einen Freund?»

«Ja, hatte sie, einen Hallodri. Sie hatte ihm, kurz bevor sie zu den Maibachs auf Rigi Scheidegg fuhr, den Laufpass gegeben.»

Fabia verlangte dessen Name und Adresse. Herr Galambos rückte zögerlich damit heraus.

«Darf ich einen Blick in die Wohnung Ihrer Tochter werfen?», fragte Valérie, obwohl diese vom KTD bereits konfisziert worden war.

«Wenn es sein muss.» Frau Galambos sah sie erschrocken an. «Es ist nicht aufgeräumt. Malika fand nie Zeit dazu.»

Valérie ging über die Treppe ein Stockwerk tiefer. In der Wohnung sicherten Schulers Leute Spuren. Valérie betrat die Räume, die ihr nicht fremd waren. «Darf ich?»

Schuler sah auf ihre Füsse. «Nur mit Füsslingen. Aber bitte vorsichtig.» Er reichte ihr welche.

Valérie zog sie an.

Seit gestern hatte sich kaum etwas verändert.

Das Schlafzimmer hinterliess einen ordentlichen Eindruck. Über dem Bett war ein Überwurf ausgebreitet, darauf sass eine Puppe von historischem Wert. Neben der Kommode sah Valérie einen Cellokoffer. Der Schrank war mit einer Fülle von Kleidern bestückt, auf einem oberen Tablar standen Designertaschen. Valéries geübtem Auge entgingen die teuren Labels nicht. Versace, Dior, Gucci, Hermès. Ein halbes Vermögen. Das Fach in der Mitte war mit Herrenkleidern gefüllt. Hemden, Jeans, Wollpullover, ein Trainingsanzug. Und in einem Rahmen ein Bild, das Malika Galambos und Justus Maibach zeigte, wahrscheinlich am Zürichsee aufgenommen. Das unterste Regal war mit Ordnern gefüllt. Valérie griff nach einem mit der Aufschrift «Rechnungen und Quittungen». Sie überflog die Dokumente, die vorerst keinen Hinweis auf etwas Verdächtiges lieferten.

Sie würde sie sich zu einem späteren Zeitpunkt näher ansehen müssen.

«Drei Todesfälle, zwei davon gewaltsam herbeigeführt, wobei es sich bei Maibachs Tod nicht ausschliessen lässt, ob da nicht nachgeholfen oder Hilfe unterlassen wurde.» Valérie hatte nach dem Mittag ihr Team zum Briefing eingeladen. «Die einzige Verbindung besteht darin, dass Justus Maibach beide Frauen gekannt hatte. Weder die Art des Tötens noch die Zeit, in der die Morde geschehen sind, lassen ein Muster erkennen.»

«Kein Serienmord», sagte jemand.

«Seien wir vorsichtig», ein anderer. «Der Täter geht meines Erachtens methodisch vor.»

«Und was macht dich da so sicher?» Valérie hatte eine Serie bislang nicht in Erwägung gezogen. Es sah viel mehr danach aus, als hätte der Täter die Gelegenheit zum Töten beim Schopf gepackt. Er hatte in den ihm gebotenen Gegebenheiten zugeschlagen, mit den Werkzeugen, die griffbereit dagestanden oder gelegen hatten – ein Auto und ein Eisenrohr. Die Frage stand im Raum, weshalb in so naher Zeitfolge. «Die Presse sitzt uns im Nacken. Die Zeitungen haben sich mit dem kurzen Statement nicht zufriedengegeben. Wir müssen die Öffentlichkeit informieren. Die Maibachs sind über die Kantonsgrenze hinaus bekannt, ein gefundenes Fressen für die Medien.»

«Serienmord?» Louis hatte die Arme verschränkt und hing buchstäblich in seinem Stuhl, während er den jungen Adjutanten ihm gegenüber im Auge behielt. «Wir befassen uns im Moment mit etwas Komplizierterem als Strafzettel auszuteilen.» Er räkelte sich grinsend zurecht. «Ich hatte ein Gespräch mit Lauper. Er bekundete zuerst Mühe, über die Maibachs zu reden. Ein echt loyaler Mensch. Er meint, Justus Maibach sei kein Einfacher gewesen. Aber mit seinem Charme hat er alles wettgemacht, vor allem bei den Frauen. Selbst bei denen, die ihn mit anderen teilen mussten.»

«Was hatte dieser Kerl an sich, dass die Damenwelt auf ihn flog?» Fabia sandte einen Blick in die Runde.

«Geld und Macht», sagte Louis. «Zwei Gründe für einen Kleingeist, um Maibach zu beseitigen.»

«Noch können wir nicht definitiv davon ausgehen, dass er ermordet wurde.» Valérie bekundete nach wie vor Mühe mit dieser Option. «Wichtig scheint mir die unbekannte Frau, die zusammen mit Helen Hirschi in der Nacht des 21. Dezembers das Gasthaus verlassen hat. Dies bedingt eine breit gefächerte Nachforschung bei den Anwohnern auf Rigi Scheidegg und ‹Burggeist›. Befragt sie und die Gäste. Es muss eine Möglichkeit geben, die Frau zu finden.»

«Warum hältst du dich an dieser Fremden fest?», fragte jemand.

«Weil sie eine Zeugin ist.» Valérie gab sich betont kurz angebunden. Sie musste einfach alles in Erwägung ziehen. Diese Frau Buholzer schien ihr wichtig.

Louis rettete sie aus einer Spirale der Erklärungen. «Dr. Svetlana Wille wird morgen eine Aussage machen. Ich hatte sie vorhin am Telefon. Sie ist bereit, uns im Rahmen ihrer Möglichkeiten zu helfen.»

«Was heisst das im Klartext?»

«Als ich ihr sagte, wir würden im Todesfall Justus Maibach ermitteln, stellte sie sich jedenfalls nicht quer, wie wir uns das sonst gewohnt sind.»

«Kann man zu ihr?» Valérie vermochte nicht, Louis' Zögern nachzuvollziehen.

«Leider erst morgen», bedauerte er. «Schneller ging es nicht. Zudem war sie, als ich sie anrief, unterwegs und wird erst spät in der Nacht zurückkehren.»

«Hast du eine Adresse?»

Louis schob sie ihr zu. «Sie ist morgen Vormittag zu Hause. Sie erwartet dich.»

«Moment, *ich* soll mich mit ihr treffen?»

«Ich dachte, es sei dein Wunsch.»

Valérie verabscheute es, wenn man über sie hinweg entschied. Sie sah sich die Notiz an. Dr. Svetlana Wille, wohnhaft in der Herrengasse in Schwyz. Ausgerechnet. Sie wollte sich ihren Unmut nicht anmerken lassen. «Wer kümmert sich um den Medienbericht respektive um die Pressekonferenz? Unser Pressesprecher ist in den Ferien.»

«In Bangkok.»

«Wie bitte?» Valérie winkte zerstreut ab. Seit heute spürte sie eine Erschöpfung, die sie nicht mehr klar denken liess. Jedes Nebengeräusch schreckte sie auf, selbst dahingeworfene Bemerkungen ihrer Mitarbeiter, die nichts mit dem Fall zu tun hatten. Sie beendete die Sitzung, nachdem sie die Aufgabenblöcke verteilt hatte. Zeitnah standen Abklärungen über den Unfallwagen an. Malika Galambos' Freund musste gefunden werden. Die Ermittlungen harzten. Es fehlte an Motiven, sowohl für den Mord an Andrea Borkowski als auch für Malika Galambos.

Valérie hielt Louis zurück. «Gibt es Neues von Willy Lehmann?»

Louis widmete sich seinen Unterlagen, ohne aufzuschauen.

«Louis! Hast du etwas herausgefunden?»

Er sah sie nun direkt an. Das, was ihm auf der Zunge lag, belastete ihn offenbar. «Er hatte eine Anklage wegen Vergewaltigung am Hals. Einer von mehreren Gründen, weshalb er im Knast war.»

Valérie schluckte schwer. Sie hätte es wissen müssen, dieses Delikt würde früher oder später ein Gesprächsthema werden, zumal sie Louis damit beauftragt hatte, ihren Ex-Mann zu verfolgen. Vielleicht hätte sie besser getan, alte Geschichten ruhen zu lassen.

«Hast *du* ihn angezeigt?», fragte er.

Kein passender Zeitpunkt für einen Seelenstriptease. «Du weisst, wie das ist. Bei einer Scheidung wird Schmutzwäsche gewaschen.»

«Nein, weiss ich nicht.» Louis, wie immer, penetrant provokativ. «Du hast meine Frage nicht beantwortet.»

«Ich versuche gerade, es zu tun. Wir hatten eine Kampfscheidung, in der es in erster Linie um Colin ging.» Valérie hatte die Bilder verdrängen wollen. Willy, wie brutal er während ihrer Ehe gewesen war. Ein Nein war kein Nein gewesen, nicht für ihn. Er hatte sich genommen, was ihm aus seiner Sicht zustand. Valérie war sein Besitz gewesen, jederzeit verfügbar. Wenn sie sich ihm verweigert hatte, verlor er die Nerven. «Ja, ich habe ihn angezeigt. Ich habe nichts unterlassen, um ihn als nicht fähigen Vater zu degradieren. Aber …» Sie holte tief Luft. «Ich wurde von ihm körperlich missbraucht.» Sie wollte nicht darüber sprechen, wie sich die Befragungen ausgedehnt hatten. Sie selbst war sich wie eine Verbrecherin vorgekommen. Man hatte sie über jedes Detail ausgefragt. Erst von Männern, später endlich von einer Frau. Sie hatte sich geschämt, sich dermassen zur Schau zu stellen.

Louis berührte ihren Arm. «Wenn ich bloss aktuell etwas gegen diesen alten Sack hätte. Wenn er an deiner Haustür läutet, ist das kein triftiges Argument, ihn anzuzeigen. Da müsste schon mehr passieren.»

«Er müsste mich tätlich angreifen.» Valérie seufzte. «Er ist clever genug, um dies zu unterlassen.» Nicht einmal Zanetti hatte von diesem Besuch etwas mitbekommen. Es existierten keine Zeugen.

«Aus diesem Ramseyer ist nichts herauszuholen. Ich bin mir sicher, er deckt Lehmann, ginge sogar freiwillig für ihn ins Gefängnis, mit der Aussicht, von ihm entsprechend gut bezahlt zu werden.»

***

«Graziella, halt mal die Urne.» Eleonore Maibach überreichte ihr das Gefäss.

Graziella schauderte bei dem Gedanken, die sterblichen Überreste von Marios und Leonies Urgrossvater in den Händen zu halten. Bislang hatte sie es umgehen können. Noch sah sie das Bild des alten Herrn vor sich, den sie nie kennengelernt hatte. Es hing im Treppenaufgang in der Villa in Schwyz. Hubertus Maibach im Goldrahmen, eine letzte Erinnerung an die Ahnengalerie, die sein Sohn Linus vor einem Jahr auf den Dachstock gebracht hatte. Bloss dieses eine Bild hing noch dort, als Zeichen für den Erfolg, den seine Nachkommen hatten. Was mochte dieser Mann an sich gehabt haben, dass Eleonore ihn so verehrte? Er war ja nicht ihr Vater. «Emma, du könntest doch –»

«Du kannst alles von mir verlangen, aber nicht das.» Emma trat einen Schritt von ihr weg. «Warum sind wir wieder hier?»

«Wir haben keine andere Wahl. Du weisst, unsere Schwiegermutter hofft auf Antworten aus dem Universum. Wir dürfen sie nicht enttäuschen.»

«Heute ist die sechste Nacht der zwölf Raunächte.» Eleonores Stimme erhob sich. «Der Monat Juni wird uns reifen lassen. Wir befinden uns in einem Wandel. Die Wetterküche weiss nicht, ob sie brodeln oder ruhig bleiben soll. Der Schneesturm in letzter Nacht hat uns gezeigt, dass wir uns auf ein ereignisreiches Jahr gefasst machen müssen.» Eleonore schob Holz unter den Kessel nach. Die Flammen leckten an den Scheiten. Im Kessel begannen das Heu und die Papierschnipsel zu motten.

Graziella wollte diesen Nonsens nicht mehr länger mit ansehen. Sie stellte die Urne auf den schneebedeckten Waldboden. Eleonore war jetzt total übergeschnappt. «Jedes Jahr ist ereignisreich. Glaubt man, endlich wäre alles gut, schlagen deine Götter zu und lassen uns einknicken.»

Eleonore war sprachlos. Graziella entging nicht, wie sie zitterte, als sie die Urne vom Boden hob.

«Die Asche ist irgendeinmal alle. Oder füllst du sie bei Bedarf wieder auf?» Graziella erinnerte sich an die Aussage ihres Sohnes Mario. Eine so dreiste Überlegung hätte sie ihrer Schwiegermutter durchwegs zugetraut.

«Du hast ja keine Ahnung», fauchte Eleonore sie an.

Graziella riss ihr die Urne aus der Hand. «Schluss jetzt. Wenn es etwas gibt in deinem Leben, das du uns vorenthältst, wäre es jetzt an der Zeit, uns», sie warf Emma einen Blick zu, «darüber aufzuklären. Wir mögen viel Verständnis haben für deine Rituale. Wenn sie für dich stimmen, ist das deine Sache. Aber du zwingst uns geradezu, uns auf diesen Zauber einzulassen. Seit Jahren schon.» Graziella gab ihr die Urne zurück.

Eleonores Hände zitterten erneut wie Espenlaub. Sie wandte sich ab.

Graziella drehte sie zu sich um. Der schwere purpurfarbene Umhang war vor Kälte steif. Ein Wunder, wie Eleonore es immer wieder schaffte, in den kältesten Nächten des Jahres nach draussen zu ihrem gesegneten Platz zu pilgern. Was trieb sie um? Warum klammerte sie sich so an ihren Schwiegervater und blendete ihren verstorbenen Sohn vollkommen aus? «Wir lassen dich hier nicht mehr weg, nicht, bevor du uns gesagt hast, was los ist. Deine Zeremonien sind doch bloss Ablenkung.»

«Die Wahrheit, meine Lieben, wird uns in sechs Tagen offenbart.»

8. Februar 1961, zwanzig Minuten nach acht, abends

«Gehen wir an die Bar?»

«Du solltest ins Bett.»

«Ich habe Ferien. Ihr habt mir versprochen, ich dürfe dann länger aufbleiben.» Camilla schlug mit ihrem rechten Fuss gehässig auf den Klinkerboden. Sie wusste genau, dass weder Mami noch Baba auf ein derartiges Verhalten von ihr eingingen. Aber manchmal hatte Camilla einfach genug von dieser Strenge. Ihre Eltern waren lieb, ausser Zweifel. Wenn sie bloss die Leine etwas gelockert hätten. Baba war grosszügiger als Mami, aber Baba hörte auf sie. Und wenn Mami etwas verbot, galt es. «Du willst doch in die ‹Höll›, darf ich dich wenigstens begleiten?» Letzter Versuch.

«Das ist ein Spiellokal. Kinder haben keinen Zutritt.»

«Ich möchte endlich erwachsen werden. Kindsein ist manchmal zu anstrengend. Immer werden die spannenden Dinge untersagt.» Camilla überlegte. «Wir könnten nach draussen gehen und einen Schneemann bauen.»

«Es ist zu kalt», sagte Baba. «Zehn Grad im Minus. Es reicht, wenn wir morgen spazieren gehen.»

«Ich will aber Ski fahren.»

«Ach, Herzchen.» Mami zog sie an sich. «Alles zu seiner Zeit. Wir werden eine ganze Woche auf dem Berg sein. Morgen ist Schmutziger Donnerstag. Wir wollten uns doch nach einem passenden Kostüm umschauen.»

«Ich will aber kein Kostüm, nicht so eines, in dem ich mich nicht bewegen darf. Warum hast du das Indianergewand nicht eingepackt?»

«Du bist aus ihm herausgewachsen.»

«Ich will nicht an die Fasnacht. Ich möchte Ski fahren.»

«Wie wäre es mit einer Runde Eile mit Weile?» Baba versuchte alles, um Camilla den Abend zu versüssen. Sie war müde und wollte es nicht zugeben.

«Das ist langweilig», meckerte sie. «Zudem lässt du mich *nie* gewinnen.»

«Wir hätten es uns überlegen sollen, bevor wir in diesem Luxushotel abstiegen», bemerkte Mami.

«Das nächste Mal buchen wir im Hotel Bellevue.» Baba musste sich beherrschen, um nicht laut zu werden. Camilla sah es ihm an. «Dort gibt es die legendäre ‹Bratöfeliterrasse›. Im Verlauf der Woche können wir dort hingehen. Die leckersten Cervelats werden im Ofen gebraten.»

Sie wurde abgelenkt, als Herr Unbekannt an ihr vorbeihinkte. Offensichtlich hatte er sich eine Zerrung eingehandelt, als er von den Matratzen fiel. Geschah ihm recht.

«Mein Vater sagte, ihr wolltet uns das Zimmer wegnehmen.»

«Stimmt nicht. Ihr habt uns das Zimmer weggenommen. Wir waren zuerst da.»

«Ha, gegen meinen Vater kommt niemand an.»

«Dann kennst du meinen Vater nicht. Er arbeitet bei der Post. Wenn er es will, bekommt eure Familie keine Briefe mehr.»

«Du blöde Kuh …»

«Wer war das?» Mami zog Camilla am Arm.

«Der dumme Junge, der mich im Keller eingeschlossen hat. Aber das weisst du doch.»

Mami schien zerstreut. «Vielleicht solltest du dich mit ihm anfreunden. Du könntest mit ihm spielen.»

«Nein, will ich nicht.» Camilla legte ihren Kopf an Mamis Seite. «Darf ich mich noch etwas umsehen?»

«Was meinst du, Christophe?» Mami folgte Baba in Richtung Aufzug. «Wir könnten uns an die Bar setzen, und Camilla hätte Zeit, das Hotel zu erkunden.» Sie sah an sich hinab. «Ich kann jetzt nicht gleich ins Zimmer, nachdem ich mir solche Mühe mit dem Anziehen gegeben habe.» Mami war leicht beschwipst, sonst hätte sie dies nie gesagt. Sie lächelte ertappt.

Baba drehte sich um, sah Camilla, die innerlich jubilierte, forsch an. «Einverstanden.» Er zeigte auf die grosse runde Uhr über dem Empfangstresen. «Um neun ist aber Schluss. Dann bist du zurück, und wir gehen ins Zimmer. Es war ein langer Tag.»

Nach dem Essen begaben sich die Hotelgäste zu den Bars, den Teesalons oder zu den Fauteuils mit den niedrigen Tischen, wo Zigarren geraucht wurden. Camilla hüpfte von einem Saal in den anderen, kam aus dem Staunen nicht heraus. Alles hier war so edel, ein Märchenschloss, von dessen Fenstern aus man den Sternenhimmel sah.

Ein Schatten an der Wand lenkte sie ab. Ein herrenloser kleiner Hund beschnupperte den Teppichrand. Camilla vergass, wo sie sich befand. Sie sah nur mehr den Hund mit dem roten Halsband, der auf einmal von der Bildfläche verschwand.

Neben dem Lift führte eine Treppe nach unten. Ob sie im Keller endete? War der kleine Hund dort hinuntergerannt? Spärliches Licht flackerte von den Wänden, an denen Bilder von der Rigi hingen. Das Felsentor, von dem Baba erzählt hatte, von den gigantischen Steinblöcken, die übereinandergeschichtet bei Romiti in den Himmel ragten, vom Känzeli, von wo aus man einen grossen Teil des Vierwaldstättersees sah. Der Teppich verschluckte die Laute. Camilla sah sich um. Niemand folgte ihr. Auch der kleine Hund war nicht zurückgekommen. Ob sie den Heizer antreffen würde? Bestimmt arbeitete er noch immer, besorgt darum, die Kohle in den Ofen zu schieben.

Ein Geräusch schreckte sie auf. Sicher war das der Hund. «Na, du Kleiner, mir entkommst du diesmal nicht.» Es war kein Hund. Der Schatten war gewachsen. Eine optische Täuschung? Camilla suchte nach einer Nische, in der sie sich verstecken konnte. Sie fand sie hinter einer Kommode, die den Durchgang zum Kellerkorridor zierte.

Jemand betrat das Untergeschoss. Ein Mann. Unter seinen Arm hatte er einen Packen Zeitungen geklemmt. Als sich Camilla sicher war, von ihm nicht bemerkt zu werden, folgte sie ihm, hoffte dabei, auf den Hund zu treffen. Der arme Kerl hatte sich verirrt. Der Mann verschwand im Putzraum, dort, wo die alten Matratzen lagen.

Camilla schlich an der Tür vorbei Richtung Heizungsraum. Die Tür war geschlossen. Camilla klopfte.

«Was tust du da?»

Sie fuhr erschrocken herum.

Der fremde Mann stand plötzlich hinter ihr. «Du solltest nicht hier sein. Das ist gefährlich für kleine Mädchen. Wie leicht könntest du dich im Keller verirren. In der Wäscherei zum Beispiel, wo die Wäscherinnen mit Lauge waschen.»

«Ich … ich suche einen kleinen Hund mit einem roten Halsband. Er muss sich verlaufen haben. Haben Sie ihn gesehen?»

«Hier unten ist kein Hund. Es gibt höchstens Ratten. Vor allem im Sommer. Im Winter liegen sie tot im Abflussrohr. Geh nach oben.»

Camilla brachte keinen Laut mehr heraus. Sie fürchtete sich vor dem Mann.

«Keine Angst. Ich arbeite im Hotel. Willst du mit eigenen Augen sehen, was ich mache?» Er kam näher. «Ich bin der Kellermeister.»

Camilla wich ihm aus. Mami und Baba hatten ihr verboten, mit fremden Männern zu reden. Sie suchte fieberhaft nach der Treppe, die hinauf in die Hotelhalle führte. «Was ist ein Kellermeister?», fragte sie in ihrer Panik.

«Ich führe die Weinkellerei, hole Nachschub, wenn an der Bar oder im Restaurant die Getränke fehlen. Ich fülle das Lager auf, bin besorgt, dass es unseren Gästen nicht an guten Tropfen fehlt.»

Camilla rannte an ihm vorbei. Der Geruch nach Alkohol streifte ihre Nase. Kellermeister, dachte sie, man kann es riechen.

«Warte!» Der Mann folgte ihr. «Soll ich dir den Weinkeller zeigen?»

«Nein danke.» Camilla zögerte. «Was hatten Sie im Putzraum zu suchen?»

Schweigen. Dann ein Husten. «Du freche Rotznase. Das geht dich nichts an.»

NEUN

Das Déjà-vu. Ein Film, der rückwärtsspulte, an die Anfänge ihrer Zeit in Schwyz. Die Begegnung mit Jole von Reding, der Staatsanwältin, die auf dem SSB das Büro besetzt hatte, in dem heute Zanetti arbeitete. Dort lag ihr Teppich als letzte Spur. Von Reding, die versucht hatte, Valérie unter ihre Fittiche zu nehmen. Das Haus an der Herrengasse, die wilden Orgien im Theaterraum, die diese veranstaltet hatte. Rot leuchtende Vorhänge in schwülstigem Ambiente. Valérie stand vor dem schmiedeeisernen Tor, und es war ihr, als sollte sie nicht auf den Weg dahinter, weder über die Treppe noch zum Eingang gelangen. Etwas bremste sie. Sie verharrte, wie zur Salzsäule erstarrt, während ihr Blick an den Mansardenfenstern hing. Hinter einem dieser Fenster hatte sie halluziniert, ausgelöst durch die seltsame Stimmung, die damals geherrscht hatte.

Sie hatte sich zweimal vergewissern müssen, ob sie an der richtigen Adresse war. Jole von Redings Herrenhaus, das diese geerbt und für sich hatte renovieren lassen, war nicht mehr in deren Besitz. An der einst leeren Stelle war ein Schild angebracht. In schwarzen Buchstaben auf einer Messingtafel: «Dr. med. Svetlana Wille». Sie war Fachärztin für Neurologie und befasste sich mit Störungen des Nervensystems und der Muskulatur, behandelte Patienten mit Schlaganfall, Multipler Sklerose, Hirntumor und Nervenentzündungen. Sie war vor drei Jahren hierhergezogen, nachdem von Reding das Anwesen an den Kanton verkauft hatte. Valérie hatte es erst gestern erfahren aufgrund einer eingehenden Recherche über die Ärztin. Bevor Svetlana Wille ihre eigene Praxis in Schwyz eröffnet hatte, hatte sie in einer Gemeinschaftspraxis in Zürich gearbeitet. Die Wege zwischen ihr und Justus Maibach mussten sich dort gekreuzt haben. Valérie wusste über den damaligen Fall nur gerade das, was in den Medien publik geworden war.

Sie gelangte über einen schmalen Weg zum Tor, welches sie

aufstossen musste. Früher hatte es sich von allein geöffnet. Valérie schritt über einen asphaltierten Weg. Die Kieselsteine, die sie in Erinnerung hatte, waren weg. Die blätterlosen Pappeln auf beiden Seiten streckten sich wie Skelette in den Himmel. Die Treppe vor ihr, die sich beidseitig zu einem erhöhten Eingang schwang, die eindrückliche Tür aber – alles noch da. Valérie meldete ihren Besuch mit dem Messingklopfer an. Eine junge Frau bat sie herein.

«Mein Name ist Valérie Lehmann. Ich habe mich mit Frau Dr. Wille verabredet.» An Valérie Zanetti müsste sie sich gewöhnen, sollte sie je einmal Zanettis Frau werden. Oder Bender. Doch ihr lediger Name war fast noch mehr von tragischen Ereignissen behaftet als Lehmann. Bender als Synonym für einen Vater, der sie missbraucht hatte.

«Sie erwartet Sie. Bitte folgen Sie mir.»

Valérie legte den Kopf in den Nacken. An der Decke hing noch immer der schwere Lüster. Der blaue Teppich auf der breiten Treppe, die sich auf halber Höhe verzweigte, fehlte. Er hatte einem braunen Läufer Platz gemacht. Auch Aphrodite und Eros – die Gipsstatuen – waren weg. Das Plätschern des Brunnens hingegen beruhigte nach wie vor.

Auf dem ersten Stock waren einige Veränderungen vorgenommen worden. Wo früher von Redings Salon gelegen hatte, befand sich jetzt ein Büro. Es wirkte kühl, fast steril und roch nach Medizin. Valérie setzte sich auf einen schweren Besucherstuhl. Der Blick nach draussen war nicht durch Rosen verwehrt. Kein Hauch mehr von der kleinen Staatsanwältin mit der grossen Präsenz.

Jole von Reding. Sie war sang-, klang- und spurlos verschwunden.

Die Frau unter dem Türrahmen trug einen weissen Arztkittel über eine schwarze Hose. «Frau Lehmann?» Sie kam ausholenden Schrittes auf sie zu. «Danke, dass Sie so schnell hierhergefunden haben.»

«*Ich* habe zu danken.»

Svetlana Wille liess sich auf ihrem Bürostuhl nieder. Sie verschwand beinahe hinter dem Pult. Sie war eine grazile Erscheinung, fast unscheinbar mit ihrem blassen Gesicht. Eine Frau, die man erst auf den zweiten Blick wahrnahm. Sie hatte die Haare spitzbübisch kurz geschnitten. Ihre grünbraunen Augen standen eng beieinander.

«Sie wollten über Justus Maibach sprechen?» Valérie besah sich am Schrank ein Plakat mit dem menschlichen Körper, auf dem die Arterien, Adern und Nerven eingezeichnet waren, ein komplexes System feiner Verästelungen.

«Ich hatte längst mit einer Vorladung gerechnet. Wenn Sie den Namen Maibach in den Computer eintippen, muss mein Name zuoberst in der Suchmaschine erscheinen. Es sind zwar drei Jahre her, aber dieser schwarze Fleck in seiner Agenda bin ich.» Sie lächelte bitter.

«Sie täuschen sich.» Valérie überlegte, wer ihr von Dr. Wille im Zusammenhang mit Maibach erzählt hatte, und erinnerte sich, dass dies Tomaso Cavadini vom Fahndungsdienst gewesen war.

«Es ist so ein Gefühl.» Svetlana Wille schob einen Schreibstift von einer Hand zur anderen. «Wahrscheinlich bin ich dazu prädestiniert, im Kopf der Presse zu bleiben.»

«Dann haben Sie die ganze Angelegenheit mitverfolgt?»

«Nun, viel stand nicht in der Zeitung. Ausser im Boulevardblatt. Aber dort wird immer spekuliert. Dort werden aus Mücken Elefanten gemacht. Nichts Neues.»

«Wie in Ihrem Fall.» Valérie beobachtete die Ärztin, die ihr Gesicht abwandte. «Es wundert mich, dass Sie damals mit den Medien kooperiert haben.»

«Glauben Sie mir, es lag nicht in meinem Bestreben, mich dermassen zu demaskieren. Aber dieser Hundesohn von Anwalt verbreitete so viele Lügen über mich, dass ich kontern *musste* … auch öffentlich.» Svetlana Wille sah Valérie wieder an. «Ich hatte einen schweren Stand. Eine kleine Ärztin aus Russland gegen ein alteingesessenes Anwaltsgeschlecht … da hat unsereins nichts zu bestellen.»

«Er hat Ihnen aus einem Dilemma geholfen.» Valérie war gespannt auf ihre Ausführungen. «Das Problem war anfänglich nicht der Anwalt, sondern der Kanton, der eine längere Aufenthaltsbewilligung für Ihre Eltern ablehnte.»

«Mein grösster Fehler war es, einen Schweizer zu heiraten. Hätte mich ein Deutscher geehelicht, wären mir diese Erniedrigungen erspart geblieben. Vieles, was mit Migration zu tun hat, auch aus Ländern ausserhalb der Europäischen Union, wird in Deutschland unbürokratischer gehandhabt.»

«Wir haben Gesetze», hielt Valérie dagegen.

Svetlana Wille hob die Augenbrauen. «Und Bedingungen, die nicht verhandelbar sind. Oftmals menschenunwürdige …»

Ein kniffliges Thema. «Mögen Sie über Ihren Fall sprechen?»

«Ich wäre sonst nicht bereit gewesen, Ihnen zu helfen. Heute bin ich darüber hinweg. Meine Eltern sind hier in der Schweiz. Endlich leben sie bei mir. Es war ein langer Weg. Der Nachzug war mühsam. Bis es so weit war, musste das Kontingent für die Einreise bei jedem Besuch erneuert werden. Selbst die Tatsache, dass meine Eltern die Aufsicht und zu einem Teil auch die Erziehung meiner Kinder übernehmen, hat für eine längere Aufenthaltsbewilligung nicht gereicht. Ich arbeite achtzig Prozent auf meinem Beruf. Die restlichen zwanzig Prozent teile ich auf mit Kinderbetreuung, die freiwillige Pflege einer Bekannten aus dem Nachbardorf und die Mitarbeit auf dem Hof meines Mannes. Er ist Bauer, jedoch durch einen Unfall gesundheitlich angeschlagen. Drei Monate hier, drei Monate in Russland, dann wieder drei Monate hier … dieses ewige Hin und Her ging meinen Eltern an die Substanz. Zudem wurde meine Mutter schwer krank. Ich konnte sie nicht allein lassen. Mein Vater stemmte dies nicht. Verwandte haben sie keine, ausser mir.»

«Dann kam Ihnen Justus Maibach in den Sinn.»

«Er wurde mir empfohlen. Wir waren uns gleich sympathisch. Er war charmant … am Anfang. Er meinte, mein Fall würde ihn reizen. Also, mein Kampf für den Familiennachzug. Ich wusste damals nicht, dass es eigentlich nicht sein Spezialgebiet war. Aber er hatte versierte Anwälte in der Kanzlei. Ich erklärte ihm, sein Honorar nicht auf Anhieb begleichen zu können. Er versicherte mir, gemeinsam eine Möglichkeit zu finden, um es in Raten abzubezahlen. Mein Mann und ich hatten alles durchgerechnet. Irgendwie musste es gehen. Der Bauernhof wirft nicht viel ab. Wir haben einen Mitarbeiter. Ohne ihn ginge es nicht. Dann musste mein Mann erneut ins Spital. Ich brauchte eine Haushälterin für die Kinder, weil sich die Migration meiner Eltern verzögerte. Meine Praxis hier, unser Haus, für meine Eltern die Wohnung, die ich für ihren Aufenthalt gemietet hatte, alles hatte seinen Preis. Ich geriet kurzfristig in Geldnöte. Für Maibach musste es plötzlich eilen. Er wollte das Honorar.»

«Sie hatten keinen Vertrag, der die Akontozahlung des Honorars regelte?»

«Leider nein. Mich plagten andere Probleme. Ich verliess mich auf sein Wort.»

Eher blauäugig, dachte Valérie. «Hat er Sie bedrängt?»

«Er lud mich zu sich in die Kanzlei ein und schlug mir vor, den Ausstand materiell zu begleichen.»

«Was bedeutete das für Sie?»

«Ihm Gemüse und Schweinefleisch gratis abzugeben … Materielles eben.»

«Und das akzeptierte er nicht.»

«Er wollte meinen Körper.» Svetlana Wille senkte den Blick. «Ich habe mich gewehrt. Das trieb ihn an. Er brauchte Gewalt. Ich hatte keine Chance.»

«Und Sie haben das einfach akzeptiert?»

«Nein, nichts habe ich akzeptiert. Aber man wehrt sich, wenn man kann. Der Ekel ist geblieben …»

«Was geschah dann?» Valérie hatte viele solcher Szenarien durchgemacht. Frauen wurden vergewaltigt. Sie waren Opfer, ein Leben lang. Man musste sie therapieren, um ihnen die Angst zu nehmen und die Selbstachtung wiederzugeben.

«Ich habe ihn angezeigt. Dann begann das Spiessrutenlaufen. Eines Tages stand eine ganze Armada von Journalisten auf unserem Bauernhof. Maibach musste sie aufgehetzt haben. Plötzlich war das Thema, für welches ich ihn zu Hilfe gezogen hatte, Grund, meine ganze Familie zu denunzieren. Wir wurden beschimpft und als nicht erwünschte Ausländer verpönt. Auch die

Kinder bekamen diese Feindseligkeit in der Schule zu spüren, obwohl sie hier geboren sind. Durch ihre Adern mag zur Hälfte russisches Blut fliessen, aber ihre Heimat ist die Schweiz. Für weitere und vor allem faire Anwälte reichte das Geld nicht. Ich gab auf.»

Grund genug, um einen wie Justus Maibach zu beseitigen. Aber warum hatte sie so lange darauf gewartet? «Wie reagierte Ihr Mann?»

«Ich habe es ihm nie gesagt.»

Valérie fehlten die Worte.

«Sie denken sicher über ein Motiv nach.» Svetlana Wille lächelte ein wenig. «Ich hätte mindestens eines gehabt, Maibach umzubringen. Aber», sie machte eine Pause, «es ist nicht sicher, ob auch er ermordet wurde.»

Woher hatte Svetlana Wille dieses Wissen? «Ich brauche Ihr Alibi für den Zeitpunkt seines Todes.»

«Wann genau?»

«In der Nacht vom 21. auf den 22. Dezember.»

«Ich war zu Hause. Ich habe im Kreis meiner Familie Weihnachtsbiskuits gebacken. Meine Kinder haben es sich gewünscht. Am 24. Dezember feierten wir sogar den Heiligabend, anders als in Russland. Dort, wo ich herkomme, zelebrieren wir Weihnachten und Silvester zusammen. Am letzten Abend des Jahres kommt ‹Ded Moroz›, übersetzt ‹Väterchen Frost›, zu uns. Dann gibt es traditionell die leckeren gefüllten Teigtaschen. Wir nennen sie ‹Pelmeni›. Mit Schweinefleisch schmecken sie am besten.»

«Wo waren Sie am Morgen des 23. Dezembers zwischen sieben und acht Uhr?»

Svetlana Wille schenkte ihr ein erneutes Lächeln. «Auf unserem Hof in Steinen. Meine Eltern und mein Mann können es bezeugen. Ich musste zwei Schweine für den Transport zum Metzger vorbereiten. Um acht Uhr fuhr ich mit unserem Traktor los.»

«Und am Sonntagabend?» Valérie würde alles überprüfen müssen. Sich Svetlana Wille auf dem Traktor vorzustellen, fiel ihr plötzlich leicht. Vor ihr sass eine Frau, die alle Register in ihrem Leben zog. Sie hatte Willensstärke. Andererseits täuschte sie mit diesem Zug über ihre Schwäche hinweg. Vielleicht sah es in ihrem Innern anders aus. Aber sie hatte gelernt, das Böse, das man ihr angetan hatte, zu verdrängen. Als Frau arbeitete sie bis zur Erschöpfung, schob Unerfreuliches weg. Sie repräsentierte Stärke an der Schnittstelle zum Zusammenbruch. Man konnte sie anzapfen wie eine Energiequelle.

«Am Weihnachtstag hatte ich frei. Ich war mit meiner Familie zusammen.»

Valérie kehrte zurück aus ihren Gedanken. «Sie boten mir Ihre Hilfe an.»

«Schauen Sie genau hin. Werfen Sie einen Blick hinter die Kulisse der Maibachs. Sie werden Erstaunliches finden. Denn nichts ist so, wie es scheint.»

***

«Ist es A oder B?» Fabia sah über die Strasse in der Nähe des Zürichsees. Freienbach, ein Steuerparadies. Hier wohnten die Leute, unter denen einige in Zürich arbeiteten und abends zurück in den Kanton Schwyz pendelten. Ein Quartier mit Reihenhäusern, alle ähnlich gebaut, mit verschiedenfarbigen Türen wie moderne Waben.

«35 B.» Als Louis ausatmete, bildete sich ein dichter Nebel vor seinem Gesicht. «Ein Doppeleinfamilienhaus.»

Drei Etagen, ein Balkon auf die Südseite, unter dem Betonschrägdach ein Mansardenfenster, das an einen Schiffskamin erinnerte. «Eine Geschmacksverirrung», fand Fabia und betätigte die angebrachte Klingel neben dem Eingang, wo ein mit Lichterketten geschmückter Weihnachtsbaum stand. An den Fenstern hingen beleuchtete Engel. Neben einer Mülltonne räkelte sich eine Katze. Sie hatte sich ein trockenes Plätzchen ausgesucht.

Die Tür schwang auf, und Alexa Lauper baute sich vor den Polizisten auf. Sie passte nicht ins Klischee einer betuchten Anwaltsgattin. War unscheinbar, fast bieder in ihrem schwarzen Kleid. «Ja?»

Louis wies sich aus. «Leutnant Louis Camenzind, meine Kollegin Leutnant Fabia Ulrich.»

«Leutnant ... Das klingt wie im Militär.» Sie schmunzelte vielsagend. «Mein Mann ist nicht zu Hause.»

«Wir würden gern mit Ihnen sprechen.»

«Mit mir?» Alexa Lauper liess ihre Augäpfel wie Tennisbälle von Louis zu Fabia hüpfen.

«Es dauert nicht lange», sagte Louis.

«Dürfen Sie das?»

Fabia kramte den richterlichen Beschluss aus der Tasche. Eine rein prophylaktische Massnahme. Louis und sie hatten schon allerhand erlebt. Und bei den Anwälten, hiess es, musste man mit allem rechnen. «Es hat alles seine Richtigkeit. Ist es okay, wenn wir reinkommen?»

«Wenn's sein muss.» Alexa Lauper gab sich nicht gerade gastfreundlich. Mit der einen Hand hielt sie die Tür auf, mit der anderen strich sie sich über den Bauch, eine typische Geste, wenn eine Frau schwanger war. Bei Alexa Lauper war nichts zu sehen als das weite Kleid, in dem sie zweimal Platz gefunden hätte. «Mir geht's nicht gut», klagte sie. «Heute musste ich mich bereits viermal übergeben.» Es schien, als hätte sie ein grosses Bedürfnis, sich mitzuteilen.

«Es wird besser.» Fabia schenkte ihr ein wissendes Lächeln. «Ab dem vierten Monat beginnt die freudvolle Zeit, glauben Sie mir.»

«Ich darf mich nicht aufregen. Ich habe, unter uns gesagt», ihre Stimme war so leise, dass Fabia ihr die Sätze von den Lippen lesen musste, «bereits eine Verschüttung hinter mir.» Alexa Lauper ging voraus in ein freundliches Wohnzimmer, in dem die Farbe Gelb dominierte. Tapeten, Sofas, selbst der Teppich und zwei Bilder erstrahlten in einer positiven Kolorierung. Dagegen wirkte die Dame des Hauses wie die Faust aufs Auge. Sie liess sich sachte auf einem Stuhl nieder. «Worum geht's eigentlich?»

«Wir würden gern Ihre Aussage wegen des Unfalls Ihres Gastgebers protokollieren.» Louis machte kein grosses Federlesen. «Erzählen Sie uns, wie Sie den Abend vor Justus Maibachs Verschwinden erlebt haben. Ging etwas voraus, was ungewöhnlich war?»

«Die ganze Familie ist ungewöhnlich.» Die Antwort folgte schnell, ein wenig unüberlegt. «Bitte verstehen Sie mich nicht falsch. Ich war dagegen, als Leonardo damit kam, die Maibachs hätten uns in ihr Berghaus eingeladen. Ich hatte echt keine Lust, mich in die Familie zu drängen, schon gar nicht über die Weihnachtstage. Aber Leonardo meinte, es hänge viel davon ab.»

«Die Partnerschaft?» Louis warf Fabia einen Blick zu und hob eine Augenbraue.

«Dann wissen Sie es also. Ja, das war einer von vielen Gründen. Leonardo war seinem Chef auf Gedeih und Verderb hörig. Wenn Justus etwas von ihm wollte, stand er ihm immer gleich zur Verfügung.»

«Das löste in Ihnen negative Gefühle aus?» Fabia überlegte, sie würde nur mit solchen Fragen ans Ziel kommen. Sie hatte Alexa Lauper schnell eingeschätzt. Einfach gestrickt, altbacken hätte sie es genannt, wäre sie danach gefragt worden. Auf eine Art schüchtern, vorsichtig, fast ängstlich.

«Als ich mein Kind verlor, war Leonardo auf Geschäftsreise in Singapur. Später stellte sich heraus, dass es nicht explizit eine Geschäftsreise war, sondern eine Art Belohnung für ein besonderes Engagement. Sie waren zum Vergnügen dort. Maibach nannte es Teambildung. Für mich war es Ködern.»

«Was heisst das?», fragte Louis.

«Justus lockte auch andere Mitarbeiter mit solchen Reisen als Ausgleich für die vielen Überstunden. Singapur als Sündenpfuhl, wo sie sich von Asiatinnen verwöhnen liessen. Leonardo stritt es zwar ab, aber eine Frau riecht so etwas. Ich hatte ihn gebeten, nicht mitzugehen. Leonardo tat es trotzdem, liess mich in den schlimmsten Stunden meines Lebens einfach allein.»

«Erlauben Sie mir die Frage, in welchem Schwangerschaftsmonat das war?» Fabia empfand tiefstes Mitgefühl mit der Frau.

«Anfang fünfter ... Ich hatte heftige Krämpfe.» Alexa Lauper schluchzte heftig. «Furchtbar ... Es war noch nicht sehr gross, aber man konnte deutlich erkennen, dass es ein Mensch war ...»

Sie schlug die Hände vors Gesicht. «Ich sollte mich nicht aufregen.» Sie schnappte nach Luft.

Fabia schluckte leer. Jetzt wurde es intim. Sie versuchte, Alexa Lauper zu beruhigen. «Atmen Sie.»

«Nach der Fehlgeburt fiel ich in ein Loch. Glauben Sie, Justus hätte sich einmal nach meinem Befinden erkundigt?»

Fabia liess die Sätze nachwirken. Vielleicht war das ein Motiv. Die zutiefst enttäuschte Frau, die Justus Maibach für ihre Fehlgeburt verantwortlich machte. Und alle, die mit ihm zu tun hatten. «Wo befanden Sie sich in der Nacht auf den 22. Dezember?»

«Was?» Alexa Lauper sah Fabia durch tränennasse Augen an.

Fabia wiederholte die Frage.

«Ich hielt mich die ganze Zeit bei Eleonore Maibach mit Graziella, Emma und Malika im Wald auf. Nicht meine Sache, so ein Ritual. Ich befürchtete, es könnte meinem Kind nicht guttun. Als wir zurück waren, ging ich gleich zu Bett. Ich fühlte mich wie heute unpässlich.»

Fabia erinnerte sich nicht daran, im Rapport davon etwas gelesen zu haben. «Wie war das am nächsten Tag?»

«Graziella vermutete ihren Mann auf einem Streifzug durch die Gegend, wohingegen Basil darauf bestand, die Polizei zu informieren.»

Hier stimmte die Aussage mit dem Rest der Zeugen überein. «Erinnern Sie sich an Unstimmigkeiten zwischen Ihrem Mann und Justus Maibach?»

«Nein. Leonardo zog bei dem immer den Schwanz ein.»

Fabia wunderte sich über diese Aussage. Entweder war Alexa Lauper von ihrem Mann enttäuscht, oder die Hormone spielten verrückt. Sie erinnerte sich an ihre eigene letzte Schwangerschaft. Oft war Fabia himmelhochjauchzend gewesen, dann wieder zu Tode betrübt, eine Phase, in der sie Michael den Hals hätte umdrehen können. Hatte Alexa Lauper bei Justus Maibach nachgeholfen? Andererseits mochte Fabia nicht, sich einen alleinigen nächtlichen Ausflug von ihr vorzustellen.

«Sie erzählten», mischte sich Louis ins Gespräch, «von der Fehlgeburt. Ist jetzt alles in Ordnung?»

Fabia lachte auf den Stockzähnen. Ihr Kollege musste ein Gehör wie eine Fledermaus haben. Ihm entging wohl nichts. Auch wenn Louis in vielerlei Hinsicht als grobschlächtig galt; wenn es um seelische Befindlichkeiten ging, zeigte er sich von der sanften Seite. Ein kurzer Gedanke an Carla. Sie hatte ihn nicht verdient.

«Bislang verläuft alles in geordneten Bahnen ... also so, wie es scin muss.» Alexa Laupers Gesicht hellte sich auf.

«Haben Sie Hilfe?»

«Mein Mann.»

«Ihr Mann?» Louis wechselte einen Blick mit Fabia.

«Er hat sich gebessert», sagte Alexa Lauper. «Der Verlust unseres ersten Kindes hat ihn getroffen.»

«Und wenn er nicht da ist?»

«Dann kommt meine Mutter zu uns. Sie wohnt schon fast bei uns. Ich stehe rund um die Uhr unter Obhut.» Alexa Lauper lächelte verzerrt.

«Unter Beobachtung ... Und Ihr Vater?», fragte Fabia.

«Ich habe keinen Vater. Er starb, als ich zwei Jahre alt war.»

«Noch eine Frage: Wo befindet sich Ihr Mann zurzeit?»

«Wahrscheinlich in seinem Büro. Wir wollten über die Feiertage auf Rigi Scheidegg bleiben. Die Umstände haben unsere ... Leonardos Pläne über den Haufen geworfen. Soviel ich weiss, arbeitet er an seinen Pendenzen ... hat er zumindest so gesagt.»

Sie waren keinen Schritt weiter. Auch die Frage nach ihrem Verbleib am Morgen des 23. und am Abend des 25. Dezembers konnte Alexa Lauper, ohne zu zögern, beantworten. Sie und ihr Mann waren vor dem Heiligabend nach Freienbach zurückgekehrt. Das Alibi wurde später von ihrer unmittelbaren Nachbarschaft bestätigt.

***

Caminada hatte Valérie nach Schindellegi beordert. Man hatte den Unfallwagen endlich gefunden. Nun befand er sich bei der Kriminaltechnik. Ein schwarzer Tesla, der bei «Mobile-Fast» im Sortiment stand. Einer von Schulers Männern war dabei, Fingerabdrücke mit Plastikfolie, Pulver und Tape im Wageninnern abzunehmen. Valérie hatte grossen Respekt vor dieser Aufgabe. Schweigend umkreiste sie den Tesla und besah sich vor allem die linke Vorderseite. Infolge des wuchtigen Aufpralls war nicht nur die fast konisch zulaufende Lampe beschädigt, sondern auch die Karosserie. Glas- und Farbsplitter, die man bei der Obduktion bei Andrea Borkowski und am Unfallplatz gefunden hatte. Noch kannte Valérie die Übereinstimmung nicht, aber es war nur eine Frage der Zeit, bis sie entsprechenden Rapport in der Hand hielt. Gemäss Vermieterin war der Wagen am Mittag des 22. Dezembers am Wesemlinrain in Luzern übernommen worden und danach nicht wieder aufgetaucht, bis heute Morgen, wo man ihn in einem Waldabschnitt Richtung Sonnenberg gefunden hatte. Spaziergängern war der beschädigte Wagen aufgefallen, und sie hatten es sofort der Polizei gemeldet. Wegen der Vermutung, es könnte sich um den Unfallwagen handeln, war er nach Absprache mit der Kantonspolizei Luzern zum KTD Schwyz gebracht worden.

Ein Neumitglied habe ihn gemietet, wusste Valérie, Kurt Meier. Ein Allerweltsname. Über zweihundertzwanzig Einträge allein im Telefonbuch. Bezahlt über eine Swiss Bankers Travel Card. Mehr war nicht bekannt. Valérie hatte Zanetti darüber informiert, damit er den richterlichen Beschluss anforderte. Wenn sie Glück hatten, würden die Resultate in vierundzwanzig Stunden eintreffen.

In Luzern gemietet, in Kriens abgestellt. Der flüchtige Fahrer wohnte wahrscheinlich in diesem Umkreis. Valérie schrieb die Adressen der in Frage kommenden Meiers heraus und ging akribisch die digitalisierten Informationen auf ihrem iPhone über die Polizei-App durch. Im Vorstrafenregister war niemand mit einem solchen Namen vermerkt.

«Valérie!» Die Stimme kam von rechts, wo die Garagenausfahrt lag.

Valérie wandte sich um und sah dem Chef des KTD direkt ins Gesicht. «Franz, ich wollte gerade zu dir.»

Er war wortkarg wie immer. Sein geschniegelter Anzug mit Hemd und Krawatte erschien ihr wie eine Barriere.

«Wolltest du mir etwas mitteilen?»

«Ich weiss nicht, ob es dich freut.» Schuler blieb distanziert. «Auf dem Rohr von der Baustelle befindet sich eine Vielzahl von Fingerabdrücken.»

«Das war absehbar.»

«Wir haben sie mit der Datenbank abgeglichen und sind auf eine einzige Übereinstimmung gekommen. Es handelt sich dabei um einen Kleinkriminellen, der bis vor einem halben Jahr wegen wiederholten Diebstahls in Haft war. Im Rahmen einer Wiedereingliederung in die Arbeitswelt stellte ihn das Baugeschäft Linder ein.»

«Glaubst du, *er* war es?»

«Ich liefere dir die Fakten, die Schlüsse musst du daraus ziehen.»

Valérie notierte den Namen. Sie würde den Bauarbeiter vernehmen müssen, obwohl sie nicht an seine Schuld glaubte. Aber hier galten eigene Gesetze. Mit Bauchgefühl hatten sie nicht im Geringsten etwas zu tun. «Wann kann ich mit den Resultaten vom Tesla rechnen?» Sie zeigte auf den schwarzen Wagen, der innen und aussen unter die Lupe genommen wurde.

«Wir beeilen uns, wie immer.» Schuler machte kehrt und liess Valérie stehen.

Valérie verharrte ein paar Sekunden. Sie sah sich in der Garage um. Der Kriminaltechnische Dienst, dem zwölf Kriminaltechniker angehörten, war für die forensische Spurensicherung zuständig. Diese konnte einen Ereignishergang klären. Die Arbeiten waren nach nationaler wie auch internationaler Norm anerkannt. Valérie musste sich immer wieder ins Bewusstsein rufen, dass es Spezialisten waren, die Zeit brauchten, bevor sie Druck auf sie ausüben konnte.

Nun, sie hatte einiges zu erledigen, was genauso relevant war wie der Bericht des KTD. Sie checkte auf ihrem iPhone, ob Schuler ihr den Abschlussbericht über die Tatwaffe – das Rohr – geschickt hatte. Die Mail befand sich im Posteingang.

Valérie kehrte zu ihrem Wagen zurück, setzte sich hinters Lenkrad und startete den Motor. Sie fuhr vom Gelände und ordnete sich in den Verkehrsfluss auf der Einsiedlerstrasse ein. Noch lagen Schneereste vom letzten Wintersturm. Valérie betrachtete die schmutzigen Haufen am Strassenrand, diese graubraunen Berge, in denen Plastikflaschen und anderer Abfall lagen. Der Gehsteig war voller Kinder mit farbigen Plastikschlitten. Der Himmel über ihr dämmerte in einem gräulichen Ton. Es war erst vier.

Es passte zu Valéries momentaner Stimmung. Sie fand das Leben in seinen Grundzügen aussichtslos, ein ewiger Kampf um Gerechtigkeit und gegen das Böse. Der Mensch hatte sich nicht verändert. Er strebte nach Macht, nach Besitz und ging dafür über Leichen. Andererseits erreichte er Fortschritte in der Technologie oder in der Medizin – er selbst war auf dem Stand des Mittelalters stecken geblieben, unterentwickelt in der emotionalen Intelligenz, manchmal bloss triebgesteuert. Valérie drehte die Musik laut. Swiss Classic, ein Stück von Richard Wagner. Das Prélude von «Lohengrin». Schwermütig in seiner Ausführung. Friedrich Nietzsche hatte es als «blau, von opiatischer, narkotischer Wirkung» beschrieben. Genauso wie Valérie es wahrnahm. Sie versank in ihren Gedanken, in den Erinnerungen an ihre Kindheit und die Jugend, ans Studium in Rechtswissenschaften. Es stimmte sie melancholisch. Was wäre gewesen, wenn sie einen anderen Weg eingeschlagen hätte?

Sie fühlte sich festgefahren in ihrem Alltag als Polizistin. Immer die gleichen Schicksalsschläge, die es zu bewältigen galt. Sie durfte keine Gefühlsregungen zeigen, wenn sie den Hinterbliebenen entsetzliche Nachrichten überbrachte. Dabei hätte sie sich oft gern selbst angelehnt, geweint und ihren Emotionen freien Lauf gelassen. Immer musste sie stark sein, unverrückbar wie ein Fels in der Brandung.

Die Jahre bei der Kriminalpolizei hatten sie hart gemacht. Sie hatten einen Panzer um ihre Seele gelegt, den zu durchdringen nicht einmal Zanetti immer gelang. Das Weiche und Zärtliche hatte sie verloren. Nur manchmal, wenn ihre Psyche überlastet war, konnte sie weinen. Es war dann, als überliefe ein Fass oder ein Ventil hielte dem Druck nicht mehr stand. Mit ihren bald fünfzig Jahren sah sie auf ein Leben zurück, das ihr kleine Momente des Glücks beschert hatte. Sie hatte sich stets an diese geklammert, in der Meinung, sie würde sie festhalten können. Die Realität sah anders aus. Glück musste man sich erkämpfen, alles andere kam unvorbereitet und machte schliesslich dasjenige aus, was ihren Alltag bestimmte. Stark sein um jeden Preis, anders war vieles nicht zu ertragen. Zudem holte die Vergangenheit sie immer wieder ein, als hätte sie mit gewissen Dingen noch nicht abgeschlossen. Vielleicht musste sie es von dieser Seite betrachten. Es existierte etwas, das sie nicht verarbeitet, dem sie zu wenig Raum gelassen hatte.

Die letzten Klänge des Préludes verflüchtigten sich. Valérie schüttelte ihre abstrusen Gedanken ab. Sie war selbst schuld. Niemand hatte sie gezwungen, die Weihnachtsferien zu stornieren, sie hätte eine ruhige und erholsame Phase einschieben können. Sie hatte sich vorgedrängt, sogar Louis die Chance vermiest, die Ermittlungen zu leiten. Warum nur machte sie sich immer so unersetzlich?

Vor dem Abzweigen auf den Parkplatz beim Stützpunkt schnitt ihr ein Autofahrer den Weg ab. Valérie trat auf Kupplung und Bremspedal. Vollbremsung. Sie hatte kein Vortrittsrecht und bat mit einer Geste um Entschuldigung. Sie beobachtete den Fahrer, sah in dessen Gesicht und erstarrte.

***

Basil Maibach störte es nicht, an einem Dienstagnachmittag zwischen Weihnachten und Neujahr zu der verschobenen Befragung auf dem Polizeistützpunkt in Biberbrugg zu erscheinen, auch nicht, dass er deswegen das flüchtig vereinbarte Mittagessen mit einem guten Freund hatte absagen müssen. Dieser hatte es in der Vergangenheit auch nicht immer richten können. Selbst die Verschiebung eines zeitnah geplanten Gesprächs mit einem Mandanten lag ihm deswegen nicht auf dem Magen, noch weniger der Besuch bei der Dentalhygienikerin, obwohl sich diese über die kurzfristige Absage geärgert und ihm gedroht hatte, die nicht erbrachten Leistungen trotzdem in Rechnung zu stellen. Er wäre wegen des Termins extra von Rigi Scheidegg nach Schwyz gefahren. Nein, nervös machte ihn, von seiner Frau Emma nicht begleitet zu werden. Wieder einmal wurde sie von allem rausgehalten. Eine kurze kollektive Fragerunde mit Valérie Lehmann, das war's gewesen. Dabei hätte gerade Emma einen Grund gehabt, seinem Bruder etwas anzutun. Basil erinnerte sich an ihre versteckten Anschuldigungen. Sie hatte sich nie konkret dazu geäussert, aber er hatte Justus gekannt, den Bonvivant und Frauenheld, der vor keinem Rockzipfel Halt gemacht hatte. Jedermann hatte grosszügig darüber hinweggesehen, und Basil hatte sich deswegen einen Streit mit Justus nicht leisten können. Schon seines Vaters wegen nicht. Maibach senior hatte zeitlebens nichts auf seinen Ältesten kommen lassen.

Basil ging zum Empfang, wo er sich mit seinem Namen eintragen musste. Eine junge Polizistin holte ihn ab und brachte ihn durch endlose Korridore in ein Vernehmungszimmer. Wie oft war Basil hier gewesen, als Anwalt eines Mandanten, in Anwesenheit des Staatsanwalts und eines Polizisten. Dass er privat hier sitzen würde, hätte er sich nie vorstellen können. Er war lange von einem tragischen Unfall bei Justus ausgegangen. Erst die Polizei hatte ihn auf einen möglichen, durch Fremdeinwirkung herbeigeführten Tod hingewiesen. Dass Justus' Geliebte und seine Sekretärin kurz darauf ermordet worden waren, war kein Zufall. Basil hatte sich in schlaflosen Nächten den Kopf darüber zerbrochen, wer Grund gehabt hatte, seinen Bruder und seine beiden Gespielinnen zu beseitigen. War Graziella in Gefahr? Oder war sie sogar die Täterin? Seine Schwägerin war ihm nicht geheuer. Die immer fröhliche Frau an der Seite seines Bruders, welche aus dem Vollen schöpfte und es nicht verbarg, war ihm gegenüber überaus hochnäsig. Manchmal behandelte sie ihn wie Luft.

Wie war es möglich, drei Frauen auf einmal zu finanzieren? Hatte Justus sich mit dubiosen Leuten eingelassen, um noch mehr Geld zu verdienen? Basil hatte nie Einsicht erhalten, wie gut oder schlecht Justus finanziell dastand. Ob er an der Börse spekulierte, war ihm nicht bekannt. Er konnte es sich auch nicht vorstellen. Diese Zeit hatte Justus nicht, auch wenn er sich auf der Überholspur befand. Seine Bankgeschäfte einem Prokuristen zu übergeben, passte nicht zu ihm. Vielleicht hätte die Polizei ihre Ermittlungen ausdehnen müssen. Basil biss sich die Zähne daran aus. Was wusste er schon? Vielleicht war sie längst dran, und er galt bestenfalls als kleiner Zeuge für ein Opferprofil.

Die Tür schwang auf, und ein Typ in Jeans und schwarzem Hemd um die vierzig betrat den Raum. «Leutnant Louis Camenzind», stellte er sich vor und legte eine Mappe auf den Tisch.

Basil nahm ihn heute zum ersten Mal richtig wahr. Ein kräftiger Kerl mit schwarzen Haaren und ebensolchen Schlitzaugen, die in den Hautfalten fast verschwanden. Ein Mann, dem man die Entschlossenheit ansah.

Camenzind setzte sich ihm gegenüber und nahm das Aufnahmegerät in Betrieb. Er sprach die Einführung des Gesprächs auf Band und begann. «Nennen Sie mir bitte Ihren vollständigen Namen und Beruf.»

«Basil Maibach. Ich bin Anwalt.»

«Danke für Ihr rasches Eintreffen. Und damit es kein Missverständnis gibt: Sie gelten als Zeuge.»

«Ich hoffe, die Verschiebungen meiner zahlreichen Termine haben sich gelohnt.»

«Sie hätten Termine gehabt?» Camenzind sah auf einen Papierbogen. «Hier steht, Sie wollten über die Feiertage auf Rigi Scheidegg bleiben.»

«Die Ihnen bekannten Umstände haben mir einen Strich durch die Rechnung gemacht. Warum wollen Sie noch einmal mit mir sprechen? Gibt es Widersprüche?» Basil war es sich gewohnt, alles in Frage zu stellen. Und je mehr er fragte, umso mehr konnte er von sich ablenken. Ein Rumoren in seinem Bauch liess ihn zusammenzucken, verbunden mit einem Schmerz, den er so nicht kannte. Schweiss schoss aus seinen Poren. Er versuchte, diese Unpässlichkeit zu verbergen.

Camenzind fragte: «Was hat es in Ihnen ausgelöst, als Sie erfuhren, dass Ihr Bruder aus dem Familienunternehmen aussteigt?»

«Sie wollen mir doch jetzt nicht weismachen, dass dies einer Relevanz bedarf. Das ist achtzehn Jahre her.» Basil musste tief durchatmen. «Justus stellte meinen Vater und mich bereits nach der Dissertation vor die Tatsache, er würde seinen eigenen Weg einschlagen. Für mich kam es nicht überraschend. Justus war schon immer ein Draufgänger. Beruflich wie privat, was auch seine zahlreichen Frauenbekanntschaften anging.»

«Sie hatten also Kenntnis davon, dass er seit rund zehn Jahren mit Andrea Borkowski liiert war?»

«Ich ahnte so etwas. Die Frau habe ich nie gesehen.»

«Hm.» Camenzind lehnte sich im Stuhl zurück und schlug sein rechtes über das linke Bein. Er kaute an seinem Schreibstift. «Ist Ihnen einer seiner Mandanten bekannt, der Ihrem Bruder schlecht gesinnt war?»

«Ich habe absolut nichts mit seiner Anwaltskanzlei zu tun.» Basil musste sich zusammenreissen, um nicht laut zu werden. Die Ursache dafür sah er in seinen Bauchkrämpfen. Fehlte noch, eine Magen-Darm-Grippe eingefangen zu haben. Die Trauer und Ohnmacht wegen seines Bruders brachten nicht nur seinen Kopf durcheinander.

«Hier steht aber», Camenzind beugte sich über ein Dokument, «Ihr Bruder habe Ihnen hin und wieder Mandanten übergeben, sofern diese damit einverstanden waren.»

Basil schwieg. Wahrscheinlich hatte Vater etwas durchsickern lassen. Er hatte es geahnt, der würde nicht dichthalten können. Er musste in Zukunft vorsichtiger sein, was er an ihn herantrug. «Diese kann man an einer Hand abzählen.»

Es klopfte, und die Tür ging auf. Eine burschikose Frau steckte den Kopf herein. «Sorry, die Störung.» Sie wandte sich an Camenzind. «Weisst du über Valéries Verbleib Bescheid?»

Camenzind unterbrach die Befragung und stoppte das Aufnahmegerät. «Steht doch auf dem Plan.»

«Sie hatte auf halb fünf Uhr eine Sitzung anberaumt. Jetzt ist bald fünf. Ich kann sie nicht erreichen. Ihr Auto steht unten auf dem Parkplatz, aber von Valérie keine Spur.»

«Was erwartest du von mir?» Camenzind nickte in Basils Richtung. «Ich komme hier nicht vor», er sah auf sein Handy, «halb sechs weg.»

«Alles klar, dann frage ich weiter.» Die Frau verschwand, die Tür knallte ins Schloss.

«Das war der Wind», sagte Camenzind, etwas verlegen. Er rieb sich sein Kinn, während er das Aufnahmegerät wieder aktivierte. «Ich frage nun direkt: Haben Sie eine Ahnung, wer Ihrem Bruder und seinen zwei Geliebten schaden wollte?»

«Nein. Aber ich hoffe, Sie finden den Mörder bald.»

«Wir werden Sie unter Polizeischutz stellen.»

«Das ist lachhaft. Und was ist die Begründung?» Basil ahnte, worauf Camenzind hinauswollte. Es behagte ihm nicht.

«Sie und Ihre Frau könnten in Gefahr sein.»

«Dann machen Sie vorwärts.» Basil spürte, wie ein Kloss langsam von ihm Besitz ergriff. Er schmerzte im Brustbereich und kroch allmählich die Speiseröhre hoch. Er hatte sich nie zuvor so elend gefühlt.

«Ah, damit ich es nicht vergesse.» Camenzind liess seine Hand über dem Aufnahmegerät schweben. «Was wissen Sie über den leiblichen Vater Ihres Bruders?»

Der Kloss war oben angekommen. Basil brachte keinen Ton heraus.

ZEHN

«Wir müssen die Teamsitzung verschieben.» Fabia setzte sich neben Caminada, gegenüber Zanetti. Die Männer machten sie nervös. Henry Vischer war dazugekommen. Alle wollten etwas von Valérie und mussten jetzt mit ihr vorliebnehmen.

«Das können wir nicht.» Caminada sandte einen Blick über den Tisch zu Zanetti. «Um sechs findet die Pressekonferenz statt. Ich hoffe, mit einigen fundierten Statements an die Öffentlichkeit gehen zu können. Aber dazu brauchen wir Valérie. Sie hat alle nötigen Unterlagen bei sich. Zudem würde ich sie gern vorgängig sprechen. Die Presse setzt uns berechtigt Druck auf. Auch die neue Regierungsrätin sitzt uns im Nacken. Auf der Maurs Nachfolgerin ist mehr als der Schatten ihres Vorgängers. Soll mir einer sagen, Frauen seien die sanfteren Politiker.»

«Hoffen wir, sie mischt sich nicht wie Auf der Maur ständig ein.»

Niemand lachte. Keiner ging auf Caminadas und Fabias Bemerkungen ein.

Zanetti hielt sein Smartphone in der Hand, versuchte jedoch vergeblich, Valérie zu erreichen.

Fabia hatte sie schon zigmal angerufen und ihr auf die Combox gesprochen. Hoffentlich war nichts passiert. Sie wusste, dass ihr Ex-Mann hinter ihr her war. Valérie hatte es neulich angetönt. «Die Teamsitzung hat nicht Priorität. Henry, bitte.» Fabia wandte sich an den Polizeipsychologen. «Du hast doch für jedes Problem eine Lösung. Wo könnte Valérie sein? Hast du mit ihr gesprochen? Wenn nicht dir, wem könnte sie sonst ihr Herz ausschütten?»

Caminada verschaffte sich Gehör, bevor Vischer zu einer Antwort ansetzen konnte. «Die Ausgangslage hat sich verändert.» Caminada nickte Richtung Zanetti. «Vielleicht berichtest du über deinen Besuch bei der Einwohnerkontrolle.»

Fabia hatte damit rechnen müssen, dass er das Zepter übernahm. Trotz ihres Aufstiegs zum Leutnant wurde sie von ihren Vorgesetzten weiterhin wie ein Küken behandelt. Dabei hatte sie oft genug bewiesen, was in ihr steckte. Den Leutnant hatte ihr niemand geschenkt. Der Rang beruhte auf harter Arbeit, auch an den Wochenenden. Caminada hatte den Antrag gestellt, nachdem er eine Stellungnahme des Personalamtes eingeholt hatte. Die Zuständigen waren ihr gutgesinnt gewesen. Die Beförderung war allerdings vom Departement für Justiz und Sicherheit vorgenommen worden. Inwieweit Ex-Regierungsrat Auf der Maur involviert gewesen war, blieb bis heute eine offene Frage. Während der Anfänge bei der Kriminalpolizei hatte sich Fabia einige Lapsus geleistet, die vor den oberen Etagen nicht verborgen blieben. Sie hatte aus den Missgeschicken gelernt und ihr Ziel erreicht, mit Louis auf Augenhöhe zu sein.

Sie war drauf und dran, das Sitzungszimmer zu verlassen und auf die Suche nach Valérie zu gehen. Etwas Unvorhergesehenes musste vorgefallen sein. Valérie war zwar bekannt für Alleingänge, aber sie informierte ihr Team immer. Nicht entgegengenommene Anrufe beantwortete sie in der Regel zeitnah.

Fabia hörte nur halbherzig hin. Als die Tür aufschwang und Louis den Raum betrat, beruhigte sie sich ein wenig. «Weisst du, wo Valérie ist?»

«Du hast mich vorhin schon danach gefragt. Ich weiss jetzt nicht mehr.» Louis sah in die Runde. «Sorry, die Verspätung. Ich hatte gerade Basil Maibach bei mir.»

«Das trifft sich gut.» Zanetti widmete ihm seine Aufmerksamkeit. «Wusste er um die Familienkonstellation Bescheid?»

Fabia brachte sich ein. «Welche Familienkonstellation? Ist mir etwas entgangen?»

«Ich hatte es am Rand erwähnt.» Zanetti liess Louis nicht aus den Augen, während er ein Papiertaschentuch aus der Jackentasche holte.

Louis setzte sich. «Als ich ihn damit konfrontierte, fiel er aus allen Wolken.»

«Klärt mich endlich jemand auf?» Fabia kam sich hilflos vor. Woran mochte es liegen, dass die gute Stimmung in ihrer

Abteilung gekippt war? Sie wandte sich an Vischer. «Sag du etwas.»

Er hob bloss die Schultern.

«Justus Maibach ist, entgegen Carla Benizios Behauptung, Eleonore Maibachs Sohn. Aber», Zanetti machte eine Kunstpause, in dem er ins Taschentuch schnäuzte, «Linus Maibach ist nicht dessen leiblicher Vater.»

Fabia fehlten die Worte. Alles hatte sie in Erwägung gezogen, aber nicht das. Ob Valérie davon Kenntnis hatte? «Wie kommt es, dass Linus Maibach mehr um Justus trauert, als seine Mutter?»

«Das ist ein Geheimnis, welches es zu entschlüsseln gilt», sagte nun Vischer. «Oft sind es verdrängte Kindheitstraumata. Dies würde eine Untersuchung aus psychologischer Sicht bedingen.»

Fabia hob ihre Augenbrauen. Ihr Kollege war offenbar nicht bei der Sache. «Und es wird deiner Meinung nach zum Lösen des Falls beitragen?»

«Wir müssen alles in Betracht ziehen.» Zanetti warf Fabia und Vischer einen zurechtweisenden Blick zu, den Fabia als arrogant empfand. Er fuhr fort: «Justus' Vater war Hubertus Maibach.»

«Sein Grossvater?» Fabia war nahe daran zu lachen. Sie schluckte den Reflex hinunter. «Wie kann es sein, dass Basil Maibach keine Ahnung davon hatte?» Sie stiess Luft aus.

«Weil es kein Thema war.» Louis kratzte sich am Hinterkopf.

Fabia überlegte, inwieweit diese Information hilfreich war. «Was ändert es?»

«Einiges.» Louis streckte die Beine von sich. «Justus ist der Bruder seines Vaters Linus und somit der Onkel seines Bruders Basil. Ich denke, jetzt ist klar, woher er das viele Geld hatte und nach der Topausbildung zum Anwalt und Doktor innert kürzester Zeit seine eigene Anwaltskanzlei eröffnen konnte. Immerhin hatte er fünfzig Anwälte und einige Praktikanten. Er war der Spross mit grossem Renommee im Rücken, zusammen mit Linus – beides Söhne von Hubertus – und hätte einst noch mal gleich viel wie Basil geerbt, wenn Linus das Zeitliche segnete. Oder hat Linus Justus nicht als seinen Sohn anerkannt?»

«Doch, doch, er hat ihn adoptiert», sagte Zanetti.

«Somit hätte Basil Grund gehabt, das Erbe zu verhindern. Letztendlich geht es immer um Geld.»

«Das wird bestimmt geregelt sein.» Zanetti brachte Notizen am Flipchart an. «Langsam, aber sicher komme ich zu der Erkenntnis, dass der Strang des Justus Maibach ausgelöscht werden sollte. Denken wir an Andrea Borkowskis Schwangerschaft. Der Täter oder die Täterin musste davon gewusst haben.»

«In dieses Schema passt Malika Galambos definitiv nicht», warf Louis ein.

Zanetti zweifelte. «Noch sind die Resultate aus der Rechtsmedizin nicht eingetroffen.»

Fabia konnte ein Kichern nicht verkneifen. «Dieser Hurensohn. Möglich wäre es, dass er gleich mehrere Eisen im Feuer hatte …» Vergessen war der Unmut gegenüber Zanetti.

***

«Hast du vor, mich stundenlang einzusperren?» Valérie sass in einem Zimmer des Hotels «Wysses Rössli» in Schwyz und starrte Löcher ins Pult. Die einzige Beruhigung lag darin, ihre Pistole im Büro eingeschlossen zu haben. Ansonsten hätte sie ein echtes Problem gehabt. Überrascht und nichtsahnend war sie Carla gefolgt, die ihr vor der Zufahrt zum SSB den Weg abgeschnitten hatte. Vortritt hin oder her. Carla hatte gefleht, sie müsse mit ihr sprechen, und sie überredet, in ihr Auto zu steigen. Sie hatte einen Pfefferspray hervorgeholt und Valérie genötigt, mit ihr nach Schwyz zu fahren. Valérie hätte sich wehren können, sie hatte nicht am Lenkrad gesessen, es aber unterlassen, da sie in Carlas Schuld stand.

Auch an die Handschellen hatte Carla gedacht, billige Fesseln, die sie möglicherweise im Internet gekauft hatte. Die Aktion musste also geplant gewesen sein. Carla hatte sich in ein Biest verwandelt. Der Grund, vermutete Valérie, war die Trennung von Louis. Carla beschuldigte sie und liess es sie spüren.

«Glaube ja nicht, du könntest immer deinen Kopf durchsetzen. Ich weiss nicht, was du Louis alles geraten hast, dass er mich, mir nichts, dir nichts, aus der gemeinsamen Wohnung gejagt hat. Er verleugnet sich, will mich nicht mehr sehen. Und alles deinetwegen.»

«Jetzt beruhige dich.» Valéries Hände schmerzten ob der immer gleichen Stellung. Carla hatte sie ihr auf den Rücken gebunden und mit den Handschellen an der Stuhllehne befestigt. «Ich vergesse das hier, wenn du mich freilässt.»

«So einfach kommst du mir nicht davon.»

«Wenn sich Louis von dir trennt, ist das sein alleiniger Entscheid. Ich bin doch nicht seine Mutter.»

«Ich kenne seine Mutter. Sie ist eine liebenswürdige Frau und mag mich ... im Gegensatz zu dir. Du machst mein Leben kaputt.»

«Das hast du allein zu verantworten.» Ich bin nicht fremdgegangen. Valérie verlautbarte es jedoch nicht. «Die Drohungen an Andrea Borkowski waren kein Kavaliersdelikt. Ich musste dein Schreiben und deine Aussage protokollieren. So schreibt es nun mal das Gesetz vor.»

«Hat es dir Spass gemacht, Louis davon zu erzählen?»

«Du sprichst von deiner Affäre mit Justus Maibach?» Valérie rüttelte an den Handschellen. «Ich habe ihm nichts davon gesagt.»

«Klar, er hat das Protokoll gelesen, das du ihm offenbar unter die Nase gerieben hast.»

Valérie war es leid, in dieser unbequemen Haltung zu sitzen. «Hör zu, Carla, so kommen wir zu keiner Lösung.» Sie versuchte, ruhig und sachlich zu bleiben. Sie hatte Carla unterschätzt. Diese war eine leidenschaftliche Frau und fühlte sich in ihren Gefühlen verletzt. «Binde mich los, und Schwamm darüber. Ich verstehe dich. Du bist durcheinander, weil Louis so radikal mit dir umgeht. Du solltest das Gespräch mit ihm suchen. Redet miteinander wie zwei vernünftige Menschen.»

«Das nützt nichts. Er will nicht.»

«Dann gib ihm ein Zeichen, wie ernst du es meinst.»

«Ich habe meinen Job gekündigt. Ist das nicht Zeichen genug? Mein Chef hat mich darauf fristlos entlassen. Ich stehe also vor dem Nichts. Noch kann ich mir ein Hotelzimmer leisten. Ich habe gespart. Irgendwann wird das Geld weg sein. Das Leben ist teuer.»

«Dann suche dir eine Wohnung ... Und drei Monatslöhne wirst du auch bekommen.» Valérie fühlte sich hilflos. Es regte sie auf, dass sie sich von Carla hatte fesseln lassen. Die junge Frau hatte sie in einem unbedachten Moment überrumpelt. Es lehrte sie wieder einmal, sich niemals auf Freunde zu verlassen. Ihr iPhone lag auf dem Bett. Es hatte bereits mehrmals geklingelt. Valérie war nicht zur Teamsitzung erschienen. Alle mussten sich Sorgen machen. Sie wunderte sich, dass niemandem in den Sinn gekommen war, ihr Handy zu orten. Wenn doch, konnte es sich dahinziehen.

«Drei Monatslöhne, dass ich nicht lache. Forster gibt mir höchstens einen.»

«Er muss sich an die Bestimmungen halten.»

«Nicht, wenn ich zuerst gekündigt habe.»

Es war zwecklos. Valérie schwieg.

«Ich kriegte keinen Allerweltslohn.» Carla enervierte sich. «Ich muss mir einen neuen Job suchen. Der Arbeitsmarkt ist ausgetrocknet.»

«Dich wird man mit Handkuss nehmen», schmeichelte Valérie ihr. «Wenn nicht gleich hier vor der Haustür, so bestimmt anderswo.»

«Ihr wollt mich vertreiben.» Carla hatte die Ellenbogen auf den Tisch gestützt und ihr Kinn auf die Hände. «Ich liebe Louis. Ich wollte mit ihm alt werden, verstehst du das nicht?»

«Dann mach mich los. Das ist lächerlich. Je länger du mich hier festhältst, umso schwieriger wird es für dich.»

«Jetzt hör mir gut zu. Es ist nicht das erste Mal, dass deine Abteilung mich in die Bredouille treibt ... sagst du doch so, *Madame le Commissaire*. Warum muss ich eigentlich immer den Kopf hinhalten, wenn ihr nicht weiterkommt? Andererseits helfe ich euch in den Ermittlungen, oder hast du vergessen, wie ich das Haus auf dem Etzel gefunden habe?» Sie fauchte sie an. «Bist du eifersüchtig auf mich?»

«Carla, jetzt ist aber Schluss. Hör endlich auf mit diesem Unfug. Wenn du Louis zurückwillst, musst du um ihn kämpfen. Und falls es dich beruhigt, ich hatte noch nie ein Interesse an ihm. Wir arbeiten gut zusammen, das ist alles.»

«Warum redet er dann immer davon, er müsse deinen Rat haben, wenn es um Privates geht?»

«Weil ich eine mittelalte Lady bin? Ich dürfte etwas mehr Erfahrung haben als ...» Valérie hielt inne. Dies hatte Carla sicher erfunden.

Jemand klopfte an die Zimmertür.

Carla warf Valérie einen feindseligen Blick zu. «Sei bloss still!» Sie erhob sich und schritt zur Tür. «Wer ist da?»

«Zimmerservice.»

«Ich brauche nichts.»

«Frische Frotteewäsche?»

«Später.» Carla legte das Ohr aufs Türblatt.

Es klopfte wieder.

«Verdammt, immer diese ... Die verstehen einen nicht.» Carla drehte den Schlüssel im Schloss um, öffnete einen Spaltbreit. «Ich brauche nichts.»

Die Tür schmetterte an die Wand. Es gab einen lauten Knall. Carla wich aus. Unter dem Rahmen stand Fabia wie ein gebündeltes Paket Energie. Ihre Augen funkelten angriffslustig.

«Fabia! Du?»

«Hast du sie nicht mehr alle?» Fabia baute sich vor Carla auf. Unbewaffnet, aber furchteinflössend.

«Wie hast du mich gefunden?»

Fabia sah Valérie an. «Alles okay bei dir?»

Valérie war genauso überrascht wegen dieses Eindringens. «Alles gut. Vielleicht könntest du mich von den Handschellen erlösen?»

«Was ist denn das für ein Theater?» Fabia war ausser sich.

«Wie hast du mich gefunden?» Valérie konnte sich keinen Reim darauf machen.

«Frage mich etwas anderes. Als mir Louis erzählte, Carla habe sich im Hotel ‹Wysses Rössli› einquartiert, sah ich die einzige

Möglichkeit, dich hier zu finden. Ein sechster Sinn?» Fabia hob die Augenbrauen. «Die Realität ist, dass ich dein Handy geortet habe.» Sie schritt auf Carla zu. «Ich würde dir am liebsten eine Ohrfeige verpassen. Du bescheuerte Frau!»

Carla liess sich auf das Bett fallen. Sie verbarg ihr Gesicht in den Händen. «Habt ihr jetzt, was ihr wolltet? Warum reitet ihr immer auf mir herum?»

Fabia löste die Handschellen mit einem Knopfdruck. «Wir haben einen Fall zu klären, und du stiehlst uns die Zeit, Carla. Ich werde diesen Einsatz melden müssen.» Fabia zückte ihr Notebook. «Und protokollieren. Was für ein Schlamassel.»

Valérie rieb sich die Handgelenke. «Ich will nicht, dass dieser Zwischenfall protokolliert wird.»

«Zwischenfall?» Fabia gab sich entrüstet. «Das ganze Team steht kopf, und du nennst es Zwischenfall? Du beschützt sie, ist es das? Sie hat dich entführt und eingesperrt. Die Frau ist kriminell. Ich verstehe das nicht. Du warst schon immer eine Grenzgängerin.» Fabia flüsterte jetzt. «Aber pass auf, dass du dich nicht verirrst.»

Valérie war perplex ob Fabias Bemerkung, nahm es ihr nach längerem Überlegen jedoch nicht übel. Sie musste ja so über sie denken. «Ich bin freiwillig mitgegangen.»

«Aha … und was ist mit der Fesselung?»

«Wir wollten ausprobieren, welcher Kraft die Handschellen standhalten.»

Fabia besah sie sich. «Woher hast du die? Das ist ja die Billigstausführung, die ich je gesehen habe.»

«Vom Herbstmarkt.» Carla schien Valéries Taktik zu durchschauen. «Du weisst, ich muss vieles erleben, um darüber zu schreiben.»

«Das nehme ich dir nicht ab.» Fabia fokussierte erneut Valérie. «Sag auch etwas.»

«Es ist so, wie Carla gesagt hat.» Valérie ahnte, Fabia würde ihr dies nicht abnehmen. Zudem hatte sie sich gerade zu einer plumpen Ausrede hinreissen lassen, was ihrer Seriosität schadete.

«Okay, wir sollten uns beeilen. Caminada erwartet dich zur Medienkonferenz.»

***

Sie trafen zeitlich knapp im Hotel Post ein. Es war bereits halb sieben. Über zwei Dutzend Journalisten hatten sich eingefunden. Der Saal, der gewöhnlich für Bankette diente, war bestuhlt wie im Theater. Vorn befanden sich drei Tische längsseitig aneinandergereiht. Vier Mikrofone standen bereit. Zwei Stehmikrofone mit dem Logo des regionalen Fernsehens und eines Radiosenders waren installiert. Serviceangestellte verteilten Wasserflaschen und Gläser.

Valérie drängte sich zwischen einem Reporter, den sie von anderen Konferenzen kannte, und dessen Assistenten Richtung Front. Von Weitem entdeckte sie Zanetti und Caminada, die die Köpfe zusammensteckten. Auch Louis war da. Er unterhielt sich mit Vischer. Ihn hatte Valérie länger nicht gesehen. Sie hatte bei der Rückfahrt nach Biberbrugg überlegt, was sie zu ihrer Verteidigung sagen würde. Es lag nicht in ihrem Naturell, Louis' Ex-Freundin anzuschwärzen. Valérie hatte sich zu keinem Zeitpunkt von ihr bedroht gefühlt. Sie kannte Carla zu gut. Manchmal war sie eine echte Dramaqueen, worunter auch Louis gelitten hatte. Aber irgendwie passten sie zueinander. Valérie hatte Carla ans Herz gelegt, den Dialog mit Louis noch einmal zu suchen. Sie ahnte, dass auch ihr Kollege nicht abgeneigt war.

«Valérie, endlich.» Zanetti kam auf sie zu. «Wo warst du?»

«In Schwyz.»

«Weshalb?»

«Ein Notfall.»

«Lehmann?»

«Nein.» Sie gab sich bedeckt, hatte kein Bedürfnis, darüber zu sprechen. Es gab Dinge, die gingen auch einen Mann wie Zanetti nichts an. Und je mehr sie über eben Erlebtes sprechen würde, umso heftiger käme sie ins Kreuzfeuer.

«Muss ich mir Sorgen machen?»

«Nein, es ist nichts.» Valérie wandte sich an eine Kellnerin und bestellte sich einen Kaffee. «Wer wird die Pressekonferenz leiten?»

«Caminada hat sich zur Verfügung gestellt.» Zanetti sah sie kritisch an. «Ist wirklich alles okay?»

Valérie war überrascht. Nach allem, was Caminada ihr erzählt hatte, glaubte sie nicht an einen reibungslosen Ablauf, und sie befürchtete, er könnte sich zu wenig darauf vorbereitet haben. Nachdem Caminada bei einem Schusswechsel einen Täter getötet hatte, war er vor drei Jahren von Chur weggezogen. Er hatte gehofft, in der Innerschweiz wieder Fuss zu fassen, was ihm auch gelungen war. Seine Frau Menga aber machte ihm das Leben schwer. Und so, wie es aussah, erpresste sie ihn mit der Scheidung, sollte er nicht ins Bündnerland zurückkehren. Caminada hatte im Moment anderes im Kopf als gut vorbereitete Pressetexte. Zu Zanetti gewandt sagte Valérie: «Alles ist gut.» Sie versuchte ein Lächeln, was ihr misslang. Sie hätte Carlas Übergriff melden sollen. Doch sie hatte mit Fabia vereinbart, es sein zu lassen. «Wir Frauen müssen zusammenhalten», hatte sie ihr zum Abschied gesagt. Carla wäre ihr beinahe um den Hals gefallen. Sie hatte eingesehen, dass sie zu weit gegangen war.

«Er braucht deine Unterlagen.»

Valérie kehrte ins Jetzt zurück. «Welche Unterlagen?»

«Diejenigen, die du für die Presse bereitgestellt hast.»

«Aber die befinden sich doch auf dem Computer, im Ordner, auf den Caminada Zugriff hat.» Valérie ging zu ihrem Chef, der ihr den Rücken zugedreht hatte. «Hi, Gian Luca.»

Er wandte sich zu ihr um. «Gut, bist du da.»

«Emilio sagte gerade, du suchst die Unterlagen für die Medienkonferenz? Die sind auf dem PC.»

«Ich habe sie gefunden, sorry. Es war mein Fehler. Ich hätte wissen müssen, dass ich mich auf dich verlassen kann.» Er nahm sie beim Arm. «Ich wäre froh, wenn du mich unterstützt. Es ist lange her, seit ich vor den Medien die Wortführung übernommen habe. Ich wäre jetzt auch gern in Bangkok», schloss er. «Es ist einfach keine gute Zeit, sich mit solchen Verbrechen auseinandersetzen zu müssen.»

«Ob Weihnachten oder gewöhnliche Tage, solche Verbrechen sollte es nicht geben.» Valérie ergatterte sich den Stuhl links aussen und nahm den Kaffee von der Kellnerin in Empfang. «Aber solange man den Frieden in sich selbst nicht findet, wird es immer solche Verbrechen geben.» Sie dachte an Carla und ihre Bereitschaft zur Gewalt. Gleiches nicht mit Gleichem zu vergelten, war oft schwierig und bedingte ein grosses Mass an Beherrschung.

Caminada platzierte sich in die Mitte. «Könntest du dich bitte neben mich setzen?»

«Klar, wer ist denn noch dabei?» Valérie rührte Zucker in den Kaffee. Sie brauchte Kalorien.

«Louis und Franz und die Staatsanwaltschaft.» Caminada räusperte sich. «Zanetti.» Er wirkte fahrig.

Valérie lächelte ihn an. «Wir werden das Kind schon schaukeln.»

«Kommt darauf an, mit welchen Fragen wir heute torpediert werden. Es hat sich schön was aufgestaut. Wir hatten noch nie so viele Journalisten hier.»

Zanetti und Louis setzten sich. Der fünfte Stuhl blieb leer.

«Können wir anfangen?» Caminada breitete ausgedruckte Dokumente vor sich aus.

Im Saal wurde es wider Erwarten augenblicklich ruhig.

«Schuler fehlt», flüsterte Valérie.

Caminada zog seine Taschenuhr hervor und sah demonstrativ darauf. «Wir sind bereits in Verzug», sagte er ebenso leise. Er nahm die Anwesenden im Saal in Augenschein, begrüsste sie und stellte die vier vor. «Ich darf das Wort an meinen Kollegen Emilio Zanetti übergeben, der Sie über die näheren Umstände der Taten informieren wird.»

Zanetti griff nach dem Wasserglas. Seine Hand zitterte, als er das Glas zum Mund führte. Wahrscheinlich fiel es nur Valérie auf. Auch er begrüsste die Anwesenden und begann faktenbasierte Aspekte zu nennen.

Im Saal breitete sich ein Raunen aus.

Er pausierte erneut. Valérie erlebte Zanetti an der Öffentlichkeit selten so emotional. Er schien gerührt zu sein.

Jemand im Saal hob die Hand. «Es sei mir die Frage erlaubt, warum hier von zwei und nicht von drei Mordopfern gesprochen wird.»

Valérie entdeckte in der zweiten Reihe einen Journalisten des Boulevardblatts. Sie kannte ihn. Dass dieser auch immer den Mund aufreissen musste.

«Ich werde darauf zurückkommen.» Zanetti warf Valérie einen schnellen Blick zu. Die Leute im Saal wurden unruhig. Als die Tür hinten aufging und Daniel Christen erschien, ahnte Valérie, sie würde heute spät Feierabend machen können. Sie sah auf das Display ihres iPhones. Christen hatte sie mehrmals angerufen. Kein gutes Zeichen. Zanetti verlor den Faden.

Christen galoppierte fast auf Caminada zu. Er stand plötzlich im Blitzgewitter zahlreicher Fotoapparate. Christen flüsterte Caminada etwas ins Ohr. Dieser gab sich Mühe, sich seine Überraschung nicht anmerken zu lassen. Er wandte sich an die Presseleute und gebot zum Innehalten. «Tut mir leid, infolge besonderer Umstände müssen wir die Medienkonferenz abbrechen und auf unbestimmte Zeit verschieben.» Er erhob sich. «Zanetti, wir müssen los.»

Valérie hörte es gerade noch, bevor der Tumult im Saal losging. Die Journalisten schossen auf die Tische im vorderen Bereich zu, schwenkten ihre Mikrofone und Fotoapparate und redeten wild durcheinander.

Zanetti und Caminada verliessen den Saal durch einen Seitenausgang. Christen folgte ihnen.

Valérie und Louis blieben zurück und erwehrten sich der enttäuschten Journalisten. Sie hatten Mühe, sich durch die Leute zu kämpfen. «Wir werden die Konferenz nachholen», beruhigte Valérie. «Bitte machen Sie jetzt den Weg frei.»

Louis stellte sich dazwischen. Er zog Valérie mit sich.

***

«Ein Toter in der Anwaltskanzlei ‹Maibach & Söhne›. Ich brauche wohl nicht zu sagen, um wen es sich handelt.» Caminada hatte gerade das Smartphone auf den Tisch im Sitzungszimmer gelegt. «Linus Maibach hat seinen Sohn gefunden, nachdem dieser nicht aus dem Büro in die Wohnung zurückgekehrt war.»

«Hört das denn nie auf?» Louis schwang sich diesmal nicht auf den Stuhl, sondern blieb neben Valérie stehen.

Valérie selbst spürte, wie Eiseskälte Besitz von ihr ergriff. Hatte sie mit ihrer Ahnung recht gehabt? Was hätte sie tun sollen? Basil Maibach war ein freier Mensch gewesen. Sie hatte ihn doch nicht einsperren können, bloss um ihn zu schützen. Louis' Antrag um Polizeischutz war abgelehnt worden, und sie hatte es nicht weiterverfolgt.

Caminada wandte sich an sie. «Fühlst du dich fit genug, um an den Tatort zu fahren?»

«Bleibt mir eine andere Wahl?» Zanetti hatte sich bereits auf den Weg gemacht. Caminada hatte den KTD und den Gerichtsmediziner aufgeboten. «Fit fühlt sich anders an.» Valérie war seit mehr als sechzehn Stunden auf den Beinen. Sie spürte, wie die Müdigkeit sich bemerkbar machte. Sie hatte vergessen zu essen, was hin und wieder vorkam, wenn sie unter Stress litt. «Okay, ich fahre dann mal los. Louis, begleitest du mich? Wir sollten Gian Luca eine Verschnaufpause gönnen. Wir sehen uns morgen an der Teamsitzung.»

Caminada war offensichtlich nicht unfroh über ihren Vorschlag. «Morgen um acht Uhr.»

«Neun reicht auch.» Bis dahin würde Valérie genügend Zeit haben, die liegen gebliebenen Pendenzen zu erledigen. Die Spur der geheimnisvollen Fremden, die am 21. Dezember im Berggasthaus «Scheidegg» gesehen worden war, hatte sie noch nicht aufgenommen. Die anderen Personen, die in den Fall involviert schienen, zeigten sich mehr oder weniger transparent. Aber sie konnte sich täuschen. Die Befragungen im Umfeld der drei ersten Opfer haperten. Das Personal fehlte.

Louis gähnte, damit alle es sahen. «Habe ich es richtig verstanden, es liegt eine weitere schlaflose Nacht vor mir?»

«*Allons-y!*» Valérie schnappte sich einen vertrockneten Buttergipfel. Er zerbröselte, als sie ihn zwischen den Zähnen zermalmte. Sie dachte an den Truthahn, der im Gefrierfach lag, und das Wasser lief ihr im Mund zusammen. In vier Tagen war Silvester. Bis dahin musste das gerupfte Federvieh an der Kälte bleiben.

Sie ging mit Louis auf den Parkplatz. «Mit deinem oder mit meinem Wagen?» Valérie schwenkte den Autoschlüssel.

«Mit deinem. Dann kann ich ein bisschen schlafen. Es setzt aber voraus, dass du mich nachher nach Hause fährst. Morgen schau ich dann, wie ich nach Biberbrugg komme.»

«Egoist.» Valérie öffnete die Tür ihres TTs und liess sich auf dem Sitz nieder. Im Wageninnern war es kalt. Sie startete den Motor und drehte die Temperatur aufs Maximum. Zeitgleich bediente sie die Sitzheizung. Als sie losfuhren, war es kurz nach acht.

«Hast du etwas von Willy Lehmann gehört?» Es sollte beiläufig klingen.

«Nein, er scheint wie vom Erdboden verschluckt. Vielleicht ein Zeichen, ihn endlich zu vergessen. Er ist und bleibt ein Arschloch.»

«Wie geht es mit Carla weiter?»

«Ungünstiger Zeitpunkt.»

«Was meinst du?»

Louis machte ein langes Gesicht. «Ist das wieder mal so eine weibliche Intuition?» Er griff sich an die Stirn. Er klatschte mit beiden Händen auf die Armaturen. «Es ist aus zwischen uns. Schluss. Punkt. Amen. Das war's gewesen. Vierzigjähriger Polizist verliert infolge Gutmütigkeit seine fünfzehn Jahre jüngere Freundin ... nein, sorry, Herzensdame. Ich habe sie geliebt. Aber echt keinen Bock darauf, sie mit andern zu teilen.»

«Hast du sie noch nie betrogen?» Valérie sah geradeaus. Die Strasse war glatt wie ein Eisfeld. In den Augenwinkeln beobachtete sie Louis' Reaktion.

«Nicht während unserer Beziehung.»

Valérie glaubte ihm nicht.

«Ich habe letzthin ein Mädchen nach Hause genommen. Sag

jetzt nichts. Es geschah aus purem Trotz. Was Carla kann, kann ich auch.»

«Werde endlich erwachsen, Louis. Das ist der Rat einer gestandenen Frau.»

«Gestanden … ha, dass ich nicht lache. Weisst du, ich hatte früher mal ein Auge auf dich geworfen.»

«Muss ich mich geschmeichelt fühlen?»

«An dich kalte Hundeschnauze kam nur Zanetti ran, was mir noch heute ein Rätsel ist.»

Valérie schwieg. Louis war im Begriff, eine Grenze zu überschreiten. Sie gab Gas. Der TT schlingerte über die Fahrbahn. Valérie balancierte den Wagen aus.

«Macht es dir Spass?»

«Was?»

«Mich in Angst und Schrecken zu versetzen?»

«Frustrationsabbau.»

Er stupste sie in die Seite. «Dich soll mal einer verstehen.»

Trotz der Dunkelheit zeichneten sich die klaren Linien des Hauses und das Flachdach vor dem schwarzen Himmel ab. Hinter den Fenstern schimmerte es hell.

Zwei uniformierte Polizisten spannten weiträumig Flatterbänder. Die Absperrungen reichten bis zur Hauptstrasse, führten zurück über zwei links- und rechtsseitig angelegte Blumenrabatten, die mit Tannenästen bedeckt waren, und endeten bei den hinteren Hausecken. Vor der Glastür wurden Spuren gesichert. Auch drinnen bewegten sich Schulers Leute, schweigsam, fast andächtig. Valérie grüsste sie. «Kann ich schon rein?»

Schuler, der beim Eingang kauerte, richtete sich auf. Sein weisser Anzug verschmolz mit einem Schneehaufen, den jemand neben der Garage aufgetürmt hatte. «Hallo, Valérie. Es ist besser, du wartest eine Weile, bis Stieffel und sein Assistent mit der äusseren Leichenschau fertig sind.» Schuler wandte sich ab.

Valérie streifte seinen Arm. «Warum warst du nicht an der Pressekonferenz?»

«Ich habe gehört, sie wurde verschoben.»

«Kannst du hellsehen?» Es sollte aufmunternd klingen.

Schuler sandte ihr einen giftigen Blick zu. «Wir laufen im Moment am Limit. Ich musste Prioritäten setzen.» Um seiner Gehässigkeit die Schärfe zu nehmen, reichte er ihr einen Tatortanzug und ein paar Füsslinge. «Tut mir leid. Dir wird es wohl ähnlich ergehen. Zieh dich steril an, dann lasse ich dich durch.»

«Hast du Emilio gesehen?»

«Er war kurz da, hat den Tatort besichtigt und ist wieder weggefahren. Ich denke, auch er hat genug um die Ohren.»

Valérie betrat die Villa. Der Weg zum Büro war mit Halogenleuchten grell beschienen. Die Tür zum ersten Raum stand sperrangelweit offen. Drinnen teilten sich zwei weitere Männer der Kriminaltechnik die Arbeit. Schuler hatte ein beachtliches Aufgebot mitgebracht, wohl um die Einsatzzeit zu verkürzen.

Stieffel kniete auf dem Boden, neben ihm ein junger Typ, den Valérie vom Sehen kannte. Der Assistent.

«Salut, Res.»

Stieffel sah augenblicklich auf. «Ach, sieh einer an. Wenn ich früher gewusst hätte, dass wir uns innerhalb von sechs Tagen viermal sehen, hätten wir es uns auf dem SSB oder in der Leichenhalle gemütlich machen und gemeinsam auf die nächsten Einsätze warten können. Ich hätte sogar gewusst, wie wir uns die Zeit verkürzt hätten.» Er schnalzte mit der Zunge.

Valérie fand diese Aussage deplatziert. Sie war grenzwertig, anstössig. «Was wissen wir?»

«*Wir?* Ich weiss, was *ich* weiss. Aber was *du* weisst, weiss ich nicht.»

Valérie stiess angewidert Luft aus. Sie behielt eine despektierliche Bemerkung für sich. Stieffel mochte wegen seines erneuten Einsatzes muffig sein. Aber das gab ihm lange nicht das Recht, es an ihr auszulassen. So wirst du mein Herz nie erwärmen, ging es ihr durch den Kopf.

Er schien es gemerkt zu haben. «Entschuldige meine rüde Umgangssprache. Es ist nur …»

«Du hättest eigentlich Weihnachtsferien.» Valérie schenkte ihm ein missratenes Lächeln. «Ich auch. Also nochmals, was haben wir?» Sie trat näher an den Toten heran. «Ist er vom Stuhl gefallen?»

«Gut beobachtet. Ich sehe keine äusseren Verletzungen. Wir müssen ihn mitnehmen und obduzieren.»

«Auf den ersten Blick?» Valérie zappelte innerlich vor Ungeduld.

«Er hatte erbrochen, bevor er stürzte.»

«Was heisst das?»

«Ich möchte mich mit der Diagnose zurückhalten. Aber es sieht nach einer Vergiftung aus.»

***

Die Familie reduzierte sich aus bislang unerfindlichen Gründen. Dies ging Louis durch den Kopf, als er sich im Wohnzimmer der Maibachs hinter einen Ohrensessel stellte. Er hatte die unangenehme Aufgabe, die Hinterbliebenen zu befragen, das Unerlässliche, das er nicht gern machte. Zu sehr liess er sich jeweils von Emotionen überwältigen. Ausgerechnet heute hatte ihn Valérie damit betraut, wo ihn doch die Gedanken an Carla belasteten, die traurige Situation, ihre Trennung, die verschwundenen Visionen einer gemeinsamen Zukunft. Es gab Schlimmeres. Das musste er jetzt einsehen.

Eleonore Maibach fuchtelte mit ihren Armen herum. «Wären wir bloss nicht hierhergekommen. Um die Zeit wollte ich ein weiteres Ritual auf Rigi Scheidegg vollziehen. Aber mein Mann bestand darauf, mit Basil zurückzufahren. Emma, Graziella und mir blieb nichts anderes übrig, als uns ihnen anzuschliessen. Es sind immer die Männer, die das Sagen haben. Wir Frauen gehorchen nur.» Sie vergrub ihr Gesicht in den Händen.

«Willst du mir die Schuld an Basils Tod geben?» Maibachs Gesicht lief rot an. «Das Leben unserer Söhne wurde von einem Psychopathen ausgelöscht. Nun kommen Sie hierher», er wies mit dem Finger auf Louis, «und wollen erfahren, ob wir etwas Verdächtiges gesehen haben. Hätten Sie Ihre Hausaufgaben gemacht, sässen wir nicht hier.» Seine Stimme verlor an Resonanz.

«Es tut mir leid.» Louis wusste nicht wohin mit seinen Händen. Er liess sie seitlich baumeln, legte sich Fragen zurecht. Er spürte die Aversion der Anwesenden.

Graziella Maibach musterte ihn skeptisch, während ihre Schwägerin wie paralysiert vor sich hin starrte.

«Mein Beileid, mein Mitgefühl.» Louis schämte sich seines Unbeholfenseins.

«Verlassen Sie mein Haus.» Linus Maibach erhob sich schwer atmend vom Sofa. Er ging zum Buffet und holte dort eine Flasche Bourbon heraus. «Lassen Sie uns um Himmels willen trauern. Aber dazu brauchen wir Sie nicht.»

8. Februar 1961, fünfzehn Minuten vor neun, abends

Die Party ging weiter. Wenigstens hatte Camilla eine Dreiviertelstunde dazugewonnen. Die Aufregung um den verschwundenen Hund hatte sich auf Mami übertragen. Letztlich hatten sie gemeinsam nach dem Tier gesucht, zumal auskam, wem er davongelaufen war. Einer älteren Dame. Sie hatte ihren Lulu vergessen, als sie sich an der Bar einen Drink genehmigte. Den Hund hatte man trotz grosser Suchaktion nicht gefunden.

Camilla liess sich auf das Bett neben dem Fenster plumpsen. Das Gestell und die Federn quietschten, die Matratze lag durch. Aber alles wirkte sauber. Sie hatten tatsächlich mit einem Zimmer vorliebnehmen müssen, in welchem in der Regel Musiker oder Hotelangestellte übernachteten.

«Nur für eine Nacht», tröstete Mami von Neuem. Sie zog ihr schwarzes Kleid aus, hängte dieses über einen Bügel hinter den Vorhang und legte die Perlenkette auf die Kommode.

Im Haus wummerte es. Ein permanentes Zittern ging durch die Wände. Im grossen Saal sorgte eine Ländlerkapelle für gute Stimmung. Camilla hatte sie gesehen, als vier Männer und eine Frau in komischen Gewändern den Aufzug verliessen. Mami hatte gesagt, sie trügen die Luzerner Werktagstracht.

«Das Nobelhotel ist alt», sagte Baba. «Es wurde 1868 eröffnet. Schon damals gab es zweihundertvierzig Betten, mehrere Speisesäle, Damen-, Schreib- und Musiksalons. Der Schriftsteller Mark Twain soll hier gewesen sein.»

«Oh ja, zusammen mit Tom Sawyer und Huckleberry Finn.» Camilla wurde ganz still. «Erzähl, Baba, erzähl mir von den Abenteuern des Tom Sawyer.»

«Es ist höchste Zeit zum Schlafen.»

«Ich will aber nicht schlafen. Erzähl mir, wie Tom den Zaun von Tante Polly streichen musste.»

«Es ist höchste Zeit.»

Camilla gab nicht nach. «Wie war das, als Tom und Huckleberry nachts auf den Friedhof gingen? Erzähl mir von Indianer-Joe und Muff Potter, bitte.»

«Morgen», sagte Baba bestimmt.

«Von deinem Bett aus kannst du den Sternenhimmel sehen», sagte Mami. «Ich werde die Vorhänge nicht zuziehen.»

Es hatte keinen Zweck. Camilla zog das rosa Kleid und die Wollstrumpfhosen aus und das Barchentnachthemd an. Sie putzte sich die Zähne beim Lavabo, das neben der Tür angebracht war, zusammen mit einem kleinen Spiegel. Das Waschen liess sie aus. Später kuschelte sie sich unter die Bettdecke, fühlte sich geborgen. Sie dachte an Jakob, den Heizer, und war froh, schaufelte er bis spätabends Kohle in den Ofen.

Mami hatte nicht übertrieben. Durch das Rechteck des einen Fensters glitzerten die Sterne. Camilla liess den vergangenen Tag Revue passieren. Zu viele Bilder zogen an ihr vorüber. Sie beruhigten sie nicht, sie war aufgekratzt. «Glaubst du, der Hund ist zurück?»

«Der wird bestimmt wieder zum Vorschein kommen.»

«Ich kann nicht schlafen.»

«Versuche es. Denk an etwas Schönes.»

«Wo ist Baba?» Er war plötzlich verschwunden.

«Er befindet sich im Gemeinschaftsbad am Ende des Korridors.»

«Darf ich auch ins Gemeinschaftsbad?»

«Morgen. Zähle die Schäfchen am Himmel.»

«Das habe ich bereits getan. Es hat keine mehr.»

Mami löschte die grosse Lampe und knipste das Nachttischlämpchen an. Das gelbe Licht malte Figuren an die Wände. Camillas Blick blieb an einem dunklen Fleck hängen. Dieser bewegte sich, dehnte sich aus, kraxelte wie ein Käfer herum.

Irgendwann überkam sie der Schlaf. Später hörte sie Baba flüstern, als sie erwacht war. Baba war noch einmal weggegangen und nun wieder zurück. Er sprach von der «Höll» und dass er beim Glücksspiel hundert Franken verloren habe. Spass habe es trotzdem gemacht.

«So ein Pech.» Mami hörte sich schlaftrunken an.

Das Duvet raschelte, als Baba sich neben Mami schlafen legte. Dieses Geräusch gab Camilla ein Gefühl der Sicherheit. Es waren dieselben Empfindungen wie unter dem Jahr, wenn Baba von der Nachtschicht nach Hause kam. Dann schaute er immer in ihrem Zimmer vorbei, deckte sie zu und hauchte ihr einen Kuss auf die Wange.

ELF

Das Schlafmanko belastete Valérie. Obwohl sie todmüde war, hatte sie es nicht geschafft, vor halb vier einzuschlafen. Tausend Gedanken umkreisten ihr Gehirn. Was hatte sie übersehen? Was falsch interpretiert? Sie hatten Malika Galambos' Ex-Freund aufgegriffen, ihn vernommen und die Aussagen protokolliert. Aber dieser hatte Alibis für die Tatzeiten und war wegen des Verbrechens an seiner ehemaligen Geliebten selbst wie durch den Wind. Sie hatten ihn wieder laufen lassen.

Der Wecker auf dem iPhone hatte Valérie um sechs Uhr aus dem Tiefschlaf gerissen, in den sie endlich gefallen war. Wenn sie jetzt liegen bliebe, würde sie gleich wieder einschlafen. Sie musste einen klaren Kopf behalten. Leise, damit sie Zanetti nicht weckte, ging sie ins Gästebad im Erdgeschoss, duschte und zog sich an. In der Küche liess sie einen doppelten Espresso aus der Kaffeemaschine und setzte sich mit der Tasse ins Büro. Draussen war es zappenduster. Die Leselampe spiegelte sich im Fenster und daneben ihr blasses Gesicht. Sie sah aus wie die Wiedergeburt des Nosferatu. Schrecklich entstellt, bis sie merkte, dass die Scheibe einen Riss aufwies. Sie erhob sich, ging zum Fenster und suchte die Scheibe nach einem Einschussloch ab. Seit Lehmann hinter ihr her war, musste sie mit allem rechnen. Doch da war nichts als dieser Riss. Verursacht durch eine Spannung im Glas vielleicht.

Valérie fuhr den Computer hoch und drehte das Radio auf Zimmerlautstärke. *But you see, it's not me, it's not my family …* The Cranberries' Lyrik flutete Valéries Geist, während sie die eingegangenen Mails checkte. Die Musik weckte Erinnerungen an ihre jungen Jahre während des Studiums. Sie hätte gern nach einer Tablette gegriffen, um in die Gänge zu kommen. Doch wenn sie damit wieder anfinge, würde sie zurückgeworfen in jene Zeit, in der sie ohne Psychopharmaka nicht hatte leben können. Schlafmittel. Aufputschmittel. Ein ewiger Teufelskreis.

Sie öffnete Stieffels Nachricht. Unmöglich, dass er die Resultate der forensischen Untersuchungen von Basil Maibachs Leichnam schon hatte. Im Anhang fand sie die Ergebnisse von Malika Galambos. Wenigstens das. Ein Schädel-Hirn-Trauma hatte zum sofortigen Tod geführt. Die Wucht des Schlags musste enorm gewesen sein. Der Täter habe mehrmals zugeschlagen, las Valérie. Es handle sich um ein offenes Schädel-Hirn-Trauma. Die Schädelbasis sei betroffen, was von aussen gut sichtbar sei. Der Schädelknochen und die harte Hirnhaut seien so verletzt, wie man es selten nach einem Schlag sah.

Hiebe mit einem Eisenrohr, ging es Valérie durch den Kopf. Dazu ungebändigte Kraft, verursacht von Hass und Wut. Wahrscheinlich hatte Malika Galambos keine Chance gehabt. Aber wer hatte ihr das angetan? Noch lag kein Täterprofil vor. Es gab keine Gemeinsamkeiten, was die Art des Tötens betraf. Sie musste es heute zur Sprache bringen. Vier Tote innerhalb von sechs Tagen. Vier Opfer, die alle etwas mit den Maibachs zu tun hatten. Valérie druckte den Anhang aus. Sie öffnete eine weitere Mail. Schuler hatte ihr den gestrigen Rapport geschickt. Alles, was fürs Labor bestimmt war, stand in der Warteschleife. Interessant waren jedoch die Bilder und die Gegenstände, die man in Basil Maibachs Büro sichergestellt hatte. Valérie druckte auch die Fotos und den Bericht aus.

«Darling.» Zanetti hatte sich von hinten an sie herangeschlichen. Valérie fuhr erschrocken herum. Er bückte sich über sie und zog sie an sich. «Du kannst es einfach nicht lassen.»

Sie schmiegte sich an ihn. Es tat gut, seine warmen Hände auf ihrem kalten Körper zu spüren. «Ich konnte nicht schlafen. Ich grüble, komme trotzdem auf keinen Nenner. Um acht sollte ich fahren. Um neun findet das Briefing statt.» Sie wies auf die kaputte Fensterscheibe. «Weisst du, was passiert ist?»

Zanetti liess sie los. «Das ist meine Schuld. Mir entglitt ein Glas und dieses traf auf das Fenster. Sorry, ich hätte es dir mitteilen sollen.»

«Hoffentlich bringen diese Scherben etwas Glück.»

«Soll ich dir Frühstück machen?» Zanetti küsste sie ins Haar.

«Es würde die Lebensgeister wecken.» Er entfernte sich ein paar Schritte von ihr. «Colin hat gestern angerufen.»

«Ach, *dich* hat er angerufen? Warum nicht *mich*?»

«Es gäbe etwas, das er dir schonend beibringen müsse, und er wusste nicht, ob der Zeitpunkt passend sei. Ich sagte ihm, er solle sich etwas gedulden.»

«Seit wann entscheidest du, wann der Zeitpunkt für ein Gespräch mit meinem Sohn passt?»

«Ich glaube, es sagt genug darüber aus, wenn Colin nicht dich, sondern mich sucht.»

Vermaledeit! Zanetti hatte recht. «Entschuldige.» Sie rieb sich die Augen. «Hat er wenigstens etwas angetönt?»

«Nur, dass er über den Rest der Feiertage wegfährt und du dir keine Gedanken machen sollst.»

Valérie liess es unkommentiert und zog die Dokumente aus dem Drucker.

Wie eine Glasglocke lag der Nebel über Küssnacht. Aus den grauen Wolken nieselte es. Valérie stand in der Nähe des Fensters und sah hinaus auf die trostlose Landschaft. Es kam ihr wie eine Nichtzeit zwischen den Jahren vor. Nicht gestern, nicht heute, nicht morgen, als gäbe es keine Vergangenheit, Gegenwart und Zukunft. Als hätte die Erde angehalten sich zu drehen.

Die Raunächte! Wie hatte sie diese nur vergessen können? Eleonore Maibach schwor auf sie. Was hatte es zu bedeuten? War alles nur ein Schwindel? Ein absurdes Theater einer gelangweilten Rentnerin? Valérie machte eine Notiz, um es abzuklären. Ihr Sohn starb in der ersten Raunacht. Gab es vielleicht in diese Richtung einen Zusammenhang?

Valérie trat hinaus in den Korridor, bevor sie ihr Büro abschloss. Es blieb ihr keine Zeit bis zur Teamsitzung. Mit einem Stoss Dokumenten unter dem Arm machte sie sich auf den Weg zum grossen Zimmer. Dort hatte Fabia bereits zwei Körbe mit gekauften Gipfeli hingestellt. Sie war stets um den Nachschub besorgt. Ende des Monats standen die Aufwendungen auf ihrer Spesenabrechnung, die Valérie absegnete.

Sie legte die Unterlagen ab. Ihre Leute trafen ein. Ein Kabarett aus Schlafmützen. Motivation sah anders aus. Fast hätte sie ihre Truppe aufgefordert, gerade zu gehen, wie es sich für ein Polizeikorps gehörte. Sie liess es sein.

«Fangen wir gleich an.»

Mit Schulers Eintreffen war das Team komplett. Er legte vier Laptops auf den Tisch. «IT-Müller hat die Tablets und die Computer untersucht, aber nichts gefunden, was verdächtig war. Auch diejenigen von Justus Maibach und den beiden Frauen. Die Geräte wurden auf mögliche verbotene Websiten geprüft. Was sogenannte Erotikseiten betrifft, ist IT-Müller bloss auf ein paar Elemente gestossen, die sich im Graubereich befinden. Keine Kinderpornografie, aber Hardcore-Sexspiele. Nur auf den PCs der Männer.»

«War das je ein Thema?» Valérie erinnerte sich nicht.

«Du weisst, worauf der Spezialist achtet», gab Schuler zu bedenken. «Verdächtiges Material wird sofort sichergestellt.» Er wuchtete eine Kiste neben die elektronischen Geräte.

Valérie erkannte einige Gegenstände, die Schuler in der Nacht fotografiert hatte. Unter anderem ein Trinkglas, eine Flasche Mineralwasser, ein vertrockneter Grittibänz mit Masche. Wahrscheinlich war dieser das Geschenk eines Mandanten gewesen. Dazu gehörte eine Weihnachtskarte, die den Absender bestätigte. Des Weiteren kamen zwei Agenden zum Vorschein, eine von diesem Jahr, die andere für das nächste. Sie steckten wie die anderen Dinge in einem Asservatenbeutel.

«Der gute alte Kalender.» Valérie nahm einen der Beutel auf. «Hat jemand Handschuhe?»

«Die brauchst du nicht. Ich habe die Fingerabdrücke bereits abgenommen.»

«Danke, Franz.» Valérie öffnete das Buch im A5-Format. Maibach hatte die Termine sauber eingetragen. Valérie interessierte vor allem der gestrige Tag. Dienstag, der 27. Dezember. Am Morgen um zehn hatte Maibach den vermerkten Besuch von der Schlichtungsbehörde gestrichen, um elf denjenigen vom Jugendamt. Beide Termine tauchten erst im neuen Jahr wieder auf. Am Nachmittag um halb zwei war ein Termin bei der Dentalhygienikerin eingetragen, und um drei stand «H. Möckli», gewiss der Name eines Mandanten. Die beiden Termine waren mit einem Stern versehen, der sich am Ende der Zeilen wiederholte. Daneben war «Polizeistützpunkt» vermerkt. Die Zeiten überschnitten sich. Gemäss Louis' Protokoll war er für eine Befragung im Gebäude gewesen. Valérie wandte sich an Fabia. «Kann ich dir die Aufgabe übergeben, die Einträge der letzten zwei Wochen zu prüfen?»

Fabia murmelte etwas vor sich hin, während sie die Agenda widerwillig entgegennahm. «Ja, mache ich.»

«Dann kläre auch gleich ab, weshalb Basil Maibach in seinem angeblichen Urlaub zwei Termine hatte, ob er beabsichtigt hatte, diese wahrzunehmen, oder ob sie erst nach dem Tod seines Bruders hinzugefügt wurden. Ich ging davon aus, er wollte die gesamten Feiertage auf Rigi Scheidegg verbringen. Wann wurde das Meeting mit Möckli festgelegt?»

«Zur Dentalhygienikerin wollte er so oder so fahren», informierte Louis. «So hatte Basil Maibach es mir mitgeteilt.»

Schuler kippte den Karton. Weitere Gegenstände in Asservatenbeuteln purzelten heraus. Unter anderem eine Pralinenschachtel. «Diese lag geöffnet auf dem Pult. Maibach muss einige Stücke des Konfekts genascht haben.»

Valérie besah sich die Verpackung. «Ein grosszügiges Geschenk. Eineinhalb Kilo feinste Schwyzer Schokolade. Finden wir heraus, woher er diese hatte.»

Schuler verschaffte sich Gehör, indem er sich räusperte. «Die Pralinen respektive der Rest davon befinden sich im Labor und werden gerade auf deren Inhaltsstoffe geprüft.»

«Dauert das so lange?» Valérie war einerseits enttäuscht, andererseits liess der Gedanke sie nicht los, es könnte mit den Pralinen etwas nicht in Ordnung gewesen sein. Ja, es war sogar naheliegend.

Schuler griff nach seinem Smartphone. «Ich habe mich darum bemüht, dass diese noch in der Nacht geprüft werden. Sei froh, habe ich beim toxikologischen Institut einen guten Freund. Den

Befund wird er mir demnächst zusenden.» Er wischte über das Display. «Ach, da haben wir ihn. Soeben ist der Vorabbericht eingetroffen. Ist schnell gegangen. Er hat den Turbo gezündet. Noch Einwände?»

«Und?» Nicht nur Valérie war auf Schulers Ausführungen neugierig.

Schuler öffnete den Anhang und überflog die Nachricht. «Nach ersten Erkenntnissen enthalten die Pralinen Rizin.»

«Rizinusöl?» Valérie spürte einen harten Stich in der Brust.

«Rizin», korrigierte Schuler. «Das ist nicht dasselbe. Rizinusöl ist frei von Eiweissstoffen und daher ungiftig. Man verwendet es als Abführmittel. Aber hier geht es um Rizin. Die Pralinen wurden offensichtlich präpariert. Rückstände davon wurden im Vomitus gefunden.»

«In der Kotze», erklärte Louis.

«Die Pralinen müssen von jemandem gewesen sein, der wusste, wie Basil Maibach Schokolade mochte», sagte Fabia.

«Bereits eine kleine Menge kann tödlich sein.» Schuler fuhr unbeirrt fort. «Rizin wird aus der Bohne des Wunderbaums gewonnen, welcher zur Extraktion von Rizinusöl kultiviert wird.»

Valérie fühlte sich unwohl. Der Mörder war dreister geworden. Jetzt griff er sogar zu Gift. «Die Frage stellt sich, wie der Mörder an diese Substanz gekommen ist.»

«Rizinussamen kann man ganz einfach über das Internet bestellen», sagte Louis. «Erinnert ihr euch an den vereitelten Giftanschlag in einem Kölner Hochhaus? Der Täter stellte aus den Samen eine biologische Bombe her.»

«Klar erinnere ich mich.» Fabia verschränkte die Arme. Ihre übliche Frage-mich-was-anderes-Masche. «Nach diesem», sie malte Gänsefüsschen in die Luft, «vorbereiteten Attentat forderten Toxikologen und Anwälte ein konsequenteres Vorgehen gegen illegale Internetgeschäfte. Das ist vier Jahre her. Heute dürfte die Beschaffung von Rizinussamen nicht *ganz einfach* sein.» Sie warf Louis einen kritischen Blick zu.

«Man findet alles, wenn man sucht», sagte Louis. «Glaubt ihr noch immer an einen *einzigen* Mörder?»

«Eine eindeutige Handschrift fehlt.» Valérie hatte sich die gleiche Frage auch gestellt. «Doch wenn ich die Opfer anschaue, kann es nur einer gewesen sein.»

«Es ist das Werk eines Wahnsinnigen», insistierte Fabia.

«Was ist ein Wahnsinniger, Fabia?» Louis trommelte mit den Fingern auf die Tischplatte. «Sind wir das nicht alle? Schau dir doch die Welt an. Sie ist voll von Psychopathen.»

Fabia war im Begriff zu kontern. Valérie gebot ihr, sich still zu halten. Louis führte sich wie ein angeschossenes Tier auf. Er versuchte gerade, seine eigene Wunde zu lecken. «Wir müssen die endgültigen Resultate aus der Rechtsmedizin abwarten. Die Obduktion wird die Ergebnisse des toxikologischen Instituts untermalen oder verwerfen. Solange wir nicht zu hundert Prozent wissen, woran Basil Maibach gestorben ist, müssen wir diesen Strang vorübergehend zur Seite legen. Widmen wir uns den Fakten. Nehmen wir an, nur *ein* Täter hat die vier Menschen auf dem Gewissen. Suchen wir nach dem Motiv. Bislang hat sich keines abgezeichnet.»

«Stimmt.» Louis seufzte. «Basil Maibachs Tod entfernt uns gerade von einer möglichen Ursache, alles könnte mit Justus Maibach zu tun haben. Wer leidet am meisten unter dem Verlust?»

«Eleonore und Linus Maibach.» Valérie und Fabia waren sich einig.

«Was aber haben Andrea Borkowski und Malika Galambos damit zu tun?»

«Wir werden sicher bald darauf kommen.»

Valérie freute es, wie Fabia bei der Sache war. Auf Louis' provokative Fragen liess sie nichts kommen. Ihre Schlüsse folgten der gleichen Logik, wie Valérie sie hatte.

«Wir können den Verdacht, Basil Maibach könnte den Bruder und dessen Geliebte umgebracht haben, endgültig streichen.»

«Vielleicht war er verzweifelt und hat sich selbst umgebracht», sagte Louis. «Ein erweiterter Suizid, nachdem er seinen Bruder und dessen zwei Geliebte getötet hatte. Möglicherweise hat er sich die Pralinen selbst geschickt.»

«Du hinkst hintennach.»

Valérie entging nicht, wie Fabia Louis zuzwinkerte. Sie drehte sich zum Flipchart um, nahm den Schreibstift zur Hand und notierte ihre Überlegungen. «Gehen wir davon aus, der Täter will allein Linus und Eleonore schaden. Meines Erachtens zielt seit gestern Nacht alles darauf hin. Andrea Borkowski und Malika Galambos galten vielleicht als Ablenkung auf diesem Weg. Einen Suizid schliesse ich aus. Hätte sich Basil Maibach selbst umgebracht, hätte er eine effizientere Art gewählt.»

Louis hob die Hand. «Angenommen, Andrea und Malika wären *vor* Justus Maibach gestorben ...»

«Dies würde unsere Analytik entkräften. Trotzdem möchte ich daran festhalten, es könnte letztlich um die Senioren gehen. Dazu brauchen wir deren Aussagen.» Valérie wandte sich an Louis. «Wir müssen Eleonore und Linus Maibach befragen, ohne Rücksichtnahme auf ihre Trauer und um zu verhindern, dass es noch mehr Tote gibt. Wir haben es mit undurchsichtigen Zeitgenossen zu tun. Das hat auch Dr. Wille angetönt. Die Maibachs seien nicht ganz koscher, warum, darüber hielt sie sich bedeckt.» Von wegen Hilfe. Dr. Wille hatte ihr lediglich geraten, hinter die Kulisse zu blicken. Wahrscheinlich hatte sie das Bedürfnis verspürt, über ihr Schicksal zu sprechen. «Es wird Zeit, dass ihr, Fabia und Louis, nach Schwyz zu den Maibachs fahrt.»

***

Eleonore schob die Urne ihres Schwiegervaters aufs Schrankregal. Linus beobachtete ihr Tun mit einer Skepsis, welche die geistige Gesundheit seiner Frau in Frage stellte. Ihre beiden Söhne waren tot, und sie widmete sich dem verflossenen Geist seines Vaters. Mehr noch, sie sprach mit der Asche, als fände sie darin Trost.

«Du starrst mich an.» Eleonore sagte es, ohne sich nach ihm umzudrehen.

Sie war ihm unheimlicher denn je. «Du bereitest mir Sorgen.»

Endlich wandte sie sich zu ihm um. «Ich höre dies zum ersten Mal aus deinem Mund.»

«Dein Ritual in letzter Nacht … glaubst du, ich habe es nicht mitbekommen?»

«Es ist wichtig, den Verlauf der Raunächte nicht zu unterbrechen. Im Grunde ist es egal, wo sie stattfinden, aber es ist nicht egal, wenn ich eine auslasse.»

Linus war gegen Morgen in einen unruhigen Schlaf gefallen, nachdem er eine Beruhigungstablette geschluckt hatte. Das Medikament hatte seine Gedanken vernebelt; sie hatten sich wie ein schlimmer Traum angefühlt, aus dem er nicht zu erwachen vermochte. Ein Poltern im Haus hatte ihn jedoch aufgeweckt. Die linke Bettseite war leer gewesen. Er war aufgestanden und dem Poltern gefolgt, das sich regelmässig wiederholte. Er hatte seine Frau gefunden, auf dem Küchenboden, umgeben von Teelichtern, die ein Pentagramm darstellten. Sie hatte mit dem Deckel auf die Urne geschlagen und seltsame Töne von sich gegeben.

«Weshalb hast du Justus mehr geliebt als Basil, obwohl Justus nicht dein Sohn war?» Worte wie Dolche. Eleonore machte es offensichtlich Spass, ihn zu quälen. Versuchte sie auf diesem Weg, ihre Trauer zu bewältigen? Er hatte sie kein einziges Mal weinen sehen. Und was sie hier faselte, stimmte einfach nicht.

«Da irrst du dich. Ich habe Basil sehr geliebt, mich aber auch um Justus gekümmert. Du weisst, warum.»

«‹Gekümmert› nennst du es? Du hattest nichts dagegen, als er sich selbstständig machte.» Eleonore sah Linus vorwurfsvoll an. «Als er ‹Maibach & Söhne› verliess, hast du aufgeatmet. Gib es zu.» Sie wusste wahrscheinlich selbst nicht, was sie sagte.

«Mag sein, um meinen eigenen Sohn zu schützen.» Linus griff nach Eleonores Armen. «Mein eigenes Fleisch und Blut. In all den Jahren habe ich versucht, dich aus dem Schussfeld des Geredes zu nehmen. Es war nicht leicht.» Die Erinnerungen an die Schmach brachen mit solch einer Wucht über ihn, dass er sich wie betäubt setzen musste. Eleonore, die einstige Magd ihrer Familie, war schwanger gewesen von seinem eigenen Vater. Der Richter von Schwyz, dem alle Ehre des Kantons zuteil gekommen war, hatte als Einundsechzigjähriger Linus' Mutter mit dem Zimmermädchen betrogen, bis sie ein Kind von ihm erwartete.

Ein Skandal, den er sich nicht hatte leisten können. Von da an war alles vertuscht worden. Linus' Mutter hatte die Scheidung gewollt und entsprechend rebelliert. Linus' Vater hatte sie mit Hilfe seiner Ärztefreunde in die geschlossene Psychiatrie gebracht, wo sie zwei Jahre blieb. Eleonore hatte man versteckt, damit niemand auf die Idee kam, sie könnte schwanger sein. Als der Geburtstermin näher gerückt war, bestellte man eine Hebamme ins Haus. Sie hatte ein Schweigegeld kassiert und klein Justus auf die Welt geholfen. Das Problem, dass fortan ein Kind in der Familie war, hatte man beseitigen müssen. Das Mündel wegzugeben, war jedoch keine Option gewesen. Man hatte nach einer anderen Lösung gesucht, welche Hubertus Maibach von aller Schande entband.

Linus, damals sechsundzwanzig, hatte Eleonore auf Vaters Geheiss geheiratet, obwohl seine Mutter kurz zuvor gestorben war, den kleinen Bruder adoptiert und somit den Vater rehabilitiert. Hubertus Maibach hatte ihm und Justus je die Hälfte seines Vermögens vermacht.

Über die Jahre war Gras darüber gewachsen. Linus anerkannte seinen eigenen Bruder als seinen Sohn. Ausser sein Vater, der mittlerweile gestorben war, sowie der Notar, der die Adoption möglich gemacht hatte, und die Hebamme wusste niemand von dem Deal. Als Basil das Licht der Welt erblickt hatte, war das Familienglück komplett.

«Es ging immer nur um die Familie Maibach», klagte Eleonore. «Mich hat man nie gefragt. Ich liebte Hubertus über alles, obwohl er mich zum Gespött gemacht hatte. Ich wollte ihn, nicht dich.»

Die Hausglocke schrillte. Gerade rechtzeitig. Linus hätte für nichts garantieren können. Eleonores Worte trafen ihn wie Speerspitzen. «Das werden sie sein.» Er ging schwer atmend Richtung Treppe und sah noch einmal zurück.

«Wer?» Eleonore machte ein verdriessliches Gesicht.

«Die Polizei, die wir gestern erfolgreich vertrieben haben.» Er war nicht imstande gewesen, auch nur eine Frage zu beantworten. Basil, sein leiblicher Sohn war tot. Er hatte ihn im Büro gefunden, wo er liegen gebliebene Mails beantworten wollte. Er hatte während des Nachmittags über Bauchschmerzen und Übelkeit geklagt. Der Tod seines Bruders musste ihm arg zugesetzt haben. Hatte er sich selbst etwas angetan? Jeder in der Familie ging anders damit um. Linus selbst hatte Rotz und Wasser geweint. Er hatte beide Söhne geliebt, auch wenn das Eleonore anders sah.

Linus nahm zwei Tritte auf einmal, obwohl er sich dies seines gesundheitlichen Zustands wegen nicht hätte erlauben dürfen. Seit Justus' Unfall vor einer Woche war sein Körper wie zerbrochen. Die Kraft fehlte ihm, und er war um Jahre gealtert. Wenn er sich im Spiegel betrachtete, stellte er fest, wie sehr er seinem verstorbenen Vater glich. Täglich kämpfte er dagegen an und hoffte, dessen schwierigen Charakter nicht geerbt zu haben. Er öffnete die Tür und bat Fabia Ulrich und Louis Camenzind herein. «Bitte entschuldigen Sie mein unflätiges Benehmen gestern.»

«Sie haben unser Verständnis.» Louis Camenzind betrat das Entrée und ging zielstrebig nach oben. Seine Entschlossenheit widersprach seiner Bemerkung.

«Nach Ihnen.» Fabia Ulrich liess Linus den Vortritt. Auch sie, wortkarg und nicht sehr nett.

Linus hatte ein schlechtes Gewissen. Vielleicht hatte er gestern die Ermittlungen behindert. Für ihn war klar, Basil war keines natürlichen Todes gestorben. Alles sprach dagegen. Es war die logische Fortsetzung der drei anderen Toten, die im Zusammenhang mit seiner Familie standen.

Die Vergangenheit kehrte zurück, aus der tiefsten Gruft seiner Verdrängungen. Hatte vielleicht die Hebamme etwas damit zu tun? Linus erinnerte sich nicht genau, was sein Vater mit ihr ausgehandelt hatte. Hatte sie eine monatliche Rente bekommen? Und jetzt, war das Geld ausgeblieben? Rächte sie sich? Weshalb jetzt? Hätte sie die Maibachs dann nicht eher erpresst?

Linus bat seine Frau, sie möge für die Herrschaften Kaffee machen. Er liess sich auf den Ohrensessel fallen. Er war bereit, um sich in die Karten blicken zu lassen.

***

Valérie rollte den Bürostuhl weg vom Tisch. Sie stellte die Rückenlehne nach hinten und streckte die Beine. Der doppelte Espresso entfaltete seine Wirkung. Trotzdem blieb das Bedürfnis nach Entspannung. Endlich hatte sich ein kleiner Lichtblick offenbart. Vor fünf Minuten hatte Res Stieffel sie angerufen und die Resultate dreier Obduktionen angemeldet. Sie hatte ihn gebeten, er möge ihr den Bericht per Mail senden. Sie brauchte etwas Schriftliches, um sich auf den Inhalt zu konzentrieren. Sie wollte zudem mit Stieffel nicht mehr als nötig sprechen. Wie immer befand er sich in einer mühsamen Phase, die ihn den Anstand ihr gegenüber vergessen liess.

Sie setzte sich wieder gerade hin, öffnete Outlook und dort den Absender der Rechtsmedizin. Stieffel hatte drei Attachments angehängt. Was würde sie erwarten?

Die Geräusche des Vormittags drangen durch das geöffnete Fenster. Valérie sog tief Luft ein, während sie sich erhob. Sie war unruhig, was sie nicht dem Kaffee zuschrieb. Ihr ganzer Körper zitterte, als stünde sie im Einflussbereich einer Starkstromleitung. Sie blickte hinaus auf die Landschaft mit dem Fluss Alp, der sich durch Schneeflecken und Schatten wand. Sie schloss das Fenster und kehrte zurück zum Pult. Sie öffnete das Dokument mit dem Vermerk «Malika Galambos». Die ersten Zeilen beinhalteten das, was sie bereits wusste. Tod durch mehrere Schläge auf den Kopf, sechs insgesamt, wobei der erste Schlag bereits tödlich gewesen war. Sichergestellt war die DNA eines entlassenen Sträflings und – Valérie musste es zweimal lesen – Wollfasern. Das war neu. Die innere Leichenschau enthielt nicht die Resultate, die Valérie erwartet hatte. Malika Galambos war nicht schwanger gewesen. Ein mögliches Motiv zerfledderte so schnell, wie es in ihren Gedanken entstanden war. Die Blutwerte hatten nichts Aussergewöhnliches ergeben. Malika Galambos war eine gesunde Frau gewesen, ohne Vorerkrankungen. Einige Abklärungen standen noch an, aber diese waren vielleicht nicht relevant. Der Bericht über Basil Maibach hingegen untermauerte das, was Stieffel am Tatort festgestellt und das toxikologische Institut erhärtet hatte. Maibach war vergiftet worden. Mit Rizin, dessen Rückstände Stieffel im Magen und im Blutkreislauf hatte nachweisen können.

Beim dritten Dokument zögerte Valérie. «Justus Maibach» stand in der Überschrift. Sie las die Zeilen, fand auch hier Anmerkungen, die sie bereits kannte. Tod durch Erfrieren. Sie stutzte. In der Lunge des Toten wurden Mikrofasern gefunden, kleinste Partikel von hundert Prozent reiner Wolle. Die Wollfasern im Magen des Toten und die Wollfasern am Eisenrohr waren identisch.

Valérie kam nicht darum herum, Stieffel anzurufen. Sie wählte seine Nummer und wartete.

Nicht er meldete sich, sondern seine Sekretärin. Diese leitete Valérie gleich weiter.

«Nicht zufrieden mit meinen Resultaten?»

«Sehr zufrieden, danke, Res. Aber es ist nicht alles klar.»

«Dann schiess los.» Stieffel murmelte etwas vor sich hin. «Bevor ich es vergesse, wir könnten uns zum Abendessen treffen, um die Unklarheiten aus dem Weg zu räumen. Was hältst du davon?»

«Ein schlechter Scherz.»

Stieffel liess ein paar Sekunden verstreichen, in denen er nichts sagte.

«Res, es muss jetzt schnell gehen.»

«Ich habe verstanden.» Seine Stimme kippte und fiel in einen sachlichen Ton. «Was ist nicht klar?»

«Justus Maibach. Tod durch Erfrieren. Jetzt tauchen plötzlich diese Wollpartikel in der Lunge des Toten auf. Was bedeutet das konkret?»

«Tod durch Ersticken kann ich nicht ganz ausschliessen. Hätte man das Opfer zum Zeitpunkt des Auffindens gerettet, wäre es mit Unterkühlung davongekommen. Die Hilfeleistung wurde unterlassen, und stattdessen hatte man ihm etwas auf Mund und Nase gedrückt. Der Reflex zum Atmen besteht auch noch, wenn die Körperfunktionen aufs Minimum heruntergefahren sind und das Opfer das Bewusstsein bereits verloren hat. Gelinde ausgedrückt, ist die Todesursache grenzwertig. Aber hier geht es ja um die Aufklärung eines Mordes. Und das ist offensichtlich.»

«Es handelt sich dabei um dieselben Fasern, die am Eisenrohr sichergestellt wurden?»

«Diese Laborwerte stammen aus Schindellegi. Ich habe sie bloss verglichen.»

«Möglicherweise hat der Täter Handschuhe getragen.»

«Das ist zu befürchten.»

«Und trotzdem ein Segen für die weiteren Ermittlungen.»

«Ich wünsche dir viel Glück.» Stieffel legte auf.

Valérie sah konsterniert auf das Display ihres iPhones. Was zum Teufel erwartete er von ihr? Was durfte sie von *ihm* erhoffen? Es schien, als würde er den Austausch der Informationen von ihrer Stimmung ihm gegenüber abhängig machen.

Sie entdeckte die Notiz wegen der Raunächte und überlegte sich, wen sie dazu fragen könnte. In ihrer Strasse lebte eine Frau, die sich mit okkulten Dingen befasste. Dies hatte sie über Umwege erfahren. Vielleicht wusste sie etwas darüber. Valérie suchte im digitalen Telefonbuch nach der Nummer. Sie erinnerte sich an den Vornamen Hildegard. Sie fand schnell den gesuchten Nachnamen. In ihrer Nachbarschaft lebte nur *eine* Hildegard. Valérie wählte ihre Nummer.

***

Louis steckte sein Smartphone in die Winterjacke zurück. Gerade hatte er von Valérie die Nachricht bekommen, Basil Maibach sei an den Folgen einer Vergiftung durch Rizin gestorben. Louis fühlte sich in einem Dilemma. Fabia strich sich die Haare hinters Ohr und sah ihn fragend an.

«Was ist?» Auch Linus Maibach hatte sein Zögern bemerkt.

Seine Frau dagegen dämmerte lethargisch vor sich hin. Aus ihr wurde Louis nicht klug. Er hatte sie anders in Erinnerung. Jetzt war sie eingefallen, ihre Haare hatten eine Wäsche nötig, und unter ihren Augen breiteten sich dunkle Ringe aus, was ihr das Aussehen einer Eule verlieh. Sie hatte beide Söhne verloren. Grund genug, um sich gehen zu lassen. Vielleicht hatte sie ein Beruhigungsmittel geschluckt, um den Schmerz zu ertragen.

Aber Louis hatte sie nicht so eingeschätzt, dass sie wegen dieses Verlusts zusammenbrechen würde. Entweder stand sie unter Dauerschock, oder sie verdrängte den Schmerz. Anders Linus Maibach. Das Elend hatte ihn fest im Griff. Trotzdem musste Louis ihn weiter befragen. Maibach hatte ihm versprochen, über alles zu sprechen, was mit dem Tod seiner Söhne im Zusammenhang stand. Doch je mehr Fragen Louis stellte, umso wortkarger wurde der Mann. Ob die Anwesenheit seiner Frau ihn darin hemmte, war nicht klar. «Erinnern Sie sich an eine Pralinenschachtel, die Ihr Sohn vor Weihnachten bekommen hat?»

«Die kam von einer Mandantin.» Es schien, als wäre Eleonore Maibach aus ihrer Schockstarre erwacht. «Kurz bevor wir am 21. auf Rigi Scheidegg fuhren, brachte der Pöstler das Paket. Ich habe nach einem Absender gesucht. Aber dort stand nicht der Name, sondern bloss der Vermerk ‹von einer dankbaren Klientin›.»

«Haben Sie die Verpackung noch?»

«Nein, diese hat Basil sicher entsorgt. Er war sehr ordentlich.»

«Im Abfallsack?»

«Wo denn sonst?»

«Wann werden die Säcke abgeholt?»

«Am Dienstagmorgen.»

Louis notierte es. «Hat Ihr Sohn weitere Geschenke bekommen?» Er behielt Eleonore Maibach im Auge.

«Kann sein. Ich lauerte nicht täglich vor seiner Bürotür.»

Aber vielleicht alle zwei Tage, dachte Louis. Eleonore Maibach war keine Frau, die etwas dem Zufall überliess. Sie hatte ihre Familie im Griff.

Es klopfte, und die Tür ins Wohnzimmer wurde aufgestossen. Emma Maibach betrat den Raum, sichtbar traurig und verweint. Ihre magere Gestalt wurde durch einen engen Homedress unterstrichen. Sie sah aus wie ein Schulmädchen. «Was habe ich gehört? Basil sei vergiftet worden?» Sie blieb stehen.

Fabia wies sie an, Platz zu nehmen. «Vielleicht können Sie uns ein paar Fragen zum Tod Ihres Mannes beantworten.»

Emma Maibachs Blick landete bei Maibach. «Muss ich?»

«Es ist besser so», antwortete er.

Fabia nahm den Faden wieder auf. «Erinnern Sie sich an das Geschenkpaket, das Ihr Mann vor Weihnachten bekommen hat?»

«Die Pralinen?» Sie schluchzte auf. «Ich habe mich gewundert. Er hat die Schachtel nach Hause genommen. Wir wohnen gleich nebenan. Aber ich bat ihn, diese wieder mitzunehmen. Ich esse keine Schokolade.»

Die hättest du aber bitternötig, ging Louis durch den Kopf. Emma Maibach machte den Eindruck, sich gegen alle Nahrungsmittel zu wehren, die Kalorien hatten.

Sie weinte hemmungslos. «Hätte ich bloss auch davon gegessen, dann hätten wir uns gemeinsam von dieser Welt verabschieden können ...»

Louis schämte sich seiner Gedanken wegen.

«Na, na, Emma, Liebes ...» Eleonore Maibach rutschte näher an sie heran, eine Gebärde, die Louis nicht von ihr erwartet hatte. «Du hast doch uns. Wir müssen da jetzt durch.»

«Ihr Mann hat die Pralinen also wieder ins Büro mitgenommen.» Fabia sah Louis an. In ihren Augen stand völliges Unverständnis.

Emma Maibach schniefte. «Ja, Basil liebte Schokolade. Er nahm dabei nicht einmal zu.»

«Hatte Ihr Sohn Feinde?» Louis wandte sich an Maibach.

«Die üblichen Verdächtigen, wenn es zwischen Anwalt und Mandant zu Unstimmigkeiten kommt. Es gab Briefe, deren Texte sich im Graubereich befanden. Aber wegen Uneinigkeit bringt man doch niemanden um. Man redet, sucht nach Lösungen ...»

So sicher war sich Louis nicht. «Ich brauche das Portfolio Ihres Sohnes sowie die Namen der Klientel.»

***

Valérie entschied sich, bereits am Mittag in den Feierabend zu gehen, nachdem sie ihr Team darüber informiert hatte, sie müsse ein paar Abklärungen die Raunächte betreffend machen. Hildegard hatte ihr sofort zugesagt, da sie über die Weihnachtstage allein sei und sich auf Gesellschaft freue.

Die Frau wohnte zwei Häuser neben Valérie, an der Ecke zur Grepperstrasse. Valérie bedauerte, sich beim Umzug von Schwyz nach Küssnacht nicht bei ihr vorgestellt zu haben. Es lag daran, dass sie es nicht mochte, mit Fremden auf Tuchfühlung zu gehen. Sie hatte schon Verschiedenes erlebt. Von Nachbarn, die bei ihr um Salz und Eier fragten, damit sie einen neugierigen Blick in ihr Zuhause werfen konnten. Valérie verabscheute Leute, die dann meinten, ohne zu läuten, bei ihr einzutreten, auf gut Freund zu machen, nur weil man Anwohner war.

Anstelle von LED-Weihnachtslämpchen war der Tannenbaum vor der Tür mit getrockneten Apfel- und Orangenscheiben sowie Strohsternen dekoriert. Valérie betätigte einen Türklopfer, eine Glocke gab es nicht.

Und da stand sie, Hildegard, eine Frau in Valéries Alter mit einem erfrischend rosigen Gesicht. Ihre graubraunen Haare reichten ihr weit über die Hüfte. Sie trug eine weite Hose und einen Kasack. Alles an ihr wirkte etwas schlabberig. Sie sah aus wie ein in die Jahre gekommenes Hippie-Mädchen. Um ihren Hals rasselten verschiedene Stränge metallener Ketten. Ein Peace-Zeichen baumelte auf der Brust, welche Valéries Vermutung untermalte, sie könnte es hier mit einer 1968er-Aktivistin zu tun haben. Kurz kam der Verdacht auf, sie habe sich in der Tür geirrt.

«Treten Sie ein. Ich kenne Sie vom Sehen und weiss, Sie arbeiten bei der Kantonspolizei.»

Das war schlimmer als in ihren kühnsten Vorstellungen. Ihre Nachbarin hatte sie bereits im Visier.

«Mein Mann ist IT-Spezialist», erklärte sie unaufgefordert. «Er hat eine Ahnung davon, wie man Personen anhand von Bildern ausfindig macht.» Ihr Lachen klang hell und ehrlich. «Spass beiseite. Ich habe Ihren Namen auf dem Briefkasten gelesen. Nennen Sie mich Hildegard. Der Nachname Alisauskaitenering ist schwierig zum Aussprechen.» Valérie betrat ein Entrée, das dem ihren in nichts nachstand. Derselbe Grundriss, die Treppe, die nach oben führte, vorn die Küche und daneben das Wohnzimmer. Rechts vom Eingang das Gästebad. Gleicher Architekt. Anders eingerichtet. Hildegard stand auf Shabby-Chic.

«Mein Hobby», sagte sie, als Valérie eine Kommode im Flur betrachtete, welche hundert Jahre alt sein mochte. «Ich kaufe alte Möbel und restauriere sie. Es ist wie Meditation.»

Auch im Wohnzimmer kamen viele solcher Trouvaillen zum Vorschein. Nicht Valéries Geschmack. Alles hier wirkte altmodisch und kitschig. Dagegen mochte sie den würzigen Geruch, der sich in der Küche ausbreitete. Lebkuchen und Zimt, etwas Anheimelndes, welches sie an Fully erinnerte.

Hildegard brachte Tee an den Stubentisch und stellte eine Schale mit getrockneten Feigen und Datteln hin. «Sie sagten, Sie möchten etwas über die Raunächte erfahren.»

«Für mich ist es Neuland. Ich habe davon gehört, weiss aber nichts über die Bedeutung, die Rituale …»

«Wir befinden uns mittendrin. Heute ist der 28. Dezember, das heisst, die vierte Raunacht steht uns bevor. Es ist auch der Tag der unschuldigen Kinder, zum Gedenken an die Knaben, die König Herodes in Bethlehem bis zu ihrem zweiten Lebensjahr töten liess.»

«Die vierte Raunacht?» Valérie griff nach der verschnörkelten Tasse und schlürfte vom heissen Tee. Er schmeckte nach Vanille und Zimt.

«Sie beginnt mit einbrechender Dunkelheit.»

«Das heisst, die zwölf Raunächte beginnen nicht am 21. Dezember?» Eleonore Maibach hatte wohl eine andere Zeitrechnung, oder sie hatte alles erfunden, um sich selbst zu inszenieren. Je länger Valérie darüber nachdachte, umso suspekter kam ihr die Dame vor.

«Sie fangen am Weihnachtsabend, also am 25. Dezember, an und enden in der Nacht vom 5. auf den 6. Januar. Es sind magische Nächte, die vieles über unsere keltisch-germanischen Vorfahren aussagen. In jeder Raunacht zelebrieren wir Rituale. Die stillen Nächte sind die Zeit der Einkehr.»

«Ich dachte, die Raunächte würden früher beginnen.»

«Na ja, oft wird die längste Nacht des Jahres mit dem Beginn der Raunächte verwechselt. Meistens von Wichtigtuern, die weder den Hintergrund noch die Bedeutung kennen. Auch im

Internet kursieren falsche Informationen über diese zauberhafte Zeit.»

«Was bedeuten diese Raunächte wirklich? Gibt es auch Rituale, die mit dem Tod zu tun haben?»

«Wie meinen Sie das?» Hildegard rutschte auf dem Stuhl hin und her. Der Kettenstrang verursachte ein klimperndes Geräusch.

«Opfergaben zum Beispiel?» Indem man seine Söhne tötet. Aber das behielt Valérie für sich. Auch wenn sie Eleonore Maibach alles zutraute, der Gedanke war unüberlegt gekommen. «Lebende Opfer?», schob sie trotzdem nach.

Hildegard starrte sie an, als sässe sie vor einer Geistesgestörten. «Nein, wie kommen Sie darauf? Die Raunächte gelten als Schwellenzeit. Es sind zwölf Schicksalstage, in denen jeder Tag für das Geschehen eines Monats im kommenden Jahr steht.»

Zumindest hier gab es eine Übereinstimmung.

«Wie kommen Sie darauf, sie könnten etwas mit dem Tod zu tun haben? Die Natur erneuert sich, nachdem sie sich zur Ruhe gelegt hat. Es ist genau das Gegenteil.»

Valérie entnahm ihrer Tasche den Notizblock. Sie hatte letzthin Eleonore Maibachs Erklärungen notiert. Nun musste sie feststellen, dass sie wahrscheinlich alles auf sich zugeschnitten und erfunden hatte. Hildegard machte ihr einen weit seriöseren Eindruck als die Seniorin. Trotzdem wollte Valérie dieses Blendwerk aus Aberglauben und Fanatismus nicht an sich heranlassen. Sie hatte selbst erfahren, wie viel Leid solche Verschwörungen hervorriefen. Hinter diesen Glaubensbekenntnissen steckte immer ein Quantum falscher Überzeugungen, woraus im schlimmsten Fall Erpressungen hervorgingen. Auch Hildegard sah danach aus, als würde sie von ihrer Meinung nicht abweichen. Ihre Körperhaltung sprach Bände.

«Was hat es mit dem Ritual auf sich, wenn in den Raunächten die Asche eines Verstorbenen verstreut wird?» Valérie bekundete Mühe, diese Frage zu stellen. Hildegard musste an ihrem Verstand zweifeln. Dabei war alles geregelt. Die kantonale Bestattungsverordnung hatte klare Richtlinien. Urnen und Kremationsasche durften ausserhalb von Friedhöfen nur beigesetzt werden, wenn die Bestimmungen des Forst-, Gewässerschutz-, Bau- oder Umweltamts eingehalten wurden.

Sie hätte Eleonore Maibach wegen dieser Tat anzeigen können. Aber dazu fehlten ihr handfeste Beweise. Die Aussagen von Graziella und Emma Maibach reichten nicht aus. Auch, ob sich in besagter Urne die Asche des verstorbenen Hubertus Maibach befand, war unbewiesen. Bislang hatte man es vermieden, die Totenruhe zu stören und die Asche auf ihre Echtheit zu untersuchen. Dies war ein aufwendiges Verfahren und brauchte mehr als einen Verdacht.

So, wie Valérie Eleonore Maibach einschätzte, konnte alles nur ein Bluff sein.

Hildegard reichte ihr einen Beutel. «Ihre Gedanken sind schwer. Vielleicht hilft Ihnen meine Gabe, die Sie in den nächsten Tagen bei sich tragen sollten.»

Valérie, konfus über ihre eigenen Gedanken und über das sonderbare Geschenk, griff danach. «Was ist drin?»

«Es ist ein sogenannter Medizinbeutel. Er enthält Federn, die ich bei meinen Streifzügen durch die Natur gesammelt habe, getrocknete Kräuter, Nüsse, Steine, kleine Baumzweige, Baumharz und andere Dinge, denen ich intuitiv eine Bedeutung beimesse. Dieser Beutel lässt sie den Schutzzauber spüren. Es sind Kraftgegenstände, die Sie während und nach den Raunächten beschützen.»

Valérie erhob sich und trat instinktiv ein paar Schritte weg von Hildegard. Den Beutel legte sie auf den Tisch. «Ich habe meine eigenen Schutzmechanismen.» Sie dachte an ihre Pistole auf Hüfthöhe und konnte sich nicht erklären, weshalb sie diese nicht ins Handschuhfach gelegt hatte. «Aber danke für Ihre Fürsorge.»

«Falls Fragen auftreten, stehe ich Ihnen jederzeit zur Verfügung.»

Valérie verabschiedete sich. «Ich finde allein zum Ausgang.»

9. Februar 1961, zwanzig Minuten nach drei, nachts

Sie hielt sich im Heizkeller auf, in dieser Höhle mit den entsetzlich dunklen Wänden. Der Ofen hatte seinen Rachen weit geöffnet und spuckte Kohlestücke aus wie ein Schwarm schwarzer Insekten. Im Schlund züngelten die Flammen, und es war warm. Es knisterte, prasselte und summte wie die Orchestermusik in einem unheimlichen Film. Der Laut drang allmählich in Camillas Bewusstsein. Sie schlug die Augen auf. Die Sterne vor dem Fenster waren verschwunden. An ihrer Stelle leuchtete der Himmel orange. Und im Zimmer war es diesig. Ob die Sonne schon aufging? Camilla drehte sich zu ihren Eltern um. Sie schliefen tief. Mami hatte sich Ohrenklappen übergezogen, Baba den Kopf unter dem Kissen verborgen. Sie bekamen nichts von diesem Spuk mit. Ein sonderbarer Geruch hatte sich ausgebreitet. Dann hörte sie Stimmen. Sie kamen von unten, klangen aufgeregt. Camilla setzte sich auf. Etwas war anders als sonst.

Durch das Hotel ging ein Beben. Unter dem Dach ächzten und seufzten die Balken.

«Mami!» Camilla sprang aus dem Bett. «Mami! Mami!»

«Was ist denn?» Mami rieb sich die Augen und riss die Ohrenklappen weg. «Hast du schlecht geträumt?»

«Mami, was ist das? Das Zimmer zittert. Spürst du es auch?»

Baba brummte etwas vor sich hin.

Mami fuhr erschrocken in die Vertikale und schnüffelte. «Christophe! Steh auf! Ich glaube, es gibt ein Problem ... Es riecht nach Rauch.»

Die Rufe von unten wurden lauter. Der Lärm eines Motors erfüllte den Raum. Es klang wie der Aggregator in Grossdädis Keller. Dazwischen Schreie, die nichts Menschliches an sich hatten.

«Weisst du, wie spät es ist?» Baba wollte das Licht anknipsen, doch dieses funktionierte nicht. Im nebligen Schimmer suchte er nach seiner Armbanduhr mit dem Leuchtzifferblatt. Er fand sie auf der Kommode. «Erst halb vier. Früh für eine Tagwache am Schmutzigen Donnerstag.» Er ging zur Tür, öffnete sie einen Spaltbreit, stiess sie heftig wieder zu. «Um Gottes willen. Es brennt!» Baba sah den Fluchtplan an, den es infolge eines Brandfalls zu befolgen galt. «Der nützt jetzt auch nichts mehr. Der Fluchtweg ist voller Rauch. Über den Korridor können wir nicht gehen, und die Notleitern befinden sich auf der Rückseite des Hotels.»

«Es brennt?» Mami schrie auf. «Wir müssen raus.»

«Nicht über die Treppe. Die Gefahr einer Rauchvergiftung ist zu gross.»

«Und was tun wir jetzt? Christophe!» Mami verlor die Nerven. «Wir befinden uns in der fünften Etage.» Sie rannte im Zimmer herum, in ihrem weiten Nachthemd.

Baba öffnete das eine Fenster und sah hinaus. Als er sich an Mami wandte, stand etwas in seinem Gesicht, das Camilla nicht zu deuten vermochte. Es beunruhigte sie. «Die Feuerwehr ist unten.» Er schloss kurz die Augen, als sammelte er seine Gedanken. «Ruhig Blut. Panik bringt jetzt nichts.»

Mami rannte zum Fenster, sah hinaus und schrie: «Das ganze Hotel steht in Flammen. Du weisst, was sich in den Holzzwischenwänden befindet. Zeitungen und Karton. Das brennt wie Zunder. Wie kommen wir hier raus? Christophe! Tue etwas! Christophe, wir werden bei lebendigem Leib verbrennen.»

Baba schrie zurück: «Reiss dich zusammen!»

«Aber da ist überall Rauch … und die Flammen fressen sich durch das Gebälk. Oh, mein Gott.»

«Beruhige dich. Wir sollten überlegen, was zu tun ist.»

Den Boden erschütterte es von Neuem. Camilla stand wie eine Säule mitten im Zimmer, unfähig, sich zu rühren. Tränen kollerten über ihre Wangen. Sie hatte sie nicht zurückhalten können, sie waren auf einmal da gewesen. Die Tränen und der Urin, der ihr über die Beine rann.

«Komm zum Fenster», rief Baba ihr zu. Und zu Mami: «Nimm die Laken vom Bett. Wir müssen die Enden aneinanderknüpfen. Die Feuerwehr wird uns retten. Vielleicht haben sie eine lange

Leiter, auf der sie uns holen können. Aber wir sollten trotzdem vorbereitet sein, wenn der schlimmste Fall eintrifft.»

«Der schlimmste Fall?»

«Vielleicht müssen wir aus dem Fenster springen.»

«Ich will nicht sterben», rief Mami.

«Das wirst du nicht. Aber mit deinem Winseln bist du keine grosse Hilfe. Die Laken … gib mir die Laken.»

«Glaubst du, man wird uns retten?» Sie zog die Bett- und die Wolldecken weg und riss die Laken von den Matratzen, wusste nicht, was damit tun. Sie stellte sich hilflos an, Mami, der sonst alles gelang. «Das Hotel beherbergt zurzeit zweihundert Gäste, erinnerst du dich? Der Concierge hat es uns erzählt.» Jedes Mal, wenn die Balken krachten, schrie sie entsetzt auf.

«Die Laken!»

Camilla sah hinaus. Der Himmel war jetzt blutrot, mit dunklen Schlieren. Wie Drachen jagten sie durch die Welt. Von unten drangen Rufe und wiederholt diese grauenvollen Schreie.

Baba band die Laken aneinander. «Camilla, konzentriere dich. Ich werde jetzt das Ende des Strangs um deine Taille befestigen.»

«Warum, Baba? Ich will bei euch bleiben.»

«Ich werde dich nach unten lassen. Vertraue mir.»

«Ich will aber nicht. Ich habe Angst.» Camilla sah zur Tür, bei deren Spalt es hell durchschien. Es klang, als polterte jemand daran. Über ihr rumorte und grollte es, als würden gewaltige Donnerschläge ein Gewitter ankündigen. Der Fussboden sackte ab. Erst nur ein wenig, dann mit einem heftigen Ruck immer mehr.

Baba winkte aus dem Fenster und rief um Hilfe. Wie er dort stand und Mami daneben, während türseitig die Flammen und blaue Gase durch die Ritzen züngelten. Die Holztür hielt dem Feuer nicht stand. Sie sprang aus den Scharnieren. Das Inferno war jetzt überall. Die Hitze raubte Camilla den Atem. Sie musste heftig husten und stürzte nach vorn, klammerte sich an den Fensterrahmen. Von draussen wehte etwas Luft herein.

Baba packte sie und band das eine Ende der Tücher um ihren Körper.

«Ich muss mich anziehen», wimmerte Camilla.
«Dafür reicht die Zeit nicht.»
«Ich trage doch bloss dieses Nachthemd. Zudem ist es nass.»
«Ich werde dir die Kleider bringen, sobald du in Sicherheit bist.» Seine Stimme hatte einen krächzenden Ton angenommen. Ein Husten schüttelte ihn. Dann umarmte er Camilla und drückte sie so fest, dass sie kaum mehr atmen konnte. «Gott sei mit dir.»
Nebenan krachte etwas. Das Haus wackelte in seinen Grundfesten.
Und da war dieses permanente Dröhnen, etwas zwischen Brodeln und Überkochen, in einer Dimension, die Camilla nicht kannte.
Baba half ihr auf den Sims. «Fürchte dich nicht. Wir werden nachkommen.» Seine Stimme brach. Es hörte sich an, als schluchzte er.
Camilla bemühte sich, die Augen offen zu halten. Der beissende Rauch liess sie tränen. Baba wuchtete sie über die Kante. Die Flammen loderten über ihr und neben ihr. Wie lange blutrote Zungen leckten sie an der Fassade und verschlangen sie. Die Hitze war unerträglich. Das Letzte, was Camilla von Mami sah, waren diese vor Entsetzen weit geöffneten Augen und die in die Höhe gerissenen Arme. Sie hörte ihre Schreie. Dann kam diese Walze aus Flammen, Gasen und Nebeln. Und die Feuersäule, die in den Himmel schoss, begleitet mit einem Funkenregen. Camilla befand sich in einer Luftleere, an diesem Strang aus Tüchern. Sie entdeckte jemanden auf dem Fensterbord daneben und erkannte den Musiker. Ferruccio Grimaldi. Wie ein schwarzer Schemen zeichnete sich sein Körper vor dem orangeroten Hintergrund ab. Sie wollte ihm zurufen und fand die Stimme nicht. Baba liess sie sachte hinunter. Sein Körper hing über dem Sims. Mit letzter Kraft versuchte er, sie zu halten. Dann war er plötzlich weg.
Camilla fiel.

ZWÖLF

Der Geruch nach abgestandenem Kaffee hing im Sitzungsraum. Fabia fluchte, weil die Fenster geschlossen waren, und verteilte Körbchen voller Leckereien, die sie von zu Hause mitgebracht hatte.

Valérie missbilligte ihre Bemerkungen, die sie regelmässig anbrachte, bedankte sich aber für die süsse Überraschung. Sie klatschte einen Berg Dokumente auf den Tisch, nach denen Louis griff, und sagte: «Wir haben endlich Vergleiche, und ich fresse einen Besen, wenn uns diese nicht weiterbringen.»

Es war acht Uhr an diesem Donnerstagmorgen, 29. Dezember, und die Stimmung wie die Tage zuvor bedrückt, was Valérie veranlasste, ein paar aufmunternde Worte in die Runde zu werfen. Dabei hätte sie selbst etwas Seelenbalsam nötig gehabt.

Spätabends waren aus dem Labor weitere Resultate eingetroffen. Valérie war früh zu Bett gegangen, hatte Colin eine Nachricht geschrieben, die bis heute unbeantwortet blieb. Sie war die Rapporte des Vortags noch einmal durchgegangen und später auf die jüngsten Mailnachrichten von Schuler gestossen. Sie müsste ihm später für seine Effizienz ein Kränzchen winden. «Auch im Tesla sind Wollpartikel sichergestellt worden, die mit den Fasern beim ersten und dritten Opfer übereinstimmen. Anhand der bisherigen Auswertungen können wir definitiv von *einem* Täter ausgehen.»

Louis blätterte in den Dokumenten und fand die Seite, die er offensichtlich gesucht hatte. «Tod durch Erfrieren oder Ersticken, Tod durch Überfahren, Tod durch Erschlagen und Tod durch Vergiftung. Vier verschiedene Todesarten. Hat es dies jemals gegeben? Und was ist mit Basil Maibach? Gibt es da Übereinstimmungen? Die Wollfasern tauchen hier nicht auf.»

«Manchmal bedingt es, über den Horizont zu sehen.» Fabia schnappte sich einen mit Zucker überzogenen Mandelgipfel. Sie schenkte Louis ein Lächeln. Es prallte ab. «Gestern nahm ich

Kontakt mit dem Hotel Kaltbad auf. Und siehe da, der Name Buholzer kam zum Vorschein.»

«Weshalb steht das nirgends?» Valérie erinnerte sich weder über eine E-Mail-Nachricht noch über einen entsprechenden Eintrag in einem File.

«Weil ich erst spät am Abend den Bescheid bekam, dass eine Frau Buholzer zwei Tage im Hotel verbracht hatte.»

«Hat sie auch einen Vornamen?» Valérie liess Fabia nicht aus den Augen. «Bei der Anmeldung müsste dieser vermerkt sein.»

«Klar … Milly. Milly Buholzer. Ich habe es hier schwarz auf weiss.» Fabia legte einen ausgedruckten Anmeldeschein auf den Tisch. Sogar das Geburtsdatum ist vermerkt. 19. Januar 1954. In einem Monat ist sie neunundsechzig Jahre alt. Sie hat das Hotelzimmer am 20. Dezember gebucht und am 22. Dezember hat sie ausgecheckt.»

«Wenn sie am 21. Dezember auf Rigi Scheidegg war, müsste sie nachts nach Kaltbad gewandert sein, wenn es sich tatsächlich um diese Frau handelt.» Valérie hielt es für nicht möglich. Sie vergewisserte sich auf der digitalen Landkarte, welche Distanz zwischen den beiden Orten lag. «Die Strecke zwischen Rigi Scheidegg und Kaltbad beträgt fast sieben Kilometer. Man legt sie normalerweise in einer Stunde und fünfundvierzig Minuten zurück. Ich kann mir nicht vorstellen, Milly Buholzer könnte diese Strecke in der Dunkelheit bewältigt haben. In dieser Nacht war es kalt, und es lag viel Schnee.»

Fabia machte auf sich aufmerksam. «Hiess es nicht, sie sei mit den Langlaufskiern unterwegs gewesen?»

«Stimmt. Danke, Fabia.» Valérie notierte den Namen. «Wer ist sie? Und ist sie die Person, die wir suchen?»

Fabia nickte motiviert. «Sie gilt als Zeugin.»

«Okay, wir müssen alles über sie in Erfahrung bringen. Woher sie kommt, wo sie wohnt. Steht das auch auf der Anmeldung?»

«Du hast mich nicht aussprechen lassen», sagte Fabia leicht düpiert. «Sie wohnt in Kriens in der Brunnmattstrasse. Die Hotelsekretärin hat die Nummer nicht erwähnt.»

«Wir müssen Kontakt mit unseren Kollegen im Kanton

Luzern aufnehmen.» Valérie passte es nicht. Sie verabscheute solche Amtshilfen, bedingte es doch immer einen Katalog an Erklärungen. «Oder wir sollten mal ganz unverbindlich bei ihr vorbeischauen. Louis, übernimmst du das?»

«Wie soll ich meinen Besuch begründen?»

«Dir wird schon was einfallen.» Valérie starrte auf ihr iPhone. Colin hatte sie gesucht. Es wurde aber auch Zeit. «Ihr entschuldigt mich.» Valérie hob die Hand, während sie die Tür anpeilte. «Ich bin gleich zurück.» Sie verliess den Raum und ahnte, dass sie ein Dutzend fragender Augenpaare zurückliess. Sie ging zum Fenster und öffnete es. Sie atmete die kühle Morgenluft tief in ihre Lungen. Auf dem Gleis gegenüber fuhr der Zug in den Bahnhof ein. Er hielt mit quietschenden Bremsen an.

Valérie wählte Colins Nummer. Er meldete sich nach dem dritten Klingelton. «*Maman*, danke für den Rückruf.»

«Warum denn so formell?» Ihre Mundwinkel zuckten. «Neue Freundin? Neues Glück?» Es musste einen Grund geben, wenn Colin die Weihnachtstage nicht mit ihr und Zanetti verbringen wollte. Andererseits hätten sie für ihn kaum Zeit gehabt.

«Ich … ich bin in den Ferien.»

«Schön für dich.» Verständlich. Colin hatte es verdient. «Wo?»

«Auf den Malediven.»

Valérie liess empört das iPhone sinken. Der Zug vis-à-vis fuhr an. Warum hatte Colin nicht darüber gesprochen? Sie legte das iPhone wieder ans Ohr. «Mit wem, wenn ich fragen darf?»

«Ich hoffe, es macht dir nichts aus.»

«Mich ärgert höchstens, dass du nichts davon erzählt hast. Aber gut, du bist erwachsen. Was soll ich sagen?»

«Ich befürchtete, du könntest toben.»

«Ach, ich tobe? Deinetwegen?» Sie seufzte schwer. «Was wolltest du mir mitteilen?»

«Ich bin mit Dad hier.»

Der Stich unter die Brust kam unvermittelt. Valérie schluckte die Enttäuschung hinunter. Wenn man dachte, es sei schlimm, traf etwas ein, welches das Vorhergehende in den Schatten stellte. «Wie kannst du nur?»

«Siehst du, ich hätte mich nicht melden sollen. Ich habe es geahnt. *Maman*, er ist mein Vater.»

Valérie hörte ihn schwer atmen. Colin hatte gewiss Überwindung gebraucht, um sie anzurufen. Sie versuchte, sich selbst in den Griff zu bekommen, bemüht darum, das innere Zittern zu unterdrücken. Ihre Gefühle fuhren Achterbahn. Wut und Hilflosigkeit wechselten sich ab. «Auf welcher Insel seid ihr?» Es sollte locker klingen.

«Im Hilton Resort auf Rangali.»

Der zweite Stich war heftiger. Die letzten gemeinsamen Ferien mit Willy hatte Valérie auf den zwei Eilanden verbracht, die mit einem Holzsteg verbunden waren. Heute gehörte das Resort zu den Luxusangeboten im Indischen Ozean, verfügte über ein Unterwasserrestaurant und war für Normalsterbliche kaum mehr erschwinglich. «Hat dein Dad dir gesagt, du sollst mich anrufen?»

«Er fand, es wäre nett, wenn du es wüsstest. Er hat sich gebessert, glaube mir.»

So also sah seine Rache aus. Sie hätte Colin aufklären sollen, wie sein Vater sie bedroht hatte. Aus Rücksicht auf ihren Sohn hatte sie es unterlassen. Jetzt missbrauchte Willy Colin für seine fiesen Spielchen. Keine körperlichen Annäherungen mehr. Er teilte psychische Schläge aus.

«*Maman*, ich habe um halb eins meine erste Tauchlektion. Ich werde mich wieder melden. *Je t'embrasse …*» Es klickte in der Leitung.

Valérie starrte auf das verstummte Gerät. Empörung kroch in ihr hoch. Sie wusste, dass sie sich damit nur selbst schadete. Sie atmete ein paarmal tief ein und aus. Dann schloss sie das Fenster, ging zur Tür, öffnete sie und betrat den Sitzungsraum aufrecht und stolz, als wäre nichts gewesen.

***

Louis parkte beim Schulhaus Brunnmatt, einem eierschalenfarbenen Gebäude aus den Anfängen der 1950er-Jahre, und folgte der Strasse bis zu drei identisch gleichen Wohnblöcken. Louis besah sich die Namensschilder bei den Sonnerien des ersten Hauses. Milly Buholzer wohnte hier, es gab keinen Zweifel. Zweite Etage. Er drückte die Klingel und wunderte sich. Im gleichen Block hauste auch ein Kurt Meier. Louis überlegte, in welchem Zusammenhang er den Namen gehört oder gelesen hatte. Die Erleuchtung kam, als jemand den Türöffner aktivierte. Louis stiess die Glastür auf und betrat das Treppenhaus. Kurt Meier hiess auch der Mann, der am 22. Dezember den Unfallwagen bei «Mobile-Fast» gemietet hatte. Garantiert war es Zufall. Louis nahm sich dennoch vor, der Sache auf den Grund zu gehen. Er stieg die zwei Stockwerke über die Treppe hoch. Eine Stellage mit kleinen und grossen Winterstiefeln versperrte ihm fast den Zugang zu Milly Buholzers Wohnungstür. Kurt Meier! Wenn er der war, den sie suchten? Louis holte sein Smartphone aus der Jackentasche, weil niemand Anstalten machte, die Tür zu öffnen. Kurt Meier! Er kam nicht darum herum, Valérie über diese Entdeckung zu informieren. Er ging ein paar Schritte nach unten und wählte ihre Nummer. Valérie meldete sich nicht. Louis sprach auf den Anrufbeantworter und schilderte seine Beobachtungen. Er hoffte auf ihren Rat.

Louis versuchte, sich zu beruhigen, als er wiederholt klingelte. Drinnen wurde ein Schlüssel umgedreht, daraufhin die Tür einen Spaltbreit geöffnet. «Ja bitte?» Ein dunkelbraunes Augenpaar sah ihn an.

«Frau Buholzer?» Louis wies sich aus. Er hatte sich lange überlegt, ob er sich verleugnen sollte. Wider Fabias Vorschlag, als Freund von Helen Hirschi aufzutreten, war er sicher, Lügen könnten auch in diesem Fall kurze Beine haben. Und verdammt, das war unprofessionell.

«Und Sie sind?»

«Louis Camenzind von der Schwyzer Kantonspolizei.» Er bemerkte, dass Milly Buholzer seinen Ausweis nicht angesehen hatte.

Sie öffnete die Tür ganz. Eine schlanke Frau von betörender Ausstrahlung. Obwohl Louis sie auf Ende sechzig schätzte, strotzte sie vor Willenskraft und Gesundheit. Sie trug ihre grauen

Haare kurz. Sie hatte sich Lippenstift aufgetragen und sah aus, als würde sie gleich weggehen. Jeans, eine weisse Bluse und darüber eine Schürze. Es war nicht sicher, ob sie diese ausziehen wollte oder gerade angezogen hatte. «Stören Sie sich nicht an diesem Saustall.» Sie wies auf die Winterstiefel. «Meine Nachbarn haben vier Kinder und keine Ahnung von Erziehung. Einstweilen reicht ihre Auslage bis vor meine Wohnung. Unglaublich, dieses Chaos. Aber was soll man machen? Treten Sie ein. Die Wände in diesem Haus haben Ohren.»

Louis betrat einen engen Korridor, von dem beidseitig je zwei Türen abgingen. Vorn lag die Küche, aus der es nach Essen roch. Es erinnerte ihn daran, noch nicht gegessen zu haben. Als Carla mit ihm zusammenlebte, hatte sie ihm jeweils ein Sandwich eingepackt, mit Liebe zubereitet und mit einem Papierherzen versehen. Ihm entglitt ein tiefer Seufzer. In einer Partnerschaft überwogen die positiven Aspekte.

«Macht es Ihnen etwas aus, wenn wir in die Küche gehen?» Milly Buholzer ging voraus. «Ich sollte die Pfannen waschen und den Geschirrspüler ausräumen. Es ist mir etwas dazwischengekommen. In einer halben Stunde muss ich leider los.» Auf der Schwelle wandte sie sich zu ihm um. «Sie haben mir nicht gesagt, weshalb Sie hier sind. Polizei im Haus kann man kaum mit etwas Erfreulichem in Zusammenhang bringen.» Ihr Lächeln wirkte gekünstelt.

Louis musste gegen seinen Willen grinsen. Er setzte sich auf Milly Buholzers Geheiss hin auf einen billigen Küchenstuhl, dessen unechtes Leder ein peinliches Geräusch verursachte.

«Was führt Sie zu mir?» Milly Buholzer liess Wasser ins Abwaschbecken und gab drei Spritzer Flüssigseife dazu. «Aus Schwyz sagten Sie?»

«Wir sind seit Längerem auf der Suche nach Ihnen.»

Milly Buholzers Körper versteifte sich. Die Pfanne, die sie ins Wasser tauchen wollte, schwebte über dem Beckenrand. «Nach mir?» Sie drehte sich nicht um, starrte bloss an die Wand, als würde sie auf dem geblümten Muster eine Antwort finden. «Wie muss ich das verstehen?»

Louis erhob sich, schritt auf sie zu und lehnte sich an die Küchenkombination. «Wo waren Sie am Abend des 21. Dezembers?» Er verschränkte die Arme. Ihm entging nicht Milly Buholzers Zögern.

Sie tauchte die Pfanne ins Wasser und rubbelte mit einem Lappen deren Innenfläche. «Ich hatte ein Zimmer im Hotel Kaltbad gebucht … Wenn Sie es genau wissen wollen, vom 20. bis 22. Dezember.»

Ihre Aussage stimmte mit Fabias Recherche überein. «Sie waren die ganze Zeit in der Gegend?»

«Am späten Nachmittag des 21. machte ich eine Tour mit meinen Langlaufskiern zur Scheidegg.»

«Allein?»

«Ich liebe das Alleinsein.»

«Was machten Sie auf Scheidegg?»

«Ich kehrte im Gasthaus ein und ging später zurück.»

«Nach Kaltbad?»

«Ja.»

«In der Dunkelheit?» Louis verdrehte die Augen.

«Es ist nie schöner. Zudem hatte es geschneit. Die Tannen standen in der vollen Schneepracht. Ich mag solche Winternächte.»

«Aber Sie hätten sich verfahren können.»

«Ich habe stets meine Taschenlampe dabei und pfadfinderische Fähigkeiten. Ich war früher im Blauring.»

«Wo?»

«Was?»

«In welcher Gegend?»

«Ah … in Kriens, wo ich aufgewachsen bin.»

«Haben Sie das Gasthaus allein verlassen?»

«Nein, zusammen mit einer Frau. Ich habe deren Namen vergessen und …»

«Ja?»

«Da war eine Gruppe von Männern, die sassen dort den ganzen Abend lang und jassten. Jetzt kommt es mir in den Sinn. Die sind vor uns nach draussen gegangen. Später fuhren sie mit den Schlitten talwärts.»

«Erinnern Sie sich, wohin?»

«Keine Ahnung. Ich verabschiedete mich … ach ja, jetzt fällt mir der Name wieder ein; von Frau Hirschi.» Milly Buholzer griff sich an die Stirn. «Man muss bloss an einen Hirsch denken. Eselsbrücke nennt man das, obwohl mit Eseln hat dies ja nichts zu tun.»

Louis verkniff sich ein Grinsen. «Und Sie kehrten in derselben Nacht nach Rigi Kaltbad zurück?»

«Ja. Ist das verboten?»

Louis rieb sich die Nase. «Ich finde es mutig.» Es lag ihm auf der Zunge, sie auf Kurt Meier anzusprechen, liess es aber sein. Sollte dieser Meier der Gesuchte sein und Milly Buholzer kannte ihn, würde Louis einen schlafenden Hund wecken. Die Informationen reichten ihm für den Moment. «Danke. Sie haben mir sehr geholfen. Ich muss Sie aber bitten, für weitere Fragen zur Verfügung zu stehen.»

«Sie haben mich nicht darüber informiert, worum es geht.» Milly Buholzer stellte die gereinigte Pfanne in ein Sieb auf die Ablage neben dem Abwaschbecken. «Ich habe keine Ahnung, wobei ich Ihnen geholfen haben könnte.»

«Wir ermitteln in verschiedenen Tötungsdelikten.»

«Mord?» Sie drehte sich zu ihm um. In ihren Augen lag grosses Entsetzen.

«Lesen Sie keine Zeitungen? Hören Sie nicht Nachrichten?» Louis reichte ihr seine Visitenkarte.

«Das habe ich mir längst abgewöhnt.»

«Kontaktieren Sie mich, falls Ihnen noch etwas einfällt, was Sie in besagter Nacht auf Rigi Scheidegg beobachtet haben.»

***

«Mama?» Alexa presste den Telefonhörer ans Ohr. «Ich erwarte dich. Wann kannst du wieder bei mir sein?»

Ihrer Mutter entwich ein Seufzen. «Ist Leonardo nicht zu Hause?»

«Nein, es ist etwas Fürchterliches passiert. Nun hat man auch

Justus' Bruder Basil umgebracht. Leonardo ist in Schwyz beim alten Maibach. Die Polizei war auch bei mir. Ich rege mich wieder auf und weiss, es tut mir nicht gut. Ich möchte in der kommenden Nacht nicht allein sein. Ich glaube, Leonardo bleibt in Schwyz, wie er hat durchblicken lassen. Wieder sind andere wichtiger als ich.»

«Bessert es eigentlich nie mit ihm?»

Alexa vernahm ein heftiges Stöhnen. «Die ganze Situation stresst ihn. Alles eskaliert. Wir sind vom Tod umgeben, es ist so schlimm.»

«Beruhige dich, Alexa. Wenn erst mal euer Kind da ist, wird alles gut.»

«Ich habe Angst.»

«Bleibst du jetzt zu Hause? Oder gehst du noch weg?»

«Wo sollte ich hin?» Alexa hatte sich bislang nicht aufraffen können, nach draussen zu gehen. Seit Tagen beherrschte der Nebel das Geschehen, als würde er die Schwermut vorgeben, die zentnerschwer auf ihrem Haus lastete. Selbst die Weihnachtsbeleuchtung vermochte nicht, die Düsternis zu beseitigen. Das Dunkle sass tiefer. Eine Angst, die Alexa so nicht kannte. Nach der Fehlgeburt war ihr der Grund für ihre Depression bewusst gewesen. Stundenlange Therapien bei ihrer Vertrauensärztin, einer Psychologin, hatten ihr darüber hinweggeholfen, um nicht dauernd an Selbstmord zu denken. In kleinen Schritten hatte sie in ein normales Leben zurückgefunden. Der Kinderwunsch war geblieben, und sie hatte sich ihrem Mann hingegeben, wenn auch mehr aus Egoismus denn aus Liebe. Als sie vor knapp drei Monaten einen erneut positiven Schwangerschaftstest in den Händen hielt, hatten Freude und Panik sie gleichzeitig ergriffen. Seither sass diese Beklemmung wie ein Ungeheuer in ihr drin, machte sich bemerkbar, wenn sie sich erbrach und sich abends ins Bett legte. Wenn sie sich stiess oder härter als gewollt auf etwas auftrat. Noch einmal dasselbe Szenario durchmachen, vermochte sie sich nicht vorzustellen.

Leonardo fehlte ihr. Obwohl er jetzt öfter zu Hause war als früher, spürte sie seine gedankliche Abwesenheit.

«Alexa?» Ungeduldig ihre Mutter. «Soll ich bei dir übernachten?»

«Das war die Meinung. Du wohnst bei uns, oder sehe ich das falsch? Ich schaffe es einfach nicht allein. Zudem fürchte ich um mein Leben. Von den neun Personen, die im Berghaus der Familie Maibach waren, sind bereits drei tot.»

***

Louis stand auf der Innenseite des Eingangs. Soeben hatte er Valéries Nachricht erhalten. Sie hatte schnell reagiert und nach seinem Anruf mit dem Kommandanten der Luzerner Kantonspolizei Kontakt aufgenommen. Louis ahnte, wie viel Überwindung es sie gekostet haben musste. Vor der Glastür erschienen zwei uniformierte junge Kollegen. Louis öffnete die Tür und liess sie eintreten. Er wies sich aus und stellte sich mit Namen vor.

«Ich bin Mustafa.» Der eine junge Schwarze reichte ihm die Hand zum Gruss. Er sprach einen astreinen Berner Dialekt. «Mein Begleiter Remo. Es gibt einen Verdächtigen, hat man uns gesagt.»

«Kurt Meier. Möglich, dass er in einem Tötungsdelikt eine Rolle spielt.»

«Wir wissen Bescheid.» Remo ging zur Treppe. «In welcher Etage?»

«Vierte.» Louis folgte ihm über mehrere Stufen, vorbei an den Stiefeln, an Milly Buholzers Tür. Er hoffte, sie mochte nicht in diesem Moment öffnen. Sie war in Eile gewesen, als er sich von ihr verabschiedet hatte.

Oben drückte er die Klingel. Mustafa und Remo platzierten sich an seiner Rechten.

Das Bild, welches sich den drei Polizisten bot, würde Louis nicht so schnell vergessen. Die Tür wurde aufgerissen, und in fast freudiger Erwartung baute sich ein etwa fünfzigjähriger Mann auf der Schwelle auf. Er hielt ein Smartphone in der Hand und lachte übers ganze Gesicht. «Du bist schon da?»

«Louis Camenzind und meine zwei Kollegen von der Luzerner Polizei. Entschuldigen Sie die Störung. Sind Sie Kurt Meier?»

«Potz Donner! *Sie* habe ich nicht erwartet. Ist etwas passiert?» Seine sonore Stimme war plötzlich weg und machte einem Krächzen Platz. Er räusperte sich ein paarmal, während er das Smartphone auf ein Möbel bei der Garderobe legte. «Ja, ich bin Kurt Meier. Worum geht's?»

«Können wir uns in Ihrer Wohnung unterhalten?»

«Bitte, tun Sie sich keinen Zwang an. Hoffentlich dauert Ihr Besuch nicht allzu lange.»

«Erwarten Sie jemanden?» Louis musste davon ausgehen. Er schritt voran in ein Wohnzimmer, wo ein für zwei Personen gedeckter Tisch seine Aufmerksamkeit auf sich zog. In einem Eiskübel stand eine Flasche Sekt bereit, neben dem Kühler ein Silberständer mit fünf Kerzen.

Louis zog ein Foto aus der Jackentasche und reichte es Meier. «Am 20. Dezember haben Sie diesen Tesla bei der ‹Mobile-Fast› gemietet.»

Meier schluckte leer. «Das ist richtig. Zwei Tage später meldete ich ihn als vermisst.»

Louis warf Mustafa und Remo einen Blick zu. Diese standen da wie zwei Zinnsoldaten. «Sie meldeten den Wagen als vermisst? Wem haben Sie Meldung erstattet?»

Meiers Augenlider flatterten. Er schien nervös und machte keinen Hehl daraus. «Ich meldete es der Polizei.»

«Bitte setzen Sie sich.» Mustafa forderte ihn auf, zum Tisch zu gehen. «Sie sagten, Sie hätten es unseren Kollegen von der Sachfahndung gemeldet. Wir können das gleich überprüfen.» Er legte ein Tablet auf den Tisch. «Wann war das?»

Louis überliess den Luzerner Kollegen die weitere Befragung. «Könnte ich vielleicht schnell zur Toilette?»

Meier setzte sich. «Im Korridor links neben dem Ausgang.»

Louis verliess das Wohnzimmer. In der Garderobe griff er nach dem Smartphone, welches Meier auf das Möbel gelegt hatte. «Verpasster Anruf» erschien auf dem Display. Eine Nummer ohne Namen. Louis fotografierte sie mit seinem Handy. Er schaffte es nicht, weitere Nummern abzurufen. Das Mobiltelefon war durch einen Code gesperrt. Er legte das Gerät zurück und ging ins Badezimmer, wo er sich einschloss. Erstaunlicherweise war hier aufgeräumt. Lavabo und Badewanne glänzten vor steriler Sauberkeit. Auf einem Tischchen in Fensternähe stand ein Kerzenständer und daneben ein leerer Eiskübel. Auf einem Wannenaufsatz hatte Meier zwei Sektgläser und Naschereien aufgestellt. Louis konnte der Versuchung fast nicht widerstehen, von den Oliven und Nüssen zu stibitzen. Er hatte Hunger, und sein Magen knurrte. Meier erwartete Besuch, das war eindeutig. Das Bad glich einem Refugium der Erotik. Selbst die Düfte verströmten etwas Aphrodisierendes. Hier drin würde etwas beginnen, das im Schlafzimmer wahrscheinlich seine Fortsetzung fand.

Louis öffnete den Spiegelschrank: Rasierwasser, Gesichtscremes, Bodylotion, Zahnseide, Kondome, Shampoo, Duschgels, Nahrungsergänzungsmittel und Pillen für den Muskelaufbau – der übliche Wahnsinn eines Mannes. Mit Ausnahme der Pillen hätte es ebenso Louis' Lager an Toilettenartikeln sein können. Lippenstifte und Augenschatten waren nicht vorhanden. Keine Spur einer Frau. Im Zahnglas befand sich eine einzige Zahnbürste. Louis sandte die unbekannte Telefonnummer an Fabia und bat sie, herauszusuchen, wem die Nummer gehörte. Er betätigte die Toilettenspülung, schloss die Tür auf und kehrte ins Wohnzimmer zurück, wo Remo etwas auf sein Tablet tippte.

Mustafa sah auf. «Wir haben ein Problem. Es gibt keine Verlustmeldung.»

«Und ich schwöre, ich habe den Tesla als vermisst gemeldet.» Meier enervierte sich. «Kann ich etwas dafür, wenn Ihre Kollegen schlampen?»

«Ich denke eher, Sie wissen genau, was mit dem Tesla geschehen ist.» Louis übernahm das Wort. «Am Morgen des 23. Dezembers fuhren Sie auf der Bahnhofstrasse in Schwyz eine Frau an und begingen Fahrerflucht.»

«Wie bitte?» Meier warf zuerst Mustafa, dann Remo einen zerknirschten Blick zu. «Davon haben Sie mir nichts gesagt. Ich soll in einen Unfall verwickelt sein?» Seine Stirn legte sich in Falten. Es schien, als machte er sich Gedanken. «Sie müssen mir glauben. Ich habe nichts damit zu tun.»

«Kennen Sie Milly Buholzer?»

Meier kniff den Mund zusammen. «Wenn ich mich recht erinnere, wohnt sie im gleichen Haus. Ich habe ihren Namen schon gelesen.»

«Haben Sie sie getroffen?»

«Nein, ich habe nicht mal eine Ahnung, wie sie aussieht.»

«Sie wohnen im selben Haus und begegnen ihr nie?» Louis vermochte nicht, es nachzuvollziehen. Dort, wo er zu Hause war, traf man andauernd Leute im Treppenhaus. Aber vielleicht machten es die vielen Mieteinheiten aus, anonym unterwegs zu sein und sich vielleicht nicht einmal zu grüssen.

«Nicht bewusst. Ich bin froh, habe ich mit niemandem zu tun.»

Louis wunderte sich, dass der erwartete Besuch bislang ausblieb. «Mit wem haben Sie sich heute verabredet?»

«Ich glaube nicht, dass Sie das etwas angeht.» Meier erhob sich so schnell, dass der Stuhl kippte. Mit hochrotem Kopf stellte er ihn auf die Beine. «Bitte gehen Sie. Ich habe mich gerade entschieden, ohne meinen Anwalt nichts mehr zu sagen.»

***

Sie verstand es noch immer nicht. Colin und Lehmann machten Urlaub auf den Malediven, ausgerechnet in einem Resort, wo sich fast ausnahmslos Paare und Honeymooner aufhielten. Vielleicht schliefen sie im gleichen Zimmer. Valérie grauste allein der Gedanke daran. Nach dem ersten Schock hatte sie sich in die Arbeit gestürzt und alles versucht, um die Bilder aus ihrem Kopf zu verbannen. Louis' Combox-Nachricht hätte nicht zu einem besseren Zeitpunkt eintreffen können. Sie hatte sich sofort mit dem Kommandanten der Luzerner Kantonspolizei in Verbindung gesetzt und ihm die Situation geschildert. Er hatte nicht gezögert und alles Erforderliche in die Wege geleitet.

Louis meldete sich endlich.

Valérie nahm seinen Anruf entgegen. «Ich sitze hier wie auf Nadeln.» Das war übertrieben. Sie hatte Abklärungen getroffen, was in Verbindung mit den vier Opfern stand. Viel Neues hatte sie nicht herausgefunden und war auf Louis' Ausführungen besonders neugierig.

«Dieser Meier ist nicht ganz koscher. Er behauptet steif und fest, der Tesla sei ihm abhandengekommen. Entweder stimmt das, was aber die Sachfahndung der Luzerner Polizei dementiert, oder er lügt das Blaue vom Himmel. Hat sich Fabia bei dir gemeldet?»

«Warum sollte sie?»

«Ich liess sie den Abonnenten einer Handynummer herausfinden.»

«Das wäre IT-Müllers Job. Aber ohne Gerichtsbeschluss geht das nicht.»

«Soweit ich weiss, hat er heute seinen ersten Ferientag.» Louis ging nicht auf ihre Bedenken ein.

«Wie bist du mit den Luzernern verblieben?»

«Sie werden Kurt Meier ihrerseits im Auge behalten.»

«Das reicht mir nicht.» Valérie hatte so etwas vermutet. Die anfängliche Turbozündung des Kommandanten fledderte dahin. Über die Weihnachtstage schien es auch andernorts an Motivation zu mangeln. «Was hast du bei Milly Buholzer herausgefunden?»

«Eine ältere sportliche Lady, alleinstehend, aber erpicht auf Abenteuer. Sie konnte Helen Hirschis Beobachtungen bestätigen.»

«Hast du sie gefragt, was sie nach dem 22. Dezember unternommen hat?» Valérie schritt zum Fenster und öffnete es. Sie empfand ein grosses Bedürfnis, ihre Lungen mit Luft zu füllen. Seit Colins Anruf glaubte sie, an unterschwelligem Zorn zu ersticken. Kam dazu, dass sie andauernd an die Luxusferien mit Lehmann denken musste.

«Sie sei zu Hause gewesen und habe sich Weihnachtsfilme reingezogen.»

«Hast du gefragt, welche?»

Louis stöhnte hörbar durchs Telefon. «Nein, dies schien mir von keiner Wichtigkeit.»

«Hast du Spuren in ihrer Wohnung aufgenommen? Vielleicht eine Tasse oder ein Glas eingepackt?» Fragen, deren Überflüssigkeit ihr erst im Nachhinein bewusst wurde. Was war los mit ihr, dass sie sich dermassen neben den Schuhen bewegte. War es bloss wegen der blöden Ferien, die Colin mit Lehmann verbrachte?

«Wie kommst du darauf? Sie war im Begriff wegzugehen. Das Geschirr befand sich im Spüler, der durchgelaufen war.»

Valérie ahnte, sie könnte Louis mit ihren penetranten Fragen verärgern. «Hast du sie wenigstens verfolgt, als sie das Haus verliess?»

«Es gab absolut keinen Grund, dies zu tun.» Louis atmete heftig aus. «Alles gut bei dir?»

«Gut?» Sie mussten einen Fall mit vier Mordopfern lösen. Trotz einiger Indizien stockten die Ermittlungen. Von Motiven war kaum die Rede. Und jetzt machte ihr Willy Lehmann das Leben schwer. Valérie sehnte sich so nach Ruhe und Erholung. «Colin ist mit Willy im Indischen Ozean.» Jetzt war es raus. Das Bedürfnis, sich ihren Frust von der Seele zu reden, war nie so gross gewesen. Sie hatte gelernt, mit allem umzugehen. Dass Lehmann ihren Sohn für seine Rache missbrauchte, schmerzte sie in ihren Muttergefühlen.

«Er segelt?»

«Bitte was?» Valérie verstand Louis' Äusserung nicht.

«Früher war er im Besitz einer Jacht.»

«Nein, er weilt auf Rangali.»

«Aha.» Klar konnte Louis nichts mit diesem Namen anfangen.

«Eine von tausendzweihundert Inseln aus Korallensand im Indischen Ozean, wobei etwa zweihundert bewohnt sind, die Malediven.»

«Just in Paradise.»

«So kann man es auch sagen.» Sie hätte Louis nichts davon

erzählen sollen. Er hatte im Moment eigene Probleme, die für ihn ebenso gewichteten wie für Valérie diejenigen wegen ihres Sohnes. Sie schloss das Fenster, weil ihr kalt war, und ging zurück zum Pult. Sie setzte sich und öffnete Outlook.

***

«Süsse, du hättest mich nicht anrufen sollen.» Kaum hatten die Polizisten die Wohnung verlassen, hatte Kurt Meier nach dem Handy gegriffen. Es ärgerte ihn, es in der Garderobe liegen gelassen zu haben. Diesem Camenzind traute er nicht. Gut möglich, dass er sich das Smartphone näher angesehen hatte.

«Ich hatte nichts mehr von dir gehört, ich machte mir Sorgen.»

«Ich habe dir gesagt, ich werde mich wieder melden. Nun ist geschehen, was ich befürchtet hatte. Die Polizei war hier.»

«Du hast ihnen doch nichts erzählt, was dir schaden könnte.»

«Sie wollten mir nicht glauben.» Meier ging ins Badezimmer. Er hatte sich so viel Mühe gegeben, sogar Toilette, Lavabo und Badewanne gereinigt. Für diese Dinge hatte er ansonsten eine Zugehfrau, aber die machte gerade Ferien auf Madeira, wo sie herkam. Er hatte vorab eingekauft, den Kühlschrank gefüllt, den Tisch im Wohnzimmer festlich gedeckt und sich vorgenommen, ein Nussschinkli zuzubereiten. Dazu gab es Kartoffelsalat. Lange war es her, seit er für eine Frau gekocht hatte. Seine neue Freundin hatte wieder etwas Hoffnung in sein trostloses Dasein gebracht, obwohl sie anstrengend war.

«Soll ich heute Abend vorbeikommen?»

«Wir müssen vorsichtig sein. Auf keinen Fall darf man uns jetzt zusammen sehen.»

«Schämst du dich meinetwegen?»

«Aber nein, Süsse, wo denkst du hin?» Diese Frage stellte sie ihm oft. Er verstand nicht, warum sie sich ihm gegenüber minderwertig vorkam. Er mochte sie, wie sie war. Dass es in ihrem Leben etwas Einschneidendes gegeben hatte, vermutete er schon lange. Darüber gesprochen hatten sie noch nie.

«Ich vermisse dich.»

«Ich weiss.»

«Kann ich etwas für dich tun?»

«Nein. Wir müssen uns in Geduld üben, bis Gras über die ganze Sache gewachsen ist.»

«Du vertraust mir doch, oder?»

«Aber natürlich, Süsse.» Meier nahm die Schale mit den Naschereien vom Wannenaufsatz. Er setzte sich auf den Toilettendeckel und knabberte von den Oliven und Nüssen. Allein würde er das Schinkli nicht essen. Verdammt! Der ganze Aufwand war umsonst gewesen. Er erhob sich und brachte die Kerzen und den Eiskübel in die Küche. Das Handy hatte er zwischen Ohr und Schulter geklemmt. «Ich muss ein paar Dinge erledigen.» Er schickte Küsse durch den Äther. «Wir sehen uns, sobald sich der Sturm gelegt hat.» Er hörte sie seufzen.

«Kurt?»

«Ja?»

«Ich danke dir.»

***

Das Team hatte sich auf vier Personen reduziert. Nebst Valérie befanden sich Louis, Fabia und Zanetti im Sitzungszimmer, ein wenig verloren im vorderen Bereich am Tisch. Louis hatte den Rest der Weihnachtsbiskuits für sich beansprucht. Er musste vor Hunger umkommen. Er spülte das Ganze mit einem halben Liter Wasser hinunter.

Valérie hatte am Flipchart neue Notizen angebracht. Die Pinnwand daneben war mit Tatortfotos und Porträts der involvierten Personen übersät.

«Wir haben eine neue Situation, die bedingt, sofort eine richterliche Genehmigung vom Kanton Luzern einfordern zu müssen.»

«Was heisst das?» Fabia hatte sich einen Kaugummi in den Mund geschoben und mahlte wie ein Wiederkäuer.

Valérie sah ihr an, dass sie nicht bei der Sache war. Sie musterte sie länger als sonst und dachte sinnlos, mit den langen Haaren wirke sie fraulicher. Fabia trug sie ausnahmsweise offen. «Des Weiteren müssen wir in Erfahrung bringen, ob Kurt Meier in der Vergangenheit etwas mit Andrea Borkowski zu tun hatte. Checkt die sozialen Medien, die E-Mail-Accounts, den Lebenslauf, allfällige Vorstrafenregister, findet heraus, was er beruflich macht. Fragt ihn, wenn nötig.»

Louis hüstelte vor sich hin. «Ohne Anwalt wird er nichts sagen.»

«Was an und für sich ein Indiz dafür ist, mit dem Unfall etwas zu tun zu haben», bemerkte Fabia. «Hätte er eine reine Weste, würde er sich allein verteidigen.»

Zanetti brachte sich schmunzelnd ein. «So, wie ich Louis und seine scharfzüngigen Fragen kenne, wird er keine Chance gehabt haben.»

«Du gehst also wieder von mehreren Tätern aus, Valérie?»

«Nicht unbedingt», antwortete sie Fabia. «Vielleicht hat er jemandem geholfen.» Valérie wusste, wie absurd das klang. «Oder er deckt jemanden.» Sie notierte und verlautbarte: «Verbindung zwischen Meier und den Brüdern Maibach sowie Malika Galambos abklären.» Sie malte zwei Fragezeichen hinter die Namen. «Richterliche Genehmigung für Durchsuchung von Meiers Wohnung und Abstrich für die DNA. Wir brauchen zudem seine Fingerabdrücke.»

«Dem wird der Richter nicht zustimmen», sagte Zanetti. «Es gibt keinen hinreichenden Grund für einen Durchsuchungsbeschluss.»

«Vielleicht ist der Richter in Luzern bereitwilliger.» Valérie sandte Zanetti einen belustigten Blick zu.

«Wir haben keine Handhabe.» Eine kaum sichtbare Bewegung seines Kopfs wies in Louis' Richtung.

«Und ob wir diese haben.» Valéries Stimme wurde ungewollt lauter. «Solange wir nichts Konkretes herausgefunden haben, müssen wir uns an die Details halten. Ich bin auch dafür, uns Milly Buholzer näher anzusehen. Dieselben Abklärungen bei ihr.»

«Sie ist eine Zeugin.» Louis sah Valérie an.

«Sie befand sich in der Nähe, als Justus Maibach verunglückte, und somit am Tatort. In Maibachs Lungen wurden Rückstände von Wollpartikeln gefunden. Milly Buholzer trug zu der Zeit eine Wollmütze und möglicherweise auch wollene Handschuhe.» Valérie schrieb: «Milly Buholzer.» Sie sah in die Runde. «Wir brauchen ihre Vita und Antworten auf unsere Mutmassungen, dass sie jemanden von den Maibachs kennt.»

«Das sind bloss *deine* Vermutungen.» Zanetti hörte sich angriffig an.

Drückte er sich gerade vor einem erneuten Gang zum Richter?

«Noch einmal: Meier und Buholzer wohnen in Kriens. Dafür ist die Kapo Luzern zuständig.»

Valérie wandte sich genervt ab. Vielleicht musste sie die Angelegenheit allein in die Hand nehmen. Mit dem Kommandanten der Kriminalpolizei Luzern würde sie gut zurechtkommen. Er hatte sich anfänglich als hilfsbereit und zuvorkommend erwiesen.

Louis machte auf sich aufmerksam. Er richtete seine Frage an Fabia. «Hast du die Telefonnummer abgeklärt?»

«Welche Telefonnummer?» Fabia sah zuerst Louis, dann schuldbewusst Valérie an, als fiele ihr in diesem Moment ein, etwas vergessen zu haben. «Sorry, ich hatte noch keine Zeit dazu.»

«Um eine einzige Telefonnummer herauszusuchen?»

Valérie schaute auf die Uhr. Sie wusste nicht, worum es ging. Doch für heute war es genug. Ihr Team war müde und gereizt. Ihre Leute brauchten den Schlaf. «Schluss jetzt. Wir sehen uns morgen um zehn hier.» Bis dahin wollte sie ein paar Dinge erledigt haben, die liegen geblieben waren.

Louis und Fabia räumten wortlos ihre Sachen zusammen.

«Damit ich es nicht vergesse, für das Znüni morgen bin ich zuständig.» Zu spät merkte Valérie, dass ihr dazu eigentlich die Zeit fehlte.

«Was ist bloss los mit dir?» Zanetti zog sie an sich, als Louis und Fabia das Sitzungszimmer längst verlassen hatten.

«Nichts.» Valérie verspürte kein Verlangen, ihr Herz Zanetti auszuschütten. Sie hatte sich geschworen, ihn nicht in die leidige Geschichte um Willy Lehmann hineinzuziehen.

Zanetti schob sie leicht von sich. «Weisst du wenigstens, wo Colin steckt?» Er fixierte sie mit starrem Blick.

Genau diese Frage hatte sie verhindern wollen. «Er hat mich angerufen. Es geht ihm gut.»

«Ist er mit einer neuen Freundin durchgebrannt? Heimlich, nachdem du es ihm bei seiner letzten Liebe nicht ganz einfach gemacht hast.» Er schenkte ihr ein Lächeln. «Nicht böse sein. Das war nett gemeint.»

«Wenn es so wäre.» Sie wandte sich ab.

«Also, keine neue Freundin.» Er liess nicht locker. «Aber dich bedrückt etwas. Ich spüre das seit Tagen.»

Valérie wog ab zwischen Sprechen und Schweigen. Sie wollte nicht, dass ihr Ex-Mann noch mehr Raum einnahm als bis anhin. Er sollte nicht Gesprächsstoff sein, zuletzt mit Zanetti. Andererseits würde es ihre Seele entlasten, würde sie dem Ungemach Luft lassen.

«Schade, ich dachte, wir reden über alles.»

Valérie schaffte es nicht, sich zu verstellen. Zanetti konnte sie nichts vormachen. Wenn man so nahe beieinander lebte, kannte man einander. Und lügen? Nein, das war nicht richtig. Etwas verschweigen hätte man akzeptiert. Aber Zanetti hatte schon zu viel gefragt, als dass sie ihn mit einer plumpen Ausrede würde abspeisen können. Und so erzählte sie ihm, wohin ihr Ex-Mann Colin mitgenommen hatte. «Er geht dort tauchen», entrüstete sie sich, «wo er doch als kleiner Junge Probleme mit den Ohren hatte.»

Zanetti nahm sie in die Arme und drückte sie so fest, derweil sie fast keine Luft mehr bekam. «Hat es etwas mit diesem Ramseyer zu tun, der in Untersuchungshaft ist?» Er lockerte den Griff.

«Dachte ich auch. Es ist bewiesen, dass er die Aufhängevorrichtung an meinem TT beschädigt hatte. Ob dies in Lehmanns Auftrag geschehen war, weiss ich aber nicht.»

«Louis hat offenbar Nachforschungen angestellt.» Es klang mehr nach einer Feststellung als nach einer Frage.

«Er ist dran.» Valérie hoffte, Zanetti würde sie nicht mit weiteren Fragen löchern.

«Wenn das hier alles vorbei ist», sagte er, «werden wir uns beide eine Auszeit nehmen.»

«Beide?» Valérie wand sich aus seiner Umarmung.

«Beide, aber aus verschiedenen Beweggründen.»

«Welche Beweggründe hast *du*?»

Er blieb ihr die Antwort schuldig.

9. Februar 1961, fünfzehn Minuten nach fünf, morgens

Camilla war vor Erschöpfung eingeschlafen. Aufgeregte Stimmen und ein Tumult auf dem Platz vor dem Stationshaus rissen sie aus einer Flut von furchtbaren Bildern. Camilla setzte sich auf, versuchte sich zu erinnern, welches Entsetzen sie im Traum heimgesucht hatte. Sie befand sich auf einem Sofa, und eine Wolldecke lag über ihr. Diese vermochte nicht, die Kälte in ihrem Körper zu beseitigen. Im Zimmer war niemand. Camilla sah sich um. Das Sofa hatte eine grüne Farbe und war aus Samt. Über dem Sofa hing ein Bild mit einer Insel. Darauf verschwommen im Nebel eine kleine Kapelle. In der Mitte des Raums stand ein Tisch mit vier Lehnstühlen, an der Wand ein Buffet, durch dessen mittleren Teil aus Glas edles Porzellan funkelte. Camilla getraute sich endlich aufzustehen. Jemand musste sie hierhergebracht haben. Sie erinnerte sich nicht, wer. Wo waren Mami und Baba?

Sie tappte zum Fenster, das hinter einem dicken Vorhang verschwand. Sie schob die schweren Stofftücher zur Seite und prallte fast im gleichen Moment zurück neben ein Radiomöbel.

Der Himmel war rot, und das Grandhotel Rigi Kaltbad stand in Vollbrand. Selbst durch die geschlossenen Fenster vernahm Camilla das laute Krachen. Jedes Mal, wenn eine Wand einstürzte, schoss eine Stichflamme in die aufgewühlten Wolken. Dort, wo am Tag zuvor die Leute unbeschwert Curling gespielt hatten, waren Traktoren aufgefahren, Löschfahrzeuge und seltsame Krane. Wasserstrahlen schossen ins Feuer. Es war ein Wettlauf gegen die Zeit. Camilla vermochte nicht, ihr Gesicht mit den Händen zu bedecken. Sie schaute hin, meinte, der furchtbare Traum würde sich fortsetzen. Das Feuer faszinierte und erschreckte sie gleichzeitig.

«Kind, du sollst dort nicht hinsehen.»

Camilla erkannte die Frau, die ihr den Kakao aufgetischt hatte.

Diese zog die Vorhänge wieder zu. Sie legte ein paar Kleider auf das Sofa. «Die kannst du dir anziehen. Sie sind von meinem Sohn.»

«Mami will nicht, dass ich Hosen trage.» Camilla verkroch sich in die Ecke neben dem Buffet.

«Es ist nur vorübergehend, bis wir passende Mädchenkleider gefunden haben.» Die Frau seufzte ein wenig. «Nachher bringe ich dich ins Hotel Bellevue.»

«Sind Mami und Baba auch dort?» Camilla fing an zu weinen. Sie musste heftig schluchzen. «Ich will zu Mami.» Widerwillig zog sie ein sonderbares Nachthemd aus, das man ihr angezogen hatte. Auch daran erinnerte sie sich nicht. Auch nicht an die Unterwäsche, in der sie fast verschwand. Sie griff nach Kniesocken, Cordhose und Pullover. Alles zu gross.

«Ist sie bereit?» Unter dem Türrahmen erschien ein Mann. Er hatte wie die Frau ein gütiges Gesicht. «Wir sollten los.»

Die Frau übergab ihr einen Mantel, der bis zum Boden reichte. «Er gehört mir», sagte sie und wies auf eine Etikette am Kragenrand hin. Dort war ein Name eingestickt. «Aber er wird dich vor der Kälte schützen. Wir müssen ein paar Meter gehen.»

Draussen wehte ein schwacher Wind und trug den Geruch nach Feuer über die Gegend. Tief verschneite Tannen säumten den Weg vom Stationshaus bis zum Hotel Bellevue. Der Schnee schimmerte, und die Nacht war hell, gelblich. Camilla hielt sich an der Frau fest und balancierte über den vereisten Pfad.

Beim Hoteleingang gab es fast kein Durchkommen. Männer und Frauen in Wolldecken drängten ins Hausinnere. Einige trugen nur Pyjamas. Camilla getraute sich nicht, nach der Ursache zu fragen. Doch es war schnell klar. Die Leute hier waren mitten in der Nacht aus dem Schlaf gerissen worden, bevor man sie vor dem Feuer gerettet hatte. Sie alle hatten ihr Feriengepäck zurücklassen müssen.

Camilla riss sich von der Frau los. Sie schlüpfte zwischen den Menschen ins Hotelinnere und gelangte zum Empfang. Er war weniger pompös wie derjenige des Grandhotels, aber ebenso verschnörkelt. Die Leute sassen auf Stühlen und Bänken, andere auf Wolldecken am Boden. Alle schwiegen.

«Kamillentee!»
Camilla wandte sich zu der Stimme um.
«Sali du, wurdest du auch gerettet?» Der Junge mit den Hasenzähnen riss den Mund weit auf. «Hast du je einmal ein so grosses Feuer gesehen?» Er wollte nach ihrem Arm greifen.
Sie stiess ihn weg. «Ich suche Mami und Baba. Hast du meine Eltern gesehen?»
«Keine Ahnung. Meine Eltern sind im Salon. Sie essen heisse Suppe. Wir haben grosses Glück gehabt. Wir konnten von der Terrasse in den Schnee springen. Und du?»
Die Erinnerung kam zurück. Wie Mosaiksteine setzten sich die Bilder zusammen. Diese Flammen und Mami, wie sie schrie. Baba, der die Laken um Camilla band und sie über den Fenstersims hievte. Wie sie hinuntergelassen wurde. Babas verängstigtes Gesicht, das plötzlich verschwand. Die Feuerwalze und der Sturz in etwas Weiches. Vielleicht war sie im Schnee gelandet.
Camilla ging hoffnungsvoll in den Salon, wo die reichen Leute aus dem Grandhotel an Tischen sassen und sich mit Suppe verköstigten. Die Katastrophe hatte sie zusammengeschweisst. Nichts an ihnen erinnerte an den Glamour des vergangenen Abends. Anstelle der teuren Roben trugen sie Nachtgewänder.
Camilla ging von Tisch zu Tisch. «Habt ihr meine Mami gesehen?» Sie erinnerte sich nicht, was sie zuletzt getragen hatte. War es das Nachthemd oder das schwarze Kleid?
Die Leute sahen sie entgeistert an.
«Habt ihr Baba getroffen? Wir waren im Zimmer ganz oben unter dem Dach.»
Keine Antwort.
«Schreckliche Sache», sagte jemand. «Der Pianist ist aus dem Fenster gesprungen und auf dem Balkongeländer unter ihm aufgeschlagen. Man hat nur noch den Tod festgestellt.»

DREIZEHN

Valérie besetzte den letzten leeren Parkplatz vor dem Hauptgebäude der Luzerner Kantonspolizei. Das achtgeschossige Haus wirkte klobig und kalt mit seinen Glasfassaden, in denen sich der graue Himmel spiegelte. Es hatte weder die Ausstrahlung des altehrwürdigen Gebäudes der Kantonspolizei Schwyz noch die Präsenz des Stützpunktes. Ob die Unterkunft in Biberbrugg schöner war, da schieden sich die Geister. Alte, Kinder und Polizeibeamte brachte man in phantasielosen Glas-Beton-Blöcken unter, ging es Valérie durch den Kopf, als sie die Stufen vor dem Eingang betrat.

Bereits um sieben hatte sie den Kommandanten angerufen und einen Termin vereinbart. Valérie stand unter Druck. Die Zeit arbeitete gegen sie. Das Einzige, was sie hatte tun können, war, eine Warnung an alle Mitglieder der Familie Maibach auszusprechen. Sie sah nicht nur Eleonore und Linus Maibach in Gefahr, auch Emma und Graziella sowie deren Kinder. Mit einer Beantragung wegen Polizeischutz rund um die Uhr war sie nicht durchgekommen, auch ausserkantonal nicht. Man hatte ihr lediglich sporadische Kontrollfahrten zu den betroffenen Personen gestattet. Dreimal am Tag würde sie von den Beamten, welche mit der Aufgabe betraut waren, Bericht bekommen.

Valérie gelangte durch eine automatisch sich öffnende Glastür ins Gebäude. Neben dem Empfang erhob sich ein Weihnachtsbaum, mit blauen und weissen Kugeln behängt. Luzerns Farben, weihnachtlich interpretiert.

Sie ging zum Empfang. Mit Ausnahme einer mittelalten Dame mit Brille war niemand hier.

Valérie wies sich aus. «Ich habe mich um acht Uhr mit dem Kommandanten verabredet.»

Die Frau sah demonstrativ auf die Uhr, die neben dem Eingang hing. «Sie sind zu früh. Gedulden Sie sich, bis ich Sie rufe.» Sie machte den Eindruck, als wäre ihr jemand auf die Füsse getreten. Es war gewiss kein Schleck, über die Feiertage die Stellung zu halten, wenn andere sich auf die Festivitäten des Jahresendes vorbereiteten.

«Wo soll ich warten?» Valérie sah sich um. Es gab keine Sitzgelegenheiten. Sie blieb stehen, als die Frau nichts erwiderte, und lehnte sich an den Tresen. «Kalt heute.» Sie versuchte, ein Gespräch in Gang zu bringen, gab sich jedoch vergebliche Mühe.

«Warten Sie bei der Tür.»

Valérie machte ein paar Schritte. Der grosse Zeiger auf der Uhr ruckelte auf die Acht zu. Punktgenau zur vollen Stunde bat die Empfangsdame sie zu sich.

«Gehen Sie durch den Sensor dort. Legen Sie vorher alle gefährlichen Gegenstände in den Plastikbehälter. Sie werden nachher abgeholt.» Ein solches Prozedere kannte Valérie vom SSB, wenn sie den Trakt des Untersuchungsgefängnisses betrat. «Legen Sie vor allem Ihre Waffe ab.»

«Ich trage keine Waffe bei mir.»

«Sie sollten sie trotzdem niederlegen.» Die Frau verzog keine Miene.

Valérie konnte ihr eigenes Gesicht selbst nicht sehen, aber sie vermutete, wie sie in diesem Augenblick die Frau am Empfang mit Stielaugen ansah. Ihre Mundwinkel verselbstständigten sich nach unten.

Die Frau lachte plötzlich, ihre Wangen bebten. Sie erhob sich und nahm die Brille ab. «Kennst du mich nicht mehr?»

Valérie sah genauer hin, erkannte sie auf einmal. Die Gesichtszüge, die Spuren aus der Vergangenheit mit sich trugen, der Schalk in ihren Augen. «Jeanine?» Valérie fuhr sich mit der Hand an die Stirn. «Was zum Kuckuck tust du hier?» Vor fünfundzwanzig Jahren hatten sie zusammen in Zürich Rechtswissenschaft studiert, wobei Jeanine das Studium vorzeitig abgebrochen hatte. Seither hatten sie sich nicht mehr gesehen. Valérie erinnerte sich an eine freche Göre, die ihre Kommilitonen mit ihrer Burleske unterhalten hatte. «Mit Ausnahme deines Äusseren hast du dich unwesentlich verändert.» Einst hatten Jeanine die Haare bis über die Taille gereicht, voll und glänzend. Man hatte sie darum beneidet.

«Wenn du meine Theatralik meinst, muss ich dir recht geben.» Jeanine erhob sich. Sie war dünner geworden. «Sie stand mir auf meiner Karriereleiter stets im Weg. Nach dem Abbruch des Studiums ging ich an die Schauspielschule und machte zusätzlich eine Ausbildung als Kauffrau. Es ist eine umfangreiche Geschichte. Ich war lange krank. Last, but not least landete ich vor einem Jahr am Empfang der Kantonspolizei Luzern.» Sie tippte auf die Uhr. «Unser Kommandant lässt sich entschuldigen. Er musste dringend weg. Aber es hätte mich gewundert, wenn er dir eine Audienz erteilt hätte. Mensch, Valérie, er ist der Höchste im Korps.» Wieder lachte sie, was ihrer Aussage die Ernsthaftigkeit nahm. «Oberleutnant Weber vom Kriminalkommissariat 1 wird dich empfangen. Nimm den Lift bis zum vierten Stock. Beim Ausgang links bis zu den ersten Türen. Sein Büro liegt auf der rechten Seite.» Sie schüttelte den Kopf. «Vielleicht hast du später Zeit für einen Kaffee?»

Valérie liess es offen. Jeanine würde sie volllabern, wie sie das früher gern getan hatte. Sie begab sich zum Aufzug und fuhr hoch. Beim «Kommissariat 1» klopfte sie. Sie wurde von einem jungen Mann hereingeholt. Der Polizeiassistent, schätzte sie, oder ein Aspirant. Sie stellte sich vor und wurde gebeten, Platz zu nehmen. Der Geruch nach Papier und dezentem Rasierwasser streifte ihre Nase. Valérie sah durch das Fenster an eine graue Wand, hinter der sie den Pilatus vermutete, wenn ihr der Orientierungssinn keinen Streich spielte.

Weber liess auf sich warten. Im Gegensatz zu ihrem Büro war es hier penibel aufgeräumt, was sicher dem jungen Mann zu verdanken war. Valérie erinnerte sich an die erste Zeit bei der Kantonspolizei Zürich, wo man sie herumgeschubst hatte wie ein orientierungsloses Jungtier. Bei ihrer Ausbildung zur Polizistin hatte sie ganz unten durch und im uniformierten Polizeidienst ihre Sporen abverdienen müssen.

Die Tür schwang auf, und Weber betrat den Raum. Er jonglierte zwei Kaffeebecher, und unter seinen linken Arm hatte er eine Mappe geklemmt. Er vollführte einen Hüftschwung, um die Tür ins Schloss zu stossen. Wahrscheinlich hatte er ebenso handfrei die Türklinke hinuntergedrückt, seitlich mit dem Ellenbogen. Trotz seines korpulenten Körpers schien er beweglich zu sein. «Hallo, Frau Lehmann.» Und obendrein unkompliziert. «Ist das bei Ihnen auch so in Biberbrugg? Es gibt fast nirgends einen anständigen Kaffee.» Er stellte die Becher auf sein Pult. «Ich musste ihn über der Strasse holen, wollte den ersten Eindruck, den Sie von mir haben, nicht mit Abwaschwasser verderben.» Er setzte ein breites Lachen auf, was seinen Schnurrbart bis fast zu den Ohren zog. «Mögen Sie überhaupt?» Er wandte sich an den jungen Mann. «Wir sehen uns später.»

«Gern, danke.» Es war zwei Stunden her, seit Valérie zum letzten Mal etwas zu sich genommen hatte, und dies bloss auf die Schnelle. Sie sah dem jungen Mann nach. «Ich habe zum Glück meine eigene Kaffeemaschine im Büro.»

«Davon träume ich seit Langem.» Weber schenkte ihr wiederholt ein Lächeln. Er setzte sich und zog seinen Sakko zurecht. Darunter trug er ein hellblaues Hemd und ein Gilet. Insgesamt vermittelte er einen adretten Eindruck. «Ich habe nicht mit einer so hübschen Kollegin gerechnet.» Fast berührte er mit seinen Fingern ihr Gesicht. «Ein Unfall?»

Zehn Jahre, und ich werde noch immer auf diese Narbe angesprochen. Sie schwieg.

«Bitte verzeihen Sie. Es geht mich nichts an.» Sein Grinsen stand in krasser Opposition zu seiner Entschuldigung.

Valérie fand für die Dauer einiger Sekunden die Stimme nicht. «Ich habe heute mit Ihrem Kommandanten gesprochen.» Sie bemühte sich, klar zu sprechen.

«Er hat mich darüber informiert. Solche Wünsche, wie Sie sie haben, landen immer bei mir.»

Wünsche, dachte Valérie. Er hatte sich im Wort vertan. «Es geht um Folgendes:» Sie wollte gleich auf den Kern ihres Anliegens kommen und dem Luzerner Kollegen keine Gelegenheit für weitere anzügliche Bemerkungen geben. «In Ihrem Zuständigkeitsbereich lebt ein Mann, der in vier Mordfälle verwickelt ist. Ihre Leute haben meinen Kollegen bei einer Befragung begleitet. Es zeichnet sich ab, dass Kurt Meier, wohnhaft in der Brunnmattstrasse in Kriens, einen Unfall mit Todesfolge verursacht und danach Fahrerflucht begangen hat. Er streitet alles ab, behauptet, sein von ‹Mobile-Fast› gemieteter Tesla sei gestohlen worden und er habe es der Polizei gemeldet. Ihr Fahndungsdienst, Herr Weber, hat jedoch keine Kenntnis davon.»

«Kurt Meier.» Weber führte den Kaffeebecher zum Mund. Er liess den Namen nachwirken, trank einen Schluck und wischte sich den Schnurrbart mit solch einer Hingabe ab, dass Valérie glaubte, sie müsse das Büro auf der Stelle verlassen. «Kein unbeschriebenes Blatt.» Weber zog ein Dokument aus der mitgebrachten Mappe und legte es aufs Pult. «Ich habe mich bereits schlaugemacht über ihn.» Weber wies mit dem Finger auf das Papier. «Er hatte wegen Trunkenheit am Steuer zweimal den Führerausweis weg. Vor einem Jahr wurde er mit übersetzter Geschwindigkeit erwischt, und fünf Monate später fuhr er seinen Wagen zu Schrott, was wiederum einen Führerausweisentzug mit sich zog. Den Ausweis hat er vor zwei Wochen zurückbekommen.»

Und die Fahrt mit dem Tesla war vielleicht eine Probefahrt mit verheerenden Folgen, ging es Valérie durch den Kopf. Was aber, wenn Meiers Aussage stimmte, und ein anderer hatte den Unfallwagen gefahren? Und was hatte Milly Buholzer mit all dem zu tun? War es Zufall, dass sie im selben Block wohnte wie Meier?

«Sie grübeln?» Weber riss sie aus ihren Gedanken. «Ich sehe es hinter Ihrer Stirn.»

Warum grinste er immer? «Warum sind Meiers Verfehlungen nicht im Strafregister eingetragen?»

«Sind sie das nicht? Sollten sie aber.»

Valérie wollte nicht näher darauf eingehen. «Was glauben Sie, werden Sie eine richterliche Bescheinigung für eine Wohnungsdurchsuchung bei Meier erwirken können?» Von dieser Musterung hing alles ab. Man würde bestimmt endlich etwas finden, das die weiteren Ermittlungen vorantrieb, Unterlagen, die bewiesen, dass Meier den Tesla während des Unfalls gefahren war.

«Wenn die Staatsanwältin es als relevant betrachtet, sollte dem nichts im Weg stehen. Sie und der Richter haben Gott sei Dank das Heu auf der gleichen Bühne und teilen sich das Bett.» Weber runzelte die Stirn. «Sind Sie nicht einverstanden?»

«Doch, doch, ich überlege mir gerade, ob Ihre Staatsanwältin Jole von Reding heisst.»

«Fehlanzeige. Warum?»

«Ach, war bloss eine Idee.» Seit Lehmann wieder in ihr Leben getreten war, kehrten viele Erinnerungen an die Zeit zurück, wo sie die Kampfscheidung mit ihm ausgefochten hatte. Wehmut machte sich breit, nicht wegen Lehmann, aber wegen von Reding und Valéries Freundin Katja, die dem spiessigen Leben den Rücken gekehrt und verreist war, mit unbestimmtem Ziel auf unbestimmte Zeit.

«Ich werde den weiteren Verlauf der Ermittlungen im Rahmen unserer Amtshilfe vorbereiten. Wo kann ich Sie erreichen?»

Valérie übergab Weber ihre Visitenkarte. «Ich danke Ihnen für die speditive und kooperative Zusammenarbeit.»

«Gibt es sonst noch etwas, was ich für Sie tun kann, Frau Lehmann?» Weber erhob sich.

Informationen über Milly Buholzer einholen. Aber an diese würde sie von ihrem Büro aus kommen. Und sie war froh, aus dem Umfeld dieses schmierigen Typen zu gelangen.

***

Carla hatte sich nicht mehr gemeldet. Louis hatte erfahren, dass sie sich noch immer im «Wyssen Rössli» aufhielt. Sie musste dort ein Vermögen liegen lassen. Geld, das bei Louis ab dem neuen Jahr fehlen würde. Sie hatten sich die Miete und den Lebensunterhalt geteilt. Und so, wie er Carla kannte, würde sie die Differenz seit Verlassen der gemeinsamen Wohnung zurückverlangen.

Louis sass allein am langen Tisch im Sitzungszimmer. Das Neongrell der Leuchtröhren schmerzte in seinen brennenden Augen. Er hatte sich in der letzten Nacht das Elend aus der Seele geheult. Er glaubte, darüber hinweg zu sein. Das war bloss eine vorübergehende Selbsttäuschung gewesen. In seinem Innern sah es anders aus. An Carlas Auszug trug er die alleinige Schuld. Wie hatte er bloss so kaltherzig reagieren können? Er selbst war keinen Dreck besser. Er hatte sich mit einem Mädchen eingelassen, das seine Tochter hätte sein können. Aus verletztem Stolz, aus Wut und Rache. Nein, so kannte er sich nicht. Andererseits war dieser «Seitensprung» *nach* der Trennung passiert. Mehrmals hatte Louis den Versuch gestartet, Carla auf ihrem Handy anzurufen. Es war beim Versuch geblieben. Hasenfuss, schalt er sich. Carla hatte alles verloren. Das Zuhause, ihren Job, ihren Freund. Einmal mehr griff Louis nach dem Smartphone. Es brauchte bloss eine einzige Fingerbewegung. Ein leichtes Drücken auf ihren Namen. Jedes Mal legte er das Gerät feige wieder zurück.

Fabia nahm ihm den Entscheid ab. Mit einem Stapel Dokumenten unter dem Arm und einer Tüte voller Gipfeli betrat sie den Sitzungsraum. Sie schien guter Laune. «Guten Morgen. Schon da?» Sie legte ihre Bagage auf den Tisch und schielte in Louis' Richtung. «Was ist mit deinen Augen?»

«Ich bin erkältet.»

Ihr konnte er nichts vormachen. Aber sie fragte nicht weiter.

«Hast du den Abonnenten der Telefonnummer ausfindig gemacht?»

Fabia blieb wie angewurzelt mitten im Raum stehen.

«Sag bloss nicht, du hast es schon wieder vergessen.»

«Ich habe tausend andere Dinge im Kopf. Zudem fehlt mir der Beschluss.»

«Dann setze Prioritäten.» Louis nahm sich vor, es selbst abzuklären – ohne erforderliche Genehmigung.

Fabia tat so, als hörte sie es nicht. «Weisst du, wann Valérie zurück ist?»

«Sie sollte bald eintreffen.»

«Ich hoffe, du sagst ihr nichts.» Fabia legte die Gipfeli in die bereitgestellten Körbe, zerknüllte die Tüte und zielte damit in den nächststehenden Papierkorb. Sie ging daneben. «Shit, ich war auch schon treffsicherer.»

«Gibt's Neuigkeiten in unserem Fall?» Louis versuchte alles, um von seinem Leid abzulenken. «Etwas, was du nicht vergessen hast?»

«Keine Videokameras in unmittelbarer Nähe des Unfallorts in der Bahnhofstrasse.» Fabia hob die Tüte auf und warf sie in den Korb. «Ich war gestern noch einmal auf Erkundungstour.»

Valérie traf ein. Louis wischte sich über die Augen. Auch ihr entging sein eulenhaftes Aussehen nicht. «Erkältet?» Sie setzte sich und griff nach einem Gipfeli. «Mensch, ich verhungere.»

«Du hast versprochen, Gipfeli zu spendieren.» Fabia lachte zu ihr hinüber.

Valérie fuhr mit der Hand zum Mund. «Du meine Güte, stimmt. Ich habe sie vergessen. Sorry, das war keine Absicht.»

Fabia deutete auf die Körbe in der Tischmitte. «War der Besuch bei der Luzerner Polizei so anstrengend?» Fabia liess sich ihr gegenüber nieder.

«Ich gehe davon aus, mit ihrer Hilfe weiterzukommen. Kurt Meier hatte wiederholt den Lappen weg. Sein eigener Wagen steht auf der Schrotthalde. Den Tesla musste er aus einer Not heraus gemietet haben. Ich hoffe auf einen baldigen Gerichtsbeschluss und grünes Licht für eine Wohnungsdurchsuchung sowie für forensische Abklärungen. Noch haben wir keine Vergleiche mit den sichergestellten Wollfasern. Aber wenn wir Meiers DNA und Daten haben, wird es endlich vorwärtsgehen.»

«Glaubst du tatsächlich, Meier könnte etwas mit den Maibachs zu tun haben?» Louis blätterte in seinen Dokumenten. «Es gibt keine Schnittstellen.»

Valérie verzehrte den Buttergipfel. «Ich fahre heute zu den Laupers», sagte sie mit vollem Mund.

«Dort waren wir schon.» Fabia sah Louis an. «Alexa Lauper hat im wahrsten Sinne des Wortes ihr Herz ausgeschüttet. Sie redete sogar über den Verlust ihres Kindes …»

«Ich würde gern noch einmal mit Leonardo Lauper sprechen.»

«Hast du den Rapport nicht gelesen?», fragte Louis nach.

«Gibt's heute keinen Kaffee?», fragte Valérie anstelle einer Antwort.

Fabia dehnte ihre Finger, indem sie jeden Einzelnen nach aussen zog. Dies erzeugte knackende Geräusche. «Vielleicht lädst du uns in dein Büro ein?»

Louis hätte sich gewundert, wenn Valérie auf diese Masche eingegangen wäre. Ihre Kaffeemaschine war ihr heilig.

***

Seit Tagen lag der Nebel über Freienbach. Er verschlang den See und liess ihn unheimlich aussehen. Nichts für Alexas zartes Gemüt. Wenn sie am Fenster stand, meinte sie, am Meer zu sein, wo sie Geisterschiffe über das Wasser gleiten sah. Der Zürichsee hatte den Horizont verloren. Selbst der Garten und der Rasen wirkten beklemmend, die Ziersträucher Schemen gleich. Und wenn der Wind in sie fuhr, neigten sie sich zur Erde wie Skelette in einem Gruselkabinett.

Seit gestern wohnte ihre Mutter wieder hier. Alexa hatte Leonardo davon überzeugen können, es sei das Beste. Sie brauchte etwas Aufmunterung in dieser schweren, von Angst geprägten Zeit.

Leonardo passte es nicht, und jetzt hatte sich noch einmal die Polizei angemeldet. Ihrer Mutter hatte sie nichts davon erzählt. Sie sollte nicht glauben, Leonardo könnte etwas mit diesen Verbrechen zu tun haben, die seit vier Tagen die Zeitungen füllten und die Leser rätseln liessen.

Im Flur schlug die Glocke an.

«Erwartest du Besuch?» Mutter kam aus der Küche, wo sie damit begonnen hatte, die Schränke zu reinigen. Sie trocknete ihre Hände an der umgebundenen Schürze ab. Mit ihren bald siebzig Jahren hatte sie sich gut gehalten, war sportlich und gepflegt und immer für Alexa da. Ihr Leben hatte ihr vieles abbedungen. In jungen Jahren hatte sie ihren Mann verloren. Alexas Vater, den sie selbst nie bewusst kennengelernt hatte. Sie war erst zwei gewesen, als er starb. Erinnerungen an ihn gab es nicht, mit Ausnahme von ein paar Fotos.

«Ich gehe öffnen.» Leonardo peilte zur selben Zeit die Wohnungstür an. «Wahrscheinlich ist es die Lehmann.»

«Die Lehmann?»

«Von der Schwyzer Kantonspolizei. Sie will uns noch einmal befragen.» Alexa verstand nicht, weshalb man sie nicht einfach in Ruhe liess. Sie hatten nichts mit diesen Straftaten zu tun. Leonardo war von Justus Maibach abhängig gewesen. Der Tod seines Compagnons trieb ihn in einen persönlichen Notstand. Ob er die Anwaltskanzlei in Zürich würde übernehmen können, stand nicht zur Diskussion. Alexa erfuhr auch nicht alles. Das einzig Positive an diesen Todesfällen war die Aussicht auf ein normales Leben. In Zukunft würde sie ihren Mann nicht mehr mit einem narzisstischen Anwalt teilen müssen und hoffte, Leonardo würde sich besser um sie kümmern.

Mutter machte auf dem Absatz kehrt und ging zurück in die Küche. «Ihr könnt mich rufen, wenn es wichtig ist.»

Leonardo öffnete die Tür. «Frau Lehmann?»

«Hat Ihnen Ihre Frau nichts ausgerichtet?»

«Doch, hat sie. Sie wollen mit uns sprechen, als hätte ich nicht schon alles gesagt, was ich weiss. Bitte, treten Sie ein. Meine Frau kennen Sie vom Telefon.»

Alexa reichte ihr die Hand. Sie fühlte sich kräftig und warm an. «Möchten Sie Kaffee oder Tee?»

Valérie Lehmann lehnte dankend ab. «Ich möchte Sie nicht lange belästigen. Es gibt ein paar Dinge, die ich aus einer anderen Perspektive prüfen möchte.» Sie folgte Alexa ins Wohnzimmer und wandte sich auf halbem Weg an ihren Mann. «Sie standen sich ja nahe, Justus Maibach und Sie. Ungeachtet dessen haben Sie eine gewisse Distanz zu ihm gehalten. Ist das richtig?» Sie blieb vor dem Sofa stehen.

Alexa wartete gespannt auf Leonardos Antwort. Distanz, was für ein Spott. Trotzdem hoffte sie, er würde sich zurückhalten. Wenn er die Wahrheit sagte, würde er sich am Ende verdächtig machen. Alexa erinnerte sich an die zahlreichen Abende, in denen er nicht vor Mitternacht nach Hause gekommen war. Während der Tage hatte er kaum richtig gegessen und nach der Arbeit mit Maibach auf einen Drink in die Bars entlang der Limmat einkehren müssen – zur Feier des Tages, wenn eine Fusion zweier

Firmen befriedigend abgeschlossen war. Maibach hatte sich um nichts geschert. Er hatte wenig Schlaf gebraucht, es gegen aussen so kommuniziert und von seinen Mitarbeitern dasselbe verlangt. Bei Leonardo hatte das Schlafmanko verheerende Folgen angenommen. Es war ihm nicht gelungen, vor Alexa den Griff zu Aufputschmitteln zu verheimlichen. In Tablettenform hätte sie es akzeptiert, aber nicht, wenn Koks im Spiel war. Sie hatte Leonardo vor ein Ultimatum gestellt, entweder er hörte mit den Drogen auf, oder sie würde zu ihrer Mutter ziehen. Leonardo hatte nicht den Mut gehabt, seine persönlichen Rechte bei Maibach geltend zu machen. Er hatte es sogar für gut befunden, wenn Alexa eine Weile zu seiner Schwiegermutter zog.

Leonardo blieb der Lehmann die Antwort schuldig.

«Was wissen Sie über Linus und Eleonore Maibach?» Valérie Lehmann nahm endlich Platz und einen Schreibblock aus ihrer Handtasche. Sie befand sich jetzt auf Augenhöhe mit Leonardo, was für sie sprach. «Existiert etwas, das uns in unseren Ermittlungen weiterhelfen könnte?» Sie setzte den Stift zum Schreiben an.

Die Frau musste echt am Verzweifeln sein, wenn sie solche Fragen stellte. Alexa hätte ihr gern geantwortet und verraten, was sie persönlich von dieser Eleonore hielt und wie sie sie in Verdacht hatte, sie könnte ihren eigenen Söhnen etwas angetan haben. Aber sie wurde nicht gefragt.

Mutter stand plötzlich unter der Tür zum Wohnzimmer in Lehmanns Rücken. Alexa wollte nicht, dass sie sich einmischte, und versuchte, sie mit dem Blick wegzuscheuchen. Sie wollte nicht, dass Valérie Lehmann sie sah, nicht den Eindruck erwecken, sie bräuchte Hilfe im Haushalt.

Du kannst jetzt wieder gehen, wollte sie ihr sagen. Mutter würde ihr nachher eine Szene machen, wenn man sie dermassen abkanzelte. Sie hatte es nicht verdient.

Mutter zog sich kommentarlos zurück, und Valérie Lehmann stellte weiterhin Fragen an Leonardo, die er zurückhaltend beantwortete.

«Gibt es Mandanten, die einen Grund haben könnten, die Maibachs zu ruinieren?»

«Diese Frage stand schon öfter im Raum. Die Maibachs haben mich dasselbe gefragt.» Leonardo blieb erstaunlich ruhig. «Mir kommt explizit niemand in den Sinn. Ich meine, Justus Maibach hätte es sich nicht leisten können, jemandem Grund für einen Anschlag auf ihn zu geben ... ich, ähm ...» Er kam ins Stottern. «Das waren ja Anschläge ... mit Todesfolge.»

«Wie stand es um die Mitarbeiter?»

«Wir bekamen alles von ihm. Er forderte, war aber fair, soweit ich es beurteilen kann. Wer bringt die Kuh um, die er melkt?»

Alexa schluckte leer. Warum beschönigte Leonardo alles, was mit Maibach zu tun hatte? Es war wohl andersherum.

«Es hätte doch auch umgekehrt sein können.» Valérie nahm ihr die Wörter aus dem Mund und blieb beharrlich. «Vielleicht war es einigen zu viel des Guten. Kam nie der Verdacht auf, Maibach könnte seine Berufskollegen ausnützen?»

«Es war jedem freigestellt zu gehen, wenn er mit den Geschäftsgepflogenheiten nicht klarkam. Hören Sie, wir haben ein hartes Business, die Anforderungen sind hoch, und die Konkurrenz ist gross. Da braucht es Kompromisslosigkeit. Wer das nicht will, ist bei uns fehl am Platz.» Leonardo streckte seinen Rücken durch, eine typische Bewegung, wenn er sich im Vorteil fühlte. «Justus Maibach hatte eine knallharte Linie. In unserem Beruf verträgt es nicht die kleinste Abweichung. Darauf wurden wir getrimmt. Wir arbeiten für und nicht gegen Gesetze.»

«Und diese Einstellung hat er vorgelebt.» Valérie Lehmanns Bemerkung mutete nachdenklich an. «Wie kommt es, dass er nebst seiner Frau eine langjährige Beziehung *und* eine Affäre finanzierte?»

«Darauf kann ich Ihnen beim besten Willen nicht antworten.»

«Könnte dies jemandem in den falschen Hals gekommen sein?»

«Er hat es verstanden, die verschiedenen ...», er suchte augenscheinlich nach dem passenden Wort, «Geschichten voneinander zu trennen.» Leonardo wirkte wieder fahrig. «Zudem hatte kaum jemand eine Ahnung davon.»

«Wer wusste es?»

«Ich gebe zu, ich.»

«Und Ihre Frau?» Valérie Lehmann sah zu Alexa hinüber. «Hatten Sie Kenntnis davon?»

«Wir leben unter einem Dach, essen am gleichen Tisch und schlafen im selben Bett.» Falsche Antwort. Aber ihr kam nichts Gescheiteres in den Sinn. Alexa fühlte sich überfordert. Diese Lehmann gab nicht auf. Schluss jetzt. Sie griff sich an den Bauch und verzog ihren Mund zu einer wehleidigen Grimasse. Vielleicht half das.

Valérie Lehmann sah sie mit grossen Augen an. «Haben Sie Schmerzen?»

Es wirkte offensichtlich. «Ich glaube, es ist besser, Sie gehen jetzt. Diese Aufregung tut meinem Ungeborenen nicht gut. Haben Sie gewusst, wie es alles mitbekommt? Wenn es der Mutter schlecht geht, spürt es dies.»

Valérie Lehmann erhob sich. Sie steckte Schreibblock und Stift in die Tasche zurück. «Danke, das war's. Ich werde mir erlauben, wieder auf Sie zuzukommen, sollte etwas nicht klar sein.»

Alexa begleitete sie zur Tür. «Schrecklich, diese Sache. Aber glauben Sie mir, Sie sollten an einem anderen Ort suchen.»

VIERZEHN

Valérie sah ein, sich in Geduld üben zu müssen. Seit sie auf dem Stützpunkt zurück war, wartete sie auf Webers Bescheid. Über diese Tage ging es sicher nicht so effizient, wie sie es sich wünschte. Sie hatte einiges zu erledigen, was ihr die Wartezeit verkürzte. Sie tippte die Notizen des Vormittags ins Reine. Dabei konnte sie noch einmal das Gespräch mit den Laupers durch ihr geistiges Auge laufen lassen. Leonardo Lauper hatte einen zwiespältigen Eindruck gemacht. Die Situation mit den Maibachs einerseits und die Umstände mit seiner Frau andererseits schienen ihn zu strapazieren. Valérie ahnte, dass er nicht bloss Justus Maibachs Druck, sondern auch denjenigen vonseiten seiner Frau spüren musste. Vielleicht steigerte sich diese Last aktuell, da seine berufliche Zukunft auf Messers Schneide stand. Valérie entschied, Leonardo Lauper war definitiv nicht der Täter. Und die Taten in Auftrag gegeben zu haben, mutete sie ihm nicht zu. Der Tod seines Compagnons brachte für ihn nur Nachteile.

Es klopfte dreimal kurz. Das konnte nur Louis sein. Kaum hatte Valérie «herein» gesagt, stand er bereits vor ihr. Er trug eine Norwegerjacke mit den Farben Beige, Rot und Braun.

«Neues Outfit?» Valérie zwinkerte ihm zu. Seit Carlas Auszug hatte sich Louis' Garderobe einem Wandel unterzogen, nicht zum Vorteil.

«Du kennst meine Mutter. Die Jacke war ein Weihnachtsgeschenk. Sie übt sich jetzt im Stricken von komplizierten Mustern.» Louis legte einen Papierausdruck aufs Pult. Eine seitenlange Liste mit Telefonnummern. «Es gibt Neuigkeiten.» Er schwang sich aufs Pult und landete auf einem Stapel Plastikmäppchen. «Die letzte Nummer, die Kurt Meier mit seinem Handy gewählt hat, gehört Milly Buholzer.»

«Und was schliesst du daraus?» Valérie zog die Mäppchen unter seinem Hintern weg.

«Er stritt es ab, sie zu kennen.» Louis zeigte auf die Anrufliste.

«Ihre Nummer kommt im ganzen Monat Dezember mehrmals vor.»

«Falls er sie näher kennt, würde er sie anrufen, wenn sie im gleichen Haus wohnen?»

«Er geht ja auch zur Arbeit. Er hat einen Job bei einer Speditionsfirma.»

«Louis, noch haben wir keinen Gerichtsbeschluss. Wie bist du an diese Liste gekommen?»

«Durch Beziehungen?» Er wollte nicht damit herausrücken.

«Wir können dies vor Gericht nicht verwenden.»

«Ich bin den Kollegen in Luzern bloss ein paar Schritte voraus. Sie werden Meiers Handynummer genauso überprüfen. Wir haben die Resultate und können uns endlich diese Milly Buholzer näher ansehen.»

«Nicht wir. Sie wohnt in Kriens. Das fällt nicht in unseren Tätigkeitsbereich. Wir müssen abwarten, wie sich Weber entscheidet.»

«Wer ist Weber?»

«Der Oberleutnant des Kommissariats 1 bei der Kripo Luzern. Ich war heute Morgen bei ihm.»

«Weber heisst er also.» Louis schien mit den Gedanken anderswo zu sein. «Ich war ja schon einmal bei Milly Buholzer. Und du hast damals ziemlich Druck auf mich ausgeübt, mich im Nachhinein auf all das aufmerksam gemacht, was ich bei ihr nicht abgeklärt hatte.»

«Da war die Situation eine andere. Milly Buholzer galt als Zeugin. Jetzt könnte sie eine Verdächtige sein.»

Louis nahm einen Besucherstuhl und platzierte diesen neben Valéries Bürosessel. «Hast du sie gegoogelt?»

«Das gibt nichts her.»

«Du wirst staunen.» Louis war sich der Sache sicher. «Schauen wir doch mal auf Facebook nach. Dort tummeln sich vor allem die über Fünfzigjährigen. Sie hängen Ferienfotos rein oder posten, was sie kochen. Sie erzählen über ihre Kinder oder den Spitalaufenthalt. Die Welt ist in den letzten Jahren virtuell zusammengerückt.»

«Nun glaubst du, Milly Buholzer könnte sich auch in den sozialen Netzwerken aufhalten?» Valérie bezweifelte es. «Ist das alles, was du zu bieten hast?»

Louis' Gesichtsausdruck veränderte sich. «Ich vermisse Carla.»

Valérie brauchte eine Weile, bis sie Louis' Switch folgen konnte. «Manche Dinge ändern sich wohl nie. Letzthin warst du überzeugt, dass diese Beziehung zu Ende ist.»

«Ich habe mir selbst etwas vorgemacht. Ich kann sie nicht vergessen. Ich meine, drei Jahre kann man nicht einfach aus dem Gedächtnis streichen.»

«Dann ruf sie an. Ich glaube, sie wartet nur darauf, bis du den ersten Schritt machst.»

«Bist du sicher?»

«Ich bin mir sehr sicher.» Valérie musterte ihren Kollegen von der Seite. Der starke Mann, der seinen Körper im Fitnesstraining stählte, der regelmässig die vorgeschriebenen Schiessübungen absolvierte, mit wenigen Ausnahmen stets ins Schwarze traf und an der Front stand, wenn es die Situation erforderte, benahm sich hilflos wie ein kleines Kind, wenn es um Carla ging.

«Ich habe überreagiert», gab er zu. «Wir sind nicht fehlerfrei.»

«Nein, sind wir nicht. Stärke zeigt, wer verzeiht.» Valérie biss sich auf die Lippen. Wie konnte sie diese Meinung vertreten, wenn sie selbst Mühe damit bekundete, zu verzeihen und zu vergessen? Sie kam auf den Fall zurück. Alles andere war zu heikel, um darüber zu sprechen. Sie selbst lief am Limit, und ihre seelischen Befindlichkeiten hatten schon bessere Zeiten gesehen. «Ich lasse dich in den digitalen Kosmos eintauchen. Vielleicht findest du etwas, das uns Milly Buholzer näherbringt. Ich habe anderes zu tun. Gibt es etwas, das wir nicht besprochen haben? Im Anschluss sollten wir zur Teamsitzung.»

Louis schüttelte den Kopf. «Wann hast du sie anberaumt?»

«Um vier.» Valérie sah auf die Uhr und erhob sich. «Es ist bereits vier. Wir sollten uns beeilen.»

***

«Ich kann mich nicht aufraffen, etwas für Silvester zu organisieren.» Eleonore hatte Mühe, sich vom Sofa zu lösen, auf dem sie seit dem Mittagessen sass. Ihr ganzes Wesen war in Apathie getaucht.

«Das verlangt niemand von dir. Zudem ist es vermessen, einen einzigen Gedanken daran zu verschwenden.» Linus schenkte sich Whisky in das schwere Kristallglas ein. Er hatte im Keller ein besonders edles Destillat gefunden, ein Mitbringsel aus Schottland, wo sie im Herbst die Highlands besucht hatten. Einen fünfundzwanzig Jahre alten Single Malt, den er mit seinen Söhnen zu trinken gedacht hatte. Nun betrank er sich damit, um die Trauer um seine Söhne erträglicher zu machen. «Das Jahresende sollen andere feiern. Uns hat das Jahr nur Leid gebracht.» Auch bei ihm waren die Kräfte geschwunden. Er fühlte sich alt und müde. Alles, was er einst aufgebaut hatte, war zusammengestürzt. Die Familie Maibach war am Boden. Bis Mario, sein Enkel, in die Fussstapfen seines Vaters treten würde, würde viel Wasser den Rhein hinunterfliessen.

Jemand betätigte die Klingel vor der Eingangstür. Linus wälzte sich aus dem Ohrensessel und hauchte in die Hand. Sein Atem roch nach Saurem. Er schämte sich über das Sich-gehen-Lassen. Das war nicht die Lösung.

«Erwartest du jemanden?» Eleonore befand sich in einem schlechteren Zustand als er. Sie nuschelte vor sich hin. Das Elend hatte nun auch sie eingeholt, sie, die geglaubt hatte, dem Schicksal die Stirn zu bieten. Sie vermochte nicht mehr, ihr gebrochenes Herz zu überlisten. Linus tat sie leid. Sie hatte alles verloren, was ihr lieb und heilig gewesen war. Sie würde sich in Zukunft an den Erinnerungen festkrallen. Sie beide würden es tun. Jeder auf seine Art. Es gab nichts mehr, was sie aneinanderband. Er wies auf den Tisch. «Könntest du dich ein wenig aufraffen und die Kerzen anzünden?»

«Warum sollte ich das tun?»

«Weil unsere Lampen im Wohnzimmer zu grell sind. Ich vertrage das scharfe Licht nicht.»

Linus ging schwankend über die Treppe nach unten, wo der

Eingang lag. Vor der Milchglasscheibe zeichnete sich eine Gestalt ab. Niemand von der Polizei, ging ihm durch den Kopf. Die kamen meistens zu zweit. Er drehte den Schlüssel um, öffnete die Tür und wunderte sich.

Vor ihm stand eine ältere Dame, auf den ersten Blick gepflegt, wenn sie nicht diesen üblen Mantel getragen hätte, dem man ein gewisses Alter ansah. Sie hatte die Lippen mit einem dezenten Rosaton nachgezogen, die Augenbrauen waren in Form gezupft. Ein Gesicht, wie fein gemeisselt. Nicht das, worauf Linus ansonsten achtete. «Wie kann ich Ihnen helfen?»

«Vielleicht kann ich *Ihnen* helfen. Ich bin von der Seelsorge. Man hat mich informiert, dass Sie in kurzer Zeit zwei schwere Verluste hinnehmen mussten.»

Linus wich einen Schritt zurück. Er war es sich nicht gewohnt, sich von Fremden trösten zu lassen. Jeden Tiefschlag in seinem Leben hatte er selbst gemeistert. Zugegeben, mit dieser Art von Tod hatte er sich noch nie auseinandersetzen müssen. Und das, was es mit ihm machte, hatte er nicht gekannt. In seiner Vergangenheit hatte er sich auf niemanden verlassen können.

«Kann ich hereinkommen?»

Widerwillig bat Linus die Frau herein. Er liess sie vor sich über die Treppe steigen. Nach ihrem Namen fragte er nicht. Er würde ihn wieder vergessen, wenn sie ihren Job erledigt hatte. Seelsorgerin. Er durfte sie nicht verärgern. Noch immer bezahlte er Kirchensteuern. Erst kürzlich hatte er vom Pfarrer ein Schreiben bekommen, worin dieser sich für die Unterstützung bedankt hatte. Linus war kein Unbekannter. Er stand für Familienzusammenhalt und Tradition, war Vorbild für die katholische Kirche. So etwas sprach sich herum. Eleonores heidnische Rituale vermochte er gekonnt unter den Teppich zu kehren.

«Meine bessere Hälfte sitzt im Wohnzimmer.» Linus ging zwei Schritte hinter der Frau. Sie mochte das Rentenalter erreicht haben. Eine Freiwillige, die es sich zur Aufgabe gemacht hatte, den Schäfchen hinterherzurennen.

«Eleonore, sie kommt vom Pfarramt. Sie wird uns ein wenig Trost in den schweren Stunden spenden.»

Die Seelsorgerin blieb vor dem Salontisch stehen.

«Bitte, setzen Sie sich.» Linus liess sich auf den Sessel fallen. Ablenkung, in welcher Form auch immer, hinderte ihn daran, den schweren Gedanken weiterhin nachzuhängen.

Eleonore richtete sich auf. Auf ihr blasses Gesicht war etwas Farbe zurückgekehrt. «Möchten Sie einen Kaffee? Oder lieber einen Tee? Ich habe einen köstlichen Kräuteraufguss.» Sie schob auf dem Tisch die Kerzenständer an den Rand, entnahm der Schrankschublade eine Streichholzschachtel und öffnete sie. Sie griff nach einem Hölzchen und liess dieses über die Schachtelseite fahren. Es gab ein zischendes Geräusch.

«Würden Sie das sofort ausmachen?» Die Seelsorgerin hielt ihre Hände panisch vors Gesicht.

«Aber … ein wenig Kerzenlicht würde eine heimelige Atmosphäre zaubern.» Eleonore warf Linus einen Blick voller Fragen zu. «Du hast doch selbst gesagt, die Kerzen …» Sie brach ab. Offenbar hatte es ihr die Sprache verschlagen.

Linus beobachtete die Seelsorgerin, die sich nur langsam erholte. «Gibt es ein Problem?»

«Nein, nein, alles gut.» Sie atmete heftig aus. «Erzählen Sie mir von Ihren Söhnen.»

***

«Endlich liegt Justus Maibachs Testament vor.» Zanetti hatte das Wort ergriffen, kurz nachdem Valérie und Louis den Sitzungsraum betreten hatten. «Es beinhaltet das, was Graziella Maibach uns hat wissen lassen. Sie erbt das ganze Vermögen ihres Mannes, inklusive der Anwaltskanzlei, die als Aktiengesellschaft im Handelsregister eingetragen ist und zu hundert Prozent Maibach gehört hat. Ihre gemeinsamen Kinder bekommen den Pflichtteil. Ein nicht unerheblicher Betrag, der für die Ausbildung vorgesehen ist. Bis zu ihrer Volljährigkeit wird das Geld von einem Notar verwaltet. Ich habe hier dessen Namen. Andrea Borkowski und Malika Galambos dagegen gehen leer aus.»

«Also können wir den Verdacht, dass es bei diesen Todesfällen ums Geld geht, ausschliessen.» Fabia blies ihren Kaugummi zu einem Ballon auf.

Valérie regte es jedes Mal auf, wenn ihre Kollegin glaubte, mit dieser unanständigen Macke auf sich aufmerksam machen zu müssen. «Was Rache und Neid hypothetisch untermalt.» Sie liess die Arme auf den Tisch sinken. «Wir müssen Graziella Maibach noch einmal richtig auf den Zahn fühlen. Vielleicht liefert sie uns das Motiv, das wir suchen.» Tag neun nach Justus Maibachs Tod und sie waren nicht viel weiter als am Anfang.

Zanetti bediente seinen Laptop und liess Nachrichten über den Beamer laufen. «Die Sendung wurde heute Mittag ausgestrahlt. Die verschobene Pressekonferenz hat zu allerlei Spekulationen geführt. Es ist nichts Neues, wenn die Medien ihrerseits recherchieren, auch mit dem wenigen, das ihnen zur Verfügung steht. Uns sind die Hände gebunden. Wir haben den Zeitpunkt für ein ausführliches Statement verpasst.»

Auf dem Bildschirm über der vorderen Schmalseite des Tisches flimmerte das Logo des Lokalsenders «Schwyzer News» auf. Niemand anders als Carla Benizio erschien.

Louis schnellte auf. «Was zum Teufel!»

«Sie versucht gerade alles, um dein Interesse auf sich zu ziehen», stellte Valérie lapidar fest. Streng genommen liess Carla nichts aus, um zu provozieren. Wie sie so schnell zum Sender gekommen war, blieb für Valérie ein Rätsel.

«Ist das ihr neuer Job?» Louis renkte sich kaum mehr ein. «Warum hat sie mir nichts davon erzählt?»

«Hättest du sie angerufen, wüsstest du's.»

«Und? Was weiss sie zu berichten?»

«Sieh hin, dann erfährst du es.» Zanetti bewegte den Cursor auf den Beginn des Films zurück.

«Kurz nach der Vermisstmeldung des Staranwalts Dr. Justus Maibach wurde seine Leiche im Gebiet Rigi Scheidegg aus dem Schnee geborgen.» Carlas Kommentare wurden mit Bildern vom Tatort ergänzt. Ein Schlitten lehnte an einem Baum, wahrscheinlich vom Kameramann oder der Kamerafrau im Nachhinein dort hingestellt. Der Leitkegel war weg. Die Szenerie wirkte gestellt.

«Die Polizei geht von einem Tötungsdelikt aus, weil einen Tag später Maibachs jahrelange Geliebte mit einem Auto angefahren und tödlich verletzt wurde.» Auf dem Bildschirm erschien die Bahnhofstrasse in Schwyz und die Tür zu Borkowskis Kosmetiksalon, der mit Flatterbändern markiert war. «Dem nicht genug. Maibachs Sekretärin, eine Affäre, wie unser Sender in Erfahrung gebracht hat, wurde ebenso ermordet, vor ihrer Wohnung im Elternhaus in Schwyz.» Die Kamera zoomte Blutspuren im Schnee heran. «Völlig daneben», fand Valérie und lauschte weiter den Ausführungen. «Als wäre es der Schicksalsschläge nicht genug, erfahren wir dieser Tage, dass auch Justus Maibachs Bruder Basil aufgrund eines Verbrechens gestorben ist.» Hier hielt sich die Filmcrew zurück. «Die Polizei tappt im Dunkeln. Handelt es sich hier um einen Racheakt? Die Vermutung liegt nahe. Im Leben der Familie Maibach verlief nicht immer alles glimpflich. Liebe Zuschauerinnen und Zuschauer, wir werden Sie auf dem Laufenden halten. Mein Name ist Carla Benizio, Auge und Ohr für die wichtigen Dinge in Ihrer Region.»

«Das ist Rufmord.» Louis enervierte sich.

«Nicht, wenn es der Wahrheit entspricht.» Valérie musste ihn beruhigen. «Die Mitglieder der Familie Maibach sind Personen des öffentlichen Lebens. Schlägst du Illustrierte und Zeitungen aus dem Archiv auf, begegnest du ihnen immer wieder. Es ist an der Zeit, uns eingehender mit diesem Archiv zu befassen. Carla hat es bestimmt bereits getan. Das Blaue vom Himmel lügen wird sie nicht. Sie weiss, was auf dem Spiel steht.» Valérie wandte sich ab. Ihr iPhone vibrierte und blinkte. Webers Nummer erschien auf dem Display. Valérie nahm den Anruf entgegen.

«Störe ich?» Webers Stimme klang tiefer, als sie sie in Erinnerung hatte.

«Ich bin an der Teamsitzung. Nein, Sie stören nicht.» Ihre Erwartungen waren gross.

«Wir haben den Gerichtsbeschluss. Mein Kader wird mit vier Mann und mit den Kollegen des KTD zum Einsatz fahren. In etwa einer Stunde werden wir Kurt Meier festnehmen.»

«Von einer Festnahme war nie die Rede.» Valérie konnte Webers Entschluss nicht nachvollziehen. Wusste er etwas, was nicht bis nach Schwyz gelangt war?

«Das lassen Sie unsere Sorge sein. Die Vorstrafen reichen aus, um diesen Schritt zu vollziehen. Ich gehe davon aus, Sie wollen dabei sein. Es ist *Ihr* Fall, Frau Kollegin.»

Valérie sah auf die Uhr. Wieder einmal würde sie nicht zeitig Feierabend machen. «Sie können auf mich zählen.» Sie verabschiedete sich und beendete das Gespräch.

Zanetti hatte sie eine Weile beobachtet. «Ärger?»

«Eine Festnahme in unserem Fall steht an. Weber von der Kripo Luzern hat das Okay des Richters bekommen. Sie holen Kurt Meier ab und werden gleichzeitig seine Wohnung durchsuchen. Meier wird kriminaltechnisch erfasst. Ich hoffe auf eine Übereinstimmung mit den erfassten Beweisen in der Datenbank.» Die Hoffnung war nicht mit ihrer Einschätzung zu vereinbaren. Valérie war überzeugt, an der falschen Stelle anzusetzen. «Ich fahre nach Kriens.»

Unterwegs rief sie Carla an. Valérie hatte nicht vor, ihr die Leviten zu lesen. Das, was im Hotel Wysses Rössli geschehen war, wollte sie nicht zur Sprache bringen. Sie war sich sicher, Carla verfügte über Insiderwissen, was die Maibachs anging. Wenn sie sich etwas in ihren hübschen Kopf gesetzt hatte, war sie von nichts und niemandem abzuhalten. Nicht umsonst hatte sie sich innerhalb kürzester Zeit beim Regio-TV eine Sendung ergattert. Vermutlich hatte sie, lange bevor sie die Kündigung bei der Boulevardzeitung schrieb, gewusst, wohin ihre berufliche Weiterreise ging. Bei Carla war sich Valérie nie sicher, was sie mit ihren Rundumschlägen zu bewirken gedachte. Sie war schnell in den Nachforschungen und im logischen Denken. Sie deckte auf, während ihre Konkurrenz noch zweifelte.

«Valérie?» Carla klang ausser Atem. «Ich habe damit gerechnet, dass entweder du mich anrufst oder Louis. Ich nehme an, ihr habt meine Sendung gesehen.»

«Dass du vor der laufenden Kamera nicht gesagt hast, wie sehr du Louis liebst, enttäuscht mich.»

So herzhaft lachen hatte sie Carla lange nicht mehr gehört. «Ich habe mir tatsächlich überlegt, wie ich sein Herz zurückerobern kann. Egal, vielleicht muss ich ihn wirklich abschreiben.»

«Louis war nicht glücklich darüber, dass du die Sendung moderierst.» Valérie hatte das Ende der Schlagstrasse erreicht und fuhr über die Zufahrt zur Autobahn.

«Kann ich mir vorstellen. Vom Regen in die Traufe, wird er gedacht haben. Aber der Regio-Sender ist eine einmalige Chance für mich. Weg vom Boulevard, zurück zum Wesentlichen.» Sie legte eine Sprechpause ein. «Nun, eigentlich geht es Louis nichts an. Wir sind getrennt.»

Valérie setzte den Blinker und spurte ein. «Verdienst du wenigstens mehr?»

«Ja.» Carla räusperte sich. «Das ist nicht der Grund, weshalb du mich anrufst. Oder hat Louis dich gebeten, mich auszuhorchen?»

Es existierte weiterhin viel Energie zwischen Carla und Louis. Valérie konnte sie spüren. Carla hätte den Namen ihres «Ex-Freundes» nicht so oft in den Mund genommen, wenn er ihr gleichgültig gewesen wäre. «Was weisst du über die Familie Maibach?»

«Aha … die Polizei braucht meine Hilfe.»

«Ich habe noch was gut bei dir.» Valérie stellte den Tempomat ein und sah auf die linke Seite, wo der Lauerzersee wie Blei dalag, flankiert von der gewaltigen Rigi.

Carla liess mit der Antwort auf sich warten. Sie wusste sicher, worauf Valérie hinauswollte. «Die Öffentlichkeit weiss viel über die Familie. Sie stand jahrelang im Rampenlicht. Das begann bereits mit Hubertus Maibach. Er war der bekannteste Richter in Schwyz. Ein Mann zwischen den Fronten. Seine Anhänger machten einen hohen Prozentsatz aus. Es gab aber auch Gegner, die alles versuchten, um ihn zu diffamieren. Es kursierten Gerüchte, er sei parteiisch gewesen. Dabei wäre Neutralität gerade bei einem Richter oberstes Gebot.»

«Ich brauche *neue* Fakten.»

«Anspruchsvoll bist du auch noch?» Carla gab einen Laut von

sich, der sich wie ein misslungenes Lachen anhörte. «Lass mir etwas Zeit. Aktuell lese ich mich durch die damaligen Ausgaben des ‹Boten der Urschweiz›. Präziser: durch die Jahrgänge 1950 bis 1970.»

«Mitte der fünfziger Jahre war Linus Maibach ein kleiner Junge», gab Valérie zu bedenken. «Den Anwalt hat er erst um ungefähr 1980 gemacht.»

«Das Übel muss man stets an der Wurzel packen.»

«Hast du, was Hubertus Maibach angeht, ein so schlechtes Gefühl?»

«Mal sehen.» Carla machte den Anschein, ihre Andeutungen nicht bestärken zu wollen. «Ich muss jetzt Schluss machen. Gleich fahre ich mit meinem Equipment nach Brunnen, wo morgen Abend eine grosse Silvesterparty im Hotel Waldstätterhof stattfindet. Es werden auch ein paar Prominente dabei sein, sowohl auf als auch vor der Bühne. Unser Sender hat die Exklusivrechte bekommen. Hauptsponsor ist die Kaffeemaschinenfabrik in Weggis.»

«Das tönt wirklich nach einer spannenden Challenge. Und du machst die Moderation?»

«Zusammen mit einem guten Kollegen. Soll ich für dich und Emilio Plätze reservieren?»

«Du kannst zwei Tickets beim Empfang deponieren. Aber ich glaube nicht, dass wir bis morgen Abend den Fall gelöst haben.»

«In der Regel löst man Fälle innerhalb von zehn Tagen, oder man löst sie nie. Waren das nicht deine Worte?»

«Zwischendurch darf man optimistisch sein.»

«Du hast recht.» Carla seufzte. «Think positive, auch wenn man von den Watschen des Lebens vorübergehend aus der Bahn geworfen wird.»

9. Februar 1961, zwanzig Minuten nach sechs, morgens

Camilla hatte sich überwunden, sich an einen der Tische zu setzen. Mit Ausnahme des seltsamen Jungen war sie das einzige Kind. Ihr wurde Suppe geschöpft. Gemüsesuppe, die sie nicht ausstehen konnte. Es erinnerte sie an die Päckli-Minestrone, die Mami in Zeitnot ins siedende Wasser gestreut und kurz aufgekocht hatte. Nie genügend lang. Die Sellerie- und Karottenstängel hatten nach Fliesspapier geschmeckt und die Teigwaren in der Form von Krawatten sie zum Erbrechen gereizt. Camilla liess die Suppe stehen. In ihrem Kopf drin summten Bienen, und an den Beinen krabbelten Ameisen. Sie fühlte sich unwohl. Es herrschte eine bedrückte Stimmung.

Draussen ertönte ein beständiges Dröhnen. Und laute Rufe von den Männern, die versuchten, der Katastrophe Herr zu werden. Die Feuersbrunst war allgegenwärtig, obwohl die Fenster im Speisesaal des Hotels Bellevue talseitig lagen. Weiterhin zogen rote Fragmente ausgespuckten Feuers durch den Nachthimmel.

«Kamillentee.» *Er* schon wieder.

«Ich habe einen Namen, der ist Camilla.»

Am Tisch wurde es ruhig, wenn auch wenig gesprochen worden war. Auch das Klappern der Löffel, wenn sie an den Tellerrand stiessen, war plötzlich weg. Alle Augen waren auf Camilla gerichtet.

«*Du* bist Camilla?» Der Mann ihr gegenüber legte den Suppenlöffel geräuschlos in den Teller.

Camilla duckte sich hinter einer mageren Frau. Sie konnte sich keinen Reim darauf machen, weshalb man sie angesprochen hatte. War sie während des Nachtessens negativ aufgefallen? Oder hatte Herr Unbekannt sie verpfiffen? «Ich suche meine Mami und Baba», stotterte sie.

Dann sah sie ihn. Den Mann mit dem Schnurrbart, den sie am Empfang getroffen hatte. Er hatte noch immer den Anzug an, den er bei ihrer Ankunft getragen hatte. Das Buch in seiner

Hand hatte er aufgeschlagen. Er suchte mit dem Zeigefinger offensichtlich nach einem Eintrag. «Camilla? Ich erinnere mich. Du und deine Eltern sind gestern Nachmittag im Hotel angekommen, aus Luzern, oder? Heissen sie Christophe und Martha Fournier?»

«Das sind die Namen meiner Eltern.» Camilla schöpfte wieder Hoffnung.

«Wir informieren ihre Grosseltern», flüsterte jemand. «Sie sollen mit einem weiteren Extra-Zug aus Vitznau kommen.»

«Ich hab's gehört», sagte ein anderer. «Nachdem die ersten Feuerwehrmänner mit dem Extra-Zug angekommen waren, musste man die Dampflok in Vitznau während vier Stunden einheizen. Die Gefahr einer Unterbrechung der Stromzufuhr für die elektrisch betriebene Bahn war zu gross. Man ging sogar davon aus, dass die Kabel unter der Hitze schmelzen. Das Ganze hat sich verzögert. Vielleicht hätte man mehr tun können.»

«Ich lasse nichts auf die Feuerwehr von Kaltbad kommen. Sie hatten schnell und richtig reagiert, bevor überhaupt die Feuerwehr aus Vitznau eintraf. Soweit ich darüber informiert bin, konnten von den zweihundertvierzig Menschen viele gerettet werden.»

«Für einige kam jede Hilfe zu spät.»

Camilla sass mittendrin im Wortgefecht und wusste nicht, wie ihr geschah. Ihre Grosseltern sollten kommen. Bedeutete das etwas Gutes oder Schlimmes?

Die Frau aus dem Stationshaus kam zurück. «Magst du nicht essen?»

«Ich will zu Mami.»

Die Frau hüllte sich in Schweigen und half Camilla, sich vom Stuhl zu erheben. In ihren Berührungen steckte so viel Liebe. Sie war aber nicht imstande, etwas zu sagen, was Camilla getröstet hätte. Wortlos nahm die Frau ihr den Mantel ab, den sie noch immer trug. Sie fröstelte. Vielleicht hätte sie doch von der Suppe essen sollen, wie das alle am Tisch taten. Es gab Situationen, in denen man keine Fragen stellen und sich nicht wehren durfte.

Der freche Junge tauchte wieder auf.

Camilla wies mit dem Zeigefinger auf ihn. «Kennen Sie den Jungen dort?»

Die Frau bewegte suchend ihre Augäpfel. «Welcher Junge?»

Es gab nur einen. «Der mit den Skihosen.» Diese hatte Camilla nicht vergessen. Er hatte also noch Zeit gefunden, sich etwas Warmes anzuziehen, während Baba sie im letzten Moment und im feuchten Nachthemd nach unten gelassen hatte an diesen zusammengeknüpften Laken.

«Er ist jedes Jahr mit den Eltern hier. Sein Vater ist eine bekannte Persönlichkeit.» Die Frau hatte ihre Stimme wiedergefunden. Offenbar wollte sie Camilla ein wenig ablenken. «Möchtest du, dass ich bei dir bleibe?»

«Ja, bitte. So lange, bis meine Mami und Baba hier sind.»

«Wir werden gemeinsam auf sie warten.» Zwischen den Augen der Frau entstand eine steile Falte.

«Kennen Sie den Namen von diesem Mann?» Camilla suchte die Tische ab. «Von dem dort.» Sie hatte den Vater des Jungen entdeckt. Breitspurig und wohlgefällig sass er neben seiner Frau, die auch in Nachthemd und Morgenrock eine gute Falle machte.

«Ja, sicher kenne ich seinen Namen, wenn du mir Zeit lässt.» Die Frau aus dem Stationshaus griff sich an die Stirn. «Er ist Richter.» Sie kniff die Augen zusammen, als könnte sie sich besser erinnern. «Es ist Dr. Maibach. Und sein Junge …» Die Frau lächelte ein wenig. «Er war oft bei unserem Sohn. Wenn es auf Kaltbad stürmte und schneite, trafen sich die Buben und spielten miteinander. Er heisst Linus.»

FÜNFZEHN

Bei der Wohnungsdurchsuchung gestern Abend hätte es Valéries Anwesenheit nicht bedurft. Sie war sich wie das fünfte Rad am Wagen vorgekommen, als Webers Männer bei Kurt Meier Sturm läuteten. Meier hatte sofort geöffnet. Um die Durchsuchungsbescheinigung durchzulesen, war ihm keine Zeit geblieben. Der Kriminaltechnische Dienst war mit leeren Plastikbehältern in die Wohnung marschiert, und Webers Leute hatten Meier abgeführt. Valérie war es wie in einem Film vorgekommen.

Es war eine kurze Nacht gewesen. Um Mitternacht war sie nach Hause gekommen und sass nach nicht einmal fünf Stunden Schlaf bereits wieder im Gebäude der Kantonspolizei Luzern. Obwohl er sie vor zwölf Stunden hatte links liegen lassen, lag Weber viel daran, sie bei der Vernehmung von Kurt Meier dabeizuhaben. Immer wieder betonte er, es sei *ihr* Fall.

Valérie lag auf der Zunge, ihn darauf anzusprechen, hielt sich jedoch zurück. Sie würde zu einem späteren Zeitpunkt Gelegenheit finden, ihre Frustration zu verlautbaren.

Im Gegensatz zu den kleinen und lichtarmen Vernehmungszimmern in Biberbrugg brüsteten sich die Luzerner mit hellen und freundlichen Räumen.

Weber hatte Kaffee und «Enzli», eine Krienser Spezialität mit Kokos-Mandel-Geschmack, gebracht und setzte sich mit Valérie an den Tisch, wo sie gemeinsam auf Meier warten wollten. Weber hatte einen umfangreichen Fragenkatalog vor sich liegen. Darunter befanden sich auch die Informationen aus dem SSB. Ob er diese alle durchgesehen hatte, blieb dahingestellt.

«Wir werden ihn einbuchten, das verspreche ich Ihnen. Mit dieser Vorgeschichte kommt er nicht davon. Meier hatte schon damals, als man ihn aufgrund seines Alkoholproblems aus dem Verkehr gezogen hatte, gelogen, dass sich die Balken bogen. Sollte er am Morgen des 23. Dezembers wieder sturzbesoffen unterwegs gewesen sein, wird er zur Rechenschaft gezogen.»

Valérie passte diese Interpretation nicht. Weber ging es offenbar nur darum, jemanden hinter Gitter zu bringen. Ein falscher Eifer.

Die Tür wurde geöffnet und Kurt Meier hereingeführt. Er hatte, was Valérie von Weber wusste, die Nacht in Untersuchungshaft im Grosshof verbracht.

Meier setzte sich auf Geheiss seines Begleiters hin. Sein Gesicht wirkte blass, und unter den Augen lagen violett-schwarze Schatten. Wahrscheinlich hatte er kaum geschlafen. Valérie sah ihn zum zweiten Mal.

Auf dem Tisch befanden sich ein Aufnahmegerät und eine Videokamera. Die dunkle Linse war auf Meier gerichtet. Weber setzte beides in Betrieb.

Valérie warf einen Blick zu dem Pult, wo Sina Behler Protokoll führte. Dreifach hält besser. Valérie konzentrierte sich auf Webers Fragen.

«Kurt Meier, Sie wurden am 18. Juni 1973 in Willisau geboren und wohnen seit 2017 in Kriens. Ist das richtig?»

Meier nickte.

«Würden Sie die Frage bitte laut und deutlich beantworten.»

«Ja.»

Weber wiederholte Meiers Verfehlungen und begründete die Festnahme damit, die Ordnungshüter nicht nur angelogen, sondern bewusst auf eine falsche Fährte geführt zu haben. «Man hat Ihnen die Fingerprints und eine Speichelprobe für die DNA abgenommen.»

«Weshalb?» Meier blieb erstaunlich ruhig. «Das könnte ein Nachspiel für Sie haben.»

«Bitte sprechen Sie nur, wenn Sie gefragt werden.» Weber kannte kein Pardon. «Sie werden beschuldigt, am 23. Dezember um sieben Uhr fünfzig auf der Bahnhofstrasse in Schwyz Andrea Borkowski vorsätzlich angefahren und getötet zu haben.»

«Das ist nicht wahr. Zu der Zeit war ich zu Hause.»

Weber ging nicht sofort darauf ein. «Am 20. Dezember hatten Sie einen Tesla mit der Kennziffer SZ …», er las die Nummer von einem Blatt ab, «über die Firma ‹Mobile-Fast› gemietet. Ist das richtig?»

«Ja, aber er wurde mir gestohlen.»

«Gestohlen? Das ist die simpelste Ausrede, die ich je gehört habe.» Weber räusperte sich. «Sie behaupteten, den Verlust der Polizei sofort gemeldet zu haben.»

«Das ist richtig.»

«Wann?»

«Am Abend des 22. Dezembers.»

«Gemäss Anrufliste, die uns vorliegt, haben Sie zu keiner Zeit die Nummer der Polizei gewählt. Zudem haben Sie kein Alibi für die Zeit des Unfalls auf der Bahnhofstrasse in Schwyz. Es sieht nicht gut aus für Sie.»

«Ich kenne die Frau nicht, die ich angefahren haben soll. Warum hätte ich das tun sollen?»

«Wenn hier jemand Fragen stellt, dann bin ich das.»

Meier schwieg und senkte den Blick auf seine Hände. Valérie fielen seine angeknabberten Fingernägel auf. «Noch einmal: Ich habe niemanden angefahren.»

«Auf der Telefonliste existiert eine Nummer, die Sie oft gewählt haben.» Weber warf Valérie hin und wieder einen Blick zu, als schätzte er ab, ob sie mit seinem Vorgehen einverstanden war.

Sie verhielt sich still, und Meier starrte vor sich hin.

«Sie haben behauptet, Milly Buholzer, die im selben Block wohnt wie Sie, nicht persönlich zu kennen. Weshalb rufen Sie sie durchschnittlich zweimal am Tag an?»

Meier schluckte ein paarmal leer. Valérie sah ihm an, wie er mit sich selbst focht. Am liebsten hätte sie sich in die Vernehmung eingebracht. Webers Vorgehen passte ihr nicht. Sie bat Weber diskret und leise, ihn vor der Tür zu sprechen.

Weber sah sie mit zusammengekniffenen Augen an. Auf seinem Mund zeichnete sich Belustigung ab. «Ja?»

Valérie wies mit ihrem Kopf Richtung Tür.

Wider Erwarten unterbrach Weber die Vernehmung, gab der Protokollführerin ein Zeichen und erhob sich. Draussen schickte er einen uniformierten Polizisten in den Vernehmungsraum und wandte sich an Valérie. «Ich hoffe, die Unterbrechung lohnt sich.

Sie zappeln schon lange herum. Sind Sie mit meiner Praxis nicht einverstanden?»

«Milly Buholzer war bis anhin eine Zeugin.»

«Das weiss ich. Ich habe Ihre Befragungsprotokolle gelesen.»

Valérie sah ihn erstaunt an. «Das sind über hundert Seiten.»

«Ich hatte aktuell nichts anderes zu tun.» Weber hob bloss die Schultern. «Sie sehen Buholzer auch als Verdächtige, oder irre ich mich?»

Es waren die letzten Eintragungen gewesen, nachdem einige Indizien dafürgesprochen hatten.

«Ich weiss, dass Milly Buholzer zum gleichen Zeitpunkt auf Rigi Scheidegg war wie Justus Maibach. Was wollten Sie mir mitteilen? Dass es zwischen Meier und Buholzer eine Verbindung gibt? Ja, ich bin Ihrer Meinung. Das sieht doch ein Blinder. So viele Zufälle kann es nicht geben. Oder gehen Sie nicht einig mit mir?»

Valérie blieb die Spucke weg. Was sie am vergangenen Abend befürchtet hatte, bestätigte sich: Weber wollte den Fall an sich reissen. Sie schloss die Augen und atmete tief durch. So schnell würde sie sich nicht niedermachen lassen. Weber hatte offenbar ein Problem mit ihr. Das war ihr bei der ersten Begegnung schon aufgefallen. Aber, um ihren Fall zu einem Ende zu bringen, brauchte sie ihn.

«Weshalb haben Sie mich aus dem Zimmer diktiert?»

«Sie betonen immer wieder, wie sehr es *mein* Fall ist. Dann halten Sie sich bitte daran.»

«Oh, pardon. Ich befolge die Fakten, nichts anderes, werte Kollegin. Diese stehen schwarz auf weiss in Ihren Protokollen.» Weber nahm sie am Arm und streifte dabei ihre linke Brust.

Valérie wusste nicht, ob es Zufall oder Absicht war. Die Berührung war grenzwertig. Plötzlich fühlte sie nur noch Abscheu gegen diesen Gockel. Was glaubte er eigentlich, wer er war? Sollte er ihr noch mal zu nahe kommen, würde sie ihm eine scheuern.

«Alles gut bei Ihnen?» Weber setzte ein Grinsen auf. «Ich würde gern mit der Vernehmung fortfahren.»

Als die Lifttür aufging, lenkte es sie beide ab. Ein geschniegelter Typ betrat den Korridor. Er trug einen dunklen Anzug und eine Mappe unter dem Arm und kam zügig auf Weber zu, der im Begriff war, die Türklinke hinunterzudrücken.

Weber warf brüsk den Kopf in den Nacken. «Was tun Sie denn hier?»

Der Mann zeigte ihm seine Visitenkarte und nannte seinen Namen. «Ich bin der Anwalt des Angeklagten Kurt Meier. Ab sofort wird er ohne mich keine Aussagen mehr machen.»

Milly Buholzer ging ihr nicht mehr aus dem Kopf. Warum hatte Meier sie mehrmals angerufen? Ohne Meiers Aussage vermochte Valérie jedoch nicht, das Rätsel zu lösen. Er musste etwas wissen, was er zurückhielt. Dazu kam, dass sie keine Lust hatte, mit Weber zu diskutieren. Nachdem er von Meiers Anwalt eine Abfuhr erhalten hatte, kehrte er in sein Büro zurück. Valérie hatte er einfach stehen lassen.

Sie fuhr mit dem Lift nach unten und hoffte, nicht auf Jeanine zu treffen. An ihrer Stelle stand ein junger Mann am Empfang.

Valérie verliess die Luzerner Polizei. Sie trat in einen nebligen Tag hinaus. Es nieselte, und ein kalter Wind wehte ihr um die Ohren. Sie zog den Mantel enger um ihren Körper, stellte den Kragen hoch und ging zu ihrem Wagen. Falls sie es nicht riskierte, würde sie lange auf ein Resultat warten müssen. Was vergab sie sich, wenn sie nach Kriens in die Brunnmattstrasse fuhr? Louis hatte bereits mit Milly Buholzer gesprochen. Valérie würde es noch einmal tun. Obwohl sie Milly Buholzer nicht mehr bloss als Zeugin sah und es bedingte, sie zu zweit zu besuchen, würde ihr sicher eine Ausrede in den Sinn kommen. Weber hatte sie abgeschrieben. Und sollte er ihre Aktion durchschauen, würde sie einen Verweis von Caminada in Kauf nehmen.

Wieder einmal verliess sie sich auf ihr Bauchgefühl. Sie öffnete die Autotür und schwang sich auf den Sitz.

Seltsam alles. Valérie ging noch einmal sämtliche Möglichkeiten durch. Justus Maibach und seine zwei Musen. Alle drei tot. Bis dahin hätte sich eine plausible Erklärung abgezeichnet. Diese wurde jedoch mit Basil Maibachs Tod auf den Kopf gestellt. Valérie fuhr über den Obergrund. Blechlawinen wälzten sich stadtein- und -auswärts. Alte Steinhäuser säumten die Strasse, kahle Bäume und verwitterte Mauern, von den Abgasen dunkel verfärbt. Das schlechte Wetter setzte dem Ganzen einen trüben Stempel auf.

Was bezweckte der Täter mit seinen vier verschiedenen Methoden? Hatte die Art des Tötens mit möglichen Verfehlungen in der Vergangenheit der Opfer zu tun?

Auf der Höhe der Autobahnauffahrt nahm Valérie die rechte Fahrbahn Richtung Kriens. Rechts befand sich der Sonnenbergtunnel, der in den 1970er Jahren errichtet worden war. Er hätte im Fall eines Krieges oder eines chemischen oder biologischen Angriffs für zwanzigtausend Menschen Schutz geboten. Man hatte eine Kaverne über sieben Stockwerke in den Felsen gesprengt, ein Notspital über drei Stockwerke, welches in den letzten Jahren jedoch brachgelegt wurde. Selbst die Panzertore beim Nord- und Südportal, die einer Megatonne TNT im Abstand von einem Kilometer standgehalten hätten, hatte man wieder abgebaut. Links lag die Justizvollzugsanstalt Grosshof hinter Mauern und einem Maschendrahtzaun, umgeben von blätterlosen Bäumen. Eine fast prominente Lage zwischen Kriens und Luzern.

Valérie erreichte die Brunnmattstrasse und folgte ihrem Verlauf, vorbei an einem Schulhaus, einer Sportanlage und einem Spielplatz. Sie parkte ihren Wagen direkt auf der Strasse. Der Nebel hatte sich in der Zwischenzeit gelichtet, und der Pilatus schälte sich aus dem Grau. Unter dem sich aufreissenden Himmel wirkte der Berg mit den verschneiten Flanken gigantisch und bedrohlich. Valérie stieg aus. Es sei der erste Eingang beim vordersten Häuserblock, hatte Louis sie darauf hingewiesen. Valérie ging über den schmalen Weg, erreichte eine Treppe und betrachtete die Namen auf den Sonnerien. Sie läutete bei Buholzer. Nichts rührte sich.

Valérie wartete, obwohl sie fror. Jemand würde sicher bald

aus dem Haus treten, und sie könnte zumindest ins Treppenhaus, wo es wärmer war. Sie nahm ihr iPhone zur Hand und sah, dass Carla angerufen hatte, ohne jedoch eine Nachricht zu hinterlassen. Bestimmt hatte sie etwas über die Maibachs herausgefunden. Als Valérie Carlas Nummer wählen wollte, ging die schwere Eingangstür auf, und zwei Kinder im Schulalter rannten ihr entgegen. Valérie schob sich ins Entrée. Eine wohlige Wärme umfasste sie. Sie hauchte in die Hände und rieb sie warm. Sie stieg zwei Treppen hoch und gelangte zu Milly Buholzers Tür, die mit allerlei Krimskrams zugemüllt war, mit Winterstiefeln und Kehrichtsäcken, die wohl eher zu den Nachbarn gehörten. Valérie drückte den Klingelknopf. Die Tür hinter ihrem Rücken ging auf. «Suchen Sie Frau Buholzer?»

Valérie drehte sich nach der Stimme um. «Ja genau, ich möchte zu Frau Buholzer.»

Eine beleibte Frau in den Vierzigern betrat die Fussmatte, stiess mit ihrem linken Pantoffel an ein liegen gelassenes Spielzeugauto und schupste es zur Seite. «Die ist nicht da. Ging gestern weg.»

«Wissen Sie zufällig, wohin?»

«Keine Ahnung. Die sagt ja nie etwas. Meint wohl, etwas Besseres zu sein. Sie ist eine Heimlichtuerin, kann ich Ihnen sagen. Es gelingt ihr aber nicht, alles zu verstecken.» Die Frau hielt die Hand vor den Mund. «Neulich habe ich sie mit dem Meier Kudi vom obersten Stock gesehen. Er hat bei ihr geläutet. Sie hat ihn reingelassen. Dass sie sich küssten, entging mir nicht. Die hat was mit dem.» Sie nickte heftig, um das Gesagte zu unterstreichen.

Valéries Antennen fuhren aus. «Sind Sie sicher?»

«Oh, weshalb interessieren Sie sich für die?»

Valérie wies sich aus.

«Polizei? Hat sie etwas angestellt?» Die Frau verschränkte die Arme. «Bei der Buholzer würde mich das nicht wundern. Die kommt und geht, wie es ihr gerade passt.»

«Hat sie oft Besuch?»

«Nein, bestimmt nur von diesem Meier. Also, wenn Sie mich

fragen, die passen überhaupt nicht zusammen. Er ist mindestens zehn Jahre jünger als sie.»

Valérie verabscheute Leute, die über andere tratschten. Trotzdem musste sie die Frau bei Laune halten. «Erinnern Sie sich, ob Herr Meier in den letzten Tagen mal ein Auto hatte?»

«Ja sicher. Mein Mann sagte, sein Parkplatz, auf dem sonst nur Meiers Velo steht, sei von einem schwarzen Tesla besetzt. Na ja, wir haben uns gewundert. Dieses Auto muss man elektrisch aufladen, und in der Tiefgarage gibt's für den ganzen Block eine einzige Ladestation.»

«Wann hat Ihr Mann den Tesla zum ersten Mal gesehen?»

«Am Mittag des 20. Dezembers, als er von der Arbeit nach Hause kam. Kurz nach zwölf war es da. Zum Mittagessen gab es Eintopf.»

«Haben Sie ein gutes Gedächtnis?»

Die Pausbacken vibrierten, als die Frau lachte. «Und wie. Was wollen Sie denn wissen?»

«Erinnern Sie sich, wie lange der Tesla in der Garage stand?»

«Ich weiss, wann er weg war. Am Morgen des 23. Dezembers.»

«Und vorher befand er sich die ganze Zeit auf Meiers Parkplatz?»

«Mit Sicherheit.»

«Wie gelangt man eigentlich in die Tiefgarage?»

«Mit dem Wohnungsschlüssel via Lift oder Treppenhaus oder durch das Garagentor.»

«Existiert in der Tiefgarage eine Videokamera?»

«Sind wir denn bei Big Brother?»

Carla ging nach dem dritten Summton ans Handy. «Danke für den prompten Rückruf.»

«So schnell war ich nicht.»

«Das war nicht sarkastisch gemeint.»

«Ich hätte dich früher angerufen, war aber leider besetzt.» Valérie sass in ihrem Wagen. Die Begegnung mit der redseligen Nachbarin von Milly Buholzer beschäftigte sie immer noch.

Wenn das stimmte, was sie sagte, hatte der Tesla unmittelbar vor dem Unfall in der Garage gestanden. Fragte sich, ob Meier trotz seines Abstreitens mit ihm gefahren war. «Bist du weitergekommen?»

«Ich bin auf meiner Recherche auf ein paar Zeitungsartikel gestossen, in denen über die Familie Maibach geschrieben wurde. Entweder hatte der Richter ein Abkommen mit dem ‹Boten der Urschweiz› gehabt, oder er hatte sich geradezu aufgedrängt, über ihn zu berichten.»

«Er stand also in den Negativschlagzeilen», vermutete Valérie.

«Ja und nein. Ich bin auf einen Bericht gestossen, in dem es um den Brand auf Rigi Kaltbad geht.»

«Im Zusammenhang mit den Maibachs? Wann war das?»

«Zu einer Zeit, in der wir hinter dem Mond die Sterne zählten.» Carla amüsierte sich offenbar über ihre eigene Bemerkung. Sie renkte sich kaum mehr ein, bevor ihre Stimme wieder ernst wurde. «Die Ausgabe stammt vom 10. Februar 1961. Frühmorgens am 9. Februar ging das Grandhotel in Flammen auf. Zu der Zeit verbrachten Hubertus und Renate Maibach mit ihrem Sohn Linus die Ferien auf Kaltbad. ‹Der Bote der Urschweiz› hatte Hubertus Maibach am gleichen Tag interviewt. Darin regt er sich wahnsinnig darüber auf, bei seiner Ankunft im Hotel von unfähigem Personal abgefertigt worden zu sein … mit diesem Wort. Man habe ihm sein Zimmer, welches er jedes Jahr zur selben Zeit gemietet hatte, streitig gemacht. Er wisse nicht, was geschehen wäre, hätte er sich nicht durchgesetzt. Er und seine Familie hatten sich mit einem Sprung von der Terrasse retten können.»

Valérie konnte Carla nicht ganz folgen. «Worum geht es genau?»

«Das Hotel muss demzufolge überbucht gewesen sein. Und da die Familie Maibach gegen ihren Plan viel zu spät im Hotel ankam, war ihr Zimmer vergeben worden.» Carla stiess hörbar Atem aus. «Ich weiss nicht, ob du damit etwas anfangen kannst. Aber mir scheint diese Katastrophe nicht unerheblich.»

«Gibt es eine Möglichkeit, um an die Namen der anderen Hotelgäste zu kommen? Oder hat Hubertus Maibach einen Namen im Interview erwähnt?»

«Um an die Namen der Gäste zu gelangen, wirst du bestimmt mehr Möglichkeiten haben als ich. Valérie, das ist mehr als sechzig Jahre her. Aber glaubst du, das alles hat etwas mit deinem Fall zu tun?»

«Wenn ich das wüsste. Nur kann ich mir nicht erlauben, etwas auszulassen, ob es nun sechzig oder mehr Jahre her ist. Kannst du den Zeitungsartikel und alles, was damit in Zusammenhang steht, scannen und mir mailen?»

«Habe ich bereits getan.»

«Danke, Carla. Du bist ein Schatz.»

«Sind wir jetzt quitt?»

«Kommt darauf an.» Valérie wollte sich nicht festlegen. Carla könnte ihr weiterhin hilfreich sein. «Solltest du auf andere Berichte stossen, die du als wichtig betrachtest, lasse es mich bitte wissen.»

***

Linus Maibach schloss die Augen und sog die Winterluft ein, bis sich seine Lungen so gefüllt hatten, dass es schmerzte. Kurz nach dem Mittag stand die Seelsorgerin wieder vor der Tür. Dabei hatte er sie gestern mit allerlei Ausreden abwimmeln können. Sie war fast ein wenig aufdringlich geworden, hatte wissen wollen, was er und seine Frau in Zukunft zu planen gedachten, ob sie überhaupt eine Zukunft sahen.

«Ich dachte, ich schaue mal vorbei, um zu sehen, wie es Ihnen heute geht.» Sie trug wieder diesen ausgefransten Mantel, was nicht zu ihrer übrigen Erscheinung passte. Fast hätte Linus sie darauf angesprochen. Er hätte gern in Erfahrung gebracht, ob die Kirche es nötig hatte, verwahrloste Seelsorger loszuschicken. Er hielt sich zurück. Ihre sorgfältig geschminkten Augen liessen einen solchen Verdacht nicht zu.

«Darf ich reinkommen?»

«Was wollen Sie denn noch von uns?»

«Vielleicht besprechen wir die Bestattung Ihrer beiden Söhne. Ich gehe davon aus, diese wollen Sie in der Kirche Sankt Martin abhalten.»

«Das haben wir bereits in die Wege geleitet.» Linus verschwieg, dass sich die sterblichen Überreste von Justus und Basil noch immer in der Rechtsmedizin befanden. Er ging voraus über die Treppe nach oben. Eleonore sass apathisch auf dem Sofa und regte sich kaum, als die Seelsorgerin das Wohnzimmer betrat. Sie hob nur eines ihrer Augenlider, als vergewisserte sie sich, wer sie nach dem Mittagessen zu stören getraute.

«Möchten Sie Ihren Mantel ausziehen?», fragte Linus.

«Gern, danke.»

Er half ihr aus den Ärmeln. Ihm fiel dabei auf, wie altmodisch und gebraucht das Kleidungsstück war, und er hätte es am liebsten fallen lassen. Mit einem Gefühl des Ekels brachte er den Mantel zu einem Schrank neben der Treppe und hängte ihn dort an einen Bügel.

Die Seelsorgerin war für ihr Alter adrett angezogen. Eine schmale dunkle Hose, ein weisser Pullover und darüber eine Jacke, frisch und sauber. Da passte dieser Mantel nicht. Linus musterte sie von Kopf bis Fuss. «Bitte setzen Sie sich. Möchten Sie Kaffee?»

«Nein danke, ist nicht nötig.» Sie liess sich auf einem Sessel nieder.

«Und jetzt sagen Sie mir, weshalb Sie tatsächlich hier sind.»

«Um Sie in der schweren Zeit zu unterstützen.»

Linus vermutete, da steckte viel mehr dahinter. Die Frau sah nicht danach aus, als würde sie die Hilfe unentgeltlich anbieten. Der verbrauchte Mantel, ihr vehementer Auftritt – das alles schrie nach Geld. Es war nicht zum ersten Mal, dass Linus auf eine solch plumpe Art um Almosen angebettelt wurde. Oft standen Frauen und Männer von Hilfsorganisationen vor der Tür und glaubten, bei ihm auf Spenderlaune zu treffen. Ja, er gehörte zu den Gutbetuchten vor Ort. Er hatte das grosse Glück gehabt, einen berühmten und reichen Vater zu haben. Dass er dessen Vermögen mit Justus hatte teilen müssen, war der einzige Wermutstropfen gewesen. Immerhin hatte er damit Justus' teure Ausbildung umgehen und sich ganz auf Basil konzentrieren können. «Hören Sie, wenn Sie Geld brauchen, kann ich Ihnen etwas geben. Vielleicht kaufen Sie sich damit einen neuen Mantel.»

Die Seelsorgerin verzog ihren Mund zu einer Schnute. «Nicht alles kann man mit Geld aufwerten. Manchmal braucht es mehr.» Sie lächelte vor sich hin.

«Ich bin heute schwer von Begriff.» Linus gähnte demonstrativ. «Vielleicht kommen Sie ein andermal wieder.» Er hoffte, die Frau würde von sich aus gehen. Und ein nächstes Mal würde es mit Sicherheit nicht geben. Er würde ihr nicht mehr öffnen und sie nicht ins Haus lassen.

«Ich möchte jetzt doch gern etwas trinken.» Die Seelsorgerin streckte ihren Rücken durch, sah freundlich, jedoch entschlossen aus.

«Ich mache das.» Eleonore war aus ihrer Lethargie erwacht. «Aber ich werde Tee und nicht Kaffee auftischen. Es ist Nachmittag. Keine gute Zeit für Kaffee.» Sie erhob sich und ging in die Küche.

«Das ist eine gute Idee. Bei Tee sage ich nicht Nein. Am liebsten einen Eisenkraut- oder Kamillentee.»

«Den kann ich frisch aufgiessen», rief Eleonore ihr zu.

Linus liess die Seelsorgerin mit der Ausrede, er müsse zur Toilette, allein im Wohnzimmer. Er schritt hinter Eleonore her. «Mit dieser Frau stimmt etwas nicht. Einerseits sieht sie aufgebrezelt aus, andererseits taucht sie mit diesem Misthaufen von Mantel auf.»

«Dann sieh doch ihren Mantel an.» Eleonore öffnete den Küchenschrank und suchte die Teedosen ab. «Ich habe bloss Kamillentee. Eisenkraut muss ich neues besorgen.»

«Kamillentee.» Linus überkam ein beklemmendes Gefühl.

«Ist etwas?» Eleonore sah ihn besorgt an.

«Nein, nichts.» Er kehrte zurück zum Schrank. Die Seelsorgerin war ohne Handtasche gekommen. Sie musste etwas im Mantel mitgenommen haben, zumindest ein Portemonnaie oder einen Hausschlüssel. Widerwillig griff er in die Manteltaschen.

Diese waren leer. Er suchte das desolate Kleidungsstück nach Innentaschen ab. Es gab keine. Dabei fiel ihm ein eingestickter Name im Innenteil unterhalb des Kragens auf. Linus musste sich am Garderobenschrank abstützen. Dieser Name! Es war, als würden die Buchstaben vor ihm ein Tor öffnen.

Das Tor zur Hölle.

SECHZEHN

Valérie kehrte nach Biberbrugg zurück, wo sie um drei Uhr eine Teamsitzung anberaumt hatte. Sie betrat den Raum und stellte die Belüftung auf ein Maximum. Die schlechte Luft schien in den vier Wänden zu hocken. Es roch nach Schweiss und feuchten Socken. Später brachte sie Wasser zum Sieden, in diesem in die Jahre gekommenen Kocher, mit dem auch Kaffee für die Allgemeinheit zubereitet wurde. Valérie griff nach einer der Tassen, die ohne jegliche Ordnung herumstanden. Ein gelber Smiley auf schwarzem Grund sprach sie noch am ehesten an. Ein Geschenk von Carla für Louis zu Beginn ihrer Beziehung, als alles im Lot gewesen war. Valérie warf einen Teebeutel in die Tasse und goss siedendes Wasser auf. Sie sah zu, wie sich das Wasser braun färbte. Dann zog sie den Beutel heraus und warf drei Stück Zucker ein. Sie brauchte Energie.

Ihre Leute liessen sich Zeit. Mit einer Verspätung von zehn Minuten traf auch Louis ein, als Letzter. Er schwang sich neben Fabia auf den Stuhl.

Valérie begrüsste Zanetti und Caminada und fragte sich, ob ihr Chef das Problem mit Menga endlich angegangen war. Sie warf Henry Vischer einen einvernehmlichen Blick zu. Sie hatte sich gewünscht, dass er ausnahmsweise wieder einmal an einer Besprechung teilnahm. In letzter Zeit hatte er sich rar gemacht. Das Team komplettierten Tomaso Cavadini vom Fahndungsdienst und vier Adjutanten.

«Leider kam ich in Luzern nicht weiter», begann sie. «Meiers Anwalt ist plötzlich aufgetaucht, und Weber hat mich ins Abseits gestellt. Bislang habe ich nicht von ihm gehört, wie es weitergehen soll. Es gibt aber eine neue Zeugin.» Valérie sandte Zanetti und Caminada einen Blick zu, um abzuschätzen, ob sie gleich intervenieren würden, wenn sie mit den Informationen herausrückte. «Sie ist die Nachbarin von Milly Buholzer. Ich habe mit ihr gesprochen.»

Prompt kamen von Caminada die ersten Bedenken. «Ohne Begleitung aus Luzern?»

«Fragen darf man ja.»

«Es kommt darauf an.» Nun mischte sich auch Zanetti ein. «Es ist ein laufendes Verfahren ausserhalb unseres Zuständigkeitsbereichs.»

«Richtig ... welches aber ohne unsere Ermittlungen nie zustande gekommen wäre.» Valérie wollte diese Kritik nicht auf sich beruhen lassen. «Es ist unser Fall. Die Luzerner Kollegen haben uns lediglich ihre Amtshilfe angeboten. Das Zepter führen noch immer wir.» Sie dachte an den aufdringlichen Weber, und es stiess ihr sauer auf. Und sie würde seine Belästigung zur Sprache bringen, sollte er sie an ihrer Arbeit hindern.

«Wir müssen uns an die Vorschriften halten.» Zanettis Blick war eindringlich.

Valérie regte es auf. Er musste sie nicht belehren. «Ausnahmen bestätigen die Regel.»

«Ich habe mich wegen Milly Buholzer schlaugemacht.» Louis' Einbringen kam zur richtigen Zeit.

Valérie hätte nicht dafür garantieren können, weiterhin sachlich zu bleiben. Sie sah Zanetti nicht mehr länger an. Es war nicht üblich, sich während einer Teamsitzung an den Kragen zu gehen. Es war überhaupt das erste Mal, sich mit diesem gehässigen Ton zu verständigen. Frust lag in der Luft. Der Gedanke an den Silvesterabend, den sie im Polizeipräsidium verbringen würden, sollte kein Wunder geschehen. «Könntest du uns bitte berichten, was du herausgefunden hast, Louis?»

«Gut, ich weiss nicht, ob es relevant ist. Milly Buholzer heisst in Wirklichkeit Camilla Buholzer. Sie ist eine geborene Fournier. 1992 verlor sie ihren Mann. Er starb an Krebs.»

«Hat sie Kinder?»

«Das fand ich nicht heraus. Ihr Schicksal dürfte aber heftig gewesen sein. Im Winter 1961 starben ihre Eltern durch einen Unfall. Sie wuchs bei ihren Grosseltern auf. Als ihre Grossmutter starb, war sie erst vierzehn. Ihr Grossvater war ihr nicht gewachsen und schob sie ins Kinder- und Waisenheim ‹Mühlihorn› in

Kriens ab. Zu den Eltern ihres verstorbenen Vaters hatte sie nie Kontakt.»

«Woher hast du diese Informationen?»

«Per Zufall fand ich eine ehemalige Schulkollegin von Milly Buholzer. Sie lebten während zweier Jahre unter demselben Dach.»

«Per Zufall?» Valérie glaubte es nicht. «Wo hast du dich rumgetrieben?»

Ihre Bemerkung kam bei Louis nicht gut an. «Ich habe recherchiert. Angefangen habe ich mit dem Namen Milly. Es muss eine Abkürzung sein, habe ich mir überlegt, oder ein Kosename. Ich kam auf Camilla, wobei mir, wenn ich ehrlich bin, Google geholfen hat. Camilla Buholzer fand ich dann auf Facebook, wo sie auffallend oft in Kontakt mit besagter Kollegin stand. Ich habe mich mit dieser Kollegin in Verbindung gesetzt. Die beiden Frauen haben zur gleichen Zeit in Luzern die Kaufmännische Berufsschule besucht. Milly Buholzer lernte den Beruf der Konfektionsverkäuferin in einem Herrenmodegeschäft. 1989 heiratete sie und war drei Jahre später Witwe.»

«Wir müssen sie unbedingt finden.» Valérie bedauerte, Milly Buholzer in ihrem Zuhause in Kriens nicht angetroffen zu haben. «Wahrscheinlich wüsste dieser Kurt Meier mehr über sie. Buholzers Nachbarin meint, sie seien ein Paar. Um an Meier heranzukommen, müssten wir wieder über Luzern gehen … Dazu fehlt mir die Zeit», schob sie nach. Dass sie keine Lust hatte, mit Weber zu reden, verriet sie nicht.

«Geht dir ein Licht auf?» Fabia hatte konzentriert hingehört. «Angenommen, sie ist mit diesem Meier liiert, hat er ihr vielleicht bei den Morden geholfen.»

«Ich sehe absolut kein Motiv.» Valérie konnte ihre Gehirnzellen noch so anstrengen, sie hatte den Durchblick nicht. Sie versuchte sich zu erinnern, was Carla ihr über den Brand auf Rigi Kaltbad erzählt hatte. «Louis, du sagtest, Milly Buholzer habe im Winter 1961 ihre Eltern verloren. Weisst du zufällig, bei was für einem Ereignis?»

Louis klappte seinen Laptop auf. «Vielleicht finde ich auf der

Suchmaschine etwas. Winter ist zwar ein weiter Begriff. Aber mal sehen. Winter 1961, hast du gesagt? Ich gehe mal über die Todesanzeigen im Kanton Luzern … das wird schwierig sein. Vor sechzig Jahren war nichts digitalisiert, ausser man hat es im Nachhinein getan.»

«Ich rufe Carla an.» Valérie fehlte es an Geduld. «Sie arbeitet sich aktuell durch die Zeitungsarchive der fünfziger, sechziger und siebziger Jahre des letzten Jahrhunderts.»

«Du stehst in Kontakt mit ihr?» Louis griff nach einer Flasche Mineralwasser in der Tischmitte. «Interessant, nach dem, was sie mit dir angestellt hat.»

Valérie ging nicht darauf ein. Sie nahm ihr iPhone zur Hand und wählte Carlas Nummer. Die nahm den Anruf entgegen. «Salut, Carla, wir sind bei der täglichen Besprechung auf dem SSB und stolpern gerade über nicht digitalisierte Nachrichten von 1961. Und zwar geht es um die Todesanzeigen im Monat Februar.»

«Du wirst es nicht glauben, aber ich bin gerade dabei, die Todesanzeigen im ‹Vaterland›, ‹Tagblatt› und in den ‹Luzerner Neusten Nachrichten› anzusehen. Zu der Zeit waren es die drei Hauptzeitungen im Kanton Luzern.»

Louis machte auf sich aufmerksam. «Sie wird gerade anderes im Kopf haben, als in Zeitungsarchiven zu schnüffeln.» Er klang bissig.

Valérie bedeckte das Handy. «Ihr habt so viele Gemeinsamkeiten, du und Carla. Sie hatte die gleiche Idee wie du.»

Louis zog den Kopf ein und schwieg.

«Valérie, bist du noch dran?»

«Alles okay. Was hast du herausgefunden?»

«Es gibt auffallend viele junge Verstorbene am 9. Februar 1961 mit Vermerk auf ein tragisches Unglück.»

«Schau doch bitte einmal nach, ob du den Namen Fournier findest.»

«Fournier. Sicher … es handelt sich um Christophe und Martha Fournier, geboren 1922 respektive 1929. Ein Ehepaar.»

«Steht, wen sie zurücklassen?»

«Ihre Tochter Camilla. Erwähnt sind auch die Eltern von Martha, sonst niemand.»

«Danke, Carla.» Valérie spürte, wie sich Tränen aus ihren Augen lösen wollten. Sie hielt sie zurück, doch der Schmerz machte sich in ihrer Kehle bemerkbar. Es war nicht die Trauer um die Verstorbenen, jedoch das Gefühl, einen Schritt weitergekommen zu sein. Langsam kam Licht ins Dunkel. Zwischen Camilla alias Milly Buholzer und den Maibachs gab es endlich einen Konsens.

Es klopfte. Die Tür ging auf, und der Wuschelkopf des Empfangssekretärs erschien unter dem Türrahmen. «Ein Anruf für dich, Valérie.» Er kam ihr entgegen und reichte ihr das Telefon.

Sie nahm es zur Hand und meldete sich.

«Weber am Apparat.»

Valérie räusperte sich den Kloss im Hals weg. «Herr Weber, was gibt's?» Sie hatte nicht damit gerechnet, dass er sie noch einmal sprechen wollte.

«Sie waren so plötzlich verschwunden. Dabei habe ich gute Nachrichten für Sie.»

«Sie liessen mich im Regen stehen.» Seine Bemerkung konnte sie nicht akzeptieren. Ihre Stimme klang hart. «Machen Sie es kurz. Ich bin mitten in einer Teamsitzung.»

«Wir haben Meier in die Mangel genommen.»

«Ach ja? Trotz Anwalt?»

«Er hat gestanden.»

«Was?» Valérie spürte einen Stich unter ihrer Brust. «Meier hat gestanden?»

«Er hat gestanden, Milly Buholzer den Tesla ausgeliehen zu haben. Sie habe ihn gebeten, das Auto bei ‹Mobile-Fast› für sie zu mieten. Dem Jungen hat es den Ärmel reingezogen. Der ist verliebt bis über beide Ohren. Milly Buholzer konnte ihn manipulieren.»

Weber nervte. Der «Junge» war fünfzig. Valérie hatte Meier live und von Milly Buholzer ein Foto gesehen. Sie konnte sich so etwas nicht vorstellen. «Weiss er auch, wo sich Milly Buholzer zurzeit aufhält?»

«Nein, das konnte er nicht sagen. Aber dass sie eine Tochter habe.»

Graziella oder Emma. Eine Spontanüberlegung. Ein Geistesblitz, der bei ihr einschlug.

Valérie verabschiedete sich. Sie sah die beiden Frauen vor sich. Die eine stark und selbstbewusst, die andere zerbrechlich. «Wir müssen die Eltern von Graziella sowie Emma Maibach finden, das heisst, ihre Mütter. Vielleicht kommen wir zwangsläufig auf Milly Buholzer. Warum kennen wir die ledigen Namen der beiden Schwägerinnen nicht?»

«Diese sind bekannt.» Fabia schlug in ihrem Ordner nach. «Nur war es nie ein Thema. Hier», sie fuhr mit dem rechten Zeigefinger über zwei Zeilen. «Graziella Fini und Emma Ledergerber. Mit Buholzer haben die nichts zu tun.»

Valérie schluckte leer. Es wäre auch zu schön gewesen. «Trotzdem will ich alles über deren Mütter erfahren. Kann sein, die eine oder andere könnte ein zweites Mal geheiratet haben.»

«Valérie, du suchst zu weit.» Louis setzte sich zu ihr. «Und warum willst du in einer der beiden Mütter plötzlich eine Täterin sehen?»

«Ich weiss, wie weit eine Mutter gehen würde, wenn ihr Kind in Gefahr ist.»

«Graziella und Emma sind nicht in Gefahr.»

«Da bin ich mir nicht sicher.» Valérie hielt inne.

«Wir geben eine Fahndung nach Milly Buholzer raus.» Louis schien einen kühleren Kopf zu haben als sie.

«Ihr fahrt mit eurer Entourage noch einmal nach Kriens und befragt die Mitbewohner in der Brunnmattstrasse», entschied Valérie und wandte sich an Louis und Fabia. Sie fühlte sich nicht gut. Das, was sie soeben veranstaltete, hatte mit einer ruhigen und überlegten Vorgehensweise nichts mehr zu tun. «Ich werde mich nach Schwyz zu Linus Maibach begeben.» Sie warf Henry Vischer einen Blick zu. «Ich bitte dich, mich zu begleiten.»

***

«Was suchen Sie in meinem Mantel?» Sie stand plötzlich hinter ihm.

«Das ist nicht Ihr Mantel, oder? Die Frau, der er gehörte, müsste längst gestorben sein.» Linus fuhr mit der Hand an den Mantelkragen. «Anna Schöni ... ich kannte sie. Kein Mensch ist mir so in Erinnerung geblieben wie die Frau des Stationsvorstehers auf Rigi Kaltbad.» Linus erinnerte sich, wie er während der Fasnachtsferien auf Kaltbad über Jahre bei der Familie Schöni zu Besuch gewesen war. Er hatte ihren Sohn gut gekannt und mit ihm manchen Schabernack getrieben, beim ersten waren sie beide kaum vier gewesen. «Wie kommen Sie an ihren Mantel?»

«Sie hat ihn mir damals geschenkt, weil es so kalt war.»

«Und all die Jahre haben Sie ihn behalten?» Linus spürte Eiseskälte in sich aufsteigen. «Sie sind nicht Seelsorgerin.»

Eleonore brachte den Tee. «Setzt euch doch bitte ins Wohnzimmer, oder wollt ihr hier Wurzeln schlagen?» Sie merkte nichts von all dem, was sich zwischen Linus und der Frau abspielte.

Linus ging ins Wohnzimmer. Die Frau folgte ihm und setzte sich an den Tisch. Eleonore stellte den Teekrug ab sowie drei Tassen mit Untertellern. «Es ist Kamillentee. Eisenkraut habe ich keines mehr.»

Die Frau nickte. «Kamillentee, Kamillentee.» Sie entnahm ihrer Jacke ein Fläschchen, stellte es neben ihre Tasse und schraubte den Deckel auf.

Ein Schauer lief über Linus' Rücken. Ein unermessliches Grauen. Es war, als würde er Jahre zurückkatapultiert. Zurück in eine ferne, ihm fremd gewordene Existenz, in der er einst seinen Weg gesucht und lange nicht gefunden hatte. Er getraute sich nicht, nach dem Inhalt des Fläschchens zu fragen. Er fürchtete sich vor der Antwort. «Camilla? Sie sind Camilla?»

Es hatte einschneidende Erlebnisse in seinem Leben gegeben. Als er erfuhr, dass sein Vater die junge Haushälterin Eleonore geschwängert hatte, brach eine Welt für ihn zusammen. Wie ihm die Heirat aufgezwungen worden war, Eleonore zu heiraten, damit sein Bruder einen Vater hatte und sein Erzeuger seinen guten Ruf nicht verlor. Die Jahre mit Eleonore, die Hubertus über den Tod hinaus liebte, das Heranwachsen seiner Söhne, ihre Vermählungen, die Geburt der Enkelkinder Mario und Leonie. Eckpunkte, die ihn geprägt und in die Schranken gewiesen hatten. Das einstige Enfant terrible war mit den Jahren vernünftig geworden. Linus hatte die Flausen seines jungen Lebens wie eine Schlangenhaut abgestreift. Hatte er sich einst im Rampenlicht seines Vaters gesonnt, wurden Besonnenheit und Verantwortung zu seinen Leitgedanken. Immer mit der Idee im Hinterkopf, niemals so arrogant und menschenverachtend zu werden wie sein Vater. Ein beschwerlicher Weg. Er hatte seine eigene Anwaltskanzlei zum Erfolg geführt. Seine Jungs waren anspruchsvoll gewesen, und Eleonore, die aus einfachen Verhältnissen stammte, hatte immer mehr gewollt. Eine Villa in Schwyz, ein Berghaus auf Rigi Scheidegg, Reisen in andere Länder, schöne Kleider, teuren Schmuck, Konzertbesuche und in der Woche mindestens einmal in einem noblen Restaurant dinieren.

Doch das war alles nichts zu dem, was er als Neunjähriger erlebt hatte.

Die Brandnacht vom 8. auf den 9. Februar 1961 hatte ihn stigmatisiert. Wie er und seine Eltern mitten in der Nacht aus dem Schlaf gerissen worden waren. Da hatte der Mitteltrakt des Grandhotels bereits in Flammen gestanden. Linus hatte sich angezogen, während Mutter und Vater sich im Schlafgewand über die Terrassenbrüstung hatten retten können. Er war ihnen hinterhergesprungen, in einen Schneehaufen, wo ihn ein Feuerwehrmann aus dem Gefahrenbereich brachte. Linus hatte Menschen an den brennenden Fenstern stehen sehen, ihre Schreie gehört und mitbekommen, wie einige in den Tod stürzten. Aber diese Bilder waren erst im Verlaufe der Jahre in sein Bewusstsein gedrungen. Im Augenblick des Geschehens hatte ihn der Schock davor bewahrt.

Er hatte versucht, das Drama zu vergessen. Noch lange hatten ihn Alpträume gequält. Niemand hatte ihn therapiert. Zu dieser Zeit hatte es kaum psychologische Hilfe gegeben. Man hatte selbst sehen müssen, wie man mit einem solchen Erlebnis fertigwurde. Er hatte eine Art Selbsttherapie betrieben, vor allem, was den Umgang mit Feuer betraf. Lange Zeit hatte er kaum eine brennende Kerze betrachten, geschweige denn ein Cheminée anzünden können.

Wie musste es Camilla ergangen sein?

«Ich habe meine Eltern in der Feuersbrunst verloren», sagte sie und nahm die Teetasse zur Hand. Sie schlürfte von dem heissen Gebräu. «Frau Schöni hat sich meiner angenommen. Damals habe ich die Hölle hinter mir gelassen und bin in noch tiefere Abgründe gerissen worden. Mein Leben war geprägt von Entbehrungen und Verlusten. Es wäre alles anders gekommen … wenn ihr uns das Zimmer nicht weggenommen hättet.»

Im Wohnzimmer breitete sich eine unheimliche Ruhe aus. Bloss das Ticken des Regulators an der Wand störte die Stille, das Rauschen des Verkehrs vor den Fenstern. Die düstere Stimmung draussen hatte sich auch im ganzen Haus festgesetzt.

«Wie haben Sie mich gefunden?» Es war Linus, der das Schweigen brach. «Nach all den Jahren?»

«Die Kreise schliessen sich», sagte Milly Buholzer. «Immer.» Sie liess eine Pause verstreichen. «Und die Gerechtigkeit siegt.»

***

«Du hast dich zu diesem Fall nie gross geäussert.» Valérie fuhr, und Vischer sass neben ihr. «Ich weiss, du hast im Moment eine Menge andere Dinge um die Ohren, aber ich vermisse deine Unterstützung.» Vischer hatte weniger als zwei Jahre vollberuflich bei der Kantonspolizei gearbeitet. Etwas musste ihm nicht behagen, wenn er bereits wieder mit einer parallelen Anstellung liebäugelte. Beim Kollegium Schwyz war die Stelle des Studienfachs Pädagogik und Psychologie ausgeschrieben, für die sich Vischer interessierte. Früher hatte er schon mal als Lehrer am Gymnasium unterrichtet, hatte sich dann aber entschieden, hundert Prozent bei der Polizei zu arbeiten. Valérie hatte ihn im Verdacht, er selbst wisse nicht genau, was er wolle. Ob seine Freundin Helena dahintersteckte? Valérie war mit der

Frau, die Japanologie studiert hatte, nie richtig warm geworden. Überhaupt hatte sich Vischer verändert, seit Helena aus Japan zurück war. Anfangs war sie in einem Uhrengeschäft in Luzern angestellt gewesen, vor allem für die japanische Kundschaft. Was sie heute tat, darüber schwieg Vischer. Er gab von sich selbst wenig preis.

Vischer sah aus dem Fenster auf seiner Seite. Valérie folgte seinem Blick. Das Hochmoor vor Rothenthurm zog mit jener gespenstischen Trübheit an ihnen vorbei, dass es sie fröstelte. Der Himmel lag schwer über der Landschaft. Die Konturen wirkten verwischt im Nebel, der hier die Grenze zwischen Tälern und Bergen bildete.

Endlich brach Vischer das Schweigen. «Es ist eine schwierige Zeit. Mir scheint, alles ist im Wandel. Die einen brechen auf zu neuen Ufern, die andern stagnieren oder machen einen Rückschritt.»

«Und zu welcher Sorte gehörst du?» Unrecht hatte Vischer nicht. Valérie plagten die gleichen Gedanken. Die Tage zwischen den Jahren waren prädestiniert, das Vergangene zu reflektieren und vage in die Zukunft zu sehen. Oft fasste man Vorsätze, was man im neuen Jahr verbessern und verändern könnte. Das Jahresende wurde wie ein Ritual zelebriert, und das Alte streifte man ab, um am 1. Januar frisch und unbelastet durchzustarten. Was für ein Trugschluss.

«Manchmal mache ich mir Sorgen über die Verrohung der Gesellschaft. Der Mensch hat verlernt, empathisch zu sein. Er denkt nur an sich selbst und nimmt sich das, was er will, mit aller Konsequenz. Wenn wir Morde aufklären, ist es, als trügen wir die Spitze des Eisbergs ab. Es mag ein kleiner Sieg sein, doch sehen wir das, was sich darunter verbirgt, nicht. Wir lassen Fakten sprechen, suchen nach Indizien und Motiven. Was tatsächlich einen Täter umtreibt, bleibt im Verborgenen. Aber es wäre wichtig, auf den Kern des Übels zu kommen.»

«Dazu bist du ja da.» Valérie verstand Vischers Bemerkung nicht.

«Unsereins fehlt die Zeit, in die tiefsten Abgründe eines Mörders zu blicken. Wir machen ihm den Prozess, und er landet hinter Gittern, im schlimmsten Fall wird er verwahrt.»

«Damit schützen wir die Bevölkerung vor weiteren Übergriffen.» Valérie ahnte, wie billig ihr Dagegenhalten wirkte. Sie war nicht da, um einen Mörder auf Rosen zu betten. Klar versuchte sie, jeweils in dessen Seele zu blicken. Was treibt jemanden an, um die letzte Hemmschwelle zu übertreten – das Töten? Sie hoffte, Eleonore und Linus Maibach würden endlich aus der Defensive ausbrechen. Dass sie beide der Schlüssel zur Lösung des Falles waren, davon war Valérie mittlerweile überzeugt. Sie war voller Zuversicht, Vischer würde sie bei einem weiteren Gespräch unterstützen. Vielleicht würde er Dinge sehen, die für Valéries Augen verborgen blieben.

Die Bauhausvilla, trostlos wie neulich. Im schwindenden Licht des Tages wirkte sie wie ein von Geistern heimgesuchtes Haus. Und wenn Valérie an ihre Bewohner dachte, fuhr es ihr kalt über den Rücken. Es gelang ihr nicht, Eleonore Maibach als geistig unbeschadet zu sehen. Andererseits hatte sie zwei intelligente Söhne hervorgebracht. Hier ging die Rechnung nicht auf. Hatte ihre psychische Gesundheit unter Linus Maibach gelitten? Was verbarg sich hinter dieser Familie, die zeitlebens keine Anstrengungen gescheut hatte, um prominent dazustehen?

Sie zweigte auf den Parkplatz neben einer Rabatte ab, wo im Sommer sicher üppige Blumen blühten. Valérie liess den Wagen ausrollen und stellte den Motor ab. Sie stieg mit Vischer gleichzeitig aus. Die Sicht an die Fassade prallte in der beginnenden Dunkelheit ab. Auf der Nordseite blieben die Fenster dunkel. Valérie läutete. Nichts rührte sich. Sie betätigte die Klingel ein zweites Mal.

«Die Herrschaften scheinen ausgeflogen zu sein. Ich gehe mal schauen, ob sich hinten etwas rührt.» Vischer ging nach rechts los. Valérie linksherum. Nichts zeugte von Leben. Erst an der Südseite schimmerte es grünlich durch zugezogene Vorhänge. Valérie erinnerte sich an die schweren Samtgardinen, die im Wohnzimmer hingen, eingefasst mit Goldbrokat.

Valérie traf auf Vischer und zeigte nach oben. «Sie müssen zu Hause sein. Ich werde sie anrufen.» Sie wählte die Nummer, liess es zigmal läuten. Als sich die Combox einschaltete, legte Valérie auf. «Wir versuchen es noch einmal beim Haupteingang.»

«Sie sind sicher vor Erschöpfung eingeschlafen», sagte Vischer.

«Der Glockenklang müsste sie aufgeweckt haben. Er tönt wie der Big Ben.» Sie kehrte auf die Eingangsseite zurück und klingelte abermals. Als sich wieder nichts rührte, drückte sie die Klinke. Diese gab nach. «Es ist nicht abgeschlossen», registrierte Valérie mit zwiespältigen Gefühlen. Allmählich machte sich Beklemmung bemerkbar. Waren sie und Vischer zu spät? Würden sie etwas vorfinden, das unterschwellig ihre Gedanken beherrschte, seit sie in Biberbrugg losgefahren waren?

Vischer holte sie in die Realität zurück. «Du kannst da nicht einfach rein.»

«Doch, kann ich. Ich glaube, es ist Gefahr im Verzug.»

«Das werden wir so ins Protokoll nehmen?»

«Selbstverständlich.»

Im Entrée schlug ihnen abgestandene Luft entgegen, ein Gemisch aus Küche und Medizin, was an eine Klinik erinnerte. Valérie rief nach oben, ans Ende der dunklen Treppe. Sie suchte nach dem Lichtschalter und drückte einen Knopf. Über dem Aufgang zur oberen Etage flammte eine altertümliche Lampe auf. Sie war sicher einmal modern gewesen. Valérie ging über die Treppe ein Stockwerk höher. Vischer folgte ihr. «Herr Maibach? Sind Sie da?»

Keine Antwort.

Langsam wurde es unheimlich. Was war geschehen? Valérie griff nach ihrer Pistole, zog sie aus dem Holster und entsicherte sie. Es war dieses Gefühl, etwas zwischen latenter Angst und scheuer Neugierde, auf etwas zu stossen, was sie nicht sehen wollten. Sie war auf alles gefasst.

Draussen ertönten die ersten Böller. Die letzte Nacht des Jahres brach an.

Die Tür zum Wohnzimmer war geschlossen. Valérie stiess

sie sachte auf, die Waffe schussbereit und zielgerichtet auf einen möglichen Aggressor.

***

Die Chance, Mieter in den Häusern der Brunnmattstrasse an Silvester anzutreffen, war gering. Einige Leute befanden sich nicht zu Hause und viele waren damit beschäftigt, die Party vorzubereiten oder damit zu starten. Um halb acht beschloss Louis, die Kollegen aus Luzern in den Feierabend zu schicken.

Nun sass er, zusammen mit Fabia, in seinem Combi, wo sie die letzten Protokolle auf ihre Tablets tippten. Nicht das, was er sich zum Jahreswechsel vorgestellt hatte. Mancherorts stieg Feuerwerk in den Himmel, was Fabia kommentierte. «Die Leute werden nicht gescheiter. Jedes Jahr werden mehr Raketen verpufft, egal, was sie kosten, egal, welchen Schmutz sie produzieren.» Sie wischte über ihr elektronisches Gerät. «So, für heute ist es genug. Fährst du mich nach Küssnacht? Liegt auf dem Weg. Michael hat mit den Mädchen etwas vorbereitet. Wenn du dich beeilst, bin ich um halb neun dort.»

Louis musterte seine Kollegin von der Seite. Seit seiner Trennung von Carla bot er sich geradezu an, Taxi-Chauffeur zu spielen. Man ging davon aus, dass er über viel mehr Freizeit verfügte als üblich. Niemand wartete auf ihn. Louis fuhr los.

Viel sprachen sie nicht auf dem Weg nach Küssnacht, und als er am Dorfanfang in die Strasse einbog, wo die Ulrichs wohnten, rieb sich Fabia die Augen. Sie hatte tatsächlich geschlafen. «Danke, du bist ein Schatz.» Sie beugte sich zu ihm herüber, nachdem er den Wagen zum Stillstand gebracht hatte, und küsste ihn auf die rechte Wange. «Ein gutes neues Jahr. Wir sehen uns morgen.» Sie stieg aus. Louis hatte vergeblich auf eine Einladung gewartet. Als Carla mit ihm zusammengelebt hatte, waren sie oft bei Fabia und Michael gewesen. Trotz der heiklen Vergangenheit. Louis und Michael waren so etwas wie Freunde geworden. Fabia hatte ihm offenbar nie von ihrer kurzen Affäre erzählt.

Louis sah seiner Kollegin nach, wie sie im Hauseingang verschwand. Nach Hause zu ihrem Mann, zu den zwei Kindern, die ihr Leben lebenswert machten. Er stellte sich vor, wie sie gemeinsam dinierten und später auf dem Balkon bengalische Zündhölzchen kreisten. Wie am 1. August.

Louis hielt es nicht mehr aus. Das, was er befürchtet hatte, war eingetroffen. Er würde den Jahresausklang allein verbringen müssen. Er erinnerte sich an den fast leeren Kühlschrank. Um jetzt noch einzukaufen, fehlte es ihm an Ideen. In den geöffneten Tankstellen-Shops hingen sowieso nur die Typen herum, mit denen er nicht ins Gespräch kommen wollte. Er würde wahrscheinlich mit einer Dose Bier und Kartoffelchips vor der Glotze hocken und sich einen Pornofilm reinziehen. Er nahm sein Smartphone zur Hand und tippte auf Carlas Nummer.

***

Auf den ersten Blick sah es danach aus, als würde das Ehepaar Maibach mit einer fremden Frau ein weihnachtliches Teekränzchen halten. Alle drei sassen um den runden Salontisch. In der Mitte des Tisches stand eine Schale mit verschiedenem Weihnachtsgebäck. Oder war das hier eine Séance?

Valérie steckte die Pistole ins Holster zurück und scannte die Szene in Sekundenschnelle. Nebst der Platte mit den Guetsli gab es drei Teetassen, einen Krug und kaum sichtbar ein Glasfläschchen, an und für sich nichts Auffälliges, wäre es nicht leer gewesen. «Wir haben geläutet. Haben Sie es nicht gehört?» Valérie überlegte, was es mit diesem Fläschchen auf sich hatte. Eine beschriftete Etikette klebte daran. Aber aus der Distanz vermochte sie nicht, die Buchstaben zu entziffern.

Linus Maibach wandte den Kopf nach ihr um. Sein fahles Gesicht zeichnete Unverständnis ab.

Anders Eleonore Maibach. «Sie stören», war das Einzige, was sie lallend hervorbrachte. Sie griff nach der Teetasse und trank sie in einem Zug aus. Sie stellte die Tasse ab. «Wir sind gerade daran, eine schreckliche Vergangenheit aufzuarbeiten. Aber dazu helfen uns die Raunächte.»

Valérie ging zum Tisch und sah sich die Frau, die ihr bislang den Rücken zugedreht hatte, aus der Nähe an. «Frau Buholzer?» Die Frau auf dem Foto, welches seit gestern an der Pinnwand haftete. Sie live zu sehen, vermittelte ein eigenartiges Ziehen unter dem Zwerchfell. Valérie reagierte blitzschnell. Das leere Fläschchen auf dem Tisch, der Dämmerzustand des Ehepaares Maibach, die Tatsache, die Gesuchte hier anzutreffen, liess sie nicht zögern. Valérie zückte erneut ihre Pistole und richtete sie auf Milly Buholzer. «Hände hoch und langsam aufstehen!» Valéries Blick war auf die Frau fixiert, während sie mit Vischer sprach. «Biete den Rettungswagen auf. Wir haben einen Notfall.»

Vischer vermochte nicht, ihr zu folgen. «Was?»

«Der Inhalt des Fläschchens. Es muss Gift sein.»

«Das ist ein Missverständnis.» Maibachs Stimme hörte sich wie ein Säuseln an. «Camilla ist in gutem Einvernehmen hier.»

Valérie hielt in der einen Hand die Pistole, die sie fortwährend auf Milly Buholzer gerichtet hatte, und griff mit der anderen Hand nach dem Fläschchen. «Und was ist das? Haben Sie davon getrunken?»

«Das ist Medizin.» Eleonore stützte den Kopf auf ihren Händen ab. «Der Trunk, um das Böse auszutreiben. Wir wollen gereinigt und geläutert ins neue Jahr gehen … Heute Abend beginnt die elfte Raunacht. Wir zelebrieren sie gemeinsam.»

«Wie kommen Sie darauf, so etwas einzunehmen?» Valérie musste sich zusammenreissen, um nicht ungehalten zu reagieren. Langsam hatte sie das Theater um die Raunächte satt. «Hat Frau Buholzer auch davon genommen?»

Maibach warf seiner Tischnachbarin einen Blick zu. Er konnte die Frage nicht beantworten.

Milly Buholzer erhob sich langsam. Wie befohlen, streckte sie die Hände in die Höhe.

«Henry, die Handschellen, bitte.» Valéries Finger kribbelten. Es fehlte ihr an Geduld. «Sie befinden sich in meiner Manteltasche.» Sie deutete mit dem Kopf auf ihre linke Seite.

Vischer legte sein Handy ab. «Sie sind in fünf Minuten hier.»

Er griff in Valéries Tasche. «Überreagierst du nicht?», flüsterte er. «Die Frau ist nicht gefährlich.»

«Du täuschst dich», sagte Valérie tonlos. «Und jetzt die Hände auf den Rücken.» Wieder laut. «Milly Buholzer, ich nehme Sie wegen des dringenden Tatverdachts fest, die Brüder Justus und Basil Maibach sowie Andrea Borkowski und Malika Galambos getötet zu haben.» Sie zitierte monoton die Rechte.

Die metallenen Handfesseln klickten ein. Valérie entsicherte die Pistole und liess sie verschwinden. Entgegen Vischers Intervention war sie sich sicher, das einzig Richtige getan zu haben. Als ihr iPhone summte, holte sie es aus der Hosentasche. Carla. Valérie wandte sich an Vischer. «Ich muss da dran.» Sie wischte über «Annehmen» und meldete sich.

«Valérie, hast du ein paar Sekunden?»

«Sekunden? Ja, was gibt's?» Sie hoffte, Carla würde ihr nicht mit einer gänzlich neuen Geschichte die Festnahme von Milly Buholzer vermiesen.

«Störe ich?»

«Leg los.»

«Ich habe mir mal diese Milly Buholzer näher angesehen.»

Mit einem Satz war gesagt, was Valérie bislang versäumt hatte. Sie wusste fast nichts über die Frau. «Was hast du herausgefunden?»

«Sie ist die Mutter von Alexa Lauper.»

9. Februar 1961, fünf Minuten vor acht, morgens

«Kennt jemand diesen Hund?» Die Wirtin des Hotels Bellevue stand unter dem Türrahmen zum Speisesaal. «Es ist ein Yorkshire Terrier. Er muss sich draussen verlaufen haben.» Sie trug ihn auf dem Arm. Der Hund zitterte vor Angst.

«Ich weiss, wem er gehört.» Camilla streckte ihre rechte Hand in die Höhe, als sässe sie in der Schulbank und die Lehrerin hätte sie aufgefordert, eine mündliche Rechnung zu lösen. «Es ist Lulu. Frau Heggli hat ihn gesucht.» Sofort waren die Bilder da, der Abend im Grandhotel und wie sich Camilla auf die Suche nach dem Hund gemacht hatte. Die unheimliche Begegnung mit dem Kellermeister, der ihrer Meinung nach etwas zu verbergen hatte.

«Frau Heggli befindet sich nicht mehr unter uns», bedauerte jemand an Camillas Seite.

«Darf ich ihn behalten?» Camilla erhob sich und ging auf den kleinen Hund zu. Sie streckte die Hand nach ihm aus. «Armer Lulu.»

Die Frau von der Station tauschte ein paar Worte mit der Wirtin. «Ich glaube, Sie können ihn getrost der Kleinen geben, nach allem, was sie durchgemacht hat.»

«Der Hund muss es gespürt haben», sagte die Wirtin. «Tiere haben einen Instinkt.»

«Sie meinen, er ist deshalb verschwunden?» Sie nickte in die Richtung, in der das Grandhotel lag.

Camilla überlegte sich, ob das Unheil bereits am Abend seinen Verlauf genommen hatte. Manchmal hatte auch sie die Gabe, Dinge vorauszusehen. Oder vielleicht war es einfach ihrer immensen Phantasie geschuldet.

«Die Grosseltern sind jetzt da.» Der Mann von der Station kam mit zwei Personen zum Tisch, die in Wintermäntel mit Kapuze gekleidet waren. Ihre Gesichter wirkten wie versteinert.

Camilla vergass für einen Moment den Hund, als sie Grossmama und Grossdädi erkannte. Sie rannte auf sie zu, direkt in Grossmamas Arme. Der Druck in ihr gab nach, und sie begann hemmungslos zu weinen. Die ganze Tragödie bahnte sich den Weg in ihr Gedächtnis. Mami und Baba gab es nicht mehr. Sie waren im Feuer umgekommen. Camilla hätte gern an eine andere Version geglaubt, dass sie sich in Sicherheit hatten bringen können. Aber da war diese Brandsäule gewesen, die alles in sich verschlang. Selbst wenn sie im letzten Moment aus dem Fenster gesprungen wären, von dieser Höhe überlebte man keinen Sturz. Ferruccio Grimaldi hatte es auch nicht geschafft.

«Camilla, mein Liebes.» Mehr als diese Worte brachte Grossmama nicht heraus. In ihren grauen Augen lagen Entsetzen, Trauer, Mitleid – die ganze Palette ihrer Gefühle. Sie hielt sie fest, streichelte ihr mit der Hand übers Haar, schluchzte immer wieder auf.

Auch Grossdädi, der stets viel zu erzählen hatte, schwieg.

«Das Hotel ist bis auf die Grundmauern niedergebrannt», hörte Camilla jemanden sagen. «Es mottet noch immer, obwohl die Feuerwehr mit dem Löschen nicht aufgehört hat.»

«Das liegt am Kohlelager», sagte ein anderer. «Das wird noch einige Zeit dauern, bis alles gelöscht ist.»

«Man hat die Leichen weggebracht.»

«Die Polizei ist da, und die Forensiker aus Zürich sind eingetroffen.»

Camilla vernahm alles wie durch Watte. Sie hätte am liebsten die Ohren zugehalten. Sie ertrug nicht, was gesprochen wurde. «Grossmama, ich möchte nach Hause.»

«Wir sind da, um dich abzuholen.»

«Kann ich den Hund mitnehmen?» Camilla sah zu der Wirtin, die Lulu auf den Boden gestellt hatte. «Ich werde gut zu ihm schauen.»

Der Yorkshire Terrier war eine letzte Erinnerung an ihre Mami. Sie hatten über ihn gesprochen, bevor Camilla zu Bett ging. An dem kleinen Hund wollte sie sich festhalten, an ihm und ihren Grosseltern. Sonst hatte sie niemanden mehr. Sie spürte, wie ein heftiger Schmerz erneut über ihre Kehle rollte. Sie wollte nicht weinen, wo doch Lulu viel Trost brauchte. Camilla zog Grossmama in die Nähe der Wirtin. Sie beugte sich über den Hund und streichelte ihn. Er hatte, wie sie, das Liebste auf der Welt verloren. Die Tränen brannten in ihren Augen, schossen plötzlich hervor und tropften ins Fell des Tieres. Sie dachte fest daran, Mami und Baba neben sich zu sehen. Wenn sie den Kopf hob, würde Mami sie anlachen und sagen, alles sei gut. Und Baba würde ihr mit seiner kräftigen Hand über die Stirn streichen. Camilla sah zur Seite. Mami und Baba waren nicht da. Würden auch in Zukunft nicht da sein, ausser, sie konnte sie mit ihren Gedanken herbeizaubern. Vielleicht war alles nur ein Traum. Camilla würde gleich aufwachen und durchs Fenster an die verschneiten Hänge sehen.

Lulu holte sie in die Realität zurück. Er beschnüffelte ihre Hände und leckte mit seiner rauen Zunge daran.

«Wir werden Ihnen die Kleider zurückschicken», hörte Camilla Grossdädi zu der Stationsfrau sagen.

«Das müssen Sie nicht.»

«Wie können wir uns erkenntlich zeigen?» Grossdädi hatte Mühe mit dem Sprechen.

«Es war alles, was wir für Ihre Enkelin haben tun können. Geben Sie acht auf sie. Sie braucht, wie Sie, viel Zeit, um das Unfassbare zu verarbeiten und zu trauern.» Ihre Stimme brach.

«Darf ich den Mantel behalten?» Camilla flehte die Frau an.

«Selbstverständlich ... Ich habe noch einen zweiten.»

Camilla nahm den Hund auf und verbarg ihn unter dem viel zu weiten Mantel. Sie ging hinter ihren Grosseltern her, die zum Ausgang schritten.

Der Tag war angebrochen, der Himmel bedeckt, als liesse er es nicht zu, mit seiner blauen Farbe das Schreckliche hervorzuheben. Den Weg bis zur Station säumten Tannen. Camilla erhaschte immer wieder einen Blick in Richtung Grandhotel, welches in Schutt und Asche lag. Rauchschwaden stiegen aus der Ruine empor, die übrig gebliebenen Streben des unteren Teils standen wie Mahnmale da. Zwischen den Grundmauern qualmte es noch immer, einzig die verschnörkelten Geländer der Terrasse schienen dem Feuer standgehalten zu haben. Wie Zahnspangen standen sie in der Luftleere, umgeben von Kabelresten und Stofffetzen undefinierbarer Herkunft.

Über allem lag der Geruch nach verbrannter Kohle.

SIEBZEHN

Nach dem Aufnehmen der Personalien, dem Abstrich für den DNA-Abgleich und dem Erfassen der Fingerprints noch am Silvesterabend wurde Milly Buholzer zusammen mit ihrem Verteidiger in den Vernehmungsraum geführt, wo Valérie und Zanetti sie erwarteten.

Die Angeklagte setzte sich. Valérie begriff nicht, was die Frau umtrieb. Vor drei Tagen hatte sie sich widerstandslos abführen lassen, nachdem ihre Kollegen und die Ambulanz in der Maibach-Villa eingetroffen waren. Eleonore und Linus Maibach waren mit Verdacht auf Vergiftung ins Spital Schwyz eingeliefert worden. Um Mitternacht war jedoch Entwarnung eingetroffen. Das Fläschchen, welches Valérie eingesteckt hatte, befand sich im Labor, um es auf den Inhaltsrückstand zu testen. Die Resultate standen noch aus. Auch auf der Etikette war nichts ersichtlich gewesen.

«Camilla Buholzer-Fournier, so steht es in Ihrem Pass.» Zanetti liess sein Gegenüber nicht aus den Augen. Milly Buholzer hielt seinem Blick stand. «Wissen Sie, warum Sie hier sind?»

Der Pflichtverteidiger legte seine Hand auf ihren linken Arm. «Sie müssen nicht antworten.»

Milly Buholzer stiess seine Hand weg. «Ich habe Sie nicht bestellt.»

Zanetti wiederholte die Frage.

Die Angesprochene hob ihre Schultern. «Nein.»

Valérie hoffte, Milly Buholzer würde von sich aus erzählen. So schätzte sie die Frau ein.

«Sie werden beschuldigt, den Anwalt Dr. Justus Maibach vom 21. auf den 22. Dezember auf einer nächtlichen Schlittenfahrt auf Rigi Scheidegg getötet zu haben.» Zanetti griff nach dem ersten Beweisstück, einem Paar Wollhandschuhe. «Die hier aufgeführten Beweismittel sowie Zeugenaussagen sind auch vor Gericht zulässig.» Er liess die Worte nachwirken. «Nachdem wir im Haus Ihrer Tochter die Handschuhe sichergestellt hatten, wurden die Fasern abgeglichen. Es gab eine fast hundertprozentige Übereinstimmung mit den Fasern, die man in der Lunge des Toten gefunden hat. Anstatt dem Verunfallten zu helfen, haben Sie ihm die Luft abgedrückt. Haben Sie dazu etwas zu sagen?»

«Nein.» Keine Regung auf ihrem ungeschminkten Gesicht.

Zanetti räusperte sich. «Des Weiteren werden Sie angeklagt, am Morgen des 23. Dezembers Andrea Borkowski auf der Bahnhofstrasse in Schwyz angefahren und tödlich verletzt zu haben.» Er griff nach einem Dokument und zitierte: «Der Zeuge Kurt Meier hat sein Dementi zurückgezogen und gestanden, auf Ihren Wunsch einen Tesla bei der ‹Mobile-Fast› gemietet und Ihnen den Wagen am frühen Morgen des 23. Dezembers übergeben zu haben.»

Zum ersten Mal zeigte sich so etwas wie eine Regung auf Milly Buholzers Gesicht. Ihre Pupillen bewegten sich unruhig, ihre Lider flatterten, was wahrscheinlich nur Valérie auffiel.

Zanetti fuhr fort. «Am Abend des 25. Dezembers haben Sie mit diesem Rohr», er griff danach, «auf Malika Galambos vor dem Haus ihrer Eltern mehrmals eingeschlagen und sie getötet. Ist bis dahin alles klar?»

«Nein.» Milly Buholzer hatte ihre Augenlider in keinem Moment gesenkt. Gut möglich, dass sie in ihrem Innern etwas fokussierte und die Fragen komplett ausblendete.

«Am 27. Dezember erlag der Anwalt Basil Maibach den Folgen einer Vergiftung durch Rizin. Die Substanz haben wir im Gästezimmer Ihrer Tochter gefunden. Sie lag in der untersten Schublade Ihres Nachttisches, eingepackt in eine Tupperware.» Zanetti legte den kleinen Plastikbehälter vor Milly Buholzer hin. «Die Beweislast ist erheblich.»

Beweise ja, dachte Valérie, aber bislang fehlte das Motiv. Die einzige Verbindung zu den Maibachs sah sie in der Brandnacht auf Rigi Kaltbad. Das Interview in den Zeitungen am 10. Februar 1961 zielte darauf hin, etwas könnte zwischen den beiden Familien Maibach und Fournier passiert sein, was sechs Jahrzehnte später Anlass für einen Vierfachmord war. Maibach hatte damals gesagt, er sei froh gewesen, sie hätten ihr Zimmer doch noch beziehen können, was ihm, seiner Frau und seinem Sohn das Leben gerettet hatte. War es möglich, dass die Fourniers die Familie waren, die jenes Zimmer getauscht hatte? Milly Buholzer hatte beim Brand ihre Eltern verloren. Wollte sie sich heute dafür rächen? Dennoch konnte Valérie nicht das Drama, welches sich auf Kaltbad zugetragen hatte, als Auslöser sehen. Warum hätte Milly Buholzer so lange warten sollen? Und warum hatten Andrea Borkowski und Malika Galambos sterben müssen? Die zwei Frauen hatten nicht im Entferntesten etwas damit zu tun. Auch die beiden Brüder nicht, wenn man es genau nahm. Nicht einmal deren Vater. Linus Maibach war damals ein neunjähriger Junge gewesen und konnte nichts dafür, wenn sich sein Erzeuger Rechte herausgenommen hatte, die der Familie Fournier schadeten.

Valérie bemerkte, wie bei Zanetti langsam der Geduldsfaden riss. Er hatte sich von der Vernehmung wohl mehr erhofft. Er würde sich an die Beweismittel halten, an die forensischen Abgleiche, die Zeugenaussagen und beim Richter einen Haftantrag erwirken.

Milly Buholzer käme in Untersuchungshaft und würde später wegen Vierfachmords verurteilt.

Valérie erinnerte sich an Vischers Worte. Die Morde seien aufgeklärt. Waren sie das wirklich? Die Aufklärung erschien Valérie wie die Spitze des Eisbergs, die Vischer erwähnt hatte. Ein kleiner Sieg. Valérie wollte das Motiv erkennen. Aber solange Milly Buholzer sich in Schweigen hüllte, würde es im Verborgenen bleiben.

Es war zu erwarten, dass Zanetti die erste Vernehmung schloss und sie auf einen späteren Zeitpunkt vertagte. Er verliess den Raum. Valérie blieb mit Milly Buholzer und ihrem Strafverteidiger zurück. Wenn sie jetzt etwas sagte, was den Fall betraf, würde sie kontraproduktiv handeln, obwohl es sie geradezu juckte. Sie sah in Milly Buholzers Augen. Da war nichts Böses. Traurigkeit, ja, und eine gewisse Entschlossenheit.

Valérie nickte den beiden zu und erhob sich. Wortlos ging sie zur Tür, öffnete sie und trat hinaus auf den Korridor.

***

Es hatte weniger als drei Tage gedauert, bis Carla wieder bei ihm einzog. Nachdem Louis sie in der Silvesternacht angerufen hatte, war sie zuerst kurz angebunden gewesen. Sie sei in Brunnen, hatte sie ihm mitgeteilt, und müsse im Hotel Waldstätterhof die Festivitäten moderieren. Er könne, wenn er möge, hinfahren. An der Rezeption seien zwei Tickets hinterlegt. Ursprünglich für Valérie und Zanetti, aber diese seien anderweitig beschäftigt. Vielleicht komme er in Begleitung. Emotionslos, geschäftig. Mehr als nötig hatte sie nicht gesprochen.

Louis hatte es sich dennoch nicht zweimal sagen lassen. Aber er war allein nach Brunnen gefahren. Diese Chance hatte er sich nicht vermasseln wollen. Punkt Mitternacht hatte er mit Carla und Champagner angestossen, ohne Vorsätze zu machen. Sie waren sich beide bewusst gewesen, diese nicht einhalten zu können.

Louis kochte zu Mittag. Er hatte am Morgen eingekauft und stand nun vor dem Induktionsherd, wo er zwei Rindsfilets in die heisse, mit Fett ausgestrichene Gusseisenpfanne legte. In einer anderen Pfanne köchelten Nudeln. Carla hatte den Tisch schön gedeckt und eine Flasche Roten entkorkt. Trotz ihrer Freude, wieder in Louis' Nähe zu sein, verhielt sie sich zurückhaltend ihm gegenüber. Sie würden einiges aufarbeiten müssen, um das Vertrauen des anderen zurückzugewinnen. Noch immer stand das Mysterium Justus Maibach zwischen ihnen. Louis hatte Mühe damit, den Typen einfach wegzudenken, obwohl er nicht mehr unter den Lebenden weilte. Und Carla musste es ahnen. Zum Gesprächsthema wurde er nicht.

«Euer Fall scheint so gut wie gelöst, oder?» Carla holte Servietten aus dem Küchenschrank.

«Das ist so.» Louis würzte das Fleisch nach. «Valérie sagte mir, auch dank deiner Hilfe.» Er hatte Carla nicht rühmen wollen, sprang gerade jetzt über seinen eigenen Schatten. Er konnte die Tatsache, dass Carla eine aufgeweckte und intelligente Frau war, nicht verleugnen. Er wendete das Filet ein weiteres Mal, schüttete das Wasser der Teigwaren ab, gab Butter dazu und schöpfte sie auf die vorgewärmten Teller. «Wir können essen.»

«Hm, das riecht lecker.» Carla setzte sich erwartungsvoll an den Tisch.

Louis legte die Filets neben die Nudeln, gab Krauterbutter dazu und stellte die Teller auf die Sets. Er hatte sich lange überlegt, ob er Carla heute einen Heiratsantrag machen sollte. Eigentlich war nie die richtige Zeit dazu. Zudem wusste er nicht, wie sie darauf reagieren würde. Sie kannten sich seit bald vier Jahren. Vor seiner Wohnungstür in Rickenbach waren sie sich zum ersten Mal begegnet und am gleichen Abend zusammen im Bett gelandet. Was so unsentimental begonnen hatte, bedurfte eines romantischeren Antrags. Den Ring, einen mit Diamanten verzierten Solitär, hatte er vor Weihnachten gekauft. Er hatte ihn ein halbes Vermögen gekostet. Als er von Carlas Flirt erfahren hatte, hätte er den Ring am liebsten auf der Müllhalde entsorgt. Genauso dreckig war er sich vorgekommen. Er hatte das Schmuckstück in der Schublade mit den Socken versteckt und trug es nun in seiner Hosentasche.

«Möchtest du den Wein probieren?» Carla hielt die geöffnete Flasche hoch. Sie krauste ihre Stirn. «Ist etwas nicht in Ordnung?»

«Doch, alles okay. Bitte schenke mir ein.»

Carla goss ein wenig Wein in sein Glas. Er hob es an und kostete davon. «Ein edles Tröpfchen, so rot wie Blut, so kühl wie Schnee und so …»

Carla füllte beide Gläser bis zur Mitte. «So schwarz wie die Nacht.»

Wie würde er Carla vom Tisch weglocken? «Könntest du mir einen Gefallen tun?»

«Jetzt?» Carla wies auf den Teller. «Wir sollten mit dem Essen beginnen. Das arme Rind wird kalt.»

«Bitte bringe mir mein Handy. Es liegt im Schlafzimmer.»

«Ich soll dir das Smartphone holen? Warum brauchst du es?» Carla erhob sich.

«Ich möchte unsere Wiedervereinigung mit der Kamera festhalten.» Louis sah ihr nach, wie sie zum Schlafzimmer ging, in ihrem verspielten blauen Kleid, welches ihr super stand. Er würde sie fragen. Jetzt. Er holte den Ring hervor und liess ihn sanft ins Weinglas gleiten.

Carla war schnell zurück. «Hier, du mit deiner Handymanie. Du bist schlimmer als ich.» Sie setzte sich und hob das Weinglas an. «Auf dich, Leutnant Camenzind.»

«Auf dich, meine Liebste.» Louis wartete gespannt.

Carla nahm einen Schluck, stellte das Glas wieder ab. Sie griff nach Messer und Gabel und stach ins Filet. «Was guckst du so? Ist etwas mit meinem Wein?» Ihr Blick schweifte ab zu ihrem Glas. Sie hob es hoch und betrachtete es näher. «Da drin ist etwas.» Sie nahm die Gabel und angelte nach dem Gegenstand. «Was ist das?»

Louis schluckte ein paarmal leer, bis er die Worte gefunden hatte, die er sagen wollte. «Carla, ich …» Er vermochte nicht, den Satz zu Ende zu bringen.

Inzwischen hatte Carla den Ring aus dem Wein gefischt. Vor Verblüffung liess sie ihn auf den Teller fallen. Er landete direkt auf den Nudeln. Mit weit aufgerissenen Augen starrte sie Louis an.

Er konnte diesen Blick nicht deuten. War es Freude? Überraschung? Oder Abscheu? Louis nahm einen neuen Anlauf, während er den Ring aus den Teigwaren holte. Er nahm Carlas linke Hand und streckte deren vierten Finger. «Carla, ich bin nicht ein Mann der tausend Worte. Ich mache es kurz: Willst du meine Frau werden?» Behutsam steckte er ihr den Ring an.

Carla riss die Hände mitsamt Solitär weg. Sie bedeckte ihr Gesicht, schluchzte auf, erhob sich und fiel über Louis her, als müsste er um sein Leben bangen. Carla weinte, derweil sich Louis keinen Reim darauf machen konnte, weshalb. War sie nun glücklich oder enttäuscht?

«Louis, mein Liebster. Weisst du, wie lange ich auf diesen Moment gewartet habe?» Sie streckte ihren Körper und den linken Arm von sich. «Der ist wunderschön. Wir werden heiraten. Du und ich.» Sie hielt inne. «Ich werde aber meinen Namen behalten.»

***

Valérie wartete, bis sich Eleonore Maibach allein in der Villa befand. Eine ganze Stunde verharrte sie auf der Strasse, eingemummt in einen dicken Parka mit Kapuze, und wehrte sich gegen die Kälte. Als die Tür aufging und Linus Maibach erschien, ging sie ein paar Meter Richtung Dorfzentrum, um wenig später zurückzukehren. Sie hatte es mit Fabia so vereinbart, dass sie Maibach aus dem Haus locken sollte. Valérie spürte ihre Füsse nicht mehr.

Sie läutete.

«Hast du etwas vergessen, Linus?» Eleonore Maibach rief es durch die Gegensprechanlage.

Valérie meldete sich an.

«Was wollen Sie?»

«Mit Ihnen reden.»

Eine gefühlte Ewigkeit später ertönte der Türsummer. Valérie öffnete die Tür und trat ein, froh darüber, sich endlich aufwärmen zu können. Sie hätte es bei den Minustemperaturen draussen nicht mehr lange ausgehalten. Auf dem obersten Treppenabsatz stand Eleonore Maibach wie eine Handvoll Elend. Verschwunden war ihre resolute Art. Vielleicht hatte sie endlich begonnen, um ihre Söhne zu trauern. «Linus ist nicht da.»

«Ich möchte mit *Ihnen* reden.» Valérie ging die Treppe hoch.

«Sie möchten mit mir reden? Sie Wahnsinnige! Was haben Sie bloss getan, mich und meinen Mann dermassen zu blamieren. Warum haben Sie den Krankenwagen bestellt? Das ist unerhört. Wir wurden nicht vergiftet. Es bestand nie Gefahr, Camilla könnte uns etwas antun. Kommen Sie. Setzen Sie sich auf den Sessel dort und erklären Sie mir, was das Theater am Silvesterabend sollte.»

Valérie musste das «Elend» revidieren. Eleonore Maibach benahm sich nach wie vor wie eine Furie. «Es tut mir aufrichtig leid, dass die Situation dermassen ausser Kontrolle geraten ist.» Valérie nahm Platz. «Nach allem, was in den letzten Tagen geschehen war, konnten wir nicht anders reagieren.»

Eleonore Maibach hatte sich ein wenig beruhigt. «Ich hatte es geahnt, dass die Wahrheit vor der letzten Nacht der Raunächte gefunden wird.»

Valérie vermied es, sie auf Hildegards Korrektur, was diese Nächte betraf, aufmerksam zu machen. Sie wollte Eleonore Maibachs Vertrauen gewinnen und sie sprechen lassen. Sie ahnte, in der Lebensgeschichte dieser Frau könnte einiges verborgen geblieben sein. Ihre Reaktion auf den Tod ihres Sohnes Justus war nicht normal gewesen. Jede Mutter hätte sich die Seele aus dem Leib geheult oder sich vor Schmerz verkrochen. Sie aber hatte munter mit ihren Ritualen weitergemacht, als wäre nichts geschehen. «Darf ich Sie etwas fragen?» Valérie liess Vorsicht walten. Ihr Blick schweifte wie unbeteiligt durchs Wohnzimmer. Die grünen Samtvorhänge verschluckten das spärliche Tageslicht.

Eleonore Maibach setzte sich endlich ihr gegenüber auf das Sofa. «Fragen Sie. Es heisst ja nicht, dass ich antworten muss.»

Valérie liess ein paar Sekunden verstreichen. «Was hat Sie in Ihrem Leben dermassen aus der Bahn geworfen, dass Sie sich dagegen wehren, Ihre Trauer zuzulassen?»

Die Dame schwieg.

«Was ist damals zwischen Ihnen und Hubertus Maibach tatsächlich geschehen, sodass Sie selbst nach seinem Tod nicht von ihm loskommen?»

«Ihre Fragen gehen eindeutig zu weit.»

Diesmal erwiderte Valérie nichts, sie sass einfach da und sah Eleonore Maibach an. Die Stille im Haus war bedrückend.

Endlich kam Bewegung in die Frau. «Ich war zweiundzwanzig Jahre alt, als ich als Haushaltshilfe zur Familie Maibach kam. Hubertus stellte mir vom ersten Tag an nach. Immer am Abend, wenn Madame Renate weg war, kam er in mein Zimmer und flattierte mir. Am Anfang hielt er sich zurück, sagte bloss, wie nett er mich finde und dass er auf jemanden wie mich gewartet habe. Mit niemand anderem würde er so offen reden können wie mit mir. Er beklagte sich über seine Frau und dass sie ein Eisklotz sei. In meiner Naivität ging ich auf sein Geplänkel ein und fühlte mich stolz und stark, weil sich der berühmte Richter von Schwyz für mich interessierte. Gut ein Jahr später erdreistete sich Hubertus und besuchte mich auch nachts, wenn seine Frau längst im Bett war. Der Teufel wollte es, dass ich schwanger wurde.»

«Sie haben Hubertus Maibach geliebt, oder liege ich da falsch?»

«Ich habe keinen der Maibachs je geliebt. Ich war schwanger, und Renate bekam davon Wind. Sie wollte sofort die Scheidung. Für den Maibach-Clan existiert so etwas nicht. Keine Frau verlässt einen Maibach. Hubertus liess Renate mit Hilfe zweier befreundeter Psychiater in die Klinik für psychisch Kranke einweisen, so lange, bis alles vorbei war und weit darüber hinaus. Später starb sie vor Gram. Ich musste mich verstecken, und als das Kind da war, wurde ich gezwungen, Linus zu heiraten und auf glückliche Familie zu machen. Ich war ein einziges Mal mit Linus intim und wurde erneut schwanger. Wir bekamen Basil.»

«Sie hätten sich doch wehren können.»

«Wie? Ich kam aus ärmlichen Verhältnissen. Meine einzige Chance bestand, einen gewissen Lebensstandard behalten zu können, wenn ich das Spiel mitmachte. Ich forderte, wo ich nur konnte. Alles Materielle ersetzte mir das Gefühl der Liebe … und nein, ich habe Hubertus nie geliebt. Ich habe eine Show abgezogen … um des Überlebens willen.» Sie runzelte die Stirn.

«Aber Sie bewahren seine Asche auf und lassen Ihren jetzigen Mann das Gegenteil wissen.»

«Ach, gute Frau, wenn man einmal damit begonnen hat, Theater zu spielen, kommt man nicht mehr davon los. Man kann in beliebige Rollen schlüpfen. Wenn man spürt, dass die Leute einen als bekloppt ansehen, hat man gewonnen. Dann kann man alles tun, was Gott verboten hat. Sie schreiben es deiner geistigen Umnachtung zu. In all den Jahren habe ich gelernt, die Menschen um mich herum zu manipulieren.» Sie seufzte schwer. «Als Justus erwachsen war, kam sein mieser Charakter zum Zug. Er wich Hubertus in nichts ab. Ich habe meinen Sohn gehasst. Er verkörperte all das, was ich auch bei Hubertus verabscheute … Arroganz, Gefühlskälte, Egozentrik … Ich kann mir beim besten Willen nicht erklären, was Andrea Borkowski und Malika Galambos an ihm gefunden haben. Bei Graziella war das anders. Sie hatte einen Liebhaber.»

«Sie haben es gewusst? Warum haben Sie geschwiegen?»

«Weil ich nicht wollte, dass man mich enterbt.»

Zurück auf dem SSB verzehrte Valérie eine Tafel Schokolade, um das Energie-Reservoir aufzutanken. In was für ein Wespennest hatte sie sich da gesetzt? Ob Eleonore Maibachs Geständnis ihr für den weiteren Verlauf der Vernehmung von Milly Buholzer helfen würde, war nicht sicher. Die Sicht auf die Familie Maibach hatte sich verändert und verschärft. Da kämpften Frauen dagegen an, sich von ihren Männern ausnehmen zu lassen. Eleonore und Graziella. Sie lebten ihr eigenes Leben auf Kosten ihrer Angetrauten. Auch eine Art von Rache. Hätte Valérie sie in den näheren Kreis der Verdächtigen aufnehmen sollen? Die Alibis und Zeugenaussagen sprachen dagegen. Trotzdem hätten Eleonore und Graziella Maibach eher ein Motiv gehabt als Milly Buholzer.

Zanetti stand auf einmal da. «Frau Buholzer wünscht, mit dir unter vier Augen zu sprechen.»

Valérie sah überrascht auf. «Das geht nicht in einem laufenden Verfahren, oder?»

«Wenn es der Sache dient und sie damit herausrückt, was auf Rigi Scheidegg und in Schwyz geschehen ist, sollten wir den Dialog beim Richter beantragen.»

«So, wie ich dich kenne, hast du es bereits getan.»

«Ja, er ist damit einverstanden.» Zanetti schaute auf seine Armbanduhr. «Morgen um neun Uhr erwartet dich Frau Buholzer im Vernehmungsraum zwei.»

Valéries iPhone summte. Sie sah darauf. «Es ist Colin.»

Zanetti drehte sich auf dem Absatz um, im Begriff, das Büro zu verlassen.

«Bitte bleib.» Valérie wischte über «Annehmen».

«*Maman.*»

«Colin, mein Lieber.» Sie konnte ihrem Sohn nicht böse sein. «Wie geht es dir? Bist du braun gebrannt zurück?» Sie erinnerte sich, wie Lehmann im gemeinsamen Urlaub darauf bestanden hatte, sie möge sich an die Sonne legen, damit sie ihre Haut bräunte. Man sähe dann gesünder aus. Wie zum Teufel hatte sie sich dermassen unterdrücken lassen?

«Ich war im Krankenhaus.»

Valérie spürte einen harten Stich im Körper, wie immer, wenn etwas eintraf, mit dem sie nicht gerechnet hatte. «Wo?»

«In Malé.»

«In der Hauptstadt», sagte sie zu sich selbst. «Was ist passiert?»

«Ich hatte beim Tauchen Probleme mit den Ohren.»

Valérie unterdrückte den Reflex, ihren Sohn zu massregeln. Er hatte es gewusst und Lehmann auch. Dieser hätte seinen Sohn davon abhalten können.

«Ist alles wieder gut?»

«Gott sei Dank, der Tauchcoach hat gut reagiert. Ich bin wieder in der Schweiz und werde morgen zum Hausarzt gehen. Ich will sicher sein, dass alles in Ordnung ist.» Colin liess Zeit verstreichen. «*Maman* … ich …»

«Gibt es sonst noch etwas, das du mir beichten möchtest?» Valérie sandte Zanetti einen hilflosen Blick zu. Colins Stimme gefiel ihr nicht.

«Es ist mir sehr peinlich, aber ich brauche Geld.»

«Das verstehe ich nicht. Dein Lohn ist nicht so schlecht. Immerhin finanziere ich deine Wohngemeinschaft mit … darüber müssten wir uns mal unterhalten. Bis jetzt hast du die Finanzen immer gut im Griff gehabt.»

«Ich weiss, es ist nur das eine Mal. Du bekommst es wieder zurück, wenn ich genug auf die Seite gelegt habe. Ehrenwort.»

«Und das sagst du mir am Telefon?» Valérie rutschte nervös auf ihrem Bürostuhl hin und her. «Eilt es denn?» Valérie schüttelte den Kopf. Sie kannte Colin als einen sparsamen jungen Mann, der den Franken dreimal umdrehte, bevor er ihn ausgab.

«Ja, leider … kann ich dir eine Rechnung schicken?»

Sie fragte nicht nach dem Wieviel.

«Ich muss die Ferien auf den Malediven selbst bezahlen.» Es klickte in der Leitung. Colin hatte aufgelegt.

Valérie starrte konsterniert auf das iPhone.

«Probleme?» Zanetti trommelte mit den Fingern auf das Pult, um zu signalisieren, wie rasch er eine Antwort von ihr erwartete.

Valérie musste Colins Forderung zuerst verdauen, bevor sie Zanetti über diese Ungeheuerlichkeit einweihte. Wenn sie sich jetzt aufregte, hatte Lehmann gewonnen. Zudem brauchte sie ihre Kraft für die Vernehmung von Milly Buholzer. Sie musste sich auf das Gespräch vorbereiten. Zögernd erzählte sie von Colins Spitalaufenthalt und hoffte, Zanetti würde nicht weiterbohren.

«Wie geht's ihm?» Augenscheinlich gab er sich mit ihrer Information zufrieden.

«Er hat morgen einen Termin bei seinem Arzt, um sicherzugehen, dass seine Ohren unbeschädigt sind.» Valérie fuhr mit der Hand auf die Pultplatte. «So ein Mist», sagte sie, indem sie nicht Colins Unvermögen, so doch Lehmanns Kaltblütigkeit Ausdruck verleihen wollte. Das Schlimmste, sie hatte nichts gegen ihren Ex-Mann in der Hand. Und er wusste es. Sie tröstete sich damit, die Rechnung zusammen mit Colin anzusehen und vielleicht etwas zu finden, was ihn von der Bezahlung entband.

***

«Was fällt Ihnen ein, meine Mutter einzubuchten?» Alexa Lauper war ausser sich.

Fabia befürchtete, ihr Wutanfall könnte ihrem Ungeborenen schaden. Psychische Nöte wirkten sich oft schwerer aus als ein Sturz. Das Adrenalin würde sich vom Kreislauf der Mutter auf das Kind übertragen. Fabia hatte sich zur Genüge damit auseinandergesetzt, als sie selbst in Erwartung war.

Die Frauen sassen sich gegenüber. Louis hielt sich im Hintergrund in der Nähe der Wand auf, und Leonardo Lauper lehnte mit verschränkten Armen am Buffet. Fabia drehte sich nach Lauper um. «Sie müssen uns genau darüber informieren, wann

Ihre Mutter respektive Ihre Schwiegermutter bei Ihnen war und wann sie das Haus verlassen hat.»

«Was glauben Sie denn, ich belaste meine Mutter?» Alexa Lauper zerknüllte ein Taschentuch und warf ihrem Mann immer wieder einen hilfesuchenden Blick zu.

«Was werfen Sie ihr denn vor?» Lauper versuchte gar nicht erst, seine Neugier zu verbergen.

«Sie wissen es noch nicht?» Louis stiess sich von der Wand ab. «Haben Sie es Ihrem Mann noch nicht gesagt?» Er musterte Alexa Lauper so, als würde er sie demnächst anspringen.

Sie wandte sich an ihren Mann. «Man hat Milly verhaftet. Sie wird angeklagt, Justus, Basil, Andrea und Malika umgebracht zu haben. Mensch, Leo … traust du ihr das zu?»

Lauper enthielt sich einer Antwort. «Wie kommen Sie darauf?», fragte er stattdessen. In seinen zusammengekniffenen Augen war zu lesen, wie unangenehm ihm der Besuch der Polizei war.

«Beantworten Sie meine Frage.» Fabia blieb besonnen. «Wann war Milly Buholzer bei Ihnen, wann war sie weg?»

«Sie passte auf unser Haus auf, als wir bei den Maibachs auf Rigi Scheidegg waren.» Alexa Lauper hatte sich ein wenig beruhigt. «Sie hat einen Schlüssel und kann hier ein und aus, wie es ihr gefällt. Sie wohnt bei uns.»

Lauper gefiel dies dagegen nicht. Er sagte zwar nichts, doch seine Reaktion sprach Bände. Fabia behielt ihn weiterhin im Auge. «Hat sie Ihnen mitgeteilt, dass sie vom 20. bis zum 22. Dezember im Hotel Kaltbad ein Zimmer gebucht hatte und am Abend des 21. Dezembers im Gasthaus Rigi Scheidegg war?»

«Im Gasthaus?» Lauper fuhr herum. «Am 21. sagten Sie? Aber da hätte ich sie doch gesehen. Das ist nicht möglich.»

«Erinnern Sie sich, wer sich zuletzt im Gasthaus aufgehalten hat?» Louis hatte sein Tablet in der Hand und notierte die Aussagen.

«Die Maibachs und ich …» Lauper krauste die Stirn. «Doch … da waren noch zwei Frauen. An einem runden Tisch. Jetzt kommt es mir in den Sinn. Ich kannte sie nicht.»

«Haben Sie sie denn angesehen?» Fabia konnte sich in etwa vorstellen, wie vier betrunkene Männer ihr Umfeld wahrnahmen, bestimmt verzerrt und wie durch einen Nebel.

Lauper schloss die Augen. «Die eine Frau hatte sich abgewandt. Möglich, dass sie eine Mütze trug. Aber echt, warum hätte ich mich für diese Frauen interessieren sollen?»

«Eine von Ihnen war Ihre Schwiegermutter. Sie musste einen Grund gehabt haben, sich von weiteren Gästen abzuwenden. Sie hatte gewusst, Sie im Gasthaus anzutreffen, und ist Ihnen, nachdem Sie das Haus verlassen hatten, auf dem Schlittelweg gefolgt. Frau Lauper, haben Sie Ihrer Mutter erzählt, wo Sie die Feiertage verbringen?»

«Selbstverständlich. Aber dass sie auch auf dem Berg war, ist neu und für mich völlig schleierhaft. Warum wissen Sie, dass sie oben war?»

«Anhand von Zeugenaussagen.»

«Das heisst aber nicht, dass sie mit Justus' Tod etwas zu tun hat.»

«Die Spuren sind eindeutig.» Fabia wollte sich nicht weiter dazu äussern. Die Wollfasern, die man in Justus Maibachs Lunge gefunden hatte, waren ihres Erachtens wie die Nadel im Heuhaufen. Wolle war Wolle. In einer solchen Situation mussten sie sich immer auf das Labor verlassen können. «Wann waren Sie zurück in Freienbach, nachdem die Ferientage auf Rigi Scheidegg abgebrochen wurden?»

«Nachdem wir Malika nach Schwyz gefahren hatten, kehrten wir zurück. Das war am Abend des 22. Dezembers.»

«Befand sich Ihre Mutter im Haus?»

«Ja, sie war da, aber sie wunderte sich, dass wir die Ferien abgebrochen hatten. Allerdings kehrte sie in der Nacht zurück nach Kriens. Sie sagte, sie müsse etwas erledigen.» Alexa Lauper griff sich in ihr Gesicht. «Sie glauben, sie ... nein, das ist unmöglich. Meine Mutter ist ein herzensguter Mensch. Sie hat absolut keine kriminelle Energie.» Alexa Lauper erhob sich, ging auf ihren Mann zu und umarmte ihn. «Leo, sag, dass es nicht wahr ist. Sie hat mich beschützt. Sie war immer für mich da.»

«Hatten Sie sich ihr gegenüber über das ambivalente Verhältnis Ihres Mannes und seines Arbeitgebers Justus Maibach ausgelassen?»

«Warum hätte Alexa ihr davon erzählen sollen?» Lauper stiess seine Frau sanft von sich. Er drehte sie zu sich um, sodass sie in sein Gesicht sehen musste. «Oder hast du sie brühwarm darüber informiert, was in unserem Umfeld passiert?»

«Nein … nein, das …» Alexa Lauper fand die Worte nicht. Sie setzte sich wieder, nervös und nahe daran, zu weinen.

Fabia sah es ihr an. Sie kämpfte gegen die Tränen.

«Wir sollten hier abklemmen», flüsterte Louis, dass nur Fabia es hörte. Er wandte sich an das Ehepaar Lauper. «Sie werden zu gegebener Zeit eine Vorladung für eine Zeugenaussage vor Gericht erhalten.»

ACHTZEHN

Valérie wusste nicht, was sie heute Morgen erwarten würde. Sie hatte kaum geschlafen und schlecht geträumt. Eigentlich hätte sie entspannt der Vernehmung mit Milly Buholzer entgegensehen können. Der Fall war gelöst. Doch etwas schien nicht aufzugehen. Eleonore und Graziella Maibachs Verhältnisse zu ihren Männern hatten Valérie betroffen gemacht, und sie zweifelte plötzlich, alles regelkonform angegangen zu sein. Sie hatte den beiden Frauen zu wenig Beachtung geschenkt und war nicht auf ihre sonderbaren Reaktionen eingegangen, was die Befragungen betraf. Zugegeben, Vischer hatte ihr gefehlt. Ob es bloss an den Festtagen lag, dass er sich aus dem Fall praktisch heraushielt? Oder doch wegen Helena? Es war zwecklos, sich über den Polizeipsychologen Gedanken zu machen.

Draussen hatte es zu schneien begonnen. Flocken wirbelten durch die Luft und behinderten die Sicht auf den Fluss Alp. Colin hatte nicht mehr angerufen, und Valérie hatte ihn telefonisch nicht erreicht. Zu viele Gedanken schwirrten ihr durch den Kopf. Sie musste sich auf *eine* Sache konzentrieren. Eins ums andere angehen. Milly Buholzer stand im Mittelpunkt. Trotzdem vermochte Valérie nicht, Colins Problem im Raum stehen zu lassen. Sie würde ihm aber auf keinen Fall Geld überweisen, bevor sie nicht Einsicht auf die Rechnung hatte. Wenn Lehmann ihren Sohn auf die Malediven eingeladen hatte, musste er vorgängig für ihn gebucht und bezahlt haben. Valérie kannte kein Reisebüro, bei welchem man keine Vorauszahlung leisten musste.

Es klopfte, die Tür ging auf, und Zanetti betrat ihr Büro. Er deutete auf seine Armbanduhr. «Bist du bereit? Frau Buholzer ist jetzt da.»

Valérie liess sich Zeit und aus der Maschine einen Kaffee. Es lag nicht in ihrem Naturell, jemanden warten zu lassen. Heute aber hatte sie kein Verlangen, sich zu beeilen. Sie hatte Respekt vor der Angeklagten. Einen Fall, in dem eine Frau vier Menschen auf dem Gewissen hatte, hatte es bei der Schwyzer Kriminalpolizei nie zuvor gegeben. «Möchtest du auch einen Kaffee?»

Zanetti wirkte nervös. «Bist du dir sicher, der Angeklagten gewachsen zu sein?»

Valérie schloss die Augen. Das seltsame Gefühl, Zanetti könnte ihr die Vernehmung nicht zutrauen, beherrschte einen Moment alles. Sie stiess heftig Luft aus. «Es ist nicht das erste Mal, dass ich eine Einvernahme durchführe. Weiss Gott hatte ich schon durchgeknalltere Typen im Verhör als Milly Buholzer.»

«Du brauchst keine Verstärkung?»

«Sie hat sich den Dialog gewünscht, also werde ich ihn ihr gewähren.» Valérie trank die halbe Tasse aus und liess sie danach auf dem Pult stehen. «Ich bin bereit.» Sie schritt hinter Zanetti her auf den Korridor. Sie schloss die Tür und ging zum Aufzug.

Milly Buholzer sah ihr entgegen, als Valérie das Zimmer betrat. Sie trug einen hellblauen engen Trainingsanzug, was ihren muskulösen Körper betonte. «Frau Lehmann. Ich bin froh, darf ich mit Ihnen sprechen.» Sie schien erleichtert.

Der Stuhl schrammte über den Boden, als Valérie ihn unter dem Tisch hervorzog. Sie setzte sich und vergegenwärtigte sich, dass man Milly Buholzer keine Handschellen umgelegt hatte. Bei einem Angriff der Frau hätte sich Valérie zu wehren gewusst. «Obwohl es nicht üblich ist, erkläre ich mich bereit, Sie anzuhören, Frau Buholzer.»

Ob sie es sich bewusst war, was sie angerichtet hatte? Oder würde Milly Buholzer ihr heute etwas offenbaren, was niemand wusste und dass sich die Polizei geirrt hatte und die Ermittlungen in eine falsche Richtung gelaufen waren?

Nein, man sah ihr die kaltblütige Mörderin nicht an. Nichts auf ihrem alternden Gesicht wies auf diese Gräueltaten hin. Sie war vollkommen ruhig, und genauso friedvoll schaute sie Valérie entgegen. «Haben Sie schon einmal ein Kind verloren?»

Valérie war so überrascht ob der Frage, dass sie nicht sofort darauf antworten konnte. Sie hatte damit gerechnet, dass die Vernehmung die übliche Kommunikation überschreiten würde und dass sie sich auf Gegenfragen gefasst machen musste. Trotzdem verlor sie einen Moment den Faden. Valérie schluckte leer. Sie hatte schon einmal ein Kind verloren – ihren Sohn –, doch sie hatte ihn wiederbekommen, nach scheinbar endlosen Kämpfen und Tränen. Milly Buholzer meinte etwas anderes. «Nein. Hatten Sie einen solchen Verlust?»

«Ich hatte zahlreiche Verluste in meinem Leben. Die einen sind schon so lange her, dass ich mich kaum mehr daran erinnere. Aber man verändert sich, wenn man verliert, was man liebt.»

Ihre Eltern, dachte Valérie betroffen, später ihren Ehemann. Hatte sie nach all diesen Dramen ein Kind verloren?

«Meine Tochter Alexa hat ihr Kind verloren. Vor zwei Jahren. Es war eine Katastrophe.» Milly Buholzer blieb auch jetzt ganz in sich. Ihre Stimme hörte sich wie ein Flüstern an, die Worte waren wie ein trauriges Musikstück, anklagend und ernst. «Ihr Mann, mein Schwiegersohn, hat sie im schlimmsten Augenblick ihres Lebens allein gelassen. Er feierte mit der Anwaltskanzlei des Justus Maibach in Singapur Orgien.»

«Ihre Tochter hat Ihnen das so erzählt?» Valérie musste sich fassen. Milly Buholzer beschuldigte gerade massiv Lauper und Maibach. War dies am Ende das Motiv, welches die Ermittler gesucht hatten?

«Ich pflege ein sehr gutes Verhältnis zu meiner Tochter. Verluste trennen voneinander oder schweissen die Menschen aneinander. Alexa und ich hat es in all den Jahren nähergebracht. Der Verlust ihres Vaters war nicht nur für mich sehr tragisch. Alexa wuchs ohne Vater auf. Als sie Leonardo heiratete, war das auch für mich ein Glücksfall. Es freute mich, meine Tochter glücklich zu sehen. Nach den vielen Entbehrungen, die ich in meinem Leben hatte, war ich froh, hatte Alexa einen erfolgreichen und gut situierten Mann gefunden. Ich wusste, dass er in einer Anwaltskanzlei in Zürich einer befriedigenden Arbeit nachging. Als Alexa schwanger wurde, war ihre Beziehung auf einem Allzeithoch.»

«Wann kippte es?» Valérie griff nach der Flasche in der Mitte des Tisches und schenkte Wasser in die bereitgestellten Gläser. Sie liess Milly Buholzer nicht aus den Augen.

Diese nahm das eine Glas, setzte es an den Mund und trank es in einem Zug aus. Sie stellte es zurück, und es schien, als sammelte sie ihre Gedanken. «Alexa beklagte sich über das schwindende Interesse an ihr und schrieb es ihrer körperlichen Veränderung zu. Nicht jeder Mann kann damit umgehen. Ich riet ihr, unbedingt mit Leonardo zu sprechen. Wehret den Anfängen. Er versprach ihr, nach der Arbeit gleich nach Hause zu kommen und ihr im Haushalt zur Hand zu gehen. Alexa arbeitete damals in einem Achtzig-Prozent-Job. Das ging eine Woche gut, bis er wieder ins alte Fahrwasser geriet. Er begründete seine langen Arbeitszeiten mit dem Ziel, Partner zu werden. Zugegeben, Leonardo war ehrgeizig. Das ist an und für sich nichts Schlechtes, aber dass er dabei seine Frau und das Ungeborene im Stich lässt … das war eindeutig zu viel.»

«Wann fanden Sie heraus, dass die Anwaltskanzlei, in der Ihr Schwiegersohn arbeitet, einem Maibach gehört?»

«Als ich mich dafür zu interessieren begann. Ich wollte in Erfahrung bringen, wer hinter diesem Workaholic steckt. Und siehe da. Ich stiess auf Justus Maibach, und bald darauf erfuhr ich, dass er der Enkel des schlimmsten Menschenverächters war, den die Innerschweiz je hatte. Ich sprach zuerst mit Leonardo, bat ihn, sich Alexa zuliebe von dieser Familie zu distanzieren. Als dies nichts nützte, knöpfte ich mir Justus vor.»

«Sie haben sich eingemischt.» Valérie konnte sich die Bemerkung nicht verkneifen.

«Mein Gott, ja. In erster Linie wollte ich diesen Mann kennenlernen. Ich war bloss zehn Minuten bei ihm. Er lachte mich aus, fragte, was ich ungebildetes Weib wolle, und warf mich darauf hochkant aus seinem Büro. Er hatte mich kaum angehört, blendete mich völlig aus. Dieser Maibach … er war genauso ein Schaumschläger wie sein Grossvater.»

«Haben Sie seinen Grossvater gekannt?» Valérie hätte diese Frage nicht zu stellen brauchen. Sie wusste genau, um wen es ging.

«Hubertus Maibach, einst Richter in Schwyz, hatte meine Eltern auf dem Gewissen.» Milly Buholzer rückte sich auf dem

Stuhl zurecht. «Nach dem Rausschmiss fing ich an, alles von der Familie Maibach zusammenzusuchen.»

Valérie erinnerte sich nicht, dergleichen in Milly Buholzers Wohnung gefunden zu haben. «Sie haben Zeitungsartikel gesammelt?»

«Das brauchte ich nicht.» Sie tippte an ihren Kopf. «Ist alles hier drin. Ich stiess auf ein Interview, welches der alte Maibach den Zeitungen gegeben hatte. Der Brand war noch nicht einmal gelöscht, rückte er sich in den Mittelpunkt. Da kam alles wieder hoch.» Milly Buholzer machte eine Kunstpause, in der sie sich selbst Wasser ins Glas goss. Sie liess es jedoch stehen. «Justus Maibach erinnerte mich an seinen Grossvater ... genauso kaltschnäuzig, hochmütig und empathielos. Und er war daran, meine Tochter und meinen Schwiegersohn zu zerstören. Und ich dachte an Linus, der im Charakter in nichts von seinem Vater abwich. Ich wollte ihn leiden sehen. Deshalb habe ich seine beiden Söhne umgebracht.»

Wie stark musste ihr Hass gewesen sein, dass Milly Buholzer tötete. Sie, der man anzusehen glaubte, wie sanftmütig sie war. Valérie vermied es vorläufig, sie auf die beiden ermordeten Frauen anzusprechen. Sie wollte von Anfang an erfahren, wie das Grauen begonnen hatte und weshalb sie auf den Geschmack des Tötens gekommen war. «Erzählen Sie mir von der Nacht vom 21. auf den 22. Dezember.»

«Ich erfuhr von meiner Tochter, dass die Maibachs jeden Abend im Gasthaus ‹Scheidegg› auf Sauftour waren. Dies hatte sich herumgesprochen. Ich buchte ein Zimmer im Hotel Kaltbad und machte mich mit den Langlaufskiern auf den Weg nach Scheidegg, um vor Ort zu sein. Die Männer kamen spät. Ich wusste bald nicht mehr, was ich konsumieren sollte, damit meine lange Präsenz nicht auffiel. Zu meinem grossen Glück setzte sich Frau Hirschi zu mir.»

«Hat Ihr Schwiegersohn Sie nicht erkannt?»

«Nein, ich drehte ihm den Rücken zu. Zudem trug ich meine Wollmütze.»

Die ihr zum Verhängnis geworden war, überlegte sich Valérie.

«Als die Männer das Gasthaus verliessen, gingen wir ebenfalls. Frau Hirschi suchte die Toiletten auf, und ich folgte dem Schlittelweg. Weiter unten hatte ich meine Langlaufskier deponiert. Sie können sagen, was Sie wollen, der Zufall kam mir zu Hilfe. Ich glaube zwar, es war eher Vorsehung. Jemand im Himmel hat mir diese Gelegenheit möglich gemacht.»

Mutig, den Himmel in einem Vierfachmord als Hilfe zu sehen, fand Valérie.

«Der Letzte von der Gruppe kam vom Weg ab und landete in einem Baum.»

«Hatten Sie zu diesem Zeitpunkt gewusst, dass der Verunfallte Justus Maibach war?»

«Nein.»

«Was ging Ihnen durch den Kopf?»

«Ich wollte nachschauen, wie heftig der Mann aufgeprallt war. Ich hätte Hilfe geholt ... Ehrenwort. Doch da lag er, der Kerl, der meine kleine Familie zugrunde richtete. Er war bewusstlos, und für mich war es leicht, ihm die Nase zuzuhalten. Er hat sich noch etwas bewegt, bevor er in die ewigen Jagdgründe einging. Ich bereue es nicht.» Sie klang ruhig und emotionslos, geradezu überlegen.

Valérie liess ein paar Sekunden verstreichen, bevor sie die nächste Frage zu stellen wagte. «Warum Andrea Borkowski?»

«Es war ein Unfall.»

«Ein Unfall?» Valérie glaubte, sich verhört zu haben. «Sie haben Sie vorsätzlich angefahren.»

«Ich wollte nicht, dass sie stirbt, bloss, dass sie ihr Kind verliert.»

«Sie wussten von dieser Schwangerschaft?»

«Alexa hat es mir erzählt. Sie wiederum wusste es von Leonardo.»

Lauper hatte also vieles zurückgehalten, was für die Ermittlungen von grosser Wichtigkeit gewesen wäre. Er hatte immer so getan, als wüsste er kaum etwas über Justus Maibachs Privatleben. Vielleicht hatte er sich das Schweigen erkauft. Selbst nach Justus Maibachs Tod hatte er den Mund gehalten, als hätte er

Angst vor seinen Hinterbliebenen gehabt. Vor Maibachs Frau vielleicht? Wie sehr musste er unter Druck gestanden haben.

Valérie beugte sich ein wenig über den Tisch. «Möchten Sie eine Pause einlegen?»

«Das wäre lieb von Ihnen. Ich muss mich wieder sammeln. Dieses Geständnis raubt mir die Kraft. Ich verspreche Ihnen, Sie werden alles erfahren. Vielleicht werden Sie mich danach verstehen und dass es nötig war, aufzuräumen.» Milly Buholzer verzog ihren Mund zu einem kaum wahrnehmbaren Lächeln.

War es das Lächeln einer Geistesgestörten?

Valérie attestierte sich eine gute Menschenkenntnis. Bei Milly Buholzer war sie sich nicht sicher, ob alles bloss gespielt war oder tatsächlich ihrem Charakter entsprach oder ob sich das Bild einer psychisch Kranken offenbarte. Aber warum hätte sie spielen und etwas erfinden sollen, von dem die Polizei längst Kenntnis hatte? Valérie unterbrach die Tonaufzeichnung und sah auf die Uhr. «Ich bin in einer Stunde zurück. Ich werde einen Wärter rufen. Wenn Sie etwas anderes als Wasser trinken wollen, lassen Sie es ihn wissen.» Valérie ging vor die Tür. Dort wartete ein Adjutant, dem sie die Klinke in die Hand drückte.

***

Zanetti wollte soeben seinen Audi in die Garage fahren, als er im Rückspiegel einen Körper ausmachte. Er bremste abrupt. Der Wagen stand still. Zanetti stieg aus, ohne die Person unter dem Tor aus den Augen zu lassen. «Colin.» Mit ihm hatte er zuletzt gerechnet.

«Salut, Emilio.»

«Was für eine Überraschung. Bist du aus den Ferien zurück?» Zanetti kannte die Geschichte. Valérie hatte ihm sogar von der Rechnung erzählt. Trotzdem wollte er sich nichts davon anmerken lassen. «Wie war's?»

«Ganz okay. Wir waren bloss eine Woche weg. Ich hatte einen Tauchunfall und musste ins Krankenhaus.»

«Ich habe davon gehört. Geht's dir besser?»

«Wie man's nimmt. Ich habe Zoff mit *Maman*. Hat sie nichts davon gesagt?»

«Wenn du mich so fragst, doch.»

«Na ja, es ist ihr gutes Recht. Ich habe mich ihr gegenüber unmöglich benommen. Es tut mir so leid. Meinst du, sie wird mir verzeihen?»

«Wenn du ihr die Wahrheit sagst, bestimmt.» Zanetti hatte sich immer gut mit Colin verstanden, eigentlich von Anfang an, als dieser noch ein pubertierender Lümmel gewesen war. Er hatte sich des jungen Manns angenommen, als wäre er sein eigener Sohn. Valérie hatte damit Mühe gehabt, was verständlich war. Lange hatte sie für Colin gekämpft, und als sie ihn endlich hatte, war sie nicht bereit gewesen, ihren Sohn mit ihm zu teilen. An Geduld hatte es Zanetti nie gefehlt. Zuletzt hatte sich dies bewährt. Heute waren die beiden Männer gute Freunde.

«Ich wusste nicht, worauf ich mich einliess, als ich die Einladung auf die Malediven angenommen habe. Der Groschen ist endlich heruntergefallen. Ich finde meinen eigenen Vater ein … Er hat mich reingelegt, *ce vieux connard*.»

«Wie hoch war der Preis?» Zanetti wollte die Situation entspannen, das Problem diplomatisch angehen.

«Du weisst davon?»

«Deine Mutter hat es mir erzählt. Sie war aufgebracht, vor allem, weil du den Anruf abgebrochen hast.»

«Ich bettle sie sonst nie an. Aber eine Betreibung kann ich mir schlicht nicht leisten.» Colin lehnte sich ans Wagenheck. Die sieben Tage Sonne, Strand und Meer hatten ihn gebräunt. Nase und Kinn begannen sich zu schuppen. Offenbar hatte er sich verbrannt.

«So schnell geht das nicht. Wer ist der Rechnungssteller?»

«Das ist es ja. Mein Vater behauptet, das Reisebüro. Das Geld soll ich aber auf *sein* Konto überweisen.»

«Wie hoch ist der Betrag?», wiederholte Zanetti, in der Hoffnung, Colin möge damit herausrücken.

«Über fünftausend Schweizer Franken.»

«Ich dachte, du warst eingeladen?»

«Dachte ich auch. *Père* wollte mich mit dabeihaben, um *Maman* eines auszuwischen. Um nichts anderes ging es. Und ich Idiot bin darauf reingefallen.»

«Hör zu, wir werden die Rechnung gemeinsam ansehen und dann mit dem Reisebüro Kontakt aufnehmen. Ich bin mir sicher, die Forderung deines Vaters ist nicht rechtens.»

«Spricht da der Anwalt?»

«Der Staatsanwalt.» Zanetti schlug Colin ein. «Man sollte die Suppe nie so heiss löffeln, wie man sie gekocht hat.»

***

Der Parkplatz vor dem SSB war gefroren wie ein Eisfeld, mit schmutzigen Schneehaufen am Rand und zugeschneiten Autos, die man vergessen hatte auszubuddeln. Louis lehnte an seinem Combi und rauchte. Seinem vergeistigten Blick zu urteilen nach, war er entweder schockverliebt, oder er hatte im Lotto gewonnen.

Valérie trat neben ihn. «Darf ich auch eine?»

«Eine Zigarette?» Louis sah sie halb belustigt, halb verwundert an. «Friedensdope oder Frustabbau?»

«Ich werde nicht klug aus Milly Buholzer.» Valérie entnahm Louis' Päckchen eine Zigarette und liess sich Feuer geben. Sie inhalierte den ersten Zug, fand ihn scheusslich und bereute ihn. In der Regel rauchte sie nicht, aber sie hatte das Bedürfnis verspürt, sich an etwas festzuhalten, auch wenn es bloss ein Glimmstängel war. «Wie kann eine Vierfachmörderin einen so entspannten Eindruck hinterlassen? Warum erzählt sie mir von den Taten, als handle es sich um einen Schwatz beim Coiffeur?»

Louis griff sich an die Stirn. «Du verhörst die Buholzer? Ist mir entgangen.»

Valérie warf die Zigarette nach einem weiteren Zug auf den Boden und zerdrückte sie mit der Stiefelspitze. «Sie wollte unbedingt mit mir reden. Es sieht aus, als brauchte sie eine Vertrauensperson. Ich frage mich, warum sie nicht mit Vischer sprechen wollte.»

«Der steht neben den Schuhen. Angeblich soll er Streit mit seiner Helena haben.»

«In unserem Team scheint der Wurm drin zu sein.» Sie dachte an Caminada und Louis, deren Beziehungen wankten.

«Ich bin wieder mit Carla zusammen.» Louis schenkte ihr ein verschmitztes Lächeln. «Ich habe ihr einen Heiratsantrag gemacht.»

Valérie umarmte Louis spontan. «Herzliche Gratulation. Endlich etwas Erfreuliches … Und? Hat sie Ja gesagt?»

«Yes.» Louis löste sich aus ihrer Umklammerung und hob den Daumen. «Wann läuten bei *dir* die Hochzeitsglocken?»

«Bei uns ist das was anderes.» Valérie freute sich aufrichtig über Louis' und Carlas Schritt. Fast war sie ein wenig gerührt. Die neue Romantik. Die jungen Leute kehrten zu alten Traditionen zurück. «Bist du vor ihr auf die Knie gegangen?»

«Wenn du die Szene im Schlafzimmer meinst … ja, im weitesten Sinn.»

Valérie kehrte in den Vernehmungsraum zurück, nachdem der Bericht des Toxikologischen Labors endlich eingetroffen war und sie ihn gelesen hatte. Der Inhalt des Fläschchens sei nichts anderes als gewöhnliches Wasser gewesen, angereichert mit ein wenig Kamille – eine Inszenierung im wörtlichen Sinn.

Milly Buholzer sass genauso da, wie Valérie sie verlassen hatte. Sie wurde nicht klug aus ihr. «Können wir weitermachen?»

Milly Buholzer hüllte sich in Schweigen. Valérie befürchtete schon, sie könnte ihre Aussagen widerrufen, und war auf alles gefasst. Vielleicht brauchte sie aber eine Starthilfe, ein Wort, woran sie anknüpfen konnte.

«Kommen wir zurück zu Andrea Borkowski.» Valérie liess den Satz wirken. «Sie war eine fleissige Frau, die ihr eigenes Geschäft führte, hat niemandem etwas zuleide getan. Sie war in Erwartung ihres ersten Kindes und freute sich darauf.» Valérie versuchte, Milly Buholzer Empathie zu entlocken. Ein Gefühl der Zuneigung für diese Frau, während sie sich den Kopf darüber zerbrach, weshalb sie Justus Maibachs Geliebte auch in den engeren Kreis des Racheakts gezogen hatte.

«Genau solche Frauen vergiften die Ehen.» Milly Buholzer

streckte kaum wahrnehmbar ihren Oberkörper. «Sie dringen ein ins Familienglück und zerstören alles.»

«Was hatte Andrea Borkowski mit *Ihnen* zu tun?»

«Mit mir?» Milly Buholzer sah Valérie mit grossen Augen an, die einzige Regung auf ihrem Gesicht. «Leonardo hat damit geprahlt, wie weltoffen sein Chef sei. Verheiratet, eine Geliebte und bestimmt überall auf der Welt eine Frau, die ihm die Zeit verkürze. Alexa fürchtete sich davor, Leonardo könnte genauso ‹offen› werden.» Sie dachte nach. «Solchen Menschen muss man die Energie nehmen und den Riegel vorschieben. Aber noch einmal … ich wollte die Frau nicht umbringen, sondern ihr bloss einen Denkzettel verpassen.»

Valérie musste dies zuerst verdauen. Ihr gegenüber sass eine Frau, die klar und sachlich ihre Beweggründe für diese abscheulichen Taten verlautbarte. Sie hatte über vier Menschen gerichtet, weil sie es ihres Erachtens verdient hatten.

Es betrifft mich nicht, schalt sich Valérie. Sie bekundete Mühe damit, sich von dem Ungeheuerlichen zu distanzieren. Je länger sie sich in Milly Buholzers Nähe befand, umso lethargischer wurde sie. Sie spürte, wie die Kraft aus ihr entschwand, und war sich am Ende nicht sicher, das hier alles durchstehen zu können.

Sie setzte zur nächsten Frage an. «Mit welcher Begründung haben Sie Malika Galambos umgebracht?»

«Leonardo fand sie grossartig und hat dies unumwunden Alexa mitgeteilt. Meine Tochter kam sich immer schlechter vor. Ich musste die Probleme aus ihrem Weg räumen. Verstehen Sie? Ich darf nicht zulassen, dass sie noch einmal ein Kind verliert … wegen dieser Maibachs. Es reicht, wenn ich meine eigenen Eltern verloren habe … auf Kosten dieser verteufelten Familie.»

«Sie haben mehrere Male auf die Frau eingeschlagen», insistierte Valérie. «Bei Malika Galambos war es nicht bloss ein ‹Denkzettel›. Das war rasende Wut.»

«Ich geriet in Rage. Ich weiss nicht, was in mich gefahren war. Sie provozierte mich, allein mit Ihrer Präsenz und ihrer Überheblichkeit …»

Valérie legte ihre Hand auf das Mikrofon. «Wir beenden hier

das Gespräch.» Was sie brauchte, hatte sie aufgenommen. Zu mehr Fragen war sie nicht bereit, obwohl ihr einige noch auf der Zunge lagen. Eines war sicher: Milly Buholzer würde vor Gericht aussagen müssen, und niemand würde sie dort mit Samthandschuhen anfassen. Wenn sie Glück hatte, würde nach einem psychologischen Gutachten ihre Zurechnungsfähigkeit angezweifelt werden und sie mehrere Jahre in eine geschlossene psychiatrische Anstalt kommen. So weit wollte Valérie nicht denken. Sie erhob sich, während sie die Angeklagte weiterhin ansah. Was immer in deren Vergangenheit geschehen war, nichts rechtfertigte eine solche Tat. Aber es zeigte ihr, wie nicht aufgearbeitete Katastrophen zu verheerenden Reaktionen führen konnten. Valérie verliess den Raum.

Draussen warteten Fabia und Louis auf sie.

«Hast du sie weichgeklopft?» Louis sah sie erwartungsvoll an.

«Du weisst, wie es läuft.» Valérie strich sich mit den Händen übers Gesicht. Das Gespräch hatte sie ermüdet, und sie wünschte sich nichts sehnlicher als ein Bad zu Hause. Manchmal half es, sich den Staub abzuwaschen. Ein Ritual, das den seelischen Schmutz mit einbezog. «Ihr Verteidiger wird ihr raten, ihre Aussage zurückzuziehen, oder er plädiert auf Unzurechnungsfähigkeit. Vor Gericht zählen die Aufnahmen des Gesprächs nicht. Aber …» Valérie hielt einen Moment inne, in dem sie sich zur Besinnung rief. «Für mich war es wichtig, mit Milly Buholzer zu reden. Es hilft mir, den Fall zu begreifen. Obwohl ich nicht hoffe, dass sich so etwas jemals wiederholt.»

«Kommt ihr mit auf einen Absacker?» Louis wedelte mit dem Autoschlüssel.

Valérie war nicht danach.

Fabia musste es ihr ansehen. «Eine halbe Stunde, *come on*. Mich erwartet man auch. Michael kocht, meine Mutter ist noch da. Morgen verreist sie endlich. Gut, die Fenster sind geputzt. Aber das ist auch alles, was ich an ihr nicht missen möchte. Sie kann nicht still sitzen, muss immer etwas tun. Ich habe es mir längst abgewöhnt, mich darüber aufzuregen. *Make the best of it.*»

Louis nahm Valérie beim Arm. «Es gibt etwas zu feiern. Ich spendiere einen Prosecco.»

«Du und Carla.» Valérie war froh, lenkte das Thema von der Tragödie ab. Sie würde sie noch lange beschäftigen. Etwas Aufmunterung tat gut. Sie rief Zanetti an und informierte ihn kurz über den Verlauf des Gesprächs.

Glossar

Arche – Aussichtspunkt auf Rigi Scheidegg

Ce vieux connard (französisch) – das alte Arschloch

Faller-Häuschen – ein aus einem Bausatz gefertigtes Spielzeughaus bei Modelleisenbahnen

Guetsli – süsses Gebäck, Biskuit

Höll – ehemalige Spielbar im Grandhotel Kaltbad

Oublions le sujet (französisch) – vergessen wir das Thema

PTT – Post-, Telefon- und Telegrafenbetriebe, zwischen 1928 und 1998 staatliche Behörde für Post-, Telefon-, Telegraf- und Telefaxbetriebe in der Schweiz

Regulator – Pendelwanduhr

Anmerkung und Dank

Danke, liebe Leserinnen und Leser, für Ihre Treue. Sie begleiten Valérie Lehmann und mich seit vielen Jahren. An meinen szenischen Lesungen lerne ich Sie sogar persönlich kennen, was ich sehr schätze.

Ein besonderer Dank geht an Beat Jossen, Autor des Buches «Lilly, die reiselustige Kuh». Er war auf Rigi Kaltbad aufgewachsen und trug viel zum geschichtlichen Hintergrundwissen bei.

Dieses Buch ist mir ein besonderes Anliegen. Zum einen, weil ich mich im Heute wie in historischen Zeiten gern bewege und ein grosser Fan von Hotels der Belle Époque bin, andererseits mag ich es, Vergangenes mit der Gegenwart zu verknüpfen und meine Fantasie walten zu lassen.

Schreiben gehört zu meinem Leben – nebst vielen anderen Dingen, die ich mit Leidenschaft tue. In meinen Kriminalromanen kann ich auch gesellschaftlichen Themen Ausdruck verleihen oder all dem, was uns umtreibt.

Dieses Buch ist den Opfern, die am 9. Februar 1961 im Grandhotel Rigi Kaltbad das Leben verloren, sowie den Menschen, die Schlimmeres verhindert haben, gewidmet. Der Brand forderte elf Todesopfer. Mit ihnen ging auch eine glamouröse Epoche auf der Rigi verloren, die ich in «Kaltbad» ein wenig auferstehen lassen will – zusammen mit dem siebenjährigen Mädchen Camilla Fournier.

Um ein Buch entstehen zu lassen, braucht es viele helfende Köpfe und Hände. Ich danke meinem Verleger Hejo Emons und dem gesamten Team für das Vertrauen – vom Lektorat, Korrektorat, Umschlaggestaltung bis zu Satz und Druck.

Die Erfolgsserie der Bestsellerautorin Silvia Götschi:
Alle Titel sind auch als eBook erhältlich.

Allegra-Cadisch-Reihe:

Jakobshorn
ISBN 978-3-95451-260-7
Mattawald
ISBN 978-3-95451-482-3
Bärentritt
ISBN 978-3-95451-777-0

Valérie-Lehmann-Reihe:

Herrengasse
ISBN 978-3-95451-713-8
Klausjäger
ISBN 978-3-95451-988-0
Muotathal
ISBN 978-3-7408-0053-6
Einsiedeln
ISBN 978-3-7408-0318-6
Itlimoos
ISBN 978-3-7408-0509-8
Lauerzersee
ISBN 978-3-7408-0784-9
Etzelpass
ISBN 978-3-7408-1262-1

Max-von-Wirth-Reihe:

Bürgenstock
ISBN 978-3-7408-0413-8
Engelberg
ISBN 978-3-7408-0625-5
Interlaken
ISBN 978-3-7408-0929-4
Davosblues
ISBN 978-3-7408-1119-8
Tod an der Goldküste
ISBN 978-3-7408-1407-6

Weitere Kriminalromane:

Der Teufel von Uri
ISBN 978-3-7408-0179-3

111-Orte-Reihe:

111 Orte im Kanton Schwyz, die man gesehen haben muss
ISBN 978-3-7408-0116-8
111 Orte in Nidwalden, die man gesehen haben muss
ISBN 978-3-7408-0566-1